데드 헤드 대드

데드 헤드 대드

성하성

SF액션소설

DEAD HEAD DAD

CABINET

차례

한 사람을 죽이면 그는 살인자다.

수백만 명을 죽이면 그는 정복자다.

모든 사람을 죽이면 그는 신이다.

- J. 로스탕, 《자전적 명상록》 중

PROLOGUE.
침묵의 빛

여름 하늘이 무너지고 있었다. 구름들이 속절없이 죽어갔다.

빛의 틈새로 파괴된 눈이 쏟아져 내렸다.

연희는 탑승 중인 비행 차량인 에어로더의 창을 열어 손을 내밀었다. 손가락 위로 내려앉은 작은 눈송이는 그녀의 체온을 버티지 못하고 금세 녹아 사라져 버렸다.

"7월에 웬 눈이……."

오 경사가 창밖을 내다보며 나지막이 중얼거렸다. 눈발이 점점 거세지고 있었다.

[5Km 앞, 군사제한구역 온서특별시입니다.]

내비게이션이 거슬리는 경고음을 냈다. 에어로더의 전방 카메라에 폐허가 되어버린 거대 도시가 잡혔다. 잿빛 콘크리트 숲의 끝자락이 하얗게 물들어 가고 있었다. 연희가 조종사에게 사인을 보내자 에어로더가 공중에 정지했다. 대원들은 빠르게 장비를 재점검했다.

[하강합니다.]

주변에 들을 수 있는 사람은 없을 터였으나 반복적인 경고음이 에어로더의 착륙을 알렸다. 불쾌한 잔진동이 대원들의 기동화 밑창을 타고 올라와 다리를 미세하게 흔들었다. 자세제어 노즐이 사방으로 이온 제트를 분사해대는 까닭이었다. 에어로더의 하부에 수납되어 있던 여섯 개의 휠이 모습을 드러냈다.

덜컹, 하는 둔중한 소리와 함께 에어로더는 온서특별시로 향하는 도로 위에 안착했다. 이어서 에어로더의 배터리가 비행용 전자기 추진 엔진이 아닌 지상 주행용 모터에 전력을 공급하기 시작했다. 에어로더는 반파된 도로를 따라 흔들거리며 나아갔다. 빠르게 스쳐 지나가는 도로의 흰색 점선들이 연희의 눈에 들어왔다. 수백 개의 점선들이 멀리 지나갔을 무렵, 에어로더가 멈췄다.

"뭐야."

"팀장님, 어떡할까요?"

대원들의 질문에 연희는 창에서 시선을 떼고 앞을 보았다. 완파된 무인 병기들이 도로를 가로막고 있었다. 구겨진 장갑판, 조각난 채 흩뿌려진 각종 부품들은 과거에 이곳에서 벌어진 전투가 얼마나 격렬했는지 알려주는 듯했다. 죽은 쇳덩이들은 이제 내 편 네 편 할 것 없이 아무렇게나 뒤섞여 늘어져 있었다. 어차피 에어로더를 탄 채로 더 나아갈 수도 없는 노릇이었다. 빠르게 판단을 내린 연희가 말했다.

"하차한다."

말이 끝나기가 무섭게 대원들은 헬멧을 뒤집어쓰고 소총을 붙들었다. 두억시니 특별수사팀 소속 열두 명 전원이 일사불란하게 에어로더에서 내렸다. 에어로더의 옆면 장갑판에 쓰여 있는 '대한민국 중앙경찰 특수기동대'라는 문구 위로 눈송이들이 달라붙었다.

동행한 오르바 바이오테크사의 의체 엔지니어 김주완은 대원들과 달리 느릿하게 에어로더에서 내렸다. 민간인다운 몸놀림이었다. 진회색 방탄 트렌치코트와 전술 장비로 중무장한 대원들 사이에 멀뚱히 서 있는 그의 모습은 누가 보아도 어색해 보였다. 경직된 입술과 흔들리는 눈에서 긴장감이 뚝뚝 묻어났다. 그 모습을 보고 있던 연희는 가만히 있을 수가 없어 오 경사에게 조용히 당부했다.

"잘 붙어 있어."

"걱정 마십시오. 아들놈처럼 케어할 테니."

오 경사는 늘 그러듯 경직된 표정으로 농담을 뱉었다. 대원 하나가 작전 본부에 무전을 쳤다.

"여기는 물까치. 작전 지역 도착. 타깃을 추적하겠다."

대원들은 주도로에서 벗어나 주변을 경계하며 빠르게 도시로 향했다. 도시에 가까워지면 가까워질수록 기온이 점점 떨어졌다. 트렌치코트가 먼지와 눈, 추위로부터 대원들의 몸을 지켜주었다. 이윽고 대원들은 온서특별시 구시가지에 진입했다.

"와……."

숨을 몰아쉬던 주완은 눈앞에 펼쳐진 광경에 입을 다물지 못했다. 그가 보고 있는 것은 도시의 사체였다. 부러진 뼈처럼 조각나 있는 건물들, 아스팔트 사이로 혈관처럼 튀어나온 전선과 파이프들, 더 이상 어떤 종류의 소음도 흐르지 않는 거리들. 전부 과거에 어떻게 기능했는지 짐작도 가지 않는 형태로 망가진 채였다. 한때 300만 명이 살던 온서특별시는 이제 죽은 도시가 되어버렸다. 도시의 사인(死因)은 정부의 공격이었고, 공격의 원인은 도시의 소유주이자 지금은 사라진 거대 기업 연합 '온서그룹'의 반란이었다.

온서그룹의 사병과 국군 간의 전쟁은 일주일 만에 국군의 승리로 끝났지만, 그 여파는 5년이 넘게 이어지고 있었다. 폭력이 시나간 자리에는 발자국이 남기 마련이고, 온서특별시는 일종의 거대한 발자국이었다. 주완은 온서특별시의 아포칼립스적 분위기에 매료된 듯 계속해서 주변을 두리번거렸다. 그러나 온서특별시는 외지인들에게 그리 호의적은 곳이 아니었다.

"정지."

연희의 목소리에 모두가 일제히 움직임을 멈췄다. 대원들의 헬멧 내부에 경고음이 울려댔다. 헬멧의 경보 센서에 레이더 신호가 탐지된 것이다. 신호는 점점 가까워졌다. 그것도 아주 빠른 속도로. 연희는 주완과 대원들을 이끌고 서둘러 가장 가까운 건물로 뛰어 들어갔다. 곧 웅웅거리는 기이한 비행음과 함께 거대한 비행체가 나타났다. 그것의 그림자가 마치 작은 밤하늘이라도 된 양 모두의 몸을 검게 뒤덮었다. 잠시 후, 비행체가 먹구름을 가르며 멀리 사라지자 주완이 겁에 질린 목소리로 물었다.

"저게 뭐죠?"

"온서그룹 소속 무인 병기입니다."

오 경사가 비행 궤적을 보며 주완에게 대답했다.

"여기가 이렇게 방치된 이유죠."

오 경사의 말대로였다. 정부의 승리로 온서그룹이 해체되며 전쟁은 끝났지만, 온서그룹이 자사의 무인 병기와 자율화 공장에 내린 마지막 명령은 아직도 끝나지 않았다. 무인 병기들은 침입자들로부터 도시를 지키라는 최후의 명령을 계속 수행하고 있었다. 주완이 불안한 얼굴로 물었다.

“저런 게 여기에 얼마나 있죠?”

“도시 중심부엔 아마 바글바글할 겁니다. 국군도 소탕 작전을 일시 중지했을 정도니까.”

오 경사가 주완의 굳은 얼굴을 보며 조용히 덧붙였다.

“저희는 당해낼 수 없는 놈들이에요. 발각되는 즉시 여기 있는 사람 전부가 갈려나갈 겁니다. 마치 분쇄육처럼…….”

“오 경사, 적당히 해.”

연희의 말에 오 경사가 고개를 끄덕이며 물러섰다. 주완은 두려움의 양만큼 떨리는 손으로 머리를 쓸어 넘겼다. 그리고는 자신을 이런 곳으로 파견한 회사를 조용히 욕하기 시작했다. 주완의 중얼거림과 함께, 연희와 대원들은 폐건물을 빠져나와 무인 병기들을 회피하면서 다시 타깃을 향해 걷기 시작했다. 도시 깊숙이 들어가면 들어갈수록 바닥에 쌓여 있는 눈의 양이 줄어들었다. 반파된 고층 빌딩들이 제멋대로 기울어져 하늘을 가리고 있기 때문이었다. 동시에 들어오는 빛의 양도 적어지고 있었다. 연희는 신경을 곤두세웠다. 무인 병기든, 방치된 부비트랩이든, 놈이든 위험은 늘 어둠 속에서 다가오는 법이니까.

야간 투시 모드로 전환된 헬멧의 바이저 덕에 바닥 타일의 어지러운 무늬가 연희의 눈에 아주 선명하게 들어왔다. 연희는 마치 누군가가 쳐놓은 거미줄을 따라 걷고 있는 듯한 느낌을 받았다. 바이저 HUD에서 타깃의 위치를 표시하는 붉은 점이 가까워지고 있었다. 연희는 기동화의 밑바닥이 바닥에 쩍쩍 달라붙었다가 떨어지는 듯한 불쾌감과 함께 골목들을 살폈다. 굽어지고, 휘고, 복잡하게 얽혔다가 무한히 증식하는 것 같은 골목들. 연희의 머릿속에서 겨우 억눌렀던 불안이 스멀스멀 피어올랐다.

얼마나 걸었을까. 무너진 건물들로 이루어진 천장의 높이가 낮아졌다. 동시에 어둠의 농도도 짙어졌다. 여기 오래 있으면 폐쇄공포증에 걸릴 수도 있겠다는 생각이 대원들 모두의 머리를 스쳐 지나갈 때 즈음, 연희는 순간 느껴지는 서늘함에 고개를 들었다. 위에서부터 어둠을 뚫고 들어오는 한 줄기 빛이 보였다. 완전히 쓰러져 골목 전체를 덮고 있는 거대한 메디컬 빌딩. 국군의 위성 포격에 직격당한 탓에 중앙에 깨끗하게 나 있는 3미터 지름의 구멍. 빛은 그곳을 통해 들어오고 있었다. 부유한 먼지들이 빛을 받을 때마다 반짝거렸다. 눈송이들도 불규칙적인 궤적으로 허공을 떠돌다가 가라앉았다. 한 남자가 그곳에 서 있었다. 쏟아지는 빛과 눈을 맞으며.

"시냅스 칩 반응 확인됩니다."

주완이 대원들로서는 알 수 없는 장비를 확인하며 조용히 말했다. 연희가 조용히 입을 열었다.

"여기는 물까치, 타깃 발견."

대원들이 남자에게 총을 겨눈 채 포위 대형을 이루고는 조금씩 포위망을 좁혀갔다. 남자는 자신이 열두 개의 총구에 둘러싸인 줄 아는지 모르는지 가만히 서서 하늘만 바라봤다. 연희는 그에게 조금 더 가까이 다가갔다. 얼굴을 보고 싶었다. 자신의 격정과 불안이 기우였다는 것을 확인하고 싶었다. 이윽고 접근을 눈치챈 그가 천천히 고개를 돌려 연희를 바라봤다.

"어?"

연희의 눈이 그와 마주쳤다. 왜 불안한 예감은 빗나가지를 않을까. 그런 생각을 하며 연희는 발걸음을 멈출 수밖에 없었다. 연희에게는 아주 익숙한 얼굴이었다. 아니, 익숙이라는 단어로도 한참은 부족한 얼굴이었다. 연희는 헬멧의 바이저를 올리고 맨눈으로 다시 그의 얼굴을 확인했다. 검고 깊은 두 눈동자, 공기의 흐름에 따라 살랑이는 얇은 머리카락, 아파 보일 정도로 마르고 창백한 피부.

"연희구나."

거기다가 부드러운 목소리. 분명했다. 실종되었던 연희의 남편, 지후였다.

"팀장님! 위험합니다!"

오 경사의 외침이 연희에게는 그저 흐릿하게 들렸다. 연희는 타깃, 아니, 남편 지후에게 천천히 다가갔다. 도저히 걸음을 멈출 수 없었다. 연희의 두 다리가 저절로 움직이고 있었다. 마치 모든 동선이 정해져 있는 연극처럼.

"당신이 왜……."

연희의 목소리가 떨려왔다. 지후는 태연하게 다시 위를 올려다보았다. 침묵 속에서 한참이나 정적이 계속되었다. 이윽고 그가 얇은 입술을 열었다.

"눈 오는 날 태어난 하루살이는, 세상에 눈만 오는 줄 알다 죽을까?"

"뭐?"

지후가 다시 입을 다물었다. 그는 더 이상 아무 말도 하지 않았다. 오 경사가 대원들에게 조용히 지시를 내렸다.

"전 대원 사격 준비. 머리 안 맞추게 조심하고……."

"기다려!"

연희가 반사적으로 소리치자 오 경사와 대원들이 동작을 멈췄다. 지후는 그러거나 말거나, 어떠한 저항의 의사도 없이 하늘만 보고 서 있었다. 연희는 그에게 더 가까이 다가갔다. 그러나 무슨 말을 해야 할지는 몰랐다. 한참을 입술만 떨어대던 연희가 할 수 있는 것은, 결국 공허한 질문밖에 없었다.

"이게 어떻게 된 거야?"

"……."

"당신이 왜?"

"그냥."

지후가 지름 3미터짜리 하늘을 손가락으로 가리켰다.

"그냥 이걸 보고 싶었어."

그의 손가락 위로 눈송이가 내려앉았다. 눈송이는 녹지 않고 형태를 온전하게 유지했다. 전보다 조금 더 강해진 빛줄기가 먹구름과 폐허의 어둠을 가르고 스포트라이트처럼 그를 비췄다. 이게 무슨 일인지 파악하기에는 너무 많은 정보들이, 그렇다고 이해하기에는 부족한 정보들이 한꺼번에 연희의 머릿속으로 흘러 들어왔다. 연희는 다시 자신 앞에 선 남자의 얼굴을 바라봤다. 연희의 눈은 틀리지 않았다. 틀릴 수가 없었다. 누가 봐도 그녀의 남편이었다. 연쇄살인마 두억시니가 아닌, 기후 조절 엔지니어 류지후.

그때였다. 연희를 바라보는 그의 동공이 일순간 흔들렸다.

동시에 그가 갑작스럽게 허리춤에서 무언가를 꺼내 들었다. 작은 권총이었다.

"팀장님!"

오 경사의 외침과 거의 동시에 총소리가 연달아 울렸다. 화약 냄새가 흐릿하게 흩어졌다. 바닥에 얇게 쌓인 흰 눈 사이로 검붉은 피가 스며들었다. 뜨겁게 달군 송곳으로 가슴을 마구 후비는 듯한 고통이 느껴졌다. 피가 눈 속으로 점점 번져갔고, 연희의 고통도 비슷한 모양새로 커져갔다. 손가락은 훈련받은 대로 동작했고, 소총은 설계된 대로 작동했다. 모든 것이 습관이었다. 그뿐이었다.

연희는 방금, 습관처럼 사랑하는 사람을 쐈다.

지후는 실이 끊긴 인형처럼 바닥에 툭 고꾸라졌다. 그의 입이 물 밖으로 나온 생선처럼 뻐끔거렸다. 그가 숨을 쉴 때마다 튜브에서 바람 빠지듯 기괴한 소리가 났다. 탄환이 폐를 관통한 탓이었다. 그의 몸속에 들어찬 마른 근육들도 일제히 경련을 일으키고는 딱딱하게 경직되어 갔다. 그가 굳어가는 입을 힘겹게 벌렸다.

"다……."

지후의 목소리에 정신을 차린 연희는 총을 놓고 그에게 달려갔다. 연희는 쓰러진 그를 품에 안았다. 얼음처럼 차가운 그의 피부가 연희의 피부에 닿았다. 체온이 전달됨과 동시에 그가 조용히 입을 열었다.

"끝……."

"말하지 마. 상처가……."

"……미……안."

짧게 분절된 흐릿한 발음들. 원인을 알 수 없는 짤막한 사과를 끝으로, 그는 더 이상 아무 말도 하지 못했다. 마지막 숨이 짙은 냉기와 함께 흩어졌다. 그의 눈은 여전히 연희를 바라보고 있었으나 움직이지 않았다. 그는 작게 웃고 있었다. 모든 것이 잘되었다는 듯, 아주 평온한 미소였다.

잠시 후 주완과 몇몇 대원이 연희의 곁으로 다가왔다. 주완은 눈치를 보며 연희의 품에서 지후의 시신을 조심스럽게 빼내 바닥에 눕혔다. 주완은 초진동 단분자 커터를 꺼내 들었다. 초당 100페타헤르츠의 진동이 지후의 머리를 향했다. 마른 두피와 두개골이 마치 스스로 갈라지듯 조용히 열렸다. 주완은 능숙한 솜씨로 지후의 뇌에 부착된 신경 모듈에서 시냅스 칩을 정확하게 분리해 냈다. 열린 머리에서 따뜻한 김이 피어올랐다. 피인지 뇌수인지 모를 멀건 체액이 지후의 평온한 미소 위로 흘렀다. 그 광경을 보고 있던 연희의 내장 속에서 구역질이 올라왔다.

“욱.”

순간 연희의 몸에서 힘이 풀렸다. 그녀에게는 지금 세상이 느리게 흐르는 것처럼 보였다. 투명한 망막 위로 알 수 없는 잔상들이 계속되었다. 오 경사와 대원들의 목소리가 아득하게 울렸다. 연희의 눈에도 하늘이 보였다. 지후가 보고 있던 3미터짜리 하늘이었다. 눈은 전보다 더욱 거세게 쏟아지고 있었다. 폭설이었다.

내리는 눈의 양만큼이나 세상은 고요했다. 비와 눈의 차이점은 바로 그것이다. 눈은 본질적으로 조용하다. 눈은 구름의 죽음이고, 침묵의 비다. 어디 그뿐인가? 세상의 온갖 더러운 것들을 하얗게 덮어주기까지 한다. 그래서 연희는 눈을 썩 마음에 들어 했다. 분명 어제까지만 해도 그랬다.

—눈 오는 날 태어난 하루살이는, 세상에 눈만 오는 줄 알다 죽을까?

죽은 남편의 목소리가 연희의 머릿속에서 메아리처럼 반복되어 울렸다. 순간 적막이 깨지고 세상의 온갖 소리들이 연희의 귀에 다시 들어오기 시작했다. 각종 장비의 작동음과 무전 소리가 그 목소리와 겹쳐 기묘한 레이어를 형성했다. 연희는 어지러운 소음의 바다에 잠겨 있었다. 연희의 눈에 빛의 줄기들로 아무렇게나 갈라진 하늘이 보였다. 먹구름에 전부 금이 가 있었다. 그 모습을 보며 연희는 뒤늦게 대답이 될 만한 말을 생각해냈다. 세상에 눈만 오는 줄 알다 죽는다면, 그건 일종의 축복일 것이라고. 그러니까 그 하루살이는 분명, 괜찮을 거라고.

연희는 가만히 눈을 감았다.

1년 내내 눈이 내리는 세계를 상상했다.

CHAPTER 01.
돼지들

지금 이게 뭐 하는 짓이지?

현은 입에 맞지도 않는 독한 양주를 들이키며 속으로 자문했다. 국군 투스타 장성이란 사람이 반쯤 헐벗은 종업원을 안고 아이돌 노래를 부르는 꼴을 눈앞에서 본다면, 바퀴벌레조차도 스스로에게 이런 근본적인 질문을 던질 수밖에 없을 것이다. 그렇게 확신한 현은 고개를 돌렸다.

"내 심장 속 환상정육면체. 우리 사이의 하이퍼 드라이브~"

고개를 돌린다 한들 목소리가 고막을 때리는 것까지 막을 순 없었다. 유일한 해답은 취하는 것일 테다. 그렇게 결론 내린 현은 다시 양주병을 들었다. 옆에 앉은 종업원 한 명이 따라드리겠다며 나섰으나 현은 손사래를 쳤다. 병을 기울이자 금빛 액체가 잔에 차올랐다. 이 정도면 대충 20만 원어치는 되려나. 현은 이름도 낯선 이국의 술을 가만히 바라보다가 냅다 입에 털어 넣었다.

"천천히 마셔, 인마. 술도 잘 안 먹는 놈이 오늘 왜 그래?"

사람 좋은 척하는데 재능 있는 상무이사 박병호가 현의 어깨를 툭 치며 말했다. 현은 잔에 입을 가져다 대며 대답했다.

"취하지 않고 버틸 수가 있어야죠."

"와이프랑 싸웠냐?"

싸울 시간이 있어야 싸우지. 현은 속으로 그렇게 말하며 고개를 저었다. 병호는 아랑곳하지 않고 계속 말했다.

"가족한테 잘해, 인마. 살아보니까 진짜 힘들 때 내 곁에 남아 있는 건 가족밖에 없더라."

병호가 옆에 앉은 종업원의, 불쾌할 정도로 뽀얗고 부드러운 맨다리를 주무르며 말했다. 현은 그 광경을 보고는 코웃음을 치며 대답했다.

"저도 잘하고 싶죠. 잘하고 싶은데 맨날 이 꼴이잖아요. 프로젝트니, 야근이니, 이제는 하다하다 접대까지……."

"장군님이 우리 천재 수석엔지니어님 얼굴 한번 보고 싶으시다잖냐. 그럼 어떡해? 보여드려야지."

천재 수석엔지니어. 그 단어에 현은 아주 조금 기분이 나아졌다. 현은 명실공히 국내 최고 방산 기업 ZIG 넥스원의 에이스였다. 39세라는 비교적 젊은 나이에 수석엔지니어 겸 연구개발팀 팀장이라는 중책을 맡게 된 것은 전례 없는 일이었다. 이런 성과는 현의 성실함, 또 성실함만으로는 메꿀 수 없는 탁월한 재능에 기인했다.

얼굴 한번 보고 싶다라. 현은 고개를 돌려 황 장군의 얼굴을 쳐다봤다. 분명 70년을 넘게 산 남자지만, 겉보기에는 30대 정도로 보였다. 한 번 죽었다 살아난 의체 인간이기 때문이었다. 현재 황 장군의 신체는 DNA 복제와 세포 인공 배양

기술로 만들어진 것이고, 정신은 생전의 뇌 데이터를 스캔하여 담은 시냅스 칩으로 이루어진 것이다. 모두 오르바사의 작품이었다. 황 장군이 독주가 든 잔을 다시금 들이켰다. 현은 그 모습을 보며 병호에게서 들은 황 장군의 사인을 떠올렸다. 과음으로 인한 급성 심정지. 현은 불현듯 테이블 위로 엎어지는 그의 모습을 상상하며 실소를 뱉었다.

"이번 계약만 성사되면 국군 위성은 싹 다 우리 ZIG 넥스원 제품으로 쭉 가는 거야. 저 하늘이 네가 만든 별들로 도배가 된다니까."

병호가 VIP룸 천장을 타고 일렁이는 홀로그램들을 가리키며 말했다.

"너 이게 무슨 뜻인지 몰라? 특별 보너스, 승진, 탄탄대로. 응? 얼마나 좋아. 겸사겸사 자랑스러운 우리 대한민국 국방력 강화에도 이바지하고 말이야. 애국이 다른 게 아니고, 이게 바로 애국이야."

병호가 벌겋게 상기된 얼굴로 속삭이듯 말했다. 현이 어이없다는 듯 받아쳤다.

"알아요. 근데 그 애국이 술, 여자, 돈으로 결정된다는 게 말이나 되냐고요. 이런 로비 없이도 충분히 입찰 자신 있는데."

"알지. 알아. 형이 너랑 개발팀을 의심하는 게 아니야. 제품 열심히 잘 만드는 게 너희 일이잖아? 마찬가지야. 너희가 열심히 만들어 놓은 거, 이렇게 열심히 파는 게 우리 일이야."

그 말을 들은 현은 다시 한 소리 하려다가 병호의 얼굴을 보고는 입을 닫았다. 병호의 얼굴에도 조금씩 피곤이 묻어나고 있었다. 그래, 개고생하고 있는 건 피차일반이지. 현은 조금 누그러진 말씨로 조용히 말했다.

"형, 다음부터는 이런 자리 안 부르셨으면 좋겠어요. 로비를 하든 말든 알아서 하세요. 괜찮으니까. 근데 전 이런 거 안 맞아요."

현의 말에 병호가 고개를 끄덕였다.

"알았어, 알았어. 진짜 마지막."

"저, 저기 뭐야, 너 이름이 뭐라고 했지?"

황 장군의 목소리가 둘 사이의 대화에 불쑥 끼어들었다. 장군의 손가락이 현을 가리키고 있었다. 현이 떨떠름한 얼굴로 대답했다.

"이현입니다."

"현, 이현. 외자네?"

황 장군의 웃음에 현도 어색한 웃음을 흘렸다. 황 장군이 취기 어린 목소리로 말을 이어갔다.

"그래, 뭘 한다고 했더라?"

"ZIG 넥스원 연구개발팀에서 수석엔지니어를……."

"아니, 아는데, 그래서 정확히 뭘 할 줄 아냐고."

황 장군의 물음에 현은 눈썹을 씰룩거렸다. 설명하면 알아? 현은 목젖 끝까지 차오른 말을 독한 술과 함께 겨우 삼켰다. 잠시 호흡을 가다듬은 현이 빠른 속도로 자신의 장기를 읊었다.

"군용 무선 신호 및 양자 암호 체계 개발, 정보 보안 및 통신 시스템 구축, 전자전 병기 설계, 차세대……."

황 장군이 손을 펼쳐 현의 말을 끊었다.

"쉽게, 쉽게 해. 이 사람아."

현은 잠시 고개를 돌려 병호를 바라보았다. 병호가 조마조마한, 제발 부탁이라는 듯한 얼굴로 현을 바라보고 있었다. 그 얼굴을 본 현은 아주 조용히 작은 한숨을 내쉬었다. 잠시 잔 속 술이 일렁이는 모습을 바라보던 현이 나지막이 입을 열었다.

"언어를 다룹니다."

"언어?"

"네. 철의 언어 말입니다."

현이 뜸을 들이다가 이어서 말했다.

"아군 병기들이 서로 대화할 수 있도록, 우리만의 언어를 만드는 겁니다. 적이 우리의 대화를 들을 수 없도록요. 반대로 우리는 적의 대화를 엿듣고 가로채거나 변조할 수 있게끔…… 기계의 언어를 다루는 일을 합니다."

황 장군이 고개를 끄덕였다. 답변에 만족했다는 듯한 얼굴이었다. 현이 자리에 앉으려는 찰나, 황 장군이 다시 말했다.

"언어라. 그럼 자네는 노래에 대해선 어떻게 생각해?"

"노래요?"

"그래. 노래에는 가사가 있지 않나. 가사도 언어로 이루어진 거고."

황 장군이 손짓을 하자 종업원 한 명이 현에게 마이크를 건넸다. 얼결에 마이크를 받은 현을 보며, 황 장군이 웃음기 섞인 어투로 말했다.

"불러봐."

"네? 뭐 어떤……."

"노래 한번 불러보라고."

갑자기 이게 무슨 말이야. 현은 황 장군의 언어를 이해해 보려고 애썼다. 그러나 현의 사고 회로로는 도저히 이해할 수 없는 지시였다. 당황한 얼굴로 잠시 멍하니 서 있던 현은 다시 정신을 차리고 입을 열었다.

"아, 제가 노래는 못해서요."

현의 대답에 순간 불편한 적막이 감돌았다. 아주 잠깐이지만 황 장군의 얼굴이 딱딱하게 굳었다. 병호의 다급한 목소리가 적막을 깼다.

"장군님, 제가……."

"아냐, 아냐. 가만히 있어 봐."

황 장군이 인자한 웃음을 지어 보이며 말했다.

"좀 못해도 돼. 오디션 보는 것도 아닌데, 응? 편하게 하라고, 편하게."

오디션 보는 것도 아닌데 노래를 왜 시킨단 말인가. 편하게 하라고 한마디 툭 던진다고 불편함이 없어진단 말인가. 술기운 때문인지, 장군의 느끼한 미소 때문인지 현은 순간 속이 안 좋아졌다. 뒤늦게 밀려든 불쾌감 속에 깊이 빠져버린 현은 어떻게 헤엄쳐야 빠져나올 수 있을지 알 수 없었다. 생각의 파도를 타고 허우적거리던 현은 줄곧 하고 싶던 이야기를 꺼냈다.

"외람되지만 제 노래보다는 저희의 이번 전술 위성 미리내에 대해 상세히 설명을……."

"아, 이 친구 조심성이 많은 친구네, 응?"

황 장군이 답답하다는 듯 말을 이었다.

"좋겠지, 뭐. 좋겠지. ZIG 제품인데. 미리내인지 지린내인지,

아무튼 입찰은 거의 확정이야, 확정. 쓸데없는 걱정하지 마."

황 장군이 알코올 섞인 침을 튀기며 말했다. 병호가 현의 어깨를 툭 치며 눈치를 줬다. 현은 황 장군을 바라봤다. 황 장군은 현이 들고 있는 마이크를 가리키며 웃고 있었다. 그 과한 미소를 보는 순간, 현은 깨달았다. 황 장군은 지금 단순히 노래를 듣고 싶은 것이 아니었다. 저 남자는 내가 굴복하는 모습을 보고 싶은 것이다. 본인의 힘을 과시하고 싶은 것이다. 무의식 속에 도사린 알량한 권력욕에서 비롯된 심술. 저런 자들은 꼿꼿한 것을 보면 꺾고 싶어 하니까.

그래. 그냥 한번 불러주자. 뭐 어려운 일도 아니다. 현은 그렇게 생각하며 마이크를 쥐고 있는 자신의 손을 바라봤다. 바로 그 순간, 시야가 어지러워 잠시 몸이 흔들렸다. 술은 대부분의 감각을 둔하게 만들지만, 또 어떤 감각은 몹시 예민하게 만들기도 한다. 덕분에 현은 술과 안주가 뒤섞여 출렁이고 있는 위장의 형태를 상세하게 느낄 수 있었다. 명백한 한계였다. 현은 불쾌감을 몽땅 게워내고 싶은 충동을 억누르지 못했다. 몸속 깊은 곳에서부터 참았던 말들이 밀려 올라왔다. 현은 마이크에 대고 입을 열었다. 그렇게 열린 입속에서 튀어나온 것은 노래가 아니었다.

"장군님이나 부르시죠."

순간 VIP룸 안이 빠르게 얼어붙었다. 현의 입은 멈추지 않고 움직였다.

"연습 좀 더 하셔야겠던데."

상상 이상의 토사물. 불편한 정적과 정적을 지우려는 멋쩍은 웃음들이 반복되었다. 현은 마이크를 내려놓았다. 쿵, 하는 작은 충돌음이 스피커를 타고 증폭되어 울렸다.

"미친놈……."

화장실을 핑계로 방을 빠져나온 현은 복도 끝 발코니에 쓰러지듯 기대었다. 차가운 빌딩 바람이 정신 차리라는 듯 현의 뺨을 때렸다. 술이 조금 깨자 후회가 파도처럼 밀려왔다. 현은 스스로의 머리를 마구 쳤다. 그냥 눈 딱 감고 부를걸. 위성 입찰 사업은 이제 물 건너가려나. 회사에서 잘리려나. 생각 끝에 현은 진행 중인 프로젝트를 떠올렸다. 차세대 전자전 병기 '동충하초' 개발 프로젝트. 현 개인의 성공과 더불어 회사의 미래가 걸린 대형 프로젝트였다. 프로젝트 생각을 하던 현은 순간 두통을 느끼고 고개를 숙였다.

아니, 됐다. 그래, 잘라봐라. 어디 나 없이 잘해봐라. 우리 주영이랑 놀아줄 시간은 늘겠네. 아니다. 아예 경쟁 업체에 입사해 버려야지. 현의 후회가 분노로 변질되는 데는 그리 오랜 시간이 걸리지 않았다. 현이 머릿속으로 몇 가지 시뮬레이션을 돌리며 ZIG 넥스원이 파산하는 시나리오를 마무리 지어갈 때쯤, 검은 정장에 흰 가면을 쓴 젊은 경비원 하나가 조심스럽게 현에게 다가왔다.

"손님, 괜찮으십니까?"

"아뇨. 안 괜찮아요."

현의 짓궂은 대답에 경비원의 말문이 막혔다. 그 모습을 본 현이 헛웃음을 뱉으며 말했다.

“그냥 술 깰 겸 바람 좀 쐬고 있었어요.”

“죄송합니다만, 보안상 여기 있으시면 안 됩니다.”

현은 경비원을 빤히 쳐다봤다. 경비원이 조용히 말을 이었다.

“다시 룸으로 들어가시지요. 안내해 드리겠습니다.”

현이 머리를 긁으며 대꾸했다.

“방금 제가 사고를 치고 나왔거든요. 마음이 좀 심란해서 그런데, 조금만 있다가 들어갈게요.”

“…….”

“바람 좀 쐬고 싶어서 그래요. 예? 진짜 잠시만요.”

현의 말에 경비원은 현을 가만히 응시했다. 경비원이 잠시 머뭇거리다가 답했다.

“……알겠습니다. 좋은 시간 되십시오.”

경비원이 짧은 인사를 하고 복도 너머로 사라지자 현은 고개를 돌려 다시 밖을 바라보았다. 건물 외벽에 붙어 있는 대형 홀로그램 사인 ‘아락실’이 공기의 흐름에 따라 색과 형태를 바꾸며 춤추고 있었다.

아락실. 2059년의 대한민국에서 힘 있고 돈 많고, 그래서 인생에서 더는 재미라고는 찾아볼 수 없는 인간들의 뇌에서 마지막 남은 도파민이라도 박박 긁어내 주는 곳. 술 마시고 춤추고 노래 부르고 약하고 섹스하고……. 시대가 아무리 변해도 본질은 변하지 않는다. AI가 자살 상담을 하고 로봇들이 사람 대신 공사판에서 일하고 자동차가 하늘을 날아다니는 시대가 되었는데도, 인간은 여전히 먹고 자고 싸고 싶어 한다. 이는 석기 시대부터 현대까지 이어져 오는 동물의 유구한 전통이다. 기생집 드나들며 치마폭 들추던 사또들의

DNA가 어딜 가겠나. 욕망은 관성에 취약하다. 한번 힘을 받으면 건잡을 수 없다. 현은 담배를 찾아 주머니에 손을 넣으며 그런 생각을 했다.

"……뭐 하냐."

현은 아내와 딸에게 한 금연 약속이 떠올라 혼잣말했다. 현의 손에는 어느새 붉은 메탈릭 색상의 담배 케이스가 쥐여 있었다. 현이 케이스를 열자 흰 종이로 둘둘 말린 욕망의 막대들이 모습을 드러냈다. 불을 붙여 피는 방식의 구형 연초였다. 이제는 생산이 금지된 품목이라 비싼 돈을 주고 구한 귀한 물건이었다.

현은 담배를 꺼내 입에 물었다가 순간 딸 주영의 얼굴을 떠올렸다. 그러자 흡연 욕구가 순식간에 사그라들었다. 역시 우리 딸, 최강의 금연 보조제야. 현은 그렇게 생각하며 팔을 밖으로 내밀어 움켜쥐고 있던 손을 풀었다. 곧 담배 케이스가 발코니 아래로 떨어져 부서지는 소리가 났다. 현은 바닥을 확인하려 고개를 내밀었다.

그러나 현의 눈에 들어온 것은 부서진 담배 케이스 따위가 아니었다. 아락실 건물 뒤편, 빌딩 사이에 숨겨진 정사각형의 인위적인 공간에 검은 에어로더가 한 대 착륙해 있었다. 거기서 초등학생 정도 나이로 보이는 어린아이들이 나체 상태로 내려 갈색 가죽 재킷을 입은 남자, 그리고 아락실의 경비원들과 함께 줄지어 이동하고 있었다. 왜 애들이…….

철썩.

둔탁한 파열음이 현의 생각을 끊어냈다. 가죽 재킷을 입은 남자가 한 아이의 뺨을 때린 것이다. 아이는 쓰러져서 일어서

지 못했다. 남자는 쓰러진 아이를 깨우려는 듯 계속 손을 날렸다. 철썩, 철썩. 손찌검이 점점 거칠어졌다. 다른 아이들은 이런 광경이 익숙하다는 듯 옆에 멍하니 서 있었다. 아무도 울거나 놀라지 않았다. 현은 폰을 꺼내 카메라를 켜려고 했으나, VIP룸에 들어가기 전 아락실 측에 제출한 것을 뒤늦게 떠올렸다. 현은 촬영을 포기하고 발코니에 더욱 가까이 붙었다. 뺨을 맞던 아이의 얼굴에서 코피가 흐르고 있었다. 아이의 얼굴을 확인한 현은 깜짝 놀라 입을 벌렸다.

"어?"

길게 찢어진 눈, 매부리코, 두꺼운 입술. 쓰러진 아이의 얼굴은 현의 딸 주영의 절친이던 희준의 얼굴과 흡사했다. 그러나 그럴 리 없었다. 희준은 이미 1년 전에 에어로더 사고로 죽었다. 현은 희준의 어머니가 시체의 뇌 손상이 심해 희준을 의체로 되살릴 수 없다는 판정을 받았다고 얘기했던 것을 떠올렸다. 따라서 희준이 의체로 되살아났을 리도 없었다. 그렇게 생각하면서도 현은 저 아이가 희준일 것이라는 생각을 떨쳐내지 못했다. 너무도 똑같았다.

"왜……."

현이 이게 어찌 된 영문인지 파악하기도 전에 아락실 경비원 하나가 쓰러진 아이를 어깨에 둘러업었다. 가죽 재킷 남자가 지시하자, 경비원은 아이를 옆에 주차되어 있는 다른 에어로더에 태웠다. 화려하고 커다란 엠블럼, 무광 회색의 세련된 바디. 오스트리아 글로필슈타인사의 에어로더였다. 현은 에어로더의 번호판을 확인했다. 낯익은 번호였다.

"황 장군."

현이 나지막이 중얼거렸다. 이어서 다른 아이들도 황 장군의 에어로더에 탑승했다. 에어로더의 문이 닫히고, 경비원 둘만을 남긴 채 가죽 재킷 남자는 발코니에서 보이지 않는 각도로 사라져 버렸다. 현은 즉시 발을 옮겼다. 호기심인지 정의감인지 모를 마음이 현의 몸을 움직이고 있었다. 현이 복도를 가로질러 엘리베이터로 향하던 와중에 VIP룸의 문이 덜컥 열렸다. 병호였다.

"야, 왜 안 들어와."

병호가 굳은 얼굴로 현을 바라봤다. 지친 목소리였다. 현이 우물거리며 대답했다.

"아, 잠깐 바람 쐬려고요."

"바람? 바람이 더 쐬고 싶냐, 지금? 왜, 아예 위성에 묶어서 저기 하늘로 보내줄까?"

병호가 한숨을 쉬며 이어서 말했다.

"내가 뒷수습하느라 진땀 뺐다, 진짜. 분위기 좀 풀렸으니까 빨리 들어와서 장군님께 사과드려."

현에게는 지금 병호의 목소리가 들어오지 않았다. 현은 병호의 어깨 너머로 보이는 엘리베이터 문을 응시하며 초조한 목소리로 말했다.

"알았어요. 화장실만 좀."

"술은 깼어?"

"대충요."

현이 건성으로 대답했다.

"빨리 들어와. 또 실수하지 말고."

병호가 다시 VIP룸으로 들어가자 현은 재빠르게 엘리베이터로 향했다. 엘리베이터가 1층에 도달하고 문이 열리자 대리석과 간접 조명, 분수와 샹들리에, 로마풍의 미술품 등 고전적인 미감에 맞춰 화려하게 꾸며진 아락실의 로비가 나왔다. VIP 방들이 있는 7층과는 다르게 1층의 경비들은 대부분 사람이 아닌 다목적 보행 로봇인 워커들이 맡고 있었다. 로비의 인테리어와 대비되는 최신형 경비용 워커들이었다. 고성능 카메라와 각종 감지 센서가 달린 사각형 머리들이 일제히 현을 바라봤다. 현이 주변을 두리번거리며 둘러보자 한 워커가 다가와 물었다.

〔무엇을 도와드릴까요?〕

워커의 머리에 내장된 스피커에서 기계음이 흘러나왔다. 부드러운 중년의 목소리를 흉내 낸 톤이었다.

“내가 저기 발코니에서 건물 뒤편으로 담배 케이스를 떨어뜨려서 그런데…… 혹시 뒷문이 어디 있는지 알 수 있나?”

〔건물 뒤편이 정확히 어디를 말씀하시는 건가요?〕

“건물 뒤편에 빌딩으로 둘러싸인 작은 공터 있잖아. 에어로더가 두 대 주차되어 있던데…….”

현의 말에 워커가 나지막이 대답했다.

〔손님, 저희 아락실에는 그런 공간이 없습니다.〕

워커의 대답에 현은 묘한 위화감을 느꼈다. 워커에는 등록되어 있지도 않은 정보. 현은 순간 워커가 아닌 인간 경비원이 VIP층과 방금 본 뒷공간의 경비를 서는 이유를 깨달았다. 워커와 달리 사람에겐 기록이 남지 않고 해킹도 불가능하다. 아날로그가 최고의 보안이라는 말이 떠올랐다.

〔도움이 필요하시다면 담당자를 부를까요?〕

여기서 이러고 있어 봤자 시간 낭비다. 그렇게 판단한 현은 고개를 저었다.

"됐어. 그냥 새로 하나 사지."

〔원하시면 분실물 리스트에 등록해 놓겠습니다. 분실물의 제품명과 외견, 특이 사항을 말씀해 주세요.〕

현은 손사래를 치며 거절 의사를 표한 후 정문으로 나갔다. 어쩌면 밖에서는 아까 본 뒷공간에 접근할 수 있을지도 모른다. 현은 아락실 건물을 한 바퀴 빙 돌며 발코니에서 봤던 공간으로 향하는 길을 찾으려 애썼다. 그러나 시간이 한참 지나도 길은 나타나지 않았다. 사방이 벽이었다.

어째서 나체의 아이들이 황 장군의 에어로더에 탄 것일까. 희준과 똑같이 생긴 그 아이는 뭘까. 현의 머릿속에 알 수 없는 의문들이 일었다. 머리가 복잡해진 현은 이 두통이 생각들 때문인지 술기운 때문인지 알 수 없었다. 현은 고개를 들고 아락실의 외견을 가만히 바라봤다. 흰색 타일과 다중 홀로그램 패널로 마감된 거대하고 육중한 건물이었다. 순간 현은 그 하얀 거성 앞에서 스스로가 작아지는 듯한 기분을 느꼈다.

내가 취해서 잘못 봤을지도 모른다. 그래, 그냥 닮은 아이겠지. 괜한 오지랖이다. 사람은 해야 할 이유보다 하지 말아야 할 이유를 더 빨리, 더 많이 찾아내는 동물이고 현 역시 예외는 아니었다. 현은 지금 자신의 목에 걸려 있는 것들을 생각했다. 사랑스러운 가족, 탄탄한 회사. 알지도 못하는 타인의 삶이 순조롭게 풀리고 있는 내 미래보다 소중한가? 대답은 정해져 있었다.

현은 주변을 둘러보았다. 에어로더 헤드라이트, 홀로그램 사인, 에너지 송신 타워에서 맥동하는 빛이 제각기 다른 방향으로 흐르고 있었다. 빛이 떠난 자리에 어둠이 발생하면 곧 또 다른 빛이 흘러들어 어둠을 지우는 현상이 반복되었다. 현은 아락실 건물 구석에 도사린 어둠을 가만히 바라보았다. 언젠가 다른 빛이 올 것이다. 그럼 모든 게 괜찮아질 것이라고, 현은 그렇게 생각하며 몸을 돌렸다.

햇빛이 거대한 유리창을 뚫고 폭포처럼 쏟아져 내렸다. 빛은 수면에 부딪힌 뒤 난반사되어 현의 얼굴에 어지러운 패턴을 그렸다. 파충류의 비늘과도 같은 무늬였다. 현은 멍하니 그 무늬를 바라봤다.

"오빠, 어때?"

"어?"

현은 아내 현서의 목소리에 정신을 차렸다. 찰박거리는 수영장 물소리가 파문과 함께 울리고 있었다. 현은 레인을 따라 나아가는 한 아이를 바라봤다. 현의 자랑이자 사랑이었다.

"주영이 잘하지?"

현서가 재차 묻자 현은 고개를 끄덕였다.

"그러네."

현은 아직 다 자라지 않은 팔다리로 열심히 헤엄쳐 나가는 주영을 가만히 바라보았다. 정말 오랜만에 가족들과 함께 맞는 아침이었다. 현은 이 아침을 더 만끽하고 싶었으나, 더 신경 쓰이는 것이 있어 마냥 여유를 즐길 수 없었다. 묘하게 불쾌한 소독제 냄새가 계속 현의 코를 찔렀다. 이윽고 현의 검지에 끼워져 있는 스마트링이 홀로그램 알람을 띄웠다.

현은 즉시 폰을 확인했다. 폰의 AI는 방금 도착한 중요 정보들을 요약해서 현에게 브리핑했다. 그중 하나는 병호 이사가 보낸 메시지로, 국군 신형 전술 위성으로 채택된 미리내 수십기가 성공적으로 발사되었다는 뉴스가 첨부되어 있었다. 현은 안도의 한숨을 내쉬며 폰을 내려놓고 잠시 눈을 감았다. 이제 남은 일주일의 휴가 동안 현이 걱정할 일은 없었다. 이 휴가는 사업 입찰에 성공한 회사가 현에게 내려준 여러 보상 중 하나였다. 레인 끝에 도달한 주영이 고개를 내밀었다.

"아빠!"

현을 발견한 주영이 활짝 웃었다. 그 웃음에 현의 입가에도 미소가 번졌다.

"……그래서 혹등고래들은 노래를 불러서 멀리 있는 다른 개체랑 소통을 하는데, 이상 기후로 눈이 계속 내리잖아. 눈이 소리를 먹어서 전달이 안 되니까 고래들이 더 복잡한 멜로디와 리듬을 개발하고 있대."

주영이 덜 마른 머리를 만지며 말했다. 주영은 자기 전에 보았던 영상에 대해 설명하느라 열심이었다. 3년 전부터 줄곧 내리기 시작한 눈이 혹등고래들의 노래를 어떻게 변화시켰는지에 대한 내용이었다. 현은 주영을 가만히 쳐다봤다. 현서는 그런 현의 표정을 보고는 재미있다는 듯 쿡쿡 웃었다.

주영이 영문을 모르겠다는 얼굴로 되물었다.

"안 신기해?"

"난 우리 딸이 더 신기해."

현이 주영의 볼을 살짝 꼬집으며 말했다. 현서가 탄산수를 한 모금 마시고는 말했다.

"말도 마. 맨날 어디서 그런 걸 찾아보는지, 난 어제 양자역학 강의도 들었잖아."

주영이 열정적인 대학 교수 같은 얼굴을 하고서는 말했다.

"재밌잖아."

"아유, 그래. 우리 딸이 재밌으면 됐지. 혹등고래도 먹어야 노래 부르는 거 알지? 얼른 밥 먹어."

현서의 말에 주영은 드디어 말하는 데가 아닌 먹는 데 입을 사용하기 시작했다. 주영이 찌개를 한 숟가락 떠서 입에 넣었다.

"어때? 엄마가 오랜만에 솜씨 발휘했는데."

현서의 물음에 주영은 시큰둥하게 대답했다.

"짜."

"그래? 소금을 너무 넣었나?"

주영의 직설적인 피드백에 현서가 다시 찌개를 떠먹었다. 현도 찌개를 한 숟가락 떠 입에 넣었다.

"맛있기만 하구만."

"아빠는 짠 거 좋아하잖아. 그래서 엄마 간이 저렇게 된 거야."

"아빠가 짠 걸 좋아하는 게 아니고 네 입맛이 싱거운 거지."

"맨날 엄마 편 들더라. 어이없어."

주영이 툴툴대는 사이, 현은 찌개에 다시 숟가락을 뻗었다. 현서는 다큐가 나오고 있던 거실의 홀로그램TV 채널을 돌렸다. 뉴스 속보가 나오고 있었다.

〔대형 유흥주점 아락실에서 아동 성매매로 인한 사망자가 발생했다는 폭로가 나왔습니다.〕

AI 아나운서의 목소리가 거실에 퍼졌다. 그 정확하고 또렷한 발음은 고개를 숙인 채 밥을 먹던 현의 귀를 파고들었다. 현은 서서히 고개를 들었다. 찌개를 뜬 숟가락은 현의 입에 들어가지 못하고 허공에 멈췄다. 현은 가만히 TV를 바라봤다.

〔이 폭로에 대해 아락실 측에서는 합법적인 유흥접객업만 제공할 뿐, 이른바 '2차'라고 불리는 불법 성매매나 아동 성매매와는 전혀 무관하다고 반박했습니다. 그러나 사태를 폭로한 내부자 A씨는 아락실 건물 내 비밀 VIP 구역에서 아동 성매매를 비롯한 불법 성매매 행위가 빈번하게 벌어지고 있으며, 지난주 이로 인한 사망자가 발생했다고 밝혔습니다.〕

"어우, 뭐야. 밥맛 떨어지게……."

현서가 인상을 쓰며 채널을 돌리려고 하자 현이 제지했다.

"잠깐."

보도가 계속해서 이어졌다.

〔아락실 측에서 피해 아동들을 통제하기 위해 주기적으로 전자 마약을 사용하는데, 이를 과도하게 사용해 아이가 사망했다는 것입니다.〕

뉴스 화면에 '내부 폭로자 A씨'의 인터뷰가 흘러나왔다. 아락실의 매니저 중 한 명이던 그는 폭로 이유에 대해 사람으로서 더 이상 두고 볼 수가 없었기 때문이라고 밝혔지만, 내부 이권 다툼 문제로 추정된다는 아나운서의 멘트가 이어졌다. 현서가 주영의 어깨를 잡으며 입을 열었다.

"이주영, 너도 조심해야 돼. 이상한 데 기웃거리지 말고 집에 빨리 오고, 무슨 일 있으면 바로 엄마한테 연락하고. 알았지?"

현서의 걱정 어린 당부에 주영은 입에 넣은 밥을 우물거리며 고개를 끄덕였다. 오직 현만이 아무 말도 하지 않고 가만히 뉴스를 보고 있었다. 현의 머릿속에서는 그날의 광경이 흐릿하게 재생되고 있었다. 그때 TV 홀로그램에 피해 아동의 얼굴이 떴다. 뺨을 맞고 있던 바로 그 아이였다. 현에게도, 주영에게도, 현서에게도 낯익은 얼굴이었다. 현의 기억 속에서 흐릿했던 광경이 또렷해지기 시작했다.

〔피해자는 1년 전 사망한 류희준 군으로, 유족들의 동의 없이 불법 의체화로 되살아나 성매매에 이용되었던 것으로…….〕

희준. 그 이름을 듣자마자 구역질이 올라와 현은 서둘러 채널을 돌렸다. 뇌를 바늘로 찌르는 듯한 두통이 몰려왔다. 이마에서는 구슬 같은 식은땀이 흘러내렸다. 현서와 주영 역시 아무 말도 못 하기는 마찬가지였다. 소란스럽게 시작된 점심 식사는 침묵으로 끝났다. 주영의 덜 마른 머리카락이 엉겨 붙고 있었다.

"확실해? 확실하게 본 거 맞아?"

"확실해요. 그때 VIP층 발코니에서……."

병호가 현의 입을 급히 틀어막으면서 비상구 계단의 위아래를 조심스럽게 살폈다. 혹시라도 듣는 사람이 있을까 걱정하는 얼굴이었다. 아무도 없는 것을 확인한 병호는 안도의 한숨을 내쉬었다. 병호가 머리를 쓸어 넘기며 말했다.

"너, 못 본 거야."

"예?"

"그날 아무것도 못 보고 못 들은 거라고."

현이 이해하지 못한 것으로 판단한 병호는 친절하고도 자세한 설명을 덧붙였다.

"혹시라도 참고인 진술이나 목격자 증언 같은 거 할 생각 꿈도 꾸지 말라고. 어디 가서 말하고 다니지도 말고. 괜히 우리한테 불똥 튄다."

병호의 말에 현의 눈썹이 움찔거렸다.

"형, 얘가 죽었잖아요. 걔 주영이 친구였어요. 가족끼리도 서로 다 아는 사이고요."

현의 말에 병호가 어이없다는 듯 받아쳤다.

"그래서 뭐?"

"예?"

"그래서 뭐. 그냥 친구잖아. 사람 죽는 게 하루이틀 일이냐? 그게 그렇게 특별한 죽음이야?"

"뭐라고요?"

현의 얼굴이 다소 일그러졌다. 병호는 그러거나 말거나 아랑곳 않고 이어서 말했다.

"그냥 시키는 대로 해."

"아니 형, 이건 그래도……."

"아이 씨발, 그냥 시키는 대로 하라고 인마."

병호가 정색했다. 웬만하면 이렇게까지 화를 내지 않는 병호였다. 병호의 그런 표정과 어투를 처음 본 현은 당황해서 아무 말도 하지 못했다. 현이 꿀 먹은 벙어리가 되자 병호는 긴 한숨을 내쉰 뒤 심호흡을 했다. 기계가 과열되면 열심히 팬을 돌리듯, 병호가 열을 배출하는 나름의 방법이었다. 공랭식. 현은 어색한 적막 속에서도 저도 모르게 습관적으로 머리에 떠오르는 이공계적 발상을 지우려고 애썼다. 잠시 후 평소의 미소를 되찾은 병호가 입을 열었다.

"우리 쉽게쉽게 좀 가자. 응?"

"……."

"그 애 그렇게 된 거? 네 잘못 아니야. 너 죄책감 가질 필요 없어. 책임져야 할 필요는 더더욱 없고."

병호가 현의 어깨를 잡았다. 잠시 할 말을 생각하던 현은 나지막이 말했다.

"그래도 이러면 안 되는 거잖아요."

현의 말에 병호가 답답하다는 듯 가슴을 팍팍 쳤다. 순식간에 심호흡으로도 해결되지 않는 열이 쌓인 병호가 다시금 언성을 높였다.

"안 되긴 뭐가 안 돼, 인마! 걔가 네 딸이야? 너 정신 차려. 오지랖 부리지 말고 네 앞가림이나 잘하라고, 어?"

"잘하고 있어요."

현의 말에 병호의 얼굴이 순식간에 일그러졌다.

"아, 이 새끼 또라이인 줄은 알았는데 상상 이상이네, 이거. 너 요즘 왜 그러냐?"

"요즘이라뇨. 원래……."

"야, 너 일 잘하고 똑똑한 건 알겠어. 알겠는데, 네가 아는 세상이 전부가 아니야. 너만 똑바르고 너만 정의로워? 남들은 뭐 다 비겁하고 나쁜 놈들이라 너처럼 못 사는 줄 알아? 세상은 어차피 합리로 돌아가는 거야. 합리로!"

본인의 언성이 높아졌음을 그제야 인지한 병호가 다시 열 배출 시퀀스를 시작했다. 겨우 차분한 목소리를 되찾은 병호가 말을 이었다.

"너 아락실 운영 주체가 누군지 알아?"

"아뇨."

"도마뱀. 들어봤지?"

병호가 내뱉은 세 음절에 순간 현의 등골이 서늘해졌다. 인신매매, 성매매, 전자 마약 밀매 등을 주요 사업으로 삼고 있는 거대 범죄 조직의 이름이었다. 낮게는 지역 경찰서장부터 높게는 기업 총수에서 정치인들까지, 막대한 자금력과 연줄로 손이 안 닿는 곳이 없다는 정경 유착 범죄 조직의 대명사. 음모론자들이나 좋아할 만한 단어를 예상외의 상황에 듣게 된 현은 순간 당황해 머리가 굳어버렸다.

"도마뱀요?"

"그래."

"도마뱀이…… 진짜 있는 거였어요?"

병호가 먼 산을 보듯 시선을 돌리며 한숨을 쉬었다.

"아마 이번 건도 걔들이 경찰부터 시작해서 뭐 검찰, 판사…… 싹 다 매수해 놨을 거야. 게다가 아락실은 정부 쪽 높으신 분들도 자주 드나드는 곳이니까 일이 더 커지면 그쪽도 곤란할 테고. 이게 폭로가 터져서 잠깐 이렇게 이슈가 된 거지, 다른 폭탄 새로 터뜨리고 단도리 좀 하면 금방 묻혀버릴 거라고. 이거 재판까지 간다 쳐도 밑에 총알받이들 몇 명 꼬리만 잘리고 끝이야."

마치 여러 번 보아온 일이라는 듯 병호가 말했다.

"어차피 안 될 일이야. 그냥 아무것도 안 하면 되는 거야. 가만히만 있으면 된다고. 그게 어려워?"

어차피 안 될 일. 현이 제품을 개발할 때마다 몇 번이나 들어왔던 말이다. 그러나 현은 항상 남들이 불가능하다고 했던 일들을 보란 듯이 성공시켜 왔다. 어차피 안 될 일. 그 문장이 위축되려던 현의 마음을 다시 쿡 찔렀다.

"현아, 형 한번 살려주라, 응? 너도 동충하초 프로젝트 집중해야지. 완성 직전이잖아."

병호가 다급하게 현의 손을 꼭 붙잡았다. 겁박, 회유, 애원. 합리적 논리에 실질적 이득과 감정적 호소가 아주 적절한 비율로 곁들여진, 교과서적 설득 코스 요리 한 상. 병호의 말은 현실적으로 맞는 말이었다. 그러나 맞는 말이 늘 옳은 말은 아닌 법이다. 현은 쉽사리 알겠다고, 그렇게 하겠다고 대답할 수 없었다. 현은 마치 죄인이 된 것처럼 고개를 숙인 채 자신의 손을 감싸 쥔 병호의 손을 우두커니 바라봤다. 흉터 하나 없는 하얗고 부드러운 손이었다. 불쾌할 정도로 깨끗한 손. 현은 그 손을 보다가 입을 열었다.

"황 장군님 얽혀 있는 거, 맞죠?"

현의 말에 병호가 움찔했다. 적막이 대답을 대신했다. 곧 그 사실을 인지한 병호가 고개를 돌려 비상구 문을 바라봤다. 초록색으로 발광하는 비상등 홀로그램이 지직거리며 병호의 안경에 반사되었다. 병호가 조용히 읊조렸다.

"……너랑 나, 아니, 잘못하면 우리 회사 전부 줄줄이 엮인다."

"그러겠죠."

현의 대답에 병호가 어이없다는 표정으로 입을 다물었다.

"뭔데요? 왜 그 애들이, 희준이가 황 장군 그 새끼 에어로더에 탄 건데요?"

"말조심해."

"알았어요. 그래서 뭔데요?"

병호가 곤란하다는 얼굴로 긴 숨을 내쉬었다.

"안 돼."

"알려주시면 아무것도 안 하겠다고 약속할게요."

현의 말에 병호의 눈동자가 순간 흔들렸다. 물론 거짓말이었다. 그러나 현은 평소 거짓 약속을 남발하는 사람이 아니었고, 이는 병호가 현의 말을 신뢰하는 데 지대한 작용을 했다. 게다가 사람은 급해지면 튼튼한 줄이든 썩은 줄이든 뭐라도 쥐어보려고 하는 법이다. 지금 급한 쪽은 병호였다. 병호는 황 장군에 대한 정보 하나로 현의 입을 막을 수 있다는 부실한 희망을 꽉 쥐었다. 병호가 짧은 고민 끝에 입을 열었다.

"약속 지켜라."

"네."

아무 의미도 없는 약속이 이루어졌다. 병호는 머뭇거리다가 말을 꺼냈다.

"특이 취향이야. 황 장군의."

현의 표정이 굳었다.

"그게 다예요?"

"그래. 황 장군이 그날 우리랑 헤어지고 나서 2차를 간 거지. 애들이랑 집에서. 그게 다야."

병호의 말에 현은 더욱 분노가 치솟아 올랐다. 차라리 다른 이유가 있었으면 했다. 그런데 단순히 본인의 비틀린 성욕을 풀기 위해서라니. 그래서 죽은 애를 유족도 모르게 되살리고, 그렇게 써먹었다니. 현은 황 장군의 얼굴을 떠올리며 고개를 저었다. 생각만으로도 속이 다시 거북해진 현은 눈을 감았다. 현에게는 지금 거대하고 짙은 어둠만이 보였다. 병호가 뭐라고 당부하는 소리가 어둠 속에 빠진 현의 귀를 흐릿하게 스쳤다.

〔인기 버츄얼 아이돌 레이시올의 멤버 '하루'가 전자 마약 '제트코닉' 상습 사용 혐의로 구속됐습니다.〕

늦은 밤, 현은 거실 소파에 앉아 병호의 말을 실감했다. 인기 아이돌의 마약 이슈가 딱 맞는 타이밍에 터졌고, 그 틈을 타 아락실 관련 뉴스와 기사들 및 각종 플랫폼과 커뮤니티의 영상들이 슬그머니 자취를 감추기 시작했다. 대중의 반응은 폭주하고 있었다. 분노의 방향이 순식간에 바뀐 것이다. 불법 의체화, 아동 성매매 피해자의 죽음에 분노하던 대중은 이제 하루를 물어뜯고 있었다.

이름도 얼굴도 잘 모르는 아이의 죽음보다는 항상 보던 유명 아이돌의 마약 혐의가 더 자극적으로 다가오기 마련이다. 각종 SNS와 커뮤니티에서 유서 깊은 한국의 전통 놀이, 조리돌림과 멍석말이가 시작되었다. 아락실 사건은 순식간에 뒷전으로 밀려났다. 분노와 혐오의 시대라고 한들 개인이 뿜어낼 수 있는 감정의 총량은 한정되어 있다. 그리고 그 분노의 농도와 방향은 철저히 그들의 계획대로 유도되었다.

"도마뱀…….."

현은 나지막이 세 음절을 뱉었다. 진짜 존재하는 조직이라니. 병호의 말이 맞는다면 이대로 사건 자체가 흐지부지되는 것은 시간문제였다. 이미 아락실 측에서는 증거를 은폐했을 터. 그렇다면 나의 목격담과 병호와의 대화가 유일한 증언이 될 텐데. 현은 초소형 녹음기에서 추출한 병호와의 대화 백업본을 확인했다. 이걸로 어떻게 움직여야 하지. 싸우는 게 맞나. 일단 희준의 어머니에게……. 여러 가지 생각으로 머리가 복잡해진 현은 폰을 내려놓고 가만히 눈을 감았다. 제발 가만히 있어달라는 병호의 목소리가 맴돌았다. 그때 불현듯 벨소리가 울려 그 목소리를 흩어버렸다. 현은 피곤한 목소리로 전화를 받았다.

"여보세요."

〔어, 뭐하냐?〕

소파에 거의 눕다시피 기대 있던 현은 자세를 바로 하고 앉았다. 오랜만에 듣는 반갑고도 익숙한 목소리, 중고등학교 동창이자 얼마 안 되는 절친 주완의 목소리였다. 현은 최대한 반가운 기색을 죽이려고 노력하며 입을 열었다.

"그냥 집에서 뻗어 있지."

〔나와. 오랜만에 밥이나 먹자.〕

"밤 12시에 갑자기 무슨 밥이야, 미친놈아."

현은 그렇게 말하고는 순간 주완이 오르바사의 의체 엔지니어라는 사실을 뒤늦게 상기했다. 어쩌면 이번 아락실 사건의 불법 의체화에 대해 알고 있을지도 몰랐다. 생각이 거기까지 미친 현은 다급하게 다시 입을 열었다.

"아니다, 어딘데?"

'류세이'라고 조각된 전통적인 나무 간판이 홀 한가운데에 크게 걸려 있었다. 고즈넉한 일본식 주점의 스피커에서 조용하고 느긋한 일본 전통 음악이 흘러나왔다. 주완이 인공육이 아닌 진짜 생선회를 취급하는 곳이라며 데려온 집이었다. 주완은 일본 출신 오너셰프와 이야기를 조금 나누고는 구석 자리에 현과 함께 앉았다. 주완이 조용히 말했다.

"여기는 걸리는 게 없어. 그래서 좋아."

"뭐?"

현이 의아하다는 듯 되묻자 주완이 대답했다.

"모든 게 자연스럽잖아. 일식, 일본 음악, 일본인 셰프……. 요즘처럼 뒤죽박죽인 세상에서 뭐랄까, 통일성이 있달까."

주완의 말에 현이 한쪽 입꼬리를 올리며 받아쳤다.

"지랄한다. 네가 왜 그런 거 좋아하는 줄 알아? 다 네가 통일성이 없어서 그래."

"닥쳐, 인마."

현과 주완이 옥신각신하는 사이, 안주로 시킨 다금바리 회가 나왔다. 연한 핑크빛 살이 조명을 받아 은은하게 빛났다.

주완은 옻칠을 한 고급스러운 젓가락으로 회를 한 점 집어 입에 넣었다. 감탄에 찬 목소리가 흘러나왔다.

"이거라니까. 이 맛이라니까. 인공육으로는 이 맛이 안 난다고."

"호들갑은."

"먹어보면 알아. 빨리 먹어봐. 소금만 살짝 찍어서."

주완의 말에 현도 회를 한 점 집어 입에 넣었다. 부드러운 육질, 적당히 고소한 기름기, 아주 미세하게 나는 꽃향기. 분명 좋은 회였다. 그러나 현에게는 최상급 인공육과의 차이가 느껴지지 않았다. 현은 고개를 갸웃하며 말했다.

"난 잘 모르겠는데."

"네가 막입이라 그래."

주완이 웃음기 띤 얼굴로 말했다. 현이 어이없다는 투로 받아쳤다.

"네가 수준 높은 인공육을 안 먹어봐서 그런 거 아냐?"

"내가 좋은 걸 안 먹어봤겠냐? 인공육, 그거 다 우리 회사에서 만드는데."

주완이 젓가락으로 다금바리 살점을 쓰다듬듯 쓸어내리며 말을 이었다.

"DNA 복제니 세포 배양이니…… 아무리 똑같이 만들어도 결국 다르다니까. 미묘한 차이가 있어."

"그게 무슨 차이인데?"

"글쎄."

주완은 대답을 보류하고는 술을 한 모금 마셨다. 셰프가 생선의 머리를 턱 하고 잘라내는 것을 본 주완이 나지막이 말했다.

"영혼의 유무?"

영혼의 유무. 현은 그렇게 말하는 주완을 보며 실소를 머금을 수밖에 없었다. 고객의 DNA로 복제한 신체인 의체에 고객의 생전 기억을 담은 시냅스 칩을 삽입해 두 번째 삶을 이어갈 수 있게 해주는 것, 그것이 오르바 바이오테크사의 사업이자 의체 엔지니어인 주완의 일이었다. 그것이야말로 영혼이 없는 '인공육'을 만드는 일이 아닌가. 현은 그렇게 생각하며 생선의 살에 녹아든 영혼을 음미하는 주완을 바라봤다. 이윽고 현이 말했다.

"네 말대로라면 영혼은 맛있는 거네."

"그러네."

현의 말에 주완이 작게 웃었다. 이어서 현이 주완에게 물었다.

"일은 잘되냐?"

"똑같지 뭐."

주완은 그렇게 대답하고는 술을 한 모금 마시고 다시 회를 집어 입에 넣었다. 현은 주방 앞 독방 같은 원형 수조에 제각기 갇혀 있는 물고기들을 바라보았다. 수십 개의 비늘 사이로 보이는 멍한 눈. 현은 자신의 멍한 눈으로 그 멍한 눈과 시선을 맞췄다. 어떻게 말을 꺼내야 할지 고민하던 현에게 주완이 먼저 물었다.

"너 뭔 일 있지?"

"……."

"맞네. 네가 새벽에 부른다고 이렇게 순순히 나올 새끼가 아닌데."

주완이 회를 우물거리며 말했다. 현은 물고기를 보면서 나지막이 대꾸했다.

"불쌍하지 않냐?"

"뭐가?"

현이 뜸을 들이다가 대답했다.

"물고기들. 저렇게 갇혀 있잖아, 헤엄치지도 못하고."

"갑자기 뭔 개소리야. 취했냐?"

주완의 말에 현이 영혼 없는 웃음을 흘렸다. 주완이 답답하다는 듯 물었다.

"그래서 뭔데? 술맛 떨어지게 하지 말고 빨리 말해."

턱. 잘린 생선 머리가 주방 바닥에 떨어지는 소리가 울렸다. 현은 머뭇거리다가 겨우 입을 열었다.

"아락실 사건 알지?"

현의 말에 주완의 표정이 순간 수조 속 물고기처럼 굳어버렸다. 현은 아랑곳하지 않고 말했다.

"그 죽은 애 있잖아, 불법 의체화 됐다고 하던데 그게 가능해?"

주완은 생각에 잠긴 얼굴을 하고는 손가락으로 애꿎은 술잔만 툭툭 건드렸다. 잠시 적막이 흘렀다. 현이 다시 물어보려고 입을 열 때쯤 주완이 먼저 대답을 꺼냈다.

"불가능하지는 않지."

"그래?"

"어. 시체의 뇌만 신선한 상태로 빼돌리면 돼. 그럼 그걸 스캔해서 시냅스 칩에 넣는 거지. 의체는 DNA를 채취해서 만들면 되니까."

주완의 대답을 듣고 현이 잠시 생각하다가 말했다.

"그게 아무나 할 수 있는 일은 아니잖아."

"그렇지. 의체 서비스는 우리 회사에서만 하니까."

"너 뭐 아는 거 없어?"

현의 질문에 주완이 당혹스런 표정을 지으며 물었다.

"뭘?"

현이 주완을 응시하며 조용히 말을 꺼냈다.

"그 아락실에서 죽었다는 애, 우리 딸 친구야."

"뭐?"

"가족끼리도 꽤 가까웠거든. 그 애 죽었을 때 장례식장에서 걔 어머니가 하는 말을 들었어. 뇌 손상이 심해서 의체화하기 어렵다는 답변을 오르바사에서 들었다고."

현이 이어서 말했다.

"그럼 누가 의도적으로 거짓말을 했다는 거잖아. 애를 그렇게 써먹으려고. 그럼 그 애는 의체가 되고 나서 1년 동안 계속……."

현은 말을 마치지 못했다. 주완이 마시려던 술잔을 내려놓았다. 현이 주완을 똑바로 바라보며 물었다.

"이게 어떻게 된 걸까?"

주완이 헛웃음을 뱉었다.

"설마 나 의심하냐?"

"아니. 그냥 너는 뭐라도 아는 게 있지 않을까 싶어서."

"없어, 인마. 누가 또 뒷돈 받고 몰래 만들어 줬나 보지."

주완은 그렇게 말하고는 내려놓았던 술잔을 집어 단번에 들이켰다. 현 역시 술을 한 모금 들이켜고는 중얼거렸다.

"그러냐……."

잠시 어색한 침묵이 감돌았다. 현이 먼저 수조 속 물고기들을 보며 침묵을 깼다.

“한 달 전인가, 개를 봤어.”

“봤다니?”

“회사에서 군바리 접대한다고 아락실에 있었거든. 그때 개를 봤다고.”

현의 말에 주완이 심각한 얼굴로 물었다.

“그래서?”

“그래서라니?”

“그러니까, 그래서 무슨 말이 하고 싶은 거냐고.”

무슨 말이 하고 싶은 걸까. 뭘 하고 싶은 걸까. 현 스스로도 아직 정확하게 갈피를 잡지 못한 상태였다. 그러나 마음만은 확실했다. 현은 나지막이 그 마음을 꺼냈다.

“이건 아니잖아.”

“…….”

“아무리 그래도 애들을 데리고 이러면 안 되는 거잖아.”

잠시 정적이 감돌았다. 주완이 천천히 고개를 끄덕이며 대답했다.

“그래, 그렇지.”

주완이 이어서 물었다.

“그래서?”

“그래서라니?”

“그래서 뭘 하려고?”

주완의 물음에 현은 고개를 돌렸다. 주완은 현의 옆 얼굴을, 굳게 다문 입술과 또렷하게 치켜뜬 눈을 바라봤다. 현이 무언가를 결심했을 때, 특히 싸우기로 결심했을 때 자연스레 나오는 표정이었다. 주완은 학창 시절 현이 작은 체구로 약한 주먹을 휘두르며 시비 붙은 아이들과 필사적으로 싸우던 모습을 떠올렸다. 주완에게는 몹시 익숙한 표정이었다. 주완이 나지막이 말했다.

"하지 마."

"뭐를. 아직 아무것도 안 했어."

"그러니까. 계속 아무것도 하지 말라고. 좋은 생각 아니다."

현은 멍하니 주완을 바라봤다. 주완이 얼마 남지 않은 다금바리의 살점을 젓가락으로 뒤적이며 말했다.

"이미 죽은 아이를 썼을 뿐이잖아. 걔는 이미 예전에 죽었고……."

주완의 말에 현의 눈썹이 움찔거렸다.

"뭐?"

"맞잖아, 아니야?"

주완은 고개를 돌려 현이 보고 있던 수조의 물고기를 바라봤다. 잠시 적막이 흘렀다. 주완이 다시 조용히 입을 열었다.

"그냥 원본과 비슷한 복제품일 뿐이야."

복제품. 그 단어에 움찔한 현이 언성을 높이며 반박했다.

"먹고, 말하고, 생각하고, 아파하는 복제품이지. 의체도 되살린 사람이잖아."

"영혼이 있어야 사람이지."

주완이 젓가락으로 다금바리의 살을 누르며 말했다.

"뼈와 내장과 피부를 똑같이 복제했다고 한들, 생전의 기억을 뇌에서 칩으로 옮겼다고 한들…… 영혼까지 복사되지는 않아."

주완의 말에 현이 헛웃음을 흘리며 비꼬듯 물었다.

"그럼 너는 인간이 아니라 인형을 만드는 거라고?"

"그래. 난 그렇게 생각해."

"……."

"의체는 인형이야. 아주 정교한 인형. 하지만 인형이 아무리 정교해져도 사람이 될 순 없어."

주완이 설명을 덧붙였다.

"이 일을 하면서도 이해가 되질 않아. 다들 가짜로 살아가는 게 뭐가 좋다고 의체화를 하는지. 삶은, 죽음은 정해져 있는 거잖아. 때가 되면 조용히 죽음을 맞이하는 게 진짜 삶이고, 진짜 사람이야. 그게 자연스러운 일이고."

주완의 말에 현은 입을 다물었다. 셰프가 수조를 열어 물고기를 한 마리 빼 갔다. 현은 물고기가 꼬리를 흔들 때마다 물방울이 튀는 모습을 보았다. 스스로의 짧은 삶에 필사적으로 남기는 자국 같다고, 현은 생각했다. 잠시 그 광경을 바라보던 현이 침묵을 깨고 주완에게 말했다.

"의체화를 해도 생전의 기억은 남잖아. 감정이 있고, 생각을 하고, 행동을 하잖아. 그럼 그게 사람 아니야?"

현의 말에 주완은 고개를 저었다. 주완은 자신의 술잔과 현의 술잔을 나란히 놓고는 입을 열었다.

"좋아, 너를 의체화한다고 가정해 보자. 네 의식을 데이터화해서 시냅스 칩에 담아 옮긴다고 쳐. 그럼 너는 어디 있을까? 새 의체 속 시냅스 칩?"

주완이 고개를 저었다.

"아니. 네 의식은 데이터 스캔을 하느라 타버린 네 원래 뇌에 있어. 의체에 있는 시냅스 칩 속 자아는 네 원래 자아의 복사본일 뿐이라고."

주완이 이어서 말했다.

"넌 그냥 죽는 거야. 너와 완전히 같은 새로운 몸이 살아 움직일 뿐. 그럼 그게 사람일까?"

"그건……."

"의체화는 죽은 사람들을 위해서 하는 게 아니야. 살아 있는 사람들을 위해서 하는 거지. 다시 보고 싶어서, 혹은 필요해서 시체를 기반으로 한 인형을 만들어 내는 것뿐이라고."

주완이 차가운 어투로 말을 이었다.

"그러니까 그 애도 그냥 잊어. 걔는 1년 전 에어로더 사고 때 죽은 게 맞아. 그게 끝이라고."

주완은 그 말을 끝으로 현의 술잔을 다시 현 쪽으로 밀었다. 현은 생각에 잠겼다. 의체화는 죽은 사람을 되살리는 것이라고, 그렇게 널리 알려져 있다. 그러나 의체 엔지니어인 주완의 방금 주장은 그것을 전면으로 부정하는 것이었다. 현은 비어 있는 자신의 술잔 바닥을 바라봤다. 유막 처리된 표면이 번들거렸다. 잠시 생각을 정리하던 현이 나지막이 말을 꺼냈다.

"넌 그럼 인형이니까, 의체 인간이 성매매를 당하든 고문을 당하든 상관없다는 거냐?"

주완이 고개를 돌렸다. 현이 말을 이었다.

"네 말대로 만약 지금 내가 의체라면?"

"……."

"넌 내가 어떻게 되든 상관없어?"

현의 말이 끝남과 동시에 셰프가 물고기의 머리를 내려치는 소리가 울렸다. 주완은 무언가를 말하려고 하다가 다시 입을 닫기를 반복했다. 쉽게 대답이 될 만한 말을 찾지 못한 주완은 대답 대신 빈 술잔에 술을 따르려고 했다. 그러나 이미 병은 바닥을 보이고 있었다.

"여기 한 병 더 주세요."

주완의 주문에 종업원이 술병을 들고 와 테이블에 올려놓았다. 주완은 투명한 잔에 투명한 술을 가득 따르고는 한 번에 삼켰다. 잠시 후 셰프가 서비스로 내온 회 몇 점과 요리, 주완이 추가로 주문한 술을 전부 비우고 나서야 술자리가 끝났다. 그리고 술자리가 끝날 때까지, 결국 주완은 현의 마지막 질문에 대답이 될 만한 말을 하지 못했다.

오랜 친구에 대한 미안함과 고마움으로 술값을 대신 계산하고 밖으로 나온 현은 주완이 에어로더를 기다리는 모습을 가만히 바라보았다. 어두운 새벽 하늘을 가르며 에어로더가 조용히 날아와 주점 앞에 섰다.

"들어가라. 다음에 보자."

"그래."

에어로더에 타려던 주완은 문득 발걸음을 멈추고 현에게 한마디 덧붙였다.

"너무 피곤하게 살지 마라. 간다."

문이 닫히고, 주완의 에어로더는 하늘을 날아 먼 곳으로 사라져 버렸다. 현은 밤하늘을 바라봤다. 인간들이 쏘아 올린 가짜 별들이 무수히 빛나고 있었다. 현이 개발한 미리내 전술 위성 역시 저 밤하늘 어딘가에 있을 것이 분명했다. 별의 눈으로 보면 그렇게 복잡한 문제가 아닐지도 모른다고, 현은 생각했다. 현은 그 어떤 문제에도 결론을 내리지 못한 채 조용한 밤거리를 떠돌았다. 인형이라. 현은 고개를 저었다. 현은 주완의 말 대신, 혀끝에 남아 있는 다금바리의 은은한 단맛을 다시금 느꼈다.

"주영 아버님, 꼭 좀 부탁드려요."

현은 자신의 손을 붙잡은 희준 어머니의 손을 바라봤다. 거칠고 야윈 손이었다. 어린 아들이 죽은 것으로도 모자라 누군가에 의해 멋대로 되살아나 성매매에 쓰였다는 사실이 그녀에게 어느 정도의 크기와 무게로 다가오고 있을지, 현은 상상조차 하고 싶지 않았다. 현은 가만히 희준 어머니의 눈을 바라보았다. 동공에 반사된 빛이 흐릿했다. 슬픔이나 증오보다는 피곤함이 먼저 느껴지는 눈이었다. 다른 곳을 몇 번이나 들렀을까. 저 굽은 허리를 몇 번이나 숙였을까. 현은 그 눈동자 앞에서 그 어떤 약속도 꺼낼 수 없었다. 현이 지금 할 수 있는 것은 사과뿐이었다.

"죄송합니다. 제가 진작에 희준이를 봤다고, 그렇게 말씀을 드렸어야 했는데……."

현은 더 말을 잇지 못했다. 잠시 적막이 감돌았다. 희준 어머니는 힘없이 미소를 지으며 고개를 젓더니 허리 숙여 현에게 인사를 건넸다. 현과 현서 역시 희준 어머니에게 인사를 건넸다.

"조심히 들어가세요, 어머님."

숙고 끝에 현이 꺼낼 수 있던 말은 다분히 의례적인 인사뿐이었다. 희준 어머니는 금방이라도 쓰러질 것만 같은 위태로운 발걸음으로 현의 집을 나섰다. 현서는 심각한 표정으로 거실 소파에 앉아 현을 바라보았다. 현 역시 현서를 바라보았다. 현이 조용히 입을 열었다.

"저기……."

"하자, 증언."

현서의 말에 놀란 현이 되물었다.

"진심이야?"

현서가 고개를 끄덕였다.

"나도 처음에는 별로 안 내켰어."

현서가 굳게 닫혀 있는 주영의 방을 바라보며 이어서 말했다.

"근데 생각해 보니까, 상관없는 일이 아니더라고."

"……."

"주영이, 이런 세상에서 살게 할 순 없잖아."

현서의 말에 현은 주영의 얼굴을 떠올렸다. 만약 내가 그때 본 아이가 희준이 아니라 내 딸 주영이었다면 과연 어땠을까. 나는 온전하게 정신을 유지할 수 있었을까? 생각이 거기까지 미친 현은 그러자고 말하고 싶었다. 그러나 감정적으로 결정할 수 있는 문제가 아님을 잘 알고 있었다. 현은 조용히 입을 열었다.

"잘릴 수도 있어."

"그럼 내가 벌지 뭐. 오빠가 주영이 봐."

현서는 전혀 문제가 되지 않는다는 듯한 어투로 말했다. 현은 현서의 작지만 꼿꼿한 몸, 그리고 단호한 눈동자를 바라봤다. 결코 허세로 가볍게 뱉는 말이 아님을 느낄 수 있었다. 현서는 항상 그랬다. 같은 밥을 먹고 같은 방을 쓰며 함께한 세월이 벌써 12년, 연애 기간까지 포함하면 14년이었다. 그녀는 사근사근하고 친절하지만, 절대 약한 사람은 아니라는 것을 현은 세상 그 누구보다 잘 알고 있었다.

현서가 일을 그만둔 것도 단순한 희생이나 포기가 아닌, 주영이라는 새로운 목표를 위해서 주체적으로 내린 또 다른 선택일 뿐 결코 무능력해서가 아니라는 것 또한 현은 알고 있었다. 유능한 드림 디자이너였던 현서는 마음만 먹으면 얼마든지 재취업할 수 있는 상황이었다. 현은 현서의 손을 잡았다. 현이 대답하려는 찰나에 또 다른 목소리가 대화에 끼어들었다.

"아싸, 그럼 나 맨날 아빠랑 있겠네."

주영의 목소리에 화들짝 놀란 현과 현서가 주변을 두리번거렸다.

"뭐야, 이주영 너 어딨어?"

현서의 물음에 주영이 소파 밑에서 기어 나왔다. 갑자기 다리 사이에서 딸의 팔과 머리가 튀어나오는 것을 본 현과 현서는 놀란 가슴을 쓸어내렸다. 주영은 몸 곳곳을 툭툭 털고는 현과 현서 사이에 뛰어들어 앉았다. 현서가 당혹한 얼굴로 물었다.

"거기서 뭐 하고 있었어?"

"도청 놀이."

"다 들었어?"

"당연하지. 나도 귀가 있는데."

주영이 여느 때처럼 당돌한 목소리로 말했다.

"난 좋아. 아빠 잘렸으면 좋겠다."

"아빠한테 못 하는 말이 없어."

현이 주영의 볼을 잡고 주욱 늘였다가 떼었다. 주영이 쓴웃음을 지으며 다시 입을 열었다.

"아빠 잘리면 나는 오히려 좋아."

"좋다고?"

"당연하지. 같이 놀 수 있는 시간도 늘고, 그러니까……."

주영은 잠시 말을 잇지 못했다. 주영은 헛기침을 몇 번 하고 마른침을 삼켰다. 그것은 감정이 터져 나오지 않게 하려는, 주영 나름대로의 준비였다. 이윽고 주영이 작게 떨리는 목소리로 이어서 말했다.

"그러니까, 우리 희준이 도와주자."

현은 주영을 바라봤다. 주영의 입은 웃고 있었으나 두 눈동자는 흔들리고 있었다. 그 얼굴을 본 현은 희준의 장례식을 떠올렸다. 주영은 울음을 곧잘 참는 아이였다. 장례식에서도 주영은 줄곧 미소를 보였다. 밝지만 위태로운 미소를. 현은 주영이 그런 모습을 보일 때면 꼭 안아주고 싶었지만, 늘 그러지 못하고 바라보기만 했다. 주영을 끌어안는 순간, 그 작은 몸이 모래성처럼 그대로 무너져 내릴 것 같은 기분이 들었다. 이번에도 현은 딸을 안아주는 데 실패하고 말았다. 현은 주영의 작은 손을 가만히 감싸 쥐었다. 현은 주영의 작은 심장이 뛰는 것을 느끼며, 주영과 현서를 바라보았다. 현은 가만히 고개를 끄덕였다.

참고인 조사를 마치고 나온 현은 한층 홀가분한 기분으로 집에 돌아왔다. 반응은 즉각적이었다. 병호를 비롯한 상사들은 현을 노골적으로 질타했고, 어느새 현은 회사에서 손꼽히는 트러블 메이커가 되어 있었다. 그러나 회사의 모두가 현에게 적대적이지는 않았다. 몇몇 직원들은 현에게 개인적으로나마 응원을 건넸다. 대부분은 현과 동고동락하던 개발팀 팀원들이었다. 이는 합리에 의한 것이기도 했다. 회사의 높은 자리에 앉아 있는 병호나 경영진 임원들과 달리, 개발팀은 회사가 이런 사건에 엮여도 당장은 큰 타격이 없었다. 현은 세상이 정의가 아니라 합리로 돌아간다는 병호의 말을 떠올리고는 약간의 씁쓸함을 느꼈다.

현이 의도한 것은 아니었으나, 그 행보는 회사 사람들뿐만 아니라 다양한 사람에게 영향을 미쳤다. 몇몇 사람들은 아락실과 도마뱀에 대한 추가적인 폭로나 증거 수집을 돕겠다고 나서기도 했다. 꺼진 줄만 알았던 불씨가 다시 타오르고 있었다. 어느새 현은 증언을 포기하면 거액을 입금해 주겠다는 발신자 불명의 메시지와 이름 모를 지지자들로부터의 응원 메시지를 같은 날 수신받는 삶을 살아가고 있었다. 여러 가지 상반된 반응들 속에서 현은 흔들리지 않고 밀어붙이기로 했다. 그것은 현이 가장 잘할 수 있는 종류의 일이었다.

1차 공판 사흘 전.

현은 별로 든 것도 없는 서류 가방을 식탁 옆에 내려놓았다. 순식간에 상무이사의 아끼는 동생에서 상무이사가 직접 찍은 놈이 되어버린 현은 동충하초 프로젝트 리더 자리도 박탈당하고 온갖 출장에 불려 다니고 있었다. 그러면서 막상 출장지에 가서는 미팅이 끝날 때까지 의자에 앉아 대기하는 게 배정된 업무의 전부였다. 사람 괴롭히는 방법도 참 여러 가지군. 현은 그렇게 생각하며 식탁에 앉았다. 그래도 딸 앞에서 죽상인 얼굴을 하고 있을 수는 없었다. 현은 주영이 방 안에서 나오기 전까지 미소 짓는 연습을 했다.

잠시 후, 주영이 무언가를 들고 나왔다. 와인병 상자만 한 크기의 작은 기계로, 주영에게는 커 보였다. 스테인리스와 유리로 만들어진 케이스에 움직이는 조명, 습도 조절 기구, 토양 조절 기구, 이 모든 장치를 조율해 자동으로 식물을 관리해 주는 AI가 탑재되어 있었다. 꽃병이라기보다는 작은 사이즈의 최첨단 비바리움에 가까웠다. 그 안에는 화려한 빨간색 꽃이 피어 있었다.

"이거 뭐야?"

현이 꽃을 가리키며 물었다. 주영이 기계를 식탁 한쪽에 내려놓고는 말했다.

"아빠 선물."

"선물?"

"어."

주영이 고개를 끄덕였다. 현서가 식탁에 와 앉으며 주영에게 말했다.

"벌써 아빠 드렸네? 오늘 밤에 서프라이즈하기로 했잖아."
"몰라, 못 참겠어."
주영이 머리를 긁으며 대꾸했다. 어리둥절해하는 현을 보며 현서가 덧붙였다.
"오빠 오늘 생일이잖아. 선물로 샀대."
"이걸 무슨 돈으로?"
3년 전부터 발생한 이상 기후로 촉발된 소빙하기 때문에 식물이 몹시 귀한 상황이었다. 그 몸값을 생각하면 꽃이 쉽게 죽어버리는 것은 구매자에게 좋은 일이 아닐 것이다. 그러므로 관리를 위한 기계들이 따라붙는 것은 당연했다. 덕분에 비싼 꽃에 비싼 관리 기계들까지 더해져, 꽃 한 송이를 사려면 꽤나 큰 지출이 필요한 상황이었다. 주영 대신 현서가 대답했다.
"저번 수영 대회에서 탄 상금 있잖아. 그걸로."
"뭐? 그 돈을 다?"
현서가 고개를 끄덕였다. 현이 기특하다는 투로 말을 꺼냈다.
"장하네. 언젠 VR 최신형으로 바꾸고 싶다고 난리를 치더니."
주영이 뿌듯하다는 듯 미소를 보였다. 현서가 어깨를 으쓱이며 덧붙였다.
"VR은 아무리 좋아도 죽은 거고, 꽃은 살아 있는 거래."
"어이구."
"우리 딸내미가 독특하시잖아."
독특하지. 현서의 말에 현은 저도 모르게 수긍하며 주영을 쓰다듬고는 고개를 돌려 주영이 준비한 꽃을 가만히 바라봤다. 멀리서 얼핏 봤을 때는 아름다웠지만, 자세히 보니 다소 징그럽게 느껴지기도 하는 꽃이었다. 빨간 수술들이 거미 다리처럼 쫙 펴져 있는 모양새는 일반적으로 아이들이 좋아할 만한 모습은 아니었다. 취향마저 독특하네. 현은 그렇게 생각하며 주영에게 물었다.

"이 꽃 이름이 뭐야?"

"석산."

"석산? 이름이 석산이야?"

주영이 고개를 끄덕이며 설명을 덧붙였다.

"응. 꽃무릇이라고도 하고. 학명은 라이코리스……."

현은 다시 시작된 주영의 강의를 한 귀로 흘려들으며 가만히 꽃을 바라봤다. 얇고 가는 초록 줄기와 대비되는 커다랗고 붉은 꽃잎이 방사형으로 퍼져 있는 생김새가 퍽 인상적이었다. 이윽고 현이 주영에게 물었다.

"왜 이걸로 골랐어? 장미나 튤립 같은 것도 있는데."

현의 질문에 주영이 물을 한 잔 시원하게 들이켰다. 그러고는 진지한 얼굴로 현을 바라보며 대답했다.

"아빠, 난 석산이 꽃들 중에서 제일 좋아. 간지 나잖아."

주영은 그 어느 때보다 진중한 어투로 말을 마쳤다. 엉뚱한 주영의 말에 현과 현서는 한바탕 웃음을 터뜨렸다. 주영은 도대체 왜 웃는지 모르겠다는 듯 고개를 갸우뚱하고는 현에게 물었다.

"아빠, 오늘도 출장 가?"

"응."

"그럼 오늘 바다 못 가? 생일인데."

주영이 스스로 '슬픈 불도그 얼굴'이라고 이름 붙인 표정을 지어 보였다. 현은 머쓱한 얼굴로 주영을 다독였다.

"오늘은 아빠가 못 가겠는데. 엄마랑 같이 다녀와."

"아빠 또 바빠졌네. 어쩔 수 없지."

주영이 한숨을 쉬었다. 주영은 밥을 먹다 말고 고개를 숙인 채 골똘히 뭔가를 생각하다가 현을 바라보고는 다시 말했다.

"그럼 저녁이라도 같이 먹으면 안 돼?"

"아빠가 집에 밤늦게 올 거 같은데, 밥은 먼저 먹고 케이크를 같이……."

"기다릴 테니까 같이 먹어."

주영이 슬픈 미소를 지어 보였다. 현은 기다리지 말고 그냥 자라고 말을 하려다가 다시 입을 다물었다. 그때 현서가 끼어들었다.

"얘는. 수영복 챙겼어?"

"당연하지."

현은 입을 열지 않고 현서와 주영이 얘기하는 풍경을 가만히 바라보았다. 현서와 주영의 목소리 사이로 여러 소리들이 끼어들었다. 홀로그램TV에서는 주영이 좋아하는 옛날 사막 유목민들의 삶에 관한 다큐멘터리가 리마스터되어 나왔고, 폰에서도 주영이 좋아하는 괴상한 비트의 음악이 흘러나왔다. 이 모든 것이 타인에게는 어수선한 소음일지 몰라도 현에게는 소중한 소리들이었다.

현의 모든 것이 변해가는 와중에 변하지 않고 남아 있는 것은 가족과의 이 작고 시끄럽고 보잘 것 없는 일상뿐이었다. 순간 현의 머릿속에 살아보니까 진짜 힘들 때 내 곁에 남아 있는 건 가족밖에 없더라는 병호의 말이 떠올랐다. 앞으로 무는 일이 있어도 이 일상을, 남아 있는 모든 것을 지켜내겠다고 현은 스스로에게 다짐하며 자리에서 일어섰다.

"아빠 이제 다녀올게. 엄마 말 잘 듣고. 물에 너무 깊이 들어가면 안 된다."

"응. 아빠도 빨리 와."

"조심히 다녀와. 연락할게."

현은 주영과 현서의 배웅을 받으며 문을 나섰다. 밖으로 나오자 그 모든 소음들이 사라졌다. 현은 고요 속에서 집 마당 한편의 에어로더 주차장을 향해 나아갔다. 현은 주영이 선물한 석산을 떠올리며 작게 미소를 머금었다.

아무 의미도 없는 출장을 마친 현은 다시 에어로더에 올라타 눈을 감았다. 피곤이 밤의 어둠처럼 현의 어깨에 짙게 내려앉았다. 자동 운항 기능 덕분에 직접 조종을 하지 않아도 된다는 점이 그나마 다행이었다. 졸음을 이기지 못하고 한 시간 정도 잠들어 있던 현은 반복되는 내비게이션 경고음에 눈을 떴다.

〔경로를 이탈했습니다. 경로를 재검색합니다. 도착지까지 예상 비행시간은 한 시간입니다.〕

예상 비행시간이 한 시간이나 남았다고? 현은 조종석 디스플레이에 떠 있는 현재 시간을 확인했다. 오후 10시 52분. 지금쯤이면 집에 도착했어야만 하는 시간이다. 현은 내비게이션상에 표시되고 있는 경로를 재확인했다. 현의 에어로더는 집 반대 방향으로 비행하며 서해 쪽으로 나아가고 있었다. 현은 재빨리 창밖을 바라봤다. 아직 저 아래에 건물과 도로들이 보이고 있으나 조금만 더 비행하면 곧 해변이었다.

"이게 무슨……."

〔경로를 이탈했습니다. 경로를 재검색합니다. 도착지까지 예상 비행시간은 한 시간 10분입니다.〕

자동 운항 장치가 고장 났나? 현은 수동 조종 모드로 변경하기 위해 버튼을 눌렀으나 아무런 변화도 일어나지 않았다. 오로지 내비게이션의 경고음만이 반복해서 울릴 뿐이었다.

〔경로를 이탈했습니다. 경로를 재검색합니다. 도착지까지 예상 비행시간은 한 시간 20분입니다.〕

"뭐야?"

〔경고. 20킬로미터 앞 에어로더 비행 제한 구역입니다. 신속히 되돌아가십시오.〕

내비게이션이 요란한 경고음을 냈다. 현은 패닉에 빠져 비상 수동 조종 전환 버튼을 반복해서 눌러댔다. 그러나 여전히 아무런 변화가 없었다. 에어로더는 제멋대로 비행 속도를 올리기 시작했다. 잠시 후 현의 에어로더는 서해 상공에 진입했다. 창밖으로는 사방에 짙게 깔린 어둠과 밤바다만이 보일 뿐, 도움이 될 만한 그 어떤 것도 없었다. 아, 전화. 현은 뒤늦게 폰을 떠올렸다.

〔경고. 10킬로미터 앞 에어로더 비행 제한 구역입니다. 신속히 되돌아가십시오.〕

폰을 켜자마자 현의 눈에 보인 것은 가족 단톡방에 온 메시지 알람들이었다. 그러나 확인할 만한 시간적 여유가 없었다.

현은 일단 서둘러 경찰에 전화를 걸었다. 신호음이 몇 번 울린 뒤 통화가 연결되자 현은 다급하게 말했다.

"여보세요, 경찰이죠? 저 여기 에어로더 자동 운항 장치가 고장 난 것 같……."

〔예, 경찰입니다. 말씀하세요.〕

"여보세요?"

〔선생님? 말씀하세요.〕

다급한 현과 달리 경찰은 다소 느긋한 목소리로 대답했다. 현의 목소리는 경찰에게 닿고 있지 않았다. 분명 출장지에 갈 때만 해도 통화가 잘되던 폰이었다. 현은 의아해하며 다시 물었다.

"여보세요, 안 들려요?"

〔여보세요.〕

"미치겠네. 저기요. 여보세요."

〔선생님, 말씀 안 하시면 전화 끊겠습니다.〕

현은 손바닥으로 폰을 팍팍 쳤다. 그런다고 나아질 리는 없었다.

"여보세요, 여보세……."

결국 전화가 끊겨버렸다. 현은 다시 전화를 걸어보려고 했으나, 이젠 아예 서비스 불가 지역이라는 경고 문구가 떴다. 더 이상 전화도, 메시지도 보내지지 않았다. 폰이 이상하게 작동하고 있었다.

〔경고. 현재 에어로더 비행 제한 구역을 비행하고 있습니다. 신속히 되돌아가십시오.〕

현은 패닉에 빠졌다. 어떻게 해야 하지? 순간 문을 열고 밖으로 뛰어내릴까 생각해 보았지만, 고도가 너무 높은 데다 아래는 파도가 몰아치고 있는 광대한 바다였다. 살 수 있을 리가 없었다.

〔경고. 현재 에어로더 비행 제한 구역을 비행하고 있습니다. 신속히 되돌아가십시오.〕

"멈춰라, 멈춰. 제발……."

현은 애원하듯이 에어로더의 비상 정지 버튼을 손바닥으로 여러 차례 눌렀다. 이미 소용이 없다는 것을 확인한 뒤였지만 지푸라기라도 잡고 싶은 심정이었다. 역시 정지 버튼은 제대로 작동하지 않았고, 에어로더는 3분가량을 더 비행하고 나서야 멈췄다. 오후 11시 27분. 그렇게 현의 에어로더는 서해 한가운데의 상공에 정지했다.

낙담한 현은 가족 단톡방에 들어갔다. 주영이 수영복을 입은 채 해변가의 해초를 들고 웃고 있는 사진이 보였다. 그다음으로는 주영이 찍은 것으로 보이는 현서의 사진이 나타났다. 엉망진창 이상한 구도로 찍힌 우스꽝스러운 사진들이었다. AI로 현의 모습을 합성한 사진들도 있었다. 간헐적으로 이어지는 시시콜콜한 대화를 쭉 내려 보던 현은 한 메시지에서 스크롤을 멈췄다. 현서가 집에 돌아와서 남긴 메시지였다.

〔이거 오빠 거야?〕

현서가 보낸 메시지 바로 아래에 사진 한 장이 떠 있었다. 사진 속 택배 상자에는 부서진 담배 케이스가 들어 있었다. 현이 아락실의 VIP층 발코니에서 떨어뜨린, 바로 그 붉은 메탈릭 색상의 케이스였다. 바로 그 순간, 현에게 강렬한 불안감이 엄습했다. 현의 머릿속에는 어쩌면 지금 이 상황이 단순 에어로더 고장이나 사고가 아닐지도 모른다는 생각이 떠올랐다. 현은 서둘러 현서에게 전화를 걸었지만 여전히 전화도 메시지도 가지 않았다.

그때였다. 저 아래에서 먹먹하게 울리는 파도 소리를 뚫고 왱왱거리는 비행음이 났다. 현은 다시 고개를 돌려 정면을 응시했다. 무언가가 에어로더를 향해 날아오고 있었다. 에어로더의 전면 라이트가 어둠을 걷어내자, 익숙한 디자인의 멀티콥터 비행체들이 모습을 드러냈다. 현이 나지막이 말했다.

"……우리 회사 제품이잖아."

현의 눈앞에 나타난 것은 소형 전술 드론 KZ-2D. 코드명 병정벌. 현이 개발팀 팀장 직책을 달고 처음 기획한 제품이자, 뛰어난 가성비로 각국의 군경에 수출한 베스트셀러였다. 드론들은 현의 에어로더 근처로 날아와 사방을 포위했다. 목표물이 맞는지 확인하려는 듯 드론들은 잠시 호버링하며 카메라로 현의 얼굴을 살폈다. 현의 불안은 점점 확신이 되어가고 있었다. 얼굴 인식이 끝나자 드론 하나가 에어로더 전면 유리창에 달라붙었다. 드론 하부에 설치되어 있는 작은 폭약이 현의 눈에 들어왔다.

작은 폭음과 함께 에어로더 전면 유리창이 마치 감자칩처럼 부서졌다. 현이 미처 대응할 틈도 없이 드론들이 에어로더 내부로 침입했다. 현은 조수석에 놓은 가방을 휘둘러 드론들을 쳐내려 했으나, 군인도 아닌 일반 남성이 고작 가방을 거세게 휘두르는 정도야 군용 드론에게는 공격이라고 부르기조차 민망한 수준이었다. 병정벌의 카메라는 현의 동작을 인식했고, 공격 패턴을 순식간에 학습한 비행 AI는 재빠르게 회피 기동을 보였다.

"헉, 헉……."

설상가상으로 현은 금세 지쳐버렸다. 평소 하던 운동이라고는 간헐적 조깅 정도가 전부인 39세 남성의 체력으로는 접근하는 드론들을 오래 막아낼 수 없었다. 이젠 도박에 목숨을 걸어보는 수밖에 없다고 판단한 현은 재빨리 운전석 문의 잠금장치를 해제했다. 그때였다. 현이 문을 열기 위해 몸을 돌리자마자 가장 가까이에 있던 드론이 현의 목덜미를 향해 테이저를 발사했다. 전극 바늘이 마치 독침처럼 현의 뒷목에 꽂혔다.

"억."

순식간이었다. 현은 더 이상 아무 소리도 내지 못했다. 전류가 현의 몸을 구석구석을 타고 흐르며 신경들을 헤집어 놓기 시작했다. 근육 다발들이 강렬하게 뒤틀리고 수축하며 무수한 바늘이 박히는 것 같은 고통을 현에게 선사했다. 현은 그대로 굳고 말았다. 그렇게 한 드론이 현에게 전류를 흘려 넣는 동안 신호를 받은 다른 드론이 현에게 접근했다. 이번에는 마취액 주사였다. 베스트셀러다운 훌륭한 연계였다. 현은 본인이 만든 작품의 완성도를 온몸으로 체감했다. 고통으로 범벅된 감각과 혼란스러운 의식 속에서, 현은 현서와 주영의 얼굴을 떠올렸다. 그리고 곧 그 얼굴들마저 흐릿해졌다.

"부장님, 일어났습니다."

낯선 목소리와 함께 현은 눈을 떴다. 마취되어 기능하지 못하고 있던 현의 뇌는 피부에 닿는 바닥 타일의 감촉을 제일 먼저 느꼈다. 현은 온몸이 구속된 채 알몸으로 바닥에 누워 있었다. 여기는 어디지? 자연스럽게 드는 의문과 함께 현은 고개를 돌리며 장소를 파악하려고 애썼다. 사방에 도배되어 있는 파란색 타일들, 샤워기와 배수구, 답답할 만큼 뜨거운 공기. 얼핏 보기에는 샤워실처럼 보였으나 샴푸나 바디워시, 거울 등 샤워에 꼭 필요한 물건들이 보이지 않았다. 녹슨 철과 같은 비릿한 피 냄새가 바닥에서 은은하게 올라와 현의 코를 적셨다.

이어서 현의 시야에 들어온 것은 가족들의 모습이었다. 현서와 주영이었다. 둘 다 현처럼 알몸으로 입과 손발이 묶인 채 쓰러져 있었다. 현이 기절하기 직전 떠올렸던 얼굴이지만 현의 상상과는 많이 달랐다. 두 사람은 넋이 나간 얼굴로 코에서 피를 흘리고 있었다.

"읍, 읍……!"

현의 몸은 본능적으로 소리를 지르려고 애썼지만, 자신의 입이 막혀 있다는 것을 다시금 깨달을 뿐이었다. 현의 정면에는 총기로 무장한 괴한들과 우두머리로 보이는 중년 남자가 앉아 있었다. 타이트한 회색 양복, 마른 몸, 긴 턱수염과 장발이 특징적인 외모였다.

"잘 잤어? 더 자지, 왜."

남자는 느릿한 충청도 사투리로 현에게 인사를 건네고는 주머니에서 이어플러그와 비슷하게 생긴 검은 기계 장치를 꺼냈다. 현은 곧 그것이 아이돌 마약 논란과 관련된 전자 마약 제트코닉임을 알아챘다. 현이 뉴스에서 본 것과 똑같은 생김새였다. 남자는 현에게로 향한 뒤 아무 말 없이 제트코닉을 현의 귀에 강제로 쑤셔 넣고는 작동시켰다. 그러자 제트코닉 사용자들이 '우주의 소리'라고 부르는, 특정한 패턴의 기묘한 소음과 진동이 현의 고막을 타고 흘렀다. 그 소리와 진동은 현의 신경 세포를 교란해 비정상적 수준의 도파민 촉진을 유도했다. 남자가 나지막이 말했다.

"니 인생에서 가장 비싼 30초여."

팔, 다리, 무릎, 목, 허리, 어깨, 손가락 등 신체의 모든 부분은 그 무게와 중력으로 인해 나름의 압력을 받고 있다. 발바닥만 해도 수십 킬로그램의 몸무게에 늘 짓눌린다. 인체의 신경계는 그런 사소한 자극들은 무시해 버리고는 하지만, 이는 고통으로 인식되지 않고 있을 뿐이다. 몸은 살아 있는 것만으로도 이미 크고 작은 부하를 받고 있는 셈이다.

현에게 투여된 제트코닉은 신체의 사소한 부하와 고통까지도 전부 날려버리는 신경 과둔감 계열 전자 마약이었다. 제트코닉은 설계된 목적대로 작동했고, 현의 신체는 하늘이라도 날 수 있을 듯 가벼워지는 느낌을 받으며 극도의 행복감을 맛봤다. 그러나 그것도 잠시, 약효가 떨어지며 현의 신체가 다시 모든 부하와 압력을 인식하기 시작했다. 한번 일탈을 맛본 현의 신경계는 일상적인 자극을 이제 고통으로 받아들이기 시작했다. 현이 온몸을 움찔거리며 아파하자 남자가 현의 앞에 쪼그려 앉았다. 남자는 현에게 얼굴을 들이밀었다. 여느 직장인처럼 피곤에 절어 있는 얼굴이었다.

"이제 알겄냐? 산다는 건 말여, 아픈 거여."

"……."

"새끼가 대답을 안 허네. 대답을."

철썩. 남자가 현의 뺨에 손바닥을 날렸다. 제트코닉 후유증 때문에 자극에 민감해진 현의 몸은 가벼운 따귀를 마치 헤비급 복싱 선수의 펀치처럼 받아들였다. 광대뼈가 무너지는 것 같은 고통과 함께 현의 코에서 피가 터져 나오기 시작했다. 현은 아파서 비명을 지르고 싶었지만 지를 수조차 없었다. 분출하지 못한 비명까지도 고통의 일부가 되자 현은 몸을 웅크린 채 괴로워했다.

"부장님, 입이 막혀 있는데요."

"내 정신 좀 봐. 맞네."

부하의 말에 남자가 머쓱하다는 듯 뒷머리를 만졌다. 남자는 현의 입을 막고 있는 구속 장치를 가리키며 말했다.

"그래도 풀어줄 순 없어. 울고불고 사정하고 또 그러믄…… 나도 마음 약해지니께."

남자는 멍하니 현의 얼굴을 보며 손가락으로 현서와 주영을 가리켰다.

"와이프랑 딸 맞지?"

"으읍……."

"표정 보니 맞네."

대충 상황을 파악한 현은 온전히 내 잘못이니 가족만은 건드리지 말라고 외치고 싶었다. 그러나 막힌 입에서는 우스꽝스러운 소리만 반복해서 나올 뿐이었다. 남자가 고개를 끄덕이며 마치 개의 머리를 쓰다듬듯 현의 머리를 쓰다듬었다.

"그려, 그려. 무슨 말 하고 싶은지 나도 다 알어. 다들 여기 오면 똑같은 소리들만 하더라고. 나 섬세한 남자여. 나도 이러는 거 싫어. 재미도 없고."

남자는 질렸다는 표정으로 고개를 젓고는 벌떡 일어나서 현서와 주영에게로 향했다.

"근데 어떡혀. 일인디."

남자가 어쩔 수 없다는 듯한 어투로 말했다. 현은 바닥에 웅크린 채 시선을 돌리며 빠져나갈 수 있는 구석이 있나 찾았다. 남자는 현이 그러거나 말거나 부하들에게 말했다.

"나는 보내는 것까지만 보고 갈 테니께 마무리는 니들이혀. 나 그 뭐냐, 내일 아들놈이랑 야구 보러 가야 돼."

"어떻게 마무리할까요?"

"늘 하던 대로."

남자가 귀찮다는 듯 말했다.

"뇌는 안 부숴도 될까요?"

"이. 시신 보내면 그쪽에서 알아서 처리할 거여."

남자는 부하가 건넨 제트코닉을 들고 현서와 주영에게로 향했다. 그리고 둘의 귀에 제트코닉을 쑤셔 넣었다. 부하들도 샤워기를 가져와 현서와 주영 앞에 섰다. 앞으로 어떤 일이 벌어질지 예상이 된 현이 몸을 뒤틀며 발악하자 남자가 나지막이 말했다.

"그래도 가기 전에 깨끗하게 하고 가는 거니께 너무 안 좋게 생각하지는 말고……."

남자가 현서와 주영의 귀에 꽂혀 있는 제트코닉을 한 번, 두 번, 무려 10회 넘게 연속해서 작동시켰다. 그리고 약효가 떨어질 때 즈음, 부하들이 샤워기를 틀었다. 김이 날 정도로 뜨거운 수온과 거센 수압의 물줄기가 현서와 주영의 온몸을 두들겼다. 평범한 신체도 고통으로 인지할 만한 수압과 온도였으니, 제트코닉 연속 사용으로 극도로 민감해진 신체에 그 물줄기는 뜨겁게 달궈진 면도칼 수천 개의 난도질과도 같았다.

신경계가 과부하된 현서와 주영의 몸은 발작적으로 뒤틀렸다. 팔과 다리, 목이 고통을 이기지 못하고 기이한 각도로 꺾였다. 죽음의 샤워는 약 1분 동안 지속되었다. 현은 도저히 볼 수가 없어 눈을 감았다. 세찬 물소리가 어둠 속에서 현의 귀를 가득 메웠다. 맨 정신으로는 도저히 견딜 수 없는 고통 속에서 현서와 주영은 비명 한 번 지르지 못한 채 신경성 쇼크로 의식을 잃고 말았다. 남자가 손을 들자 부하들이 샤워기를 껐다. 물방울이 뚝뚝 떨어지는 소리만이 적막 속에서 울렸다. 부하 하나가 현서와 주영에게 다가가 맥박을 체크했다. 잠시 후 그가 입을 열었다.

"죽었습니다."

현은 슬며시 눈을 떴다. 현서와 주영이 토해낸 체액과 샤워기에서 나온 물이 뒤섞여 배수구로 빨려 들어가고 있었다. 현은 모든 것이 배배 꼬이다가, 뒤틀리다가, 붕괴되는 것만 같은 기분을 느꼈다. 현의 세상은 지금 어지러웠다. 시야가 흐릿하고 소리가 먹먹했다. 바닥이 무너져 내리고 천장이 뒤집혔다. 이건 꿈이야. 꿈일 거야. 꿈이어야만 해. 아. 아아. 아아아아. 아아아아아아.

"그니까 왜 네 일도 아닌데 나서고그려, 으이구. 하여튼 한국인들은 이 쓸데없는 오지랖이 문제여, 문제. 안 그냐?"

남자는 그렇게 말하며 현의 귀에 꽂혀 있는 제트코닉에 손을 뻗어 카트리지 열 개를 삽입했다. 이어서 그의 부하들이 들고 있는 샤워기 헤드가 마치 총처럼 현을 겨누었다. 헤드의 표면에 뚫려 있는 수십 개의 구멍들을 보며 현은 온몸을 벌벌 떨었다. 남자는 동정 어린 시선으로 그 모습을 가만히 바라보다가 현의 뺨을 부드럽게 쓸어내리며 속삭였다.

“미안혀. 잘 가.”

남자의 목소리가 제트코닉 소리와 섞여 현의 머릿속에서 요동쳤다. 약효가 가져다준 짧은 쾌감 끝에는 기나긴 고통이 도사리고 있었다. 현의 얼굴과 몸뚱이에 거센 물줄기들이 날아와 부딪혔다. 온몸이 난자당하고 불타오르는 고통 속에서, 현은 떠올렸다. 언젠가 가족과 함께 가기로 했던 바다의 이름. 이국의 하늘. 함께하기로 했던 식사들. 전해주지 못한 선물들. 그 외에 지키지 못한 수많은 약속들. 중요한 순간에 꺼내려고 아껴두었던 수십, 수백 가지의 말들. 아직 문장이 되지 못한 마음들.

모든 것이 멀어지고 있었다. 떨어지고 있었다. 추락하는 의식 속에서 현은 꺼져가는 빛을 붙잡아 보려고 애썼다. 무의미한 일이었다. 쏘아진 탄환처럼, 예정된 죽음이 현의 몸을 꿰뚫었다. 이윽고 현의 몸에 있는 구멍이란 구멍에서 온갖 종류의 체액이 마치 공장의 폐수처럼 흘러나왔다. 후회의 농도만큼이나 진하고, 후회의 무게만큼이나 많은 양이었다.

현은 더 이상 아무것도 감각할 수 없었다.

현은, 죽었다.

CHAPTER 02.
무덤에서 요람으로

빛.

하해와 같은 빛이 어둠 속으로 밀려들었다.

빛은 뻗었다가 굽었다가, 이내 곰팡이처럼 어둠을 타고 번식해 가기 시작했다. 현은 시야의 가장자리부터 점점 밝아오는 것을 느꼈다. 원형의 푸른색 조명이 현의 동공을 비추고 있었다. 동공 반응이 확인되자 삐빅 하는 신호음과 함께 조명이 꺼졌다. 현은 몸을 움직이고 싶었지만 고정되어 움직이질 않았다. 안구를 열심히 굴려 공간을 파악한 현은, 이내 자신이 어떠한 원통형 기계 안에 누워 있다는 사실을 인지했다. 은은한 알코올 냄새와 함께 기계 소음이 퍼졌다. 부드러운 화이트 노이즈가 좁은 공간을 가득 채웠다.

〔시냅스 패턴 동기화 완료. 생체 신호 정상.〕

상냥한 말투의 기계 음성과 함께 기계의 전면부 커버가 열리기 시작했다. 동시에 현의 몸을 움직이지 못하게 붙잡고 있던 홀더들이 풀렸다. 현은 자연스레 몸을 일으켰다. 현의 눈에 들어온 것은 병원의 무균실처럼 강박적일 정도로 깨끗한 흰 방, 그리고 철제 의자에 앉아 있는 오랜 친구의 얼굴이었다.

"일어났네."

주완이 의자에서 일어섰다. 주완은 피로에 찌든 얼굴로 현을 잠시 가만히 바라보다가, 옆 선반에 놓인 휴대용 홀로그램 프로젝터를 들고 다가왔다.

"뭐야, 여기는……."

현의 중얼거림에 주완은 대답 대신 홀로그램을 하나 띄워 보여주었다. 떠돌이 개의 모습이었다.

"이게 뭘로 보여?"

"뭐? 갑자기 무슨……."

"질문에 대답해. 확인하는 거니까."

당최 무엇을 확인한다는 것인지 알 수 없었다. 현은 다시 질문을 하려다가 주완의 진지한 얼굴을 보고는 그만두었다. 오랜만에 보는 무겁고 어두운 표정이었다.

"개."

"좋아. 이건?"

이번에는 고양이의 홀로그램이 떴다.

"고양이."

주완은 계속해서 여러 종류의 홀로그램들을 보여주며 같은 질문을 반복했다. 개미부터 사람, 풀부터 나무까지. 생물에 사물, 심지어는 불이나 물 또는 관념을 이미지화한 홀로그램들이 차례로 나타났다 사라졌다. 계속되는 질문에 현은 의문을 잠시 접어두고 답변을 이어나갔다. 현으로서는 알 수 없는 테스트가 끝나고 주완은 한참이나 무언가를 기록하더니, 곧 또 다른 홀로그램을 보여주며 물었다.

"이게 누군지 기억해?"

프로젝터가 뿜어낸 빛줄기들이 현에게 익숙한 얼굴을 구현해 냈다. 자기 자신의 얼굴이었다.

"나잖아."

현이 어이없다는 듯 대답했다. 주완은 또 현의 답변을 기록했다. 현은 슬슬 지금 이게 무슨 상황인지, 주완이 뭘 테스트하는 것인지 알고 싶어졌다. 현이 목을 긁으며 다시 입을 열었다.

"아니, 이게 뭐 하는……."

주완은 대답 대신 다시 프로젝터를 터치했다. 현의 동공에 현서와 주영의 홀로그램이 반사되었다. 주영의 초등학교 입학식 날 사진을 기반으로 만들어진 홀로그램이었다. 추운 날씨와 오랜 기다림에 지쳐 한껏 찡그린 주영의 얼굴과 온화한 미소를 띠고 있는 현서의 얼굴이 대비되었다.

빛으로 만들어진 기억의 잔상. 그것을 목도한 현의 머리는 버퍼링 걸린 기계처럼 잠시 멍해졌다. 이어서 빛이 역류하듯 기억이 빠른 속도로 되감기기 시작했다. 기억은 그 속도를 이기지 못하고 잘게 부서지며 현의 의식 속으로 쏟아져 내렸다. 담배 케이스. 아락실. 류희준. 수영장. 현서의 머리카락에서 나던 샴푸 냄새. 다금바리. 이름 모를 바다. 드론. 도마뱀. 제트코닉. 샤워실. 물과 핏물. 미소. 개중에 특히 더 아픈 미소. 그날 아침에 보았던, 붉은 석산 한 송이.

아. 우리 가족. 나 때문에 죽었지.

"우욱!"

현의 몸은 곧바로 거부 반응을 토해내기 시작했다. 현의 입에서 뿜어져 나온 투명한 위액이 허공에 투영되고 있는 현서와 주영의 홀로그램을 관통했다. 현의 시야는 하얀색으로 빠르게 점멸했고, 이내 현은 팔다리에 경련을 일으키며 쓰러졌다. 주완이 미리 준비해 둔 주사를 급하게 현의 팔뚝에 꽂았다.

"괜찮아. 나 봐. 여기 봐봐."

초점 없이 허공을 훑으며 무작위적으로 돌아가던 현의 동공은 이내 다시 안정을 찾았다. 정맥을 타고 흐른 안정제 덕분인지 주완의 목소리 덕분인지, 아니면 둘 다 때문인지 알 수 없었으나 현의 의식이 다시 돌아왔다는 것만은 분명했다. 현은 죽음의 순간을 떠올렸다. 미처 처리되지 못한 수십 가지 감정들이 현의 머리에 파도처럼 밀려 들어왔다.

"왜……."

현의 목소리가 가늘게 떨렸다. 주완이 고개를 돌렸다.

"왜 여기 있는 거야?"

주완은 대답 대신 현의 얼굴을 가만히 응시했다. 잠시 주변을 확인한 주완이 입을 열었다.

"일단 나가서 얘기하자. 곧 보안 시스템이 복구되니까."

주완은 현에게 옷을 건넸다. 주완이 입고 있는 것과 같은, 흰색의 무균복이었다. 그제야 자신이 알몸이라는 사실을 자각한 현은 정신을 차리고 서둘러 옷을 입었다. 흰 방에서 빠져나온 현은 긴 복도를 보고 섰다. 복도 역시 기이할 정도로 하얗고 깨끗했다. 현은 주완의 인도에 따라 복도를 걸었다. 복도의 끝에는 금속제 차단문이 있었다. 그리고 또 복도, 차단문, 복도의 반복이었다. 현실감이 없는 꿈만 같은 공간. 이

건 꿈인가? 아니면 저승인가? 현은 스스로에게 물어가며 주변을 이리저리 훑었다. 도저히 알 수 없는 것들뿐이었다. 주완 역시 아무런 말을 하지 않았다.

곧 시설의 출구에 다다르자, 주완은 현에게 다른 옷가지를 건넸다. 얼굴까지 가릴 수 있는 풀 슈트로, 등에 오르바사의 로고와 함께 '보안팀'이라는 글자가 대문짝만하게 박혀 있었다. 주완은 현에게 슈트를 입고 얼굴까지 가릴 것을 요구했다. 모든 게 어떻게 돌아가고 있는지 알지도 못한 채, 현은 그저 몽롱한 의식으로 주완의 말을 따랐다. 지금의 현에게는 어떠한 선택권도 없었다. 차가운 공기의 온도로 살아 있음을 실감할 뿐이었다.

심플하지만 고급스러운 인테리어로 꾸며진 비즈니스호텔로 장소를 옮긴 주완과 현은 1001호 스위트룸 창가 의자에 앉아 서로를 마주 보고 앉았다. 거대한 통유리 창문에 점점 밝아오는 하늘이 비쳤다. 눈이라기에는 너무 비 같고, 비라기에는 너무 눈 같은 어중간한 무언가가 쏟아지고 있었다. 주완과 현 앞의 작은 테이블 위에는 배달 음식이 놓여 있었다. 중국식 해물죽이었다. 주완이 현에게 수저를 건네며 말했다.

"좀 먹어. 배고플 텐데."

현은 대답하지 않았다. 현은 멍한 눈으로 가만히 창밖만 쳐다봤다. 주완은 수저를 테이블 위에 내려놓았다. 그리고는 조용히 음식 용기의 뚜껑을 닫으며 어떻게 말을 꺼내야 하나 고민했다. 불현듯 현이 먼저 입을 열었다.

"지금 며칠이야?"

"3월 28일."

납치를 당했던 날로부터 벌써 2주일이나 지났음을 확인한 현은 가만히 고개를 숙였다. 잠시 침묵이 흘렀다. 주완이 어렵게 입을 열었다.

"너, 도로변에서 발견됐었어. 절단된 사체로."

"……."

"그러고 나서 아락실 사건 증언하겠다고 나섰던 사람들 전부 증언 취소했고."

추가 증언을 막기 위한 경고성 시체 유기였다. 그 사실을 빠르게 깨달은 현은 손을 세게 말아 쥐고는 창밖의 도시를 바라봤다. 현의 혼란스러운 마음과는 달리 고요했다. 이윽고 현이 다시 입을 열었다.

"그럼 끝난 거잖아."

"……."

"왜 이렇게 된 거야?"

주완은 아무런 대답도 하지 않았다. 유리창에 주완의 굳은 얼굴이 비쳤다. 현이 고개를 돌려 주완을 똑바로 바라보며 다시 물었다.

"나, 왜 살아 있냐고."

주완은 현의 시선을 피하며 질문에 대답하는 대신 창밖에 내리는 눈을 가만히 바라봤다. 제설용 드론과 워커들이 열심히 도시에 묻은 눈을 지워내고 있었다. 주완이 그 광경을 보며 담담하게 입을 열었다.

"내가 널 의체화했어."

주완의 말에 현이 곧바로 물었다.

"현서랑 주영이는?"

"……."

"어? 어딨어?"

현이 재촉하듯 물었다. 주완의 시선은 계속 현이 아닌 도시를 향한 상태였다. 주완은 대답하지 않았다. 침묵이 눈처럼 짙게 가라앉았다. 침묵이 길어질수록 현은 점점 불안해지기 시작했다. 현이 떨리는 목소리로 물었다.

"어떻게 된 거야?"

"실종 상태야."

주완의 대답에 현은 떠올리기 싫은 마지막 기억을 떠올렸다. 현서와 주영은 분명 사망했다. 그것은 의심의 여지가 없는 사실이었다. 문제는 시신. 주완의 말마따나 시신의 뇌만 온전히 구할 수 있다면 의체화로 되살릴 수 있었다. 현은 양복 입은 남자가 했던 말을 떠올렸다. 뇌를 부수지 말고 그냥 두라는, 그럼 그쪽에서 알아서 처리할 거라는 그 말을. 그쪽이 뭔지, 그 남자가 누군지 현으로서는 알 수 없었지만, 아내와 딸을 되살릴 수 있다는 희망이 남아 있다는 사실이 현의 무의식 속에 일말의 안도로 다가왔다. 그러나 지금의 현에게는 그리 와닿지 않았다. 가족은 다 죽고 자신만 살아 있다는 사실. 그것이 현에게 더 크게 다가왔다.

"그래서 너만 의체화할 수 있었던 거고……."

"왜?"

현이 주완의 말을 잘랐다. 주완은 대답하지 않았다. 현이 이어서 쏘아붙이듯 물었다.

"의체엔 영혼이 없다며. 사람이 아니라 인형이라며?"

"……."

"죽음을 받아들이는 게 자연스러운 거라고, 네가 네 입으로 그랬잖아."

현의 말에 말문이 막힌 주완은 잠시 눈을 감고 생각에 잠겼다. 왜 이러고 있는지, 현을 의체화하는 과정 중 주완 스스로도 몇 번이나 던진 질문이었다. 그러나 대답은 늘 같았다. 주완은 속에서 질문만큼 반복되었던 대답을 툭 던졌다.

"모르겠어."

주완이 멍한 표정으로 다시 도시를 바라보았다. 모르겠다고? 이렇게 무책임한 대답이 어디 있어. 현은 순간 솟아오르는 분노를 참지 못하고 입을 열었다.

"장난하냐?"

주완은 고개를 돌려 현을 바라보았다. 현의 얼굴이 일그러지고 있었다.

"이렇게 계속 고통 받으라고?"

"현아, 그게 아니고……."

주완은 말을 더 잇지 못했다. 주완은 답이 될 만한 문장을 찾아내려 애썼다. 이윽고 주완이 내뱉은 문장은 더욱 현의 분노를 불러왔다.

"네게 새로운 삶을 주고 싶었어."

현이 헛웃음을 뱉었다.

"새로운 삶? 어떤 삶? 내 눈앞에서 죽어가던 주영이, 현서…… 그 좆같은 기억들을 그렇게 되새김질하면서 혼자 무너져 가는 삶? 응?"

현이 토해내듯 외치자 주완 역시 소리 높여 말했다.

"지금 당장은 아플지 몰라도 분명 다시 시작할 수 있어. 내가 도와줄……."

현의 얼굴이 순식간에 일그러졌다. 현은 주완의 대답을 다 듣기도 전에 눈앞의 해물죽을 바닥에 집어 던졌다. 플라스틱 용기가 갈색의 고급 러그 위를 조용히 구르다가 엎어졌다. 이어서 적막이 감돌았다. 쏟아진 해물죽을 치우려 움직이는 청소기의 모터 구동음만이 아주 작게 울릴 뿐이었다. 자리에서 일어선 현이 차갑게 말했다.

"넌 몰라. 넌 아무것도 몰라."

현이 눈을 감았다.

"나랑 현서는 14년을 함께했어. 주영이는 10년."

현이 떨리는 목소리로 계속 말했다.

"서로가 서로에게 지겨워졌을 때에도, 더 나아질 게 없는 순간에도, 우리에겐 결국 우리밖에 없었어."

"……."

"우리는 서로에게 집이 아니라 고향이었다고."

주완의 눈동자가 흔들렸다. 현의 목소리가 더 심하게 떨리기 시작했다.

"집을 바꿀 순 있어도 고향을 바꿀 순 없어."

현은 더 말을 잇지 못했다. 현은 고개를 들고 차오르는 숨을 겨우 뱉어냈다. 마치 오랜 잠수 끝에 수면 위로 올라온 사람처럼. 그 모습을 본 주완도 더 이상 아무런 말을 뱉지 않았다. 다시 침묵이 계속되었다. 청소기가 바닥의 해물죽을 다

치워갈 무렵, 주완이 고민 끝에 조용히 입을 열었다.

"보고 싶었어."

현이 고개를 들었다. 주완이 차분하게 말을 이었다.

"왜 살렸냐고 물었지? 생각해 봤는데, 난 네가 다시 살아서 움직이는 걸 보고 싶었던 것 같다."

"……."

"그래, 네 말대로 난 가족이 없어. 여자 친구도 없고. 자식을 잃은 기분? 짐작조차 할 수 없지. 근데 네가 죽었다는 사실을 알았을 때, 그때…… 나는 시간을 돌리고 싶었어."

주완이 쓴웃음을 지으며 말했다.

"계속 후회했어. 그때 그 술집에서 더 확실하게 말렸어야 했는데. 그랬으면 이런 일이 일어나지 않았을 텐데."

주완이 목소리가 무너지지 않게 가다듬으며 말을 이었다.

"내가 널 되살렸다는 게 들통나면 나도 끝장이야. 그래도 널 다시 보고 싶었어. 나도 너랑 20년 넘게 알고 지낸 친구잖아."

주완이 뜸을 들이다 말을 이었다.

"넌 어떨지 몰라도, 나한텐 네가 고향이고 가족이다."

주완이 현을 똑바로 바라보며 말했다. 주완의 눈을 응시하던 현은 이내 고개를 돌려 자리에 앉았다. 순간 몰려오는 두통에 현은 가만히 눈을 감았다. 판단해야 할 것들이 너무 많았다. 잠시 생각을 잇던 현이 나지막이 입을 열었다.

"내 존재가 들통나면 너도 끝장이라고?"

"그래."

"불법 의체화라서?"

"그것도 그렇고."

주완의 말에 현이 의아한 얼굴로 되물었다.

"그것도 그렇고라니?"

"직접 확인해 봐."

주완은 자리에서 일어선 뒤 현을 데리고 화장실로 향했다. 세면대의 커다란 거울을 통해 자신의 얼굴을 본 현은 놀라움에 굳어버렸다. 낯선 남자의 얼굴이 거울에 비치고 있었다. 현은 더욱 확실히 확인하기 위해 거울에 가까이 다가섰다. 각진 얼굴, 다부진 체격, 흰 피부. 거울에 비친 남자는 얼굴뿐 아니라 그 무엇 하나 현과 같지 않은 외양이었다. 현은 거울을 보며 생소하게 생긴 손으로 생소하게 생긴 얼굴을 더듬듯 만져봤다. 낯선 모습의 눈, 코, 입, 턱, 귀가 전혀 다른 느낌의 손끝에 차례로 스쳐갔다. 분명 인간이었지만 왠지 인간미라고는 조금도 찾아볼 수 없는 차가운 얼굴이었다. 현이 그 얼굴을 보며 조용히 물었다.

"누구야?"

현은 자신의 목소리에 그제야 위화감을 느꼈다. 생전 늘 듣던 목소리가 아니었다. 주완은 머뭇거리다가 조용히 대답했다.

"……만들어진 몸이야."

"뭐?"

주완이 현의 몸을 가리키며 설명을 덧붙였다.

"다른 누군가의 DNA로 복제한 게 아니라, 처음부터 세포배양으로 만들어진 몸이라고."

주완의 말에 현은 자신의 손을 이리저리 돌려가며 바라보았다. 얼굴과 마찬가지로 인간 같지만 인간 같지 않은 느낌을 주는 손이었다. 현은 그 크고 긴 손가락을 벌려보았다. 분명히 사람의 손이었고, 외견상으로는 아무 문제가 없었다. 그럼에도 현은 자신의 손에서 위화감을 느꼈다. 현은 손가락의 마디마디를 보며, 혈관과 피부로 이어진 절지동물의 다리 같다는 생각을 했다.

"네 지금 몸엔 이름도, 과거도 없어."

"……."

"그 몸에 대해 알고 있는 건 나를 포함한 회사의 연구개발팀 중책 몇 명과 임원 몇 명 정도야. 그러니까 안전해."

주완이 나지막이 말했다. 현은 거울에 비친 자신의 눈동자를 바라봤다. 동공은 현의 시선을 따라 정확하게 정렬되고 있었다. 지나치게 깨끗한 눈이었다. 그 깨끗한 눈으로, 현은 현재의 몸에서 과거 자신의 흔적을 찾아보려 애썼다. 내가 나라는 증거를. 그러나 아무리 살펴봐도 발견할 수 없었다. 현은 자신의 눈을 똑바로 응시하며 물었다.

"난 어딨어?"

주완이 현의 이마를 가리켰다.

"여기. 시냅스 칩 속에."

"……."

"칩에 부착되어 있는 위치 추적기는 제거했고, 일련번호를 비롯한 고유 정보들도 회사 데이터베이스에서 삭제했어."

주완의 설명을 듣자 현은 어쩐지 속이 메스꺼워지는 듯했다. 현재 자신의 기억과 의식은 모두 칩 속에 복제된 데이터들로 유지되고 있는 것이고, 그 칩과 소통하며 실제로 기능하고 있는 뇌는 내 뇌가 아닌 만들어진 뇌라니. 뇌뿐만 아니라 심장, 내장, 눈, 피부, 심지어는 모발 하나하나마저 나의 것이 아니라니. 현은 시냅스 칩이 들어 있을 이마를 바라봤다. 이 거대한 몸뚱이에서 자신을 증명할 수 있는 게 고작해야 5밀리미터 크기의 0.1그램짜리 다층 집적 구조 메모리칩이라는 사실이 현에게 기이한 불쾌감을 안겨주었다. 주완이 이어서 말했다.

"새 신분으로 살아가기에 안성맞춤인 몸이라는 뜻이야."

"그래서?"

현이 멍한 표정으로 물었다.

"이 몸으로, 뭘 위해서 살아가라고?"

의체에 대한 설명을 줄줄 읊던 모습과는 다르게, 주완은 이번에는 아무런 대답도 하지 못했다. 주완이 아무런 대답도 못하자 현은 고개를 저으며 말했다.

"이런 거 필요 없어."

현이 낯선 성대와 낯선 혀를 움직이며 이어서 말했다.

"네가 그때 회 먹으면서 했던 말 기억나? 네 말이 맞아."

"……."

"난 죽었고, 지금의 난 그냥 복제품이야. 여기엔 영혼이 없어."

현은 자신의 가슴을 가리켰다.

"텅 비었다고. 그게 느껴져."

"넌 영혼의 존재를 믿지 않잖아."

주완의 대답에 현이 말라비틀어져 가는 듯한 웃음을 흘렸다. 현은 웃음을 멈추고 조용히 다시 입을 열었다.

"아무것도 못 했어."

현의 동공이 이리저리 허공을 훑었다. 그날의 잔상을 따라가는 듯한 움직임이었다. 현의 시냅스 칩 속에서 그날의 기억은 아주 디테일하게 데이터 형태로 복구되었다. 현이 평생의 삶에서 가장 잊고 싶은 부분이었고, 그래서 가장 선명하게 현의 뉴런 속에 새겨져 있었다. 뇌의 기억은 자연스럽게 휘발되기도 하지만 칩의 데이터는 휘발될 수 없다. 평생 지울 수 없는 각인이 머리에 새겨진 셈이다. 현은 이마를 짚으며 말했다.

"눈앞에서 아내랑 딸이 죽어가는데, 아무것도 못 했다고. 난 그냥 똥오줌이나 질질 싸면서 개처럼 죽었어. 아니, 개보다도 못한 죽음이었지. 한번 짖어보지도 못했으니까."

"……."

"그때 사라졌어. 모든 게. 영혼인지 뭔지 그 개 같은 것도……."

현의 말에 주완은 입을 다물었다. 현의 일그러진 표정이 모든 것을 말해주고 있었다. 모든 분노와 후회와 슬픔이 한데 모여 엉망진창으로 뒤섞인 얼굴이었다. 새 몸의 묘하게 비인간적인, 차가운 인상을 주는 그 얼굴이 어느 때보다도 생동감 넘치게 움직이고 있었다. 현은 긴 숨을 내쉬었다. 호흡이 빠져나간 자리에 잠시 무거운 정적이 흘렀다. 현이 떨리는 입술을 열었다.

"지워주지 그랬어. 이 개 같은 기억이라도."

현의 말에 주완이 줄곧 다물고 있던 입을 열었다.

"기억을 선택적으로 지우기란 불가능해. 잘못 건드리면 자아가 붕괴될 위험이……."

주완은 더 이상 말을 이어갈 수 없었다. 현의 마음속에서 응축되어 있던 모든 절망과 슬픔이 소리의 형태로 터져 나왔기 때문이었다. 현은 고장 난 기계의 구동부처럼 괴상한 울음소리를 냈다. 음량이 컸다. 그것은 현의 마음이 무너져 내릴 때의 데시벨이었다. 현은 차라리 눈물을 쏟아내고 싶었으나 눈물이 나오질 않았다. 새 몸의 눈물샘에서 눈물이 잘 분비되지 않는 탓이었다.

그렇게 눈물 없는 울음을 실컷 토해낸 현은, 이내 스스로의 입을 막고 주완에게서 몸을 돌렸다. 상처를 숨기려는 짐승처럼. 그 모습을 본 주완은 어설픈 위로 대신 자리를 비켜주는 편이 좋겠다고 판단했다. 주완이 테이블 위에 폰을 내려놓았다.

"대포폰이야. 위조 전자 신분증이랑 가상화폐 계좌, 앞으로 살아가는 데 필요한 것들이 다 들어 있어. 네 사망보험금도."

"……."

"너, 사망보험금 지급 4순위를 나로 해놨더라."

주완의 말에 현은 아무 대답도 하지 않았다. 주완은 현의 굽은 등을 보며 조용히 당부했다.

"좀 쉬어. 무슨 일 있으면 연락해라."

현은 대답하지 않았다. 주완은 조용히 자리를 떴다. 한바탕 감정을 쏟아낸 현은 일순간 몰려드는 탈력감에 털썩 주저앉았다. 창밖에는 여전히 도시가 있었다. 현은 눈이 쏟아지는 고요한 도시를 바라보았다. 이 도시 어디에도 자신을 위한 장소는 없다고, 그리고 앞으로도 없을 것이라고 그렇게 생각했다. 그렇다면 지금 내게 필요한 것은 삶이 아닌 죽음이다. 현이 그런 생각을 하는 와중, 구름 사이로 흐릿한 해가 떠올랐다. 현이 새 몸속에서 맞이하는 첫 아침이었다.

현은 호텔에서 빠져나와 거리를 떠돌았다. 아침이 밝았는데도 세상은 여전히 지나치게 고요했다. 기업 건물이나 고급 호텔, 첨단 의료 센터와 연구 시설, 부유층 주택 단지 등이 즐비한 윗서울은 항상 고요하고 깨끗하고 무탈했다. 생전의 현은 이 고요를 즐겼으나, 지금은 그러지 못했다. 안 그래도 시끄러운 머릿속은 고요 속에서 더욱 시끄럽게 느껴지는 법이니까. 현에게는 지금 소음이 필요했다.

현은 윗서울 외곽의 도시 엘리베이터타워로 향했다. 항상 에어로더만 이용해 왔던 현에게 엘리베이터는 어색한 물건이었으나, 아주 어렸을 적에 타본 기억이 있었다. 현은 주완이 준 폰으로 교통권 결제를 마치고 엘리베이터에 탑승했다. 아랫서울에서 윗서울로 올라갈 때는 자그마치 한 달에 걸친 빡빡한 신원 조회와 허가 절차를 밟아야 하지만, 윗서울에서 아랫서울로 내려가는 일은 그리 어렵지 않았다.

"내려가시게요?"

엘리베이터타워에 상주 중인 경찰이 당황스럽다는 듯 현에게 물었다. 현은 고개를 끄덕였고, 어느새 도시 엘리베이터는 500미터를 순식간에 주파해 내려갔다. 엘리베이터에서 내려 타워를 벗어난 현은 아랫서울의 거리에 발을 내딛었다. 가스 냄새와 비슷한 묘한 악취가 사정없이 코를 찔렀다. 가난과 방황의 냄새였다. 생전의 현 같은 고소득 전문직이나 부유층, 기업인들이 거주하는 윗서울과 달리 아랫서울은 빈민, 소시민, 실업자, 난민, 부랑자, 이민자들의 공간이었다. 인구 과밀화와 치안 악화로 인해 윗서울과 분리된 아랫서울은 현에게 500미터의 거리보다도 생소한 모습을 보여주었다.

"허."

현의 새 감각 기관들은 온갖 종류의 값싼 소음과 싸구려 불빛들을 해석하느라 정신이 없었다. 정말 오랜만에 느껴보는 소란스러움이었다. 현은 머릿속의 시끄러운 생각들이 잦아든 것에 만족하며 유수 같은 거리의 인파 속으로 발을 내딛었다. 목적지는 없었다. 현은 그저 가만히 휩쓸리고 싶었다. 앞사람, 뒷사람, 그리고 옆에 있는 사람의 팔이 현의 팔에 아무렇게나 부딪히고 스쳤다. 마치 파도처럼.

현은 사람들 사이에 섞인 채 주변을 둘러보았다. 평소 현이 보아왔던 세련되고 아름다운 건물들은 아무리 둘러봐도 들어오지 않았다. 대신 아무렇게나 증축된 상가와 식량 배급소, 3D 프린팅으로 만들어진 조립식 거대 빌라, 불법 의료 시설들이 보였다. 도로에는 구세대 자동차들이 굴러다녔고, 에어로더라고는 찾아볼 수 없었다. 건물들과 용도 모를 조형물들이 빽빽하게 들어서 있는 탓에 에어로더가 날아다닐 수 있을 만한 공간도 없었다.

현은 하늘, 아니, 천장을 올려다봤다. 아랫서울에서는 하늘조차 볼 수 없었다. 하늘 대신 윗서울을 지탱하고 있는 드넓은 플랫폼과, 플랫폼을 떠받친 거대한 기둥들만 보일 뿐이었다. 때문에 낮인데도 햇빛이 들어오지 않았다. 곳곳에 켜져 있는 구형 LED 등이 햇빛을 대신했다. 기둥과 등, 건물 사이로 육중한 모노레일이 공중 철로를 질주하는 모습이 보였다. 지하철만으로는 감당되지 않는 대중교통 수요 때문에 설치된 것이었다.

현은 계속 아랫서울의 거리를 떠돌았다. 해가 없었기에 시간을 가늠할 수 있는 수단은 오로지 시계뿐이었다. 밤이 되자, 어느새 현은 조용히 사라질 곳을 찾고 있었다. 현은 새로 주어진 삶을 살아갈 자신이 없었다. 다만 이왕 버릴 목숨, 조금이라도 의미 있는 곳에 쓰고 죽자는 생각이었다. 이윽고 현은 아랫서울의 폐품 수거장에 들어섰다. 각종 잡동사니와 쓰레기들이 쌓여 있었다.

"살려주세요……."

현에게 앳된 남자의 목소리가 들려왔다. 현은 소리가 들리는 곳으로 향했다. 고작해야 중학생 정도로 보이는 여자아이 두 명이 동남아계 혼혈로 보이는 한 남자아이를 기관단총으로 위협하고 있었다. 아랫서울에 불법 총기와 총기 사고가 넘친다는 것을 뉴스에서 들어 익히 알고 있었지만, 직접 보기는 처음이었다. 현은 아이들에게 다가갔다.

"얘들아, 지금 뭐 하는 거니?"

현이 정중하게 아이들에게 물었다. 그러자 총을 든 여자아이들이 현을 바라보았다. 제트코닉은 아니었으나 아이들의 귀에 전자마약 기기가 꽂혀 있었다. 현은 절로 인상을 썼다.

"아저씨는 뭐야? 죽고 싶지 않으면 꺼져."

"죽고 싶어."

현이 조용히 말했다. 예상외의 답변에 당황한 아이들이 벙

찐 표정을 지었다.

"아저씨한테 그 총 좀 빌려줄래?"

현의 말에 아이들은 서로를 바라보며 수군거렸다. 저들끼리 대화를 마친 아이 하나가 입을 열었다.

"이거 우리 건데. 암시장에서 하나 사시던가요."

"암시장?"

"폰에 다크웹 있잖아요. 아저씨 윗서울 사람이에요?"

아이 하나가 조용히 물었다. 현이 고개를 끄덕이자 아이들의 태도가 돌변했다. 아이들은 현의 가슴팍에 총을 겨눴다. 순간 현은 머릿속의 시냅스 칩까지 완전히 파괴하지 않으면 주완이 회수된 시냅스 칩을 다른 의체에 넣어 자신을 또 되살릴지도 모른다는 생각을 했다. 현에게는 완전한 죽음이 필요했다. 현이 서둘러 말했다.

"애들아, 거기 말고 여기 머리에다……."

현은 말을 마치지 못했다. 순식간에 총성이 울렸다. 현의 가슴팍에 10밀리 탄환 여러 발이 적중했다.

"……뭐야?"

아이들이 놀란 표정으로 현을 바라봤다. 놀란 것은 현도 마찬가지였다. 현은 입고 있는 상의를 들추고 고개를 숙여 피탄당한 가슴을 바라봤다. 탄환들은 현의 피부를 뚫고 들어가긴 했으나 그리 깊게 박히지는 못했다. 이어서 현의 몸에 박힌 탄환들이 마치 과자 부스러기처럼 바닥에 하나둘씩 떨어지기 시작했다. 근육이 꿈틀거리며 박혀 있는 탄환을 몸 밖으로 밀어내고 있었다. 곧 피가 멎었다. 근육과 피부가 출혈이 생기지 않도록 자동으로 환부를 압박했다.

"이게 무슨……."

현이 당황하는 사이, 총을 들고 있던 아이들은 모두 도망쳐 버렸다. 쓰레기 더미 사이에 서 있던 남자아이만이 겁에 질린 눈으로 현을 바라보고 있었다. 현은 저도 모르게 아이에게 다가갔고, 그러자 그 아이도 울음을 터뜨리며 도망쳐 버렸다. 현은 멍한 얼굴로 방금 무슨 일이 일어난 것인지 이해하려 애썼다.

"401호요."

근처의 불법 숙박업소에 방을 잡은 현은 퀴퀴한 냄새가 나는 침대에 걸터앉았다. 썩은 정액과 음료의 흔적으로 얼룩진 더러운 시트였다. 현은 그 위에 가만히 앉아 새 몸의 기이함에 대해 생각했다. 그러나 혼자 생각한다고 알 수 있는 것은 아무것도 없었다. 그렇다고 주완에게 연락하고 싶지도 않던 현은 문제를 간단하게 보기로 했다. 어차피 변한 것은 없다. 죽음이 조금 더 까다로워졌을 뿐이다.

답이 나오지 않는 문제에 대해 고민하는 것보다 멍청한 짓은 없다. 늘 그렇게 주장했던 현은 답이 나오는 문제만 생각하기로 했다. 죽을 수 있는 방법을 고찰하기로 한 것이다. 현의 생각은 어쩌면 폭탄이 필요할지도 모르겠다는 아이디어로 이어졌다. 그것만이 시냅스 칩을 한 방에, 확실하게 날려버릴 수 있는 방법이었다. 이 몸의 두개골 강도는 어떻게 되지? 필요한 폭약의 종류와 양은…….

전 직장에서의 경험을 살려 온갖 자살 방법을 강구하던 현은, 문득 고개를 돌려 침대 근처에 설치된 전신 거울을 바라봤다. 갖은 얼룩과 손자국으로 더럽혀진 거울이었다. 거울 속에 자신의 모습이 비치자, 순간 현은 새로운 몸을 제대로 확인하고 싶은 충동을 느꼈다. 잘 부수기 위해선 잘 알아야 한다. 과거 방산업계의 엔지니어로서 철칙처럼 삼은 금언이었다.

현은 옷을 벗고 거울 앞에 서서 새 몸을 천천히 훑어봤다. 생전의 현보다 키가 컸고 뼈대도 굵었다. 군살은 적고 근육량은 많았으나, 근육의 크기가 크진 않았다. 원래 현의 몸에서는 늘 두통을 유발했던 목과 어깨 근육의 딱딱함도 훨씬 덜했으며, 척추와 골반의 움직임도 부드러웠다. 평소 허리를 숙일 때마다 이따금씩 몰려오곤 했던 요추 부위의 통증도 새 몸에는 전혀 없었다. 현은 다시 거울을 바라봤다.

"현. 이현……."

현은 빌린 몸의 입으로 자신의 생전 이름을 발음했다. 분명 자신의 입으로 뱉은 자신의 이름인데도 이제는 어색하게 느껴졌다. 기분이 이상해진 현은 거울로부터 고개를 돌렸다. 현은 아이들의 말에서 힌트를 얻어 각종 불법적인 물건을 사고파는 다크웹을 찾아냈다. 현은 내일, 이 디지털 암시장에서 폭탄을 구해 죽기로 결정했다.

현은 화장실로 향했다. 죽을 때 죽더라도 깨끗하고 단정하게 죽고 싶었다. 무엇보다 피부에 달라붙어 있는 온갖 더러운 기분들을 씻어내 버리고 싶었다. 그러나 현은 샤워기 앞에서 굳어버렸다. 샤워기 헤드를 본 새 몸의 눈은 뇌에 시각 정보를 전달했다. 뇌에 부착된 신경 모듈 슬롯, 그곳에 삽입 되어 있는 현의 시냅스 칩은 죽음의 순간에 겪은 끔찍한 기억을 불러냈다. 시냅스 칩은 그 고통스런 기억을 근거로 새 몸의 뇌와 신경계에 명령을 내려 당장 행동을 중지할 것을 요구했다.

근육 수축에 따른 피부의 입모근 반사 작용, 올라간 체온을 다시 낮추기 위한 땀의 분비, 어디선가 들려오는 것 같은 제트코닉의 우주적 소음까지 몸은 시냅스 칩의 명령에 따라 현에게 온갖 경고 신호를 보냈다. 생존을 위한 단 한 가지 감정만이 현의 온몸을 장악했다. 위험 요소로부터 회피하고 도망치기 위한 감정. 모든 생물이 가지고 있는 가장 원초적이고 강력한 감정. 공포.

"헉, 허억……."

본능은 공포를, 공포는 공황을, 공황은 호흡 기능 저하를 불러왔다. 만들어진 몸이라 한들 의체는 의체, 시냅스 칩의 명령은 거부할 수 없는 절대적인 것이었다. 현은 거칠게 숨을 몰아쉬며 화장실 바닥에 쓰러지듯 주저앉았다. 방금 전까지만 해도 수월하게 움직이던 몸이 고장 난 듯 굳어 움직이지를 않았다. 양쪽 폐가 모두 부풀어 심장을 압박하는 듯한 느낌, 깊은 물에 가라앉는 것 같은 느낌이 현의 몸을 휘감았다. 딸 주영과 달리 현은 수영에 재능이 없었다.

도저히 숨이 쉬어지질 않자 현은 더 세게 호흡하며 숨을 쉬어보려 애썼지만 마음대로 되지 않았다. 현의 발가락과 손가락들이 제멋대로 꼬이기 시작했다. 죽는다. 이대로 있으면 곧 죽는다. 죽을 것이다. 생존 본능이 모든 것을 압도했다. 자살을 각오하던 전과는 달리 현은 필사적으로 살고 싶어졌다. 본능이 이성을 압도하는 순간이었다. 그 상태로 몇 분이 지나자 공황에 빠졌던 현의 몸이 점차 진정되기 시작했다. 호흡이 돌아오고, 몸은 다시 이성의 통제 아래 놓였다. 현은 도망치듯 화장실에서 빠져나와 옷을 입었다.

"젠장……."

순간 스스로가 한심해진 현은 양손으로 머리를 감싸 쥐었다. 죽는 것조차 마음대로 할 수 없다는 말인가. 현은 거울에 비친 자신을 바라봤다. 넌 살고 싶으냐? 아니, 나는 살고 싶은가? 대답할 수 없을 질문을 계속해서 던지던 현은, 아무런 의미가 없는 행동임을 상기하고는 그만두었다.

현은 생각을 멈추기 위해 습관처럼 폰을 들고 아락실 사건에 대한 뉴스를 찾아보기 시작했다. 아락실 사건의 1차 공판 결과는 전형적인 꼬리 자르기였다. 아락실에서 근무하는 말단 직원 몇 명만이 형을 선고받는 데 그친 것이다. 현의 죽음과 가족의 실종에 대해 의문을 제기하는 뉴스는 단 하나도 없었고, 사람들은 여전히 인기 연예인에게 돌을 던지느라 바빴다. 병호의 말대로였다. 현은 희준 어머니의 SNS 계정을 찾았다.

"이게 무슨……."

SNS에는 희준의 어머니가 마지막으로 작성한 게시물이 올라와 있었다. 자살을 암시하는 내용이었다. 다음 게시물은 부고 소식이었다. 명복을 비는 지인들의 댓글이 가득했다. 순간 현은 재판이 끝나고 쓸쓸히 퇴장했을 희준 어머니의 모습을 떠올렸다. 아무것도 쥐지 못하고 무력하게 말라비틀어졌을 작은 손을 떠올렸다. 현은 마지막에 보았던 희준 어머니의 모습을 떠올렸다. 위태로운 발걸음과 수조 속의 물고기처럼 멍하니 죽어가던 눈빛을.

바로 그 순간, 다른 감정 하나가 현의 온몸을 장악했다. 위험 요소에 맞서 대항하고 투쟁하기 위한 감정. 모든 생물이 가지고 있는 가장 원초적이고 강력한 감정. 분노. 현은 축적된 공포가 온전히 분노로 치환되는 것을 느꼈다. 현의 심장이 빠르게 뛰기 시작했다. 온몸의 근육에 힘이 들어가고 시야도 또렷해졌다.

현은 생각했다. 이렇게 당할 수는 없다고. 경찰도, 검찰도, 판사도, 대중도, 그 누구도 이 분노를 해결해 줄 수 없다면, 그렇다면 내가 직접 해야만 한다고. 사냥꾼이 제 손으로 노루를 잡듯이, 그물 치는 자가 새를 잡듯이 스스로 구원해야만 한다. 다른 누구도 아닌 내가. 이 손으로 쓰레기들을 모두 청소해야만 한다. 현은 그렇게 생각하며 본인의, 새 몸의 손을 바라보았다. 현은 어쩌면 이 손이 두 번째 기회를 붙잡을 수 있는 손일지도 모른다고 생각했다. 이 손으로 아무것도 하지 못한 그 순간들을 만회할 수 있을지도 모른다고.

현은 현서와 주영의 얼굴을 떠올렸다. 시신. 놈들을 쳐부수고 시신만 구해낼 수 있다면, 현에게 삶은 더 이상 의미가 없는 게 아니었다. 현은 더 이상 죽고 싶지 않았다. 죽음은 놈들을 위한 것이다. 죽어가던 엔진에 다시 에너지가 공급된 것처럼, 현은 그 어느 때보다도 몸에 커다란 동력이 발생하는 것을 느꼈다. 현은 주완이 입에 올렸던 '새로운 삶'이라는 단어를 다시금 떠올렸다. 그래. 이왕 내게 주어진 새로운 삶이라면 이대로 낭비할 필요는 없다. 제대로 사용해야만 한다. 발사된 총탄처럼 목표를 향해 올곧게 날아가야 한다. 놈들을 모두 파괴하고, 현서와 주영이를 의체로라도 다시 살려낼 수만 있다면 이 빌린 몸이 산산이 부서져도 좋다. 연장된 삶이 몽땅 소진되어도 좋다. 그 어떤 대가를 치르더라도 놈들에게 반드시 그보다 더 큰 대가를 치르게 하겠다. 현은 그렇게 다짐했다.

현의 정신은 흐릿하지 않았다. 호흡이 흔들리지도 않았다. 시야가 또렷했다. 확고한 적이 생겼기 때문이었다. 적이 규정된 삶은 목표를, 목표는 동력을, 동력은 투쟁을 지속하기 위한 연료를 원했다. 현은 세면대의 녹슨 수도꼭지를 바라보았다. 동시에 밖에서 원인 모를 총성이 들려왔다. 아랫서울로 온 뒤로 종종 들려온 소리였다. 이제 현에게 그 소리는 마치 새 삶을 축복하는 폭죽 소리처럼 들렸다. 현은 주먹을 쥐었다. 살의가 탁한 공기를 타고 아무렇게나 번져가고 있었다. 밤이 깊어갔다.

놈들을 찾아내려면 정보가 필요하고, 정보를 캐내려면 도구가 필요하다. 그렇게 결론 내린 현은 가상화폐로 필요한 것들을 몽땅 주문했다. 배달용 드론과 워커가 현이 묵고 있는 숙소 앞을 수차례 들락거렸다. 현은 모은 재료들을 바라봤다. 일반적인 쇼핑몰부터 암시장이라 불리는 다크웹, 중고 거래까지 동원한 결과였다. 현이 직접 일전의 폐품 수거장을 뒤져 가져온 것도 있었다.

우선 도시의 눈과 귀를 빌려야 했다. CCTV, 에어로더 블랙박스, 드론 카메라. 이 모든 정보들을 수집하는 윗서울의 도시 중앙제어 시스템에 침투할 필요가 있었다. 실시간 프로토콜 분석, 패킷 변조, 양자 암호 해독……. 언어를 해석하고 가로채고 뒤바꾸는 일. 모두 현의 전공이고 생업이었다.

도구와 재료를 모두 마련한 현은 Piy-X5라는 AI 칩부터 개조하기 시작했다. 항만 노동용 사족보행 워커를 위해 출시된 것이지만, 펌웨어만 바꾸면 해킹 모듈의 메인 코어로 운용하기 충분한 가성비 좋은 칩이었다. 당연히 성능은 현이 전 회사에서 사용했던 군용 칩보다 못하지만 휴대성과 안정성, 입수 난이도를 생각하면 최선의 선택이었다. 현은 Piy-X5 여덟 개를 병렬로 연결한 뒤, ZIG 넥스원에서 수도 없이 반복해 연구했던 해킹 프로세스를 칩의 사양에 맞춰 다운그레이드한 후 펌웨어에 탑재했다.

다음으로 현은 방송용 드론에 사용되는 신호 수신기와 발신기를 분리해 절단한 뒤, 자작한 그래핀 코일을 연결해 신호의 감도를 향상시켰다. 이어서 당뇨병 환자를 위한 손목 부착형 인슐린 펌프에서 빼낸 초소형 배터리를 이어 붙였고, VR 기기에서 빼낸 인터페이스 브리지와 메모리 모듈과 보드를 개조해 부착했다.

그렇게 현이 폰으로 조작할 수 있는 초소형 해킹 모듈을 완성했을 때쯤에는 이미 열두 시간이 지나 있었다. 이상하게도 전혀 피곤함이 느껴지지 않았다. 원인이 새 몸의 활력 덕분인지 복수심 때문인지는 알 수 없었다. 모든 준비를 마친 현은 모듈을 가방에 담고 숙소를 나섰다. 길거리에서 다시 수많은 사람을 지나쳤지만, 이번은 전과 달랐다. 현에게는 확실한 목적지가 있었다. 현은 인파에 휩쓸리는 것이 아니라 인파를 뚫고 나아갔다.

"이쯤이면 되겠군."

현은 도시 엘리베이터타워 근처의 모노레일 플랫폼에 올랐다. 서울의 모든 것은 도시 중앙제어 시스템으로 통제되고 있었다. 통신, 기록, 보안, 자율 주행. 모든 것이 연결되어 있다는 것은 강력한 힘이 되기도 하지만 취약한 약점이 되기도 한다. 모노레일 운행 시스템과 엘리베이터 제어 시스템 또한 도시 중앙제어 시스템과 연결되어 있었다. 이 두 공공시설이 현에게 침투를 위한 구멍이 되어줄 것이다.

현은 자작한 해킹 모듈과 연결된 폰을 들고는 무선 해킹 프로세스를 가동시켰다. 현의 해킹 모듈은 모노레일과 엘리베이터 제어 시스템에 명령을 내리는 신호를 찾아 발신지를 역추적했다. 이어서 변조된 신호가 노드를 타고 흘렀다. 마치 혈관에 침투한 바이러스처럼 그 신호는 곧 중앙제어 시스템 전체에 퍼졌다.

"5분……."

폰 디스플레이에 뜬 타이머를 본 현이 나지막이 중얼거렸다. 보안 시스템의 눈을 속이기 위한 적응형 AI 변조 프로세스가 작동한 것이다. 급조한 해킹 모듈로는 최대 5분이 한계였다. 5분이 지나면 변조 패턴을 학습한 보안 시스템이 신호를 역추적해 현을 잡아낼 것이다. 그렇게 되면 모든 게 끝이었다.

현은 서둘러 납치 당일의 집 주변 CCTV 영상 기록부터 뒤졌다. 곧 디스플레이에 당일의 영상이 떴다. 검은 에어로더

한 대가 현의 집 앞에 착륙하자마자 멀쩡하던 CCTV 화면에 노이즈가 가득 차기 시작했다. 화면 속 영상이 형체를 분간할 수 없을 정도로 일그러졌다. CCTV 재머가 범죄에 악용되고 있다는 이야기는 현도 들었지만, 직접 본 적은 한 번도 없었다. 현의 삶은 이런 종류의 강력 범죄와는 지독히도 거리가 멀었다.

결국 CCTV로는 알아낼 수 있는 게 없었다. 현은 재머의 범위가 닿지 않는 곳에 카메라 달린 드론이나 다른 에어로더가 있는지 찾아보라고 모듈에 명령했다. 그러자 잠시 후 디스플레이에 새 영상이 떴다. 마침 해당 시간에 근처 상공을 비행하고 있던 무인 에어로더 택시의 블랙박스 영상이었다. 현은 택시의 블랙박스에서 도마뱀 에어로더의 번호판이 잡힌 구간을 찾아냈다. 영상이 흐릿해 번호판의 글자가 제대로 보이지 않았지만, 현은 AI 보정 업스케일링을 통해 번호판의 글자가 뚜렷하게 보이도록 조정했다.

현은 그렇게 얻어낸 에어로더 등록 번호로 해당 에어로더의 동선과 거래 기록을 조회했다. 비교적 최근에 거래된 것이고 구매자는 웬 중년 여자로 되어 있었지만, 실 소유자는 디에고 나바레스라는 남자였다. 30세, 남미 출신의 이민자였다. 폰 디스플레이에 문신을 한 구릿빛 피부의 남성이 나타났다.

"이 새끼……."

현의 미간이 일그러졌다. 그러나 분노하고 있을 시간이 없었다. 남은 시간은 1분 남짓. 현은 디에고의 얼굴 사진을 토대로 해킹 모듈의 AI에게 명령해 전국의 CCTV와 블랙박스 영상들을 취합해 디에고의 동선을 파악해 냈다. 디에고는

CCTV가 없는 아랫서울 지역에 살고 있었기에 디에고의 집을 알아낼 수는 없었다. 대신 현은 디에고가 집만큼 자주 들르는 장소를 파악해 냈다. 아랫서울에 위치한 'R.O.M'이라는 이름의 술집이었다. 남은 시간은 7초. 정보를 더 얻어내기에는 시간이 부족했다. 이 정도면 꼬리는 찾아냈다. 현은 그렇게 생각하며 곧바로 접속을 해제하고 서둘러 자리를 떴다. 이제 찾아낸 꼬리를 잡아야 할 시간이었다.

R.O.M. 고딕 볼드체로 만들어진 거대한 구형 네온사인에서 밝은 주홍빛이 뿜어져 나왔다. 날씨가 추웠다. 가게 근처에서 약과 술에 취한 사람들이 좀비처럼 서성거리고 있었다. 현은 사람들을 지나쳐 출입문 앞에 서서는 깊게 심호흡을 했다. 심장이 평소보다 빠르게 뛰고 있었다. 현은 슬며시 허리춤에 차고 있는 권총의 손잡이를 만져보았다. 다크웹에서 구매한 자동 권총이었다. 무기를 쥐고 있을 때만큼은 겁쟁이도 전사가 되는 법. 차가운 금속의 감촉이 현의 불안한 마음을 조금이나마 진정시켰다. 현은 가게 안으로 발을 디뎠다.

〔Welcome.〕

입구에 설치된 동작 감지기에서 영어로 된 환영 인사가 흘러나왔다. 동시에 추위가 사라지고 따뜻한 기운이 현의 온몸을 감쌌다. 현은 가게를 쓱 둘러봤다. 딱히 넓지는 않지만 그렇다고 작다고도 할 수 없는 크기의 공간에 의자와 테이블이 빽빽이 들어차 있었다. 가게 가운데에는 바와 바텐더가 있었고, 서빙 및 잡일을 하는 워커 두 대가 바쁘게 돌아다녔다. 그리고 모든 술집이 으레 그러하듯 술에 취한 사람들이 떠드는 소리와 커다란 음악이 뒤섞여 소란스러운 분위기였다.

여기까지만 보면 평범한 술집이지만, 가게의 천장 중앙에 설치된 거대한 구 형태의 인공조명은 이곳이 '솔라 바'임을 현에게 상기시켰다. 아랫서울에는 일조량이 적기 때문에 태양을 모방한 빛을 쬐는 솔라 바나 솔라 카페가 유행이었다. 윗서울에서는 찾아볼 수 없는 형태의 조명이 상당히 이색적으로 다가왔다. 현이 멍하니 가짜 태양을 바라보고 있자 서빙용 워커가 다가와 말을 걸었다.

〔안녕하세요. 1인 1음료 주문 부탁드립니다. 제한 시간은 두 시간이며, 음료를 더 주문하실 경우 한 시간씩 추가됩니다.〕

현은 워커를 자세히 살폈다. 현이 공장이나 연구소에서 보던 경비용 워커나 군용 워커와 달리 작고 콤팩트한 크기의 워커였다. 술 취한 손님들이 못 살게 구는 탓에 "워커를 괴롭히지 마세요"라고 쓰인 스티커가 가슴팍에 붙어 있었다. 여기저기 긁히고 도색이 벗겨진 워커를 보며 현이 물었다.

"처음 왔는데, 가장 인기 있는 음료가 뭐지?"

〔가장 인기 있는 음료는 '미를라드라코비치'입니다. 그러나 처음 오신 분에게는 R.O.M의 시그니처 칵테일 '아토믹스처'를 추천해 드리고 있습니다.〕

"그럼 그걸로 줘."

〔홍도 주문하시겠습니까? 이틀 전 가게에 새 제품이 공급되었습니다.〕

워커의 질문에 현은 고개를 갸웃했다. 현이 해당 은어를 모른다는 것을 인지한 워커가 친절한 설명을 덧붙였다.

〔약 말입니다, 손님.〕

"아, 그건 됐어."

현은 제트코닉의 기억을 떠올리며 고개를 저었다. 워커의 디스플레이에 칵테일 가격이 떴다. 현은 폰에 온 결제 요청을 수락했다. 워커는 형식적인 감사 인사와 함께 현이 앉을 자리를 가리켰다. 현은 워커의 지시대로 자리에 가서 앉아 손님들을 둘러보았다.

R.O.M에는 한국인보다는 외국에서 온 이민자들이 더 많았다. 과거 정부가 저출산 고령화와 노동 인구 부족 문제를 해결하기 위해 무분별하게 받았던 외국인 이민자들은, 워커와 AI 기술의 급격한 발전과 상용화로 낙동강 오리알 신세가 되어버렸다. 단기간에 급증한 실업자들과 이민자들은 정부에서 나오는 소액의 생활지원금을 타먹으며 연명하는 빈민으로 전락해 버리고 말았다.

반복되는 삶은 사람을 무감각하게 만들고, 희망이 없는 삶은 사람을 자포자기 상태로 만든다. 그들 중 적지 않은 수가 술, 마약, 유흥, 도박 등 말초적이고 원시적인 쾌락에 생활비를 쏟아붓고 범죄자가 되었다. 현의 바로 옆자리에서 들려오는 대화들은 모두 그런 종류의 것이었다. 대화의 주제부터 말투까지 윗서울과는 달랐다. 그러나 아락실을 떠올린 현은 윗서울이나 아랫서울이나 똑같을지도 모른다는 생각을 했다. 차이점이라면 그 욕망을 대놓고 천박하게 드러내느냐, 은밀하고 우아하게 드러내느냐일 뿐이었다.

〔주문하신 아토믹스처 나왔습니다.〕

현이 그런 생각을 하고 있던 와중에 칵테일이 서빙되었다. 형광빛 푸른색과 노란색, 초록색 술이 층층이 쌓여 있는 기묘한 칵테일이었다. 현은 칵테일을 한 모금 들이켰다. 도수가 세면서도 시원하고 달콤한 맛이었다. 술을 좋아하지 않는 자신에게도 제법 괜찮은 인상을 남길 정도였으니, 현은 워커의 추천이 탁월하다고 생각하며 다시 칵테일을 한 모금 마셨다. 그러나 도수에 비해 전혀 취기가 돌지 않았다. 칵테일이 맛있기 때문인지 새 몸의 간이 알코올을 잘 분해하기 때문인지 알 수 없었다.

현은 칵테일을 홀짝거리며 마치 CCTV처럼 계속 손님들을 살폈다. 디에고의 얼굴은 아직 그 어디에서도 찾아볼 수 없었다. 현은 시간을 확인했다. 23시 16분. 현은 디에고가 나타날 때까지 계속 기다려 보기로 했다. 제한 시간인 두 시간이 지나 음료 한 잔을 추가 주문하고 나서, 현은 드디어 가게 입구로 들어오는 디에고를 발견했다. 다른 사람과 착각할 수 없는 특징적인 외모였다. 특히 현에게는 더욱 그러했다. 그는 혼자 들어와 음료를 주문한 뒤 빈자리에 앉았다. 문제는 그 빈자리가 현의 바로 앞자리라는 것이었다.

현은 심장의 리듬이 다시금 빨라지는 것을 느꼈다. 동시에 본능적으로 온몸의 근육에 힘이 들어가기 시작했다. 현은 칵테일 잔 너머로 디에고를 응시했다. 괜찮아. 지금의 나는 그때와 완전히 다르다. 나를 알아볼 수 있을 리 없어. 현은 그렇게 스스로를 안심시켰다. 잠시 후 취기가 오른 디에고는 다른 일행과 합석했다. 대화로 미루어 보아 처음 만난 사이인 듯했다. 디에고는 자신의 돈으로 그들 모두에게 술과 약을 돌렸다. 어눌한 한국말로 으스대면서.

디에고는 단서가 될 만한 말은 하지 않았다. 대신 일회용 친구들과 일회성 감정을 분출하며, 정치 얘기와 야구 하이라이트 영상을 안주 삼아 떠들 뿐이었다. 바의 곳곳에 설치된 대형 홀로그램TV에서 공공시설에 폭탄 테러가 벌어졌다는 뉴스가 흘러나오자 디에고가 혀를 차며 말했다.

"저런 쓰레기 같은 놈은 죽어야지."

범죄자에게 원색적인 욕을 쏟아내는 범죄자를 보며 현은 묘한 기분을 느꼈다. 디에고는 이어서 합석한 친구들에게 열변을 토해냈다.

"세상에 쓰레기가 너무 많아. 게다가 요즘 쓰레기들은 자기가 쓰레기가 아닌 척을 한다니까. 그러다가 저렇게 터진다고."

"그렇지. 누가 저런 쓰레기들을 치워줘야 돼."

"이게 다 두억시니가 없어서 그래."

디에고가 상기된 어투로 말했다. 두억시니. 3년 전 사살당한 것으로 밝혀진 살인마의 이명이다. 최소 세 자릿수 이상의 사람을 죽였다고 알려진 최악의 범죄자. 그에게 당한 피해자들은 전부 머리가 열린 채로 죽었는데, 그 행태가 머리를 으깨어 죽이는 전승 속 도깨비와 닮았다고 해서 붙여진 이름이 바로 두억시니였다. 현은 두억시니가 활발하게 살인 행각을 이어갈 무렵 주영과 현서에게 조심하라고 신신당부했던 기억을 떠올렸다.

"형씨는 어떻게 생각하쇼?"

디에고의 목소리가 현의 생각을 툭 끊으며 들어왔다. 디에고는 몸을 돌려 현을 바라보고 있었다. 현은 놀란 척하지 않으려고 애썼다.

"저요?"

디에고가 고개를 끄덕이며 다시 물었다.

"누군가 쓰레기를 치워야 한다고 생각하죠?"

현은 머뭇거리다가 디에고를 슬며시 쳐다보며 대답했다.

"……그렇죠."

현의 대답에 만족한 듯, 디에고는 미소를 띠며 현에게 술잔을 내밀었다. 가벼운 건배를 마친 디에고가 다시 몸을 돌려 앉아 합석한 사람들에게 말을 꺼냈다.

"거봐. 사람들이 원하고 있다니까. 어차피 워커랑 AI가 다 해먹는 세상이야. 인간들을 줄일 필요가 있다고."

한참 동안 인구 과잉과 두억시니의 필요성에 대해 열변을 토한 디에고는, 조악한 연설을 끝내고 취기에 비틀거리며 자리에서 일어섰다.

"잠깐 화장실."

지금이다. 혼자 무리에서 떨어진 지금이 디에고에게서 정보를 캐낼 절호의 기회일지도 모른다. 현 역시 급하게 자리에서 일어서서 디에고를 뒤따라 화장실로 향했다. 그렇게 두 남자는 어둡고 좁고 냄새나는 화장실에 들어섰다. 벽면 거울에 붙은 흐릿한 조명이 여러 차례 깜빡거렸다. 현은 조용히 화장실의 문을 잠갔다.

"어으."

디에고는 소변기에 오줌을 누며 퉤 침을 뱉었다. 현은 디에고 옆에 서서 바지를 내리는 척 고개를 숙이고 손을 허리춤에

갖다 대었다. 권총의 묵직한 무게가 느껴졌다. 현의 이마에서 식은땀이 흘러내렸다. 뽑자. 뽑는 거다. 지금이 아니면 안 돼. 디에고의 오줌이 소변기에 부딪히는 소리가 점점 줄어들고 있었다. 권총을 잡은 현의 손이 미세하게 떨렸다. 손에서 땀이 났지만 장갑 덕분에 그립이 미끄럽지는 않았다. 현이 마음을 먹은 그때, 디에고의 목소리가 울렸다.

"변기에 뭐라도 있어요? 한참을 보시네."

현은 내심 놀랐지만 움직이지 않았다. 현의 시선은 계속 소변기를 응시하고 있는 상태였다. 변기 속에서 죽어가는 파리 한 마리가 눈에 보였다. 날개 한 장을 뜯긴 채, 파리는 물속에서 다리를 허우적거리고 있었다. 마치 수영을 하는 것처럼. 현은 고개를 들었다. 그리고 천천히 고개를 돌려 디에고의 눈을 봤다. 현은 권총의 그립을 세게 쥐었다.

"이게 있던데."

대답과 동시에 현이 재빨리 권총을 뽑아 들었다. 검은 총구가 디에고의 안면을 겨눴다. 디에고는 당황한 표정을 지으면서도 부드럽게 양손을 들어 보였다.

"워워, 진정해요. 진정."

"입 닥쳐."

현의 목소리가 흥분과 분노로 가늘게 떨렸다.

"그…… 그 얼굴에 바람구멍 뚫어버리기 전에."

현은 권총을 내민 채 디에고에게 다가서며 말을 이었다.

"너 도마뱀이지?"

"네?"

"2주 전에 있던 납치 사건에 가담했었지?"

디에고는 대답하지 않았다. 초조해진 현이 다급하게 다음 질문들을 쏟아냈다.

"누가 시킨 거냐? 가족들의 시체는?"

디에고는 또 대답 대신 현의 얼굴을 살폈다. 그러면서 곁눈질로 총구를 바라봤다. 디에고의 얼굴에서 당황한 기색이 서서히 옅어졌다. 디에고의 얼굴이 초연해진 것과 달리 현의 얼굴과 표정과 숨소리에서는 조급함이 조금씩 새어 나오고 있었다. 현은 다시 총구를 들이밀며 다그쳤다.

"대답해, 이 쓰레기 새끼야!"

디에고는 후, 하고 고개를 떨구며 한숨을 쉬고는 다시 현을 바라봤다. 디에고의 입가에는 아주 살짝이지만 비웃음이 묻어 있었다. 디에고의 여유로운 태도에 현의 총구가 미세하게 떨렸다. 순간 현의 머릿속에 어떤 유명 격투기 선수의 인터뷰가 스쳐 지나갔다. 상대와 주먹을 섞으며 가장 당황스러울 때가 언제냐는 기자의 질문에 그 선수는 이렇게 대답했다. "큰 걸 맞았을 때? 아니다. 내가 큰 걸 맞췄는데 상대가 멀쩡할 때, 그때가 가장 당황스럽다." 현은 지금 당황스러웠다. 총구를 앞에 두고 사람이 이렇게 침착할 수 있다는 사실이, 현의 상식선에서는 이해가 되질 않았다. 현이 초조함에 움찔거리는 사이에 디에고가 나지막이 말했다.

"형씨, 이런 거 처음 해보지?"

순식간이었다. 현은 순간 느껴지는 따끔함에 스스로의 목을 만졌다. 마취 다트가 꽂혀 있었다. 현은 고개를 들어 디에고가 손에 쥐고 있는 작은 마취 총을 바라봤다. 몸이 느려지는 것이 느껴졌다. 이번에는 디에고의 얼굴에서 당혹스러움이 묻어났다.

"뭐야, 어떻게 버티고 있지?"

디에고가 다시 한번 마취 총을 발사했다. 현의 다리 근육이 서서히 풀렸다. 현은 권총을 떨군 채 화장실 바닥에 부드럽게 엎어졌다. 그러나 현의 몸은 계속 움직이며 새 몸의 간과 신장이 마취 효소를 빠르게 분해하고 있었다. 디에고가 적잖이 당황한 얼굴로 중얼거렸다.

"이게 무슨……."

현은 필사적으로 손을 움직여 떨어뜨린 권총을 다시 잡으려 했으나 불가능했다. 디에고가 현의 권총을 발로 툭 차서 밀어버림과 동시에 다시 방아쇠를 당겼다. 달각거리는 작은 쇳소리와 함께 한 발, 두 발, 세 발, 마취 다트가 발사되었다. 현의 몸이 완전히 느려지기 시작했다. 시야가 흐릿해졌다. 새 몸의 분해 한계를 뛰어넘은 투약량이었다. 움직임이 확연히 줄어든 현을 보며 디에고가 의기양양한 목소리로 말했다.

"이제 못 움직이겠지? 어? 이거 한 발이면 곰도 쓰러뜨리는 물건이라고. 다섯 발이나 맞았으니 곧 죽을 거다."

곰이라. 곰. 고옴. 현의 머릿속에서 생각이 느리게 흐르면서 해당 단어가 늘어지고 반복되었다. 현의 장기들은 여전히 기능하고 있었으나 겉으로 보이는 움직임은 완전히 멎었다. 사지 근육이 더 이상 기능하지 않았다. 그 모습을 보고 여유를 되찾은 디에고는 식은땀을 닦으며 말했다.

"총을 꺼냈으면 쏴야지, 어? 쏘지도 못 할 거 왜 꺼내? 어디서 씨발. 확 뒤질라고……."

현은 뭔가를 말하려고 했지만 입 주변의 근육이 움직이지를 앉았다. 디에고의 얼굴에 희미한 미소가 일었다.

"말했잖아. 쓰레기가 너무 많다고."

디에고가 나지막이 말했다. 디에고의 이마에서 흐른 땀방울이 현의 얼굴에 뚝 떨어졌다. 현은 자신의 심장이 점점 느리게 뛰는 것 같다고 느꼈다. 현의 의식은 작동을 멈추기 일보 직전이었다. 현은 기시감을 느꼈다. 모든 감각이 서서히 멀어지고 몸이 떨어지는 듯한 느낌. 어딘가 익숙했다. 또 이렇게 되는 건가. 아직 시작도 못 했는데. 나는 늘 이렇게 무기력하게 당할 수밖에 없는 것인가. 가늘게나마 이어지던 생각이 툭 끊겼다. 곧 현은 완전히 의식을 잃고 말았다.

방향제와 암모니아 냄새가 뒤섞인, 향기인지 악취인지 분간하기 어려운 냄새에 현은 눈을 떴다. 현은 쿨럭거리며 마른기침을 토해냈다. 살아 있다는 증거였다. 새 몸이 최선을 다해 마취 효소를 전부 분해해 낸 덕이었다. 현은 주변을 둘러봤다. 아직 화장실 안이었다. 경찰도, 직원도, 워커도, 다른 손님도 없었다. 분명 방금 전까지만 해도 바닥에 누워 있었는데, 현은 자신이 어떻게 멀쩡히 서 있는지 알 수 없었다. 주변을 둘러보던 현은 무언가를 발견하고는 소스라치게 놀랐다.

"이게 무슨……."

현의 시야에 들어온 것은 디에고였다. 정확히는 디에고의 시체였다. 더 정확히는, 머리가 열려 있는 시체였다. 현은 일어서서 디에고에게 가까이 다가갔다. 디에고의 머리가 갈라져 있었다. 목 위쪽으로 붉은 살이 갈래갈래 벌어진 것이 마치 꽃처럼 피어난 모양새였다. 현은 주영이 집에 가져왔던 석산을 떠올렸다. 비슷한 이미지였다. 그의 목구멍에서 쏟아져 나온 피가 변기 물에 번져 빨간 웅덩이를 이루고 있었다. 피비린내가 났다. 현은 헛구역질을 하며 물러섰다. 그때였다.

'두려워하지 마라.'

어디선가 낯선 남자의 목소리가 울렸다. 현은 화들짝 놀라며 사방을 두리번거렸다. 그러나 그 어디에도 사람은 없었다. 화장실 거울에는 오로지 현의 모습만 비치고 있었다.

'여기서 빠져나가야 한다.'

섬뜩하면서도 부드럽고, 날카로우면서도 지적인 목소리였다. 현은 이게 어떤 상황인지 파악하려고 애썼지만 도무지 이해할 수가 없었다. 현은 다시 디에고의 열린 머리를 응시하며 물었다.

"누구야?"

현의 물음에 목소리가 침묵하다가 대답했다.

'구원자.'

목소리의 대답에 당황한 현이 다시 물었다.

"그게 무슨 소리야?"

목소리는 대답하지 않았다. 현이 주변을 계속해서 두리번거리자 목소리가 부드러운 어투로 말했다.

'난 네 머릿속에 있으니 안심해라.'

"뭐?"

'내 목소리는 다른 사람에게는 들리지 않아.'

머릿속에 있다고? 현은 무슨 소리인지 도저히 영문을 알 수 없었다. 이게 꿈인지 현실인지 분간이 가질 않았다. 현의 눈에 다시 디에고의 시체가 들어왔다. 지독한 냄새만이 현에게 이것이 현실임을 일깨워 주었다. 현이 조용히 입을 열었다.

"네가 죽였나?"

'내가? 아니지.'

목소리가 차분하게 말했다.

'우리. 우리가 한 거다.'

현이 침을 삼키며 다시 물었다.

"어떻게?"

'네가 의식을 잃었을 때 잠깐 운전을 대신했다고 보면 되겠군.'

목소리가 별것 아니라는 듯 대답했다. 답답함과 공포에 질린 현이 언성을 높였다.

"이게 무슨 짓이야?"

'…….'

"대답해. 도대체 넌 뭐냐고!"

'구해줬더니 도리어 역정을 내는군. 그러는 넌 누군데?'

"나는……."

현은 순간 말문이 막혀 대답을 하지 못했다. 스스로를 이현이라고 하는 게 맞는지 헷갈렸다. 현은 화장실 거울에 비치는 자신의 새로운 몸을 바라봤다. 현이 대답을 못 하고 있자 목소리가 웃음을 흘리며 다시 말했다.

'대답하지 않아도 돼. 난 네가 누군지 아니까.'

목소리가 이어서 말했다.

'줄곧 함께하고 있었거든. 이런 식으로 나타날 생각은 없었

지만.'

"줄곧이라니? 그럼……."

'내가 너라면 자초지종은 나중에 묻고 얼른 여길 뜨겠어.'

남자의 말에 현은 화장실의 입구를 바라봤다. 시간이 얼마나 지났는지는 모르겠지만 그동안 아무도 화장실에 오지 않았다는 게 천운이었다. 현이 서둘러 화장실 입구로 향하려 하자 다시금 부드러운 목소리가 머릿속에서 울렸다.

'그렇게 잡히고 싶나?'

"뭐?"

'지금 이대로 나가면 넌 순식간에 용의자로 지목될 거다.'

현은 자신의 손을 바라봤다. 끼고 있는 장갑에 진득한 피와 머리카락이 덕지덕지 묻어 있었다.

'청소는 하고 가야지. 아름다운 사람은 머문 자리도 아름답다고 하지 않나?'

"어떻게? 난 아무것도……."

'그건 걱정 마라. 내가 도와줄 테니.'

목소리가 현에게 이것저것을 지시하기 시작했다. 현은 목소리의 조언에 의구심이 들었으나, 당장은 별다른 수가 없었기에 결국 목소리의 지시에 따르기로 했다. 현은 세면대의 수도꼭지를 틀고 그 거센 물줄기로 장갑과 옷에 묻은 피, 그리고 바닥의 피를 씻어내기 시작했다. 물이 피와 섞여 바닥의 배수구로 소용돌이치며 빨려 들어갔다.

그때 불현듯 쿵쿵, 밖에서 화장실 문을 두드리는 소리가 물소리를 뚫고 울렸다. 누군가가 화장실로 들어오려고 하는 것이 분명했다. 현도 문을 두드려 안에 사람이 있음을 알렸지만 기다리는 사람의 인내심이 그리 오래갈 리 없었다. 현은 그의 방광 용량이 넉넉하길 바랐다.

'서두르는 게 좋을 거다.'

조급해진 현은 동작을 서둘렀다. 현은 목소리의 지시에 따라 세면대의 액체 비누통을 집어 들고 변기통과 바닥에 액체 비누를 뿌린 후 물로 한 번 더 씻어냈다. 진한 비누 향에 피비린내가 조금씩 누그러들었다.

"저기요, 화장실 혼자 씁니까?"

밖에서 걸걸한 남자 목소리가 울렸다. 그가 화장실 문을 거세게 두들기기 시작했다. 시간이 없었다. 현은 목소리의 지시대로 변기 칸 안에 들어가 문을 잠갔다. 그러나 현은 다음 지시에는 따를 수 없었다. 몹시 당황스러운 지시였다.

'이 남자의 뇌를 챙겨라.'

"뭐?"

뇌를 챙기라니. 현은 지시의 이유를 알 수 없었다. 목소리가 계속해서 말했다.

'뇌가 필요하다. 어서.'

"뇌로 뭘 하려고?"

목소리가 다시 말했다.

'설명은 나중에. 일단 챙겨라. 시간이 없다.'

밖에서 다시 문을 두드리는 소리가 들렸다. 논쟁을 할 시간이 없었다. 결국 현은 목소리의 지시에 따라 디에고의 열린 머리 안으로 손을 넣었다. 따뜻하고 말캉거리는 무언가가 느껴졌다. 우욱. 순간 역겨워진 현은 몇 번이고 헛구역질을 했다. 목소리는 전혀 개의치 않으며 차분하고 상세하게, 필요한 절차들을 몇 번이고 설명했다. 신경과 혈관의 절단 순서부터 몇 가지 주의 사항까지.

목소리의 조언을 준수하며, 현은 디에고의 머리에서 뇌를 뽑아냈다. 그리 어렵거나 오래 걸리는 일은 아니었다. 사람의 뇌를 적출한다는 심리적 장벽만 제외한다면 말이다. 이어서 현은 목소리의 말대로 뽑아낸 뇌를 휴지로 잘 말아 품안에 넣었다. 바깥의 사람이 다시 거세게 문을 두들겼다.

"마지막이에요. 지금 안 나오면 사람 부릅니다."

"나갑니다!"

현이 다급하게 문밖의 독촉에 대답했다. 현은 디에고의 시체가 있는 변기 칸의 문을 잠근 뒤 위쪽 공간으로 빠져나왔다. 마지막으로 장갑과 신발을 한 번 더 씻어낸 다음 화장실 문을 열었다.

"에이 씨발."

덩치 큰 남자가 인상을 쓴 채 현의 어깨를 툭 밀치며 화장실 안으로 들어왔다. 남자가 소변기 앞에 서서 바지를 내리는 동안 현은 화장실에서 빠져나와 시간을 확인했다. 새벽 2시 34분. 보통의 가게라면 영업하고 있지 않을 시간이지만 이런 술집은 새벽 2시가 피크타임이다. 현은 우글거리는 사람들을 보며 떨리는 입술을 열었다.

"이, 이제 어떻게 하지?"

'조용히 사람들 틈에 섞여 빠져나가라.'

다크웹에서 구한 CCTV 재머가 제 역할을 해주기를 기대하며, 현은 목소리의 지시대로 사람들 틈에 섞여 R.O.M을 빠져나왔다. 밖에는 어느새 진눈깨비가 내리고 있었다. 빠르게 뛰던 심장과 호흡이 조금씩 안정되기 시작했다. 긴장했던 근육들이 이완되면서 급격한 피로감이 느껴졌다.

'여기서 직진한 다음 오른쪽으로 틀면 사람도 카메라도 없는 골목이 나온다. 그쪽으로 가라.'

현은 마치 내비게이션과도 같은 목소리의 지시대로 조심스럽게 골목을 이리저리 빠져나갔다. 곧 현은 목소리의 인도대로 숙소에 도착했다. 자신의 방인 401호실로 돌아온 현은 방문을 굳게 닫았다. 분명 줄곧 홀로 있던 방이었다. 그러나 이제는 아니었다. 보이지 않는 동반자가 현에게 말을 걸어왔다.

'뇌부터 냉장고에 넣어라. 쉽게 상하니까.'

목소리의 말에 현은 자신이 디에고의 뇌를 운반 중이라는 사실을 상기했다. 품에서 뇌를 꺼낸 현은 그 부드러운 촉감에 질색을 하며 그것을 싸구려 냉장고 안에 집어넣었다. 휴지로 어설프게 둘러싸인 형태가 얼핏 싱싱한 고깃덩이를 연상시켰다. 현이 냉장고 문을 닫자 목소리가 이어서 말했다.

'지금부터 최대한 빨리 내가 말하는 것들을 구해라. 고성능 컴퓨터, 보존 및 살균용 메디컬 뉴로젤, 의료용 케이스, 신경 모듈, BCI 인터페이스…….'

"자, 잠깐."

현이 목소리의 말을 끊었다.

"도대체 넌 뭐야?"

현의 말에 목소리는 '음' 하고 고민하는 소리를 냈다. 목소리는 한참을 생각한 후에야 말을 꺼냈다.

'말했잖나. 구원자라고.'

알 수 없는 대답에 현은 답답해하며 다시 물었다.

"정확하게 얘기해."

'급하긴. 서두를 필요 없다. 밤은 기니까.'

목소리가 달래듯 말했다. 순간 현은 누군가의 시선으로 자신을 바라보는 상상을 했다. 혼잣말을 중얼거리는 모습이 누가 봐도 정신이 온전치 않은 사람처럼 보일 것이 분명했다. 현의 머릿속에서 목소리가 다시 울렸다.

'사람들은 나를 여러 이름으로 불렀지. 연쇄살인마, 사이코패스, 괴물, 악마, 귀신…… 그리고 두억시니.'

이제는 사라진 도시 전설. 사상 최악의 연쇄살인마. 붙잡힌 귀신의 목소리. 뜻밖의 이름에 놀란 현이 다시 물었다.

"네가 두억시니라고?"

현이 뜸을 들이다가 다시 말했다.

"그럴 리가 없어. 3년 전을 마지막으로 사라졌잖아."

현의 말에 두억시니는 대답하지 않았다. 현은 폰으로 기사를 찾아 쭉 훑었다.

"2056년 7월 다섯 번째 두억시니 용의자로 지목된 기후조정 엔지니어 류지후, 온서특별시에서 검거 중 사살……."

'굳이 소리 내어 읽지 않아도 돼. 네 감각 기관, 두 눈은 나도 공유하고 있으니까.'

두억시니가 현의 말을 끊었다. 잠시 적막이 흘렀다. 두억시니가 다시 말했다.

'믿고 싶지 않으면 믿지 마. 하지만 난 확실히 여기 있어.'

"여기?"

'그래. 네 머릿속. 영혼을 담는 그 작은 칩 속에.'

두억시니가 설명을 덧붙였다. 한 칩에 두 사람이 공존할 수 있다니, 지금까지 주완에게서도 들어보지 못한 일이었다. 현이 물었다.

"어떻게…… 어떻게 네가 여기 있지?"

'그건 알려줄 수 없다.'

두억시니가 뜸을 들이고는 이어서 말했다.

'네가 의체로 눈을 떴을 때부터 난 줄곧 너와 함께 있었다. 너를 계속 관찰했다. 아까도 말했듯 이런 식으로 나타나려는 생각은 없었지만, 상황이 좀 급했다.'

줄곧 함께였다. 그렇다는 것은 주완과의 대화도, 디에고를 찾아낸 과정도, 기절하기 전의 그 모든 일도 전부 알고 있다는 뜻인가. 그렇게 생각하던 현은 오싹함을 느꼈다. 잠시 생각하던 현이 물었다.

"그럼 뭐지?"

'뭐가?'

"이제 난 어떻게 되는 거야?"

두억시니는 대답하지 않았다. 현이 불안한 어투로 물었다.

"네가…… 내 몸을 빼앗는 건가?"

'내 몸?'

두억시니가 소리 내어 웃기 시작했다.

'내 몸이라니, 오르바사에서 만든 몸이잖나. 훔친 주제에 당당하군.'

"그러는 너도 칩 속에 기생하고 있잖아."

'적어도 너처럼 내 것이라고 생각하지는 않는다.'

현은 입을 다물었다. 두억시니가 잠시 쉬었다가 웃음을 뱉으며 말했다.

'빼앗는다……. 상상력은 기발하지만 이 집의 주인은 명백히 너다. 네가 디에고에게 당했던 것처럼 마취액으로 기절이라도 하면 모를까, 자아가 멀쩡히 기능하는 한 난 네 몸을 통제할 수 없다. 지금처럼 네게 말을 거는 정도는 할 수 있겠지만.'

"그럼 뭘 할 수 있는데?"

두억시니가 뜸을 들이다가 말했다.

'내가 할 수 있는 건 네게 말을 거는 것과 오감을 공유하는 것, 이 두 가지뿐이다. 네가 머릿속으로 하는 생각조차 알 수 없다. 네가 입 밖으로 그 생각을 꺼내서 네 귀에 스스로 들리게 하기 전까지는.'

두억시니는 차분하게 설명했다. 현은 불안을 억누르며 물었다.

"그럼 디에고는 어떻게 죽였지?"

'말했지 않나? 네 의식이 멀쩡히 기능하는 한이라고. 방금 전 상황은 네 원래 의식이 셧다운되었기 때문이다. 그땐 내가 네 몸을 움직일 수 있다.'

현이 고개를 끄덕였다. 그러나 현에게는 아직 한 가지 의문이 남아 있었다.

"그놈 머리는 어떻게 그렇게 부쉈지?"

현은 꽃처럼 열려 있던 디에고의 머리를 떠올렸다. 두개골의 강도를 생각해 봤을 때, 일반적인 인간의 몸으로는 할 수 없는 일이었다. 그렇다고 총을 쏘지는 않았을 것이다. 그랬다면 분명히 누군가에게 걸렸을 테니까. 현의 질문에 두억시니가 웃음을 흘리며 대답했다.

'너 자신을 좀 알아라.'

"뭐?"

'네 몸의 근력은 일반적인 성인 남성 수준이 아니다.'

두억시니의 말에 현은 자신의 손을 바라보았다. 현은 반신반의하며 자리에서 일어서서 화장실로 향했다. 현은 녹슨 수도꼭지를 향해 손을 뻗어 수도꼭지를 말아 쥔 뒤 힘을 주었다. 그러자 놀라운 일이 벌어졌다. 금속성의 비명이 화장실 내부에 울리며 철로 만들어진 수도꼭지가 너무나도 쉽게 휘어버렸다. 마치 꽈배기처럼.

'봤겠지. 이게 네 몸이다.'

새 몸이 평범하지 않다는 것은 현도 알고 있었다. 그러나 정보가 드러나면 드러날수록, 뭔가가 이상했다. 두억시니가 이어서 말했다.

'네 몸, 아마도 일종의 병기일 거다.'

"병기?"

'그래. 의체 병기.'

잠시 적막이 흘렀다. 주완이 내게 진실을 숨긴 건가? 왜? 현은 스스로에게 알 수 없는 질문을 던지며 전신 거울을 바라보았다. 원래도 낯설게 느껴지던 얼굴이 더 낯설어 보였다. 현이 거울을 보며 물었다.

"원하는 게 뭐지? 왜 갑자기 3년 만에 나타난 거냐?"

두억시니가 조용히 웃음을 흘렸다.

'간단해. 너와 나는 이해가 일치한다.'

"무슨 이해?"

'우리는 같은 적을 두었다.'

현이 다시 묻기 전에 두억시니가 먼저 말했다.

'오르바 바이오테크.'

"내 적은 오르바사가 아니야. 도마뱀……."

'그래. 그 도마뱀이 오르바사의 수족이다.'

두억시니가 이어서 말했다.

'오르바사가 기업의 이름으로는 저지를 수 없는 더러운 일을 맡아서 처리하는 범죄 조직이 도마뱀이다. 네 가족의 죽음도 아마 오르바사의 머리…… 그러니까 염 회장의 직접 지시로 이뤄졌을 거다.'

"염 회장?"

'그래.'

두억시니가 설명을 이어갔다.

'아락실에서 불법 의체화를 이용한 성매매가 이루어질 수 있는 것도 오르바사가 도마뱀의 뒷배이기 때문이야. 그게 놈들의 방식이다.'

"……."

'원래 계획대로라면 너는 경고 표지판 정도로 쓰이다가 의체화되지 못하고 분명 그대로 사망했을 거다. 놈들이 미처 신경 쓰지 못한 변수가 있었을 뿐.'

미처 신경 쓰지 못한 변수. 그 문장에 현은 주완의 얼굴을 떠올렸다. 현이 이어서 물었다.

"네 말을 어떻게 믿지?"

'난 진실을 이야기했다. 믿고 말고는 모두 네 자유다.'

두억시니가 건조한 어투로 말했다. 현은 뜸을 들이다가 물었다.

"왜 오르바사의 그 염 회장이라는 놈이 너의 적인데?"

두억시니가 대답했다.

'악연이 있다고만 해두지. 자세하게는 말할 수 없다.'

두억시니가 이어서 말했다.

'중요한 건 복수의 이유가 아니다. 방향이 같다는 것, 그게 중요하지.'

두억시니의 목소리가 현의 머릿속에 낮게 울렸다. 현이 잠시 생각을 정리하고는 입을 열었다.

"그래서 어쩌자고?"

'간단하다. 너와 내가 힘을 합치면 염 회장을, 오르바사를 무너뜨릴 수 있다.'

두억시니가 이어서 말했다.

'네게는 강력한 능력이 있지 않나. 내가 네 두 눈으로 똑똑히 봤다. 해킹, 엔지니어링.'

현은 자작한 해킹 모듈을 떠올렸다. 두억시니가 덧붙였다.

'마침 내게도 비슷한 능력이 있다. 장르는 다르지만.'

"그게 뭐지?"

두억시니가 뜸을 들이다 말했다.

'네가 기계와 철의 언어를 다룬다면, 난 영혼과 살의 언어를 다룬다.'

"영혼과 살의 언어?"

'그래. 뇌와 몸의 언어. 우리의 기억을, 정신을, 육체를 이루는 언어.'

두억시니의 말에 현은 디에고의 뇌가 들어 있는 냉장고를 바라봤다.

'유기체와 무기체는 그 성질이 다를 뿐, 극에 달하면 비슷해진다. 분명 도움이 될 거다.'

두억시니가 이어서 말했다.

'게다가 난 세상에 알려졌다시피 경찰의 추적을 피해 사람을 여럿 죽여봤다. 오르바사의 방식에도 정통하고. 내가 있다면 방금처럼 어이없이 당하는 일도 없을 테지.'

두억시니가 자신만만한 어투로 말했다. 현이 물었다.

"……그럼 그런 네가 날 도와서 얻는 건 뭐지?"

'말했잖나. 오르바사의 머리, 염 회장의 죽음이라고.'

두억시니가 조용히 말했다. 현은 의구심에 빠졌다. 난데없이 나타난 이 살인마의 말을 믿어도 되는 걸까? 아니, 애초에 이 목소리가 두억시니가 맞을까? 맞는다고 한다면, 이 제안을 어떻게 받아들여야 하지? 현은 방금 전의 일을 떠올렸다. 고작 말단 조직원 하나 붙잡아 정보를 캐내는 데도 실패한 현이었다. 두억시니의 말이 맞는다고 가정하면, 적은 도마뱀뿐 아니라 오르바사로 확장된다. 싸움의 스케일이 달라지는 문제였다. 이런 상황에서 두억시니의 도움 없이 복수를 완수하기란 불가능에 가까울지도 모르는 일이었다. 그러나 문제는 이 의문의 목소리가 하는 주장을, 연쇄살인마의 주장을 과연 곧이곧대로 믿을 수 있느냐는 것이었다. 현이 고민 끝에 입을 열었다.

"내가 싫다고 하면?"

'어쩔 수 없는 일.'

의외의 대답에 현은 놀라 되물었다.

"어쩔 수 없다고?"

'그래.'

두억시니가 잠시 뜸을 들이다 덧붙였다.

'네 판단이 그렇다면야. 하지만 알아둬라. 내 도움 없이는 정말 어렵고 힘든 길이 될 거다.'

두억시니의 말에 현은 고심했다. 두억시니의 말이 사실이라면, 그와 손을 잡는 것은 지극히 합리적인 일이었다. 그러나 선뜻 그렇게 하자고 하기에는 현의 마음 한구석에 지속되는 불쾌감이 있었다. 곧 그 불쾌감의 이유를 찾은 현이 조용히 말했다.

"넌 살인마잖아."

살인마라는 단어를 들은 두억시니가 조용히 웃음을 흘렸다.

'너는?'

"뭐?"

'너도 마찬가지다.'

순간 울컥한 현이 소리 높여 반박했다.

"놈들은 우리 가족을 죽였어."

'그래. 그래서 뭐? 네가 공권력이라도 되나?'

두억시니의 반문에 현은 순간 말문이 막혔다. 두억시니가 이어서 말했다.

'네게는 정당한 살인의 이유가 있다, 이거잖나. 너는 네 가족이 당했기 때문에 그놈들을 찾아 죽이기로 결심한 거다. 즉 너는 네 감정적 이해관계에 따라 살인을 하려고 하는 것이지. 맞나?'

현은 침묵했다. 두억시니가 나지막이 말했다.

'그럼 결국 너도 놈들과 똑같지 않은가?'

"뭐?"

'놈들 역시 네 증언을 막아야 하니까 널 죽인 것이다. 놈들 입장에서는 그것 역시 살인의 합당한 이유고. 놈들도 이해관계에 따라서 너와 네 가족을 죽였다. 그럼…… 놈들이 너와 다를 게 뭐지?'

현은 아무런 대답을 꺼내지 못했다. 두억시니가 이어서 말했다.

'어떤 이유를 갖다 붙이건, 손에 피를 묻힌 이상 모두가 똑같다. 다 똑같은 살인자다. 다시는 돌아갈 수 없다. 나도 마찬가지고.'

현은 자신의 손을 바라봤다. 손에 아직도 디에고의 피에 젖은 머리카락 몇 올이 붙어 있는 것 같았다. 문득 디에고의 부서진 머리가 떠오른 현은 속이 메스꺼워졌다. 두억시니의 목소리가 다시 울렸다.

'한 꺼풀 벗겨내 보면 속살은 모두 똑같은 빨간색이지.'

"……."

'너도 결국 내 말을 이해하게 될 거다.'

현은 침묵했다. 적막이 길어지자 두억시니가 다시 말을 꺼냈다.

'그래. 살인마, 괴물, 정신병자, 뭐든…… 네가 날 어떻게 생각하든 좋다. 하지만 뭐가 중요한지 한번 생각해 봐라. 네 가족의 복수를 해내는 것이 중요한지, 아니면 아무 의미도 없는 정의감이 중요한지. 넌 똑똑하니까.'

현은 쉽게 대답하지 못했다. 두억시니가 덧붙였다.

'깨끗함에 목 매지 마라. 피와 진흙 속에서만 발견할 수 있

는 것도 있는 법이니까.'

두억시니의 말에 현은 창문 하나 없는 답답한 모텔 방의 벽면을 바라봤다. 누렇게 얼룩진 벽지가 벗겨져 콘크리트가 드러나기 일보 직전이었다. 두억시니는 현이 스스로 결론을 내릴 때까지 더 이상 아무 말도 하지 않았다. 현은 왠지 모를 두통에 관자놀이를 깊게 짓눌렀다. 어쩌면 이 두통이 두억시니의 언어일지도 모른다고, 현은 그렇게 생각했다.

현은 방의 벽을 바라봤다. 습기와 어둠이 곰팡이처럼 빛의 가장자리를 따라 번식하고 있었다. 합리적이고 필연적인 움직임이었고, 그래서 자연스러웠다. 자연스러움. 현은 어쩌면 이 모든 것이 자연스러운 일이 아닐까 하는 생각을 했다. 고뇌를 이어가던 현은 마침내 결정을 내렸다. 현이 입을 열었다.

CHAPTER 03.
사냥개의 방식

따악. 경쾌한 타격음과 함께 야구공이 그라운드 한복판을 갈랐다. 5만 관중의 함성이 동시에 터져 나왔다. 연희의 성대 역시 그 5만 개의 함성에 힘을 보태고 있었다. 연희는 거의 다 마신 맥주를 내려놓고 목이 터져라 외쳤다.

"뛰어!"

알코올이 혈액을 순환시키고 체온을 끌어올리듯, 연희가 오랜만에 들른 야구장도 점점 달아오르고 있었다. 스무 명의 바보들이 공 하나 못 던지고, 공 하나 못 치고, 공 하나 못 잡는 바보 같은 광경을 수만 명의 바보들이 보고 있는 이상한 스포츠. 야구에 대한 연희의 인상은 분명 그랬지만 그럼에도 야구를 끊을 수 없었다. 왜 그렇게 화내면서까지 야구를 보느냐, 왜 강팀을 응원하지 않느냐는 질문에 연희는 늘 똑같은 대답을 하곤 했다.

빨리 죽으려고.

건강에 좋은 것들은 지루하고, 건강에 나쁜 것들은 중독적인 법이다. ZIG 블루테일즈는 마치 가끔가다 잘해주는 나쁜 애인 같았다. 오늘의 경기 역시 최악의 데이트였고, 연희의 상습적 자기 파괴에 어느 정도 일조하고 있었으나 6회말 2아웃 상황에서 터진 적시타는 분위기를 완전히 뒤집어 버렸다.

〔세이프!〕

AI 심판이 홈 플레이트에 들어온 주자를 세이프로 판정했다. 그렇게 2루와 3루에서 쇄도한 ZIG 블루테일즈의 주자 두 명이 득점을 올렸다. 전광판의 숫자가 3 대 0에서 순식간에 3 대 2로 바뀌었다. 그리고 타석에는 블루테일즈의 가장 강력한 거포, 외국인 용병 타자 마르티네즈가 들어섰다. 응원석에 선수의 이름을 연달아 연호하는 응원가가 울려 퍼졌다. 연희도 가만히 응원가를 흥얼거렸다. 어쩌면 동점은 물론 역전으로 블루테일즈가 경기를 이길 수도 있겠다는 생각이 구장 안 모든 사람의 머릿속에 스멀스멀 피어나기 시작했다. 그라운드 위에 서 있는 선수들도 예외는 아니었다. 전광판에 뜬 상대 팀 투수의 얼굴에는 긴장한 기색이 역력했다.

결국 투수 교체 사인이 났다. 경기가 잠시 중단되자 연희는 주변을 둘러보았다. 커다란 경기장에 사람이 빼곡하게 차 있었다. 워커와 드론, AI가 고숙련 전문직과 일부 직종을 제외하고는 대부분을 대체한 이 시대에 대중에게 감동을 주는 것은 기계가 아닌 사람의 노력과 사람의 성취였다. 연예계와 스포츠계는 유례없는 호황을 맞았고, 경기장의 만원 관중은 이를 여실히 증명했다.

연희는 폰으로 맥주 한 캔을 더 주문했다. 주변에서 연달아 드론 소리가 났다. 다른 사람들도 같은 타이밍에 술이나 먹거리를 시켜 배달용 드론들이 좌석 사이사이를 바쁘게 날아다니고 있었다. 잠시 후 연희의 앞에 배달용 드론이 도착했다. 드론이 가져온 새 캔맥주를 집어 들자, 캔의 표면을 따라 흐르는 냉기가 연희의 손바닥 전체를 감쌌다. 적당히 기분 좋은 온도였다. 그때였다.

"음?"

물컹한 무언가가 연희의 손끝에 닿았다. 연희는 맥주 캔을 돌려 기이한 촉감의 원인을 발견했다. 피와 살점이 달라붙어 있었다. 그때 연희의 옆에서 퍽 소리가 났다. 연희는 고개를 돌려 소리의 진원지를 바라봤다. 옆 사람의 어깨 위에 달려 있어야 하는 신체 부위가 온데간데없었다. 연희가 그 비현실적인 광경을 이해하기도 전에 연달아 파열음이 울렸다. 사람들의 머리가 터져나가고 있었다. 붉은 물 가득 찬 풍선처럼.

"최강 ZIG 홈런 타자 마르티네즈— 시원하게 날려줘요, 마르티네즈—."

5만 개의 함성은 5만 개의 비명으로 변했다. 앰프에서 흘러나오는 신나고 경쾌한 응원가와 사람들의 아우성이 마구잡이로 뒤섞이기 시작했다. 연희는 얼굴에 묻은 피를 대충 닦고 빠르게 자세를 낮춘 후에 서둘러 상황을 파악하려고 애썼다. 패닉에 빠져 몸이 굳어버린 사람들, 급하게 자리에서 일어나 입구 쪽으로 뛰어가는 사람들, 밀쳐지고 헛디뎌 넘어진 사람들, 머리가 터져 있는 몇 구의 시체들, 경기 스코어와 기록들 대신 〔경기가 취소되었습니다〕라는 문구와 대피로를 띄우고 있는 홀로그램 패널, 그리고 드론들.

연희는 신경질적인 소음을 내며 날아다니는 드론들을 유심히 바라봤다. 구장에서 쓰이는 배달용 드론과 색상과 크기가 비슷했지만, 분명히 달랐다. 또한 그것들은 정해진 동선으로만 다니는 배달용 드론들과 달리 전혀 다른 움직임으로 비행하고 있었다. 곧 연희의 의심은 확신이 되었다. 그 이상한 드론들은 도망치는 사람들의 머리로 날아가, 날벌레가 수박에 앉듯 두피에 착 달라붙었다. 그리고 폭발했다. 피와 뇌수, 살점들이 파편처럼 비산하다가 하늘에서 쏟아져 내렸다. 드론들이 배달하고 있는 것은 죽음이었다.

"허."

연희는 재빨리 허리춤에 찬 권총집에서 권총을 꺼내 들었다. 드론들이 구장에서 빠져나가는 것을 방지하기 위함인지 관중석의 출입문과 돔 천장이 빠르게 닫혔다. 때문에 아직 터지지 않은 몇 개의 드론들이 구장 안에 남아 있었다. 연희는 폰을 꺼내 들어 무려 3년 만에 그에게 전화를 걸었다. 아주 익숙한 목소리가 전화를 받았다. 서동현 경감이었다.

"여기 강연희 경위……."

습관적으로 튀어나오려던 계급이 연희의 입술 끝에서 희미하게 흩어졌다.

"강연희인데요."

〔어, 연희구나? 이게 웬일이야.〕

"지금 삼송 헬릭스 돔에 폭탄 테러 터졌어요. 자폭 드론으로 추정되고요."

〔응, 이미 신고 들어왔어. 너도 거기 있구나? 안 다쳤니?〕

여전히 느긋한 말투군. 연희는 그렇게 생각하며 다시 입을 열었다.

"곧 다칠 것 같은데요."

〔이미 특기대에 출동 명령 내려놨어. 한 5분 걸릴 거야. 몸 조심해. 뭐 하려고 하지 말고…….〕

연희는 서 경감의 노파심 섞인 말을 다 듣지 못한 채 전화를 끊었다. 아직 구장을 빠져나가지 못한 몇몇 생존자들이 눈에 들어왔기 때문이었다. 연희와 가장 가까운 위치에 있는 한 커플은 미처 다 먹지도 못한 치킨 박스를 들고 의자 밑에 숨어 벌벌 떨고 있었다. 드론들은 사냥감을 찾아 허공을 배회했다. 살벌한 비행 소음 속에서 남자가 몸을 기울여 흘끗거리며 출입구 쪽을 살폈다. 남자는 여자에게 무언가를 말하며 다리를 움찔거렸다. 금방이라도 튀어 나갈 기세였다. 남자의 굳게 다문 입술만 봐도 대충 어떤 계획인지 알 것 같았다. 연희는 자세를 낮춘 뒤 조용히 커플에게 향했다.

"저기요."

"에, 예?"

남자가 연희를 바라봤다. 의연한 척하고 있지만 겁먹은 표정이었다.

"머리가 무거워서 떼고 싶어진 모양이죠?"

"갑자기 무슨……."

"당신들 달리기 속도가 얼마나 빠른지 모르겠지만, 저것들보다 빠를 거라고 생각하세요?"

연희가 상공을 빙빙 돌고 있는 드론들을 가리키자 남자가 대답 대신 침을 삼켰다.

"아마 카메라로 목표를 인식한 다음 날아가서 자폭하는 방식일 거예요. 다른 감지 센서가 있을 리 없어요. 그러니까 저 카메라에 보이지만 않으면 안전하다 이거죠."

남자가 의아하다는 듯 물었다.

"그걸 어떻게 알아요?"

"이렇게 살아 있잖아요. 저나 당신들이나."

연희의 심드렁한 말투에 커플이 서로를 쳐다봤다.

"저라면 그냥 계속 숨어 있겠어요."

"하지만 가만히 있다가……."

"죽을 수도 있겠죠. 그래도 뛰는 것보단 살 확률이 높을 걸요."

연희가 잠시 고개를 돌려 텅 비어버린 그라운드를 바라보며 말했다.

"야구도 그렇잖아요. 가장 확률이 높은 선택을 하는 거죠."

커플이 고개를 끄덕였다.

"곧 경찰 올 거니까 버텨요. 몸은 지금처럼 최대한 가리고요."

남자는 옆에 웅크려 있는 여자 친구를 보다가, 다시 연희를 바라봤다. 남자의 시선이 연희의 얼굴과 몸, 그리고 손에 쥔 권총을 차례로 훑었다. 남자가 물었다.

"혹시 경찰이세요?"

연희로서는 그리 대답하고 싶지 않은 질문이었다. 연희는 미소를 지어 보인 뒤, 남자가 들고 있는 치킨 박스에서 치킨 한 조각을 꺼내 입에 넣었다. 바삭, 하는 소리와 함께 껍질이 부서지는 소리가 입안에서 울렸다.

남자가 황당하다는 표정을 짓는 동안, 연희는 의자 아래에서 고개를 슬쩍 내밀어 상황을 살폈다. 과연 테러범은 어디에 있을까. 드론의 개수는 당장 눈에 보이는 것만 아홉 기. 저 정도 수의 드론을 동시에 직접 조종한다는 건 말이 안 되는 일이었다. 테러범이 다수가 아닌 이상, 범인은 명령만 내리고 세부적인 움직임은 AI가 자율적으로 판단할 터였다. 명령 수단은 폰의 전용 앱일 가능성이 높다. 조작 기기를 챙길 필요도 없고, 남들이 보기에도 폰을 쓰는 게 자연스러울 테니.

그렇게 추론을 이어가던 연희는 테러범의 첫 공격이 있던 순간을 떠올렸다. 6회 말. 관중들이 출출해질 시간. 배달용 드론들이 가장 많이 움직이던 때. 첫 공격은 분명히 그때였다. 테러용 드론을 배달용 드론에 섞어 내보내기 위한, 의도된 타이밍임이 틀림없었다. 그렇다는 건 범인이 이 구장의 상황을 계속 지켜보고 있었다는 게 된다. 게다가 저 정도 숫자의 드론을 구장 밖에서부터 아무도 눈치채지 못하게 날려 보낼 수는 없다. 모든 정보를 종합해 봤을 때, 범인은 이 구장 안에 드론을 숨겨 들고 들어와서 6회 말에 풀었을 것이다. 그리고 범인은 아직 이 구장 안에 있을 확률이 높다. 연희는 그렇게 결론지었다.

"여기 가만히 있어요."

연희는 권총을 쥔 채 조금 더 과감하게 몸을 내밀었다. 이런 묻지 마 테러의 목적은 검거되기 전까지 가능한 한 많은 사람을 죽이는 것. 그렇다면 범인은 모든 것이 잘 보이는 위치에 있을 테고, 유사시에 드론들에게 명령을 내리기 위해 폰이나 단말기를 언제든 조작할 수 있게끔 준비하고 있을 것이다.

게다가 피해자들이 모두 내야석에서 집중적으로 발생했다는 점을 고려할 때 범인은 외야석에 있을 확률이 높았다. 폭탄 테러범들은 가능하면 피해 발생 지역에서 멀리 떨어지고 싶어 하는 경향을 보인다. 본인이 폭발에 휘말리긴 싫을 테니까. 연희는 정보들을 머릿속으로 종합하며 외야석을 쭉 둘러봤다.

"……저기인가."

곧 연희는 용의자로 추정되는 인물을 발견했다. 의자 밑에 숨어 있지도, 대피하지도 않고 있는 한 여자가 있었다. 그녀가 범인이라는 확신은 없었다. 그러나 경찰 짬밥을 먹은 7년 동안 연희가 머릿속에 축적한 생체 데이터베이스, 속칭 '촉'은 저 여자가 범인이라고 계속해서 주장했다. 연희는 여자를 주시하며 다시 경감에게 전화를 걸었다.

"지금 특기대 어디에요? 5분 지났는데."

〔아, 그게 출동용 에어로더가 고장이 나가지고 다른 서에서 빌리느라 좀 늦었어.〕

"고장요?"

긴급 출동용 에어로더가 고장이 나 있다니, 어이가 없었다. 장비 점검을 얼마나 개판으로 하는 건지. 연희는 절로 튀어나오려 하는 한숨을 억누르며 말했다.

"특기대한테 우익수 쪽 외야 응원석부터 진입하라고 해주세요. 범인으로 추정되는 중년 여자가 앉아 있어요. 노란색 묶은 머리에 야구 유니폼 입고 있고요. 제가 지금 지켜보고 있는데 움직이면 바로 연락드릴게요."

빠르게 브리핑을 마친 연희는 전화를 끊었다. 이제 특기대가 도착하기만을 기다리면 될 터였다. 그러나 상황은 마냥 연희의 예상대로만은 흘러가지 않았다. 상공을 맴돌던 드론들이 마땅한 사냥감이 없자 저공비행을 하며 터뜨릴 만한 머리를 찾아다니기 시작한 것이다.

이대로라면 좌석 밑에 숨어 있는 관중들이 모두 죽게 될 것은 뻔한 일이었다. 그렇다고 나가서 뛴다면 또한 표적이 될게 분명했다. 이미 출입문이 닫혀 열리려면 시간이 걸리는 것은 덤이었다. 처음 뛰쳐나간 사람 중 셋, 아니 최소 넷 이상은 거의 예외 없이 죽을 것이다. 연희는 그런 판단을 내리며 방금 전 마주쳤던 좌석 밑 커플을 바라봤다. 도살되기 직전의 소처럼 무력하게 고개 숙인 앳된 얼굴들이 보였다. 연희는 곧 방법이 하나밖에 없음을 직감했다.

"항상 이렇다니까, 항상."

연희는 후, 하고 호흡을 가다듬었다. 그러자 연희의 뇌 한쪽에 자리한 이성의 일부분이 입을 열었다. 뭘 하는 거냐. 이런다고 달라지는 건 아무것도 없어. 다 포기했구나. 죽고 싶으냐? 아니면 자기만족? 영웅이라도 되고 싶은 거야? 연희로서는 대답할 수 없는 질문들이 머릿속을 맴돌았다. 연희는 답을 찾지 못한 채 외야 응원석 쪽으로 발을 내딛었다. 연희가 조용히 중얼거렸다.

"……시끄러워."

연희는 뛰었다. 이를 악물고 뛰었다. 오늘 경기에서 뛴 그 어떤 주자보다도 빠른 속도로. 연희는 경기장을 가로지르며 특기대 출신의 두 다리가 아직 녹슬지 않은 것을 실감했다. 그렇다고 한들 드론의 비행 속도보다 빠르게 달리기란 인간의 몸으로는 불가능한 일이었다. 연희는 슬쩍 고개를 돌려 뒤를 돌아보았다. 벌써 드론 두 기가 연희의 뒤를 바짝 따라붙고 있었다.

어차피 발로 따돌릴 생각은 추호도 없던 연희는 다리를 멈추고 몸을 돌림과 동시에 침착하게 사격 자세를 잡았다. 연희는 양팔을 뻗어 날아오는 드론을 조준하고는 흐트러진 호흡을 가다듬었다.

"후……."

연희가 가볍게 방아쇠를 당겼다. 날카로운 총성이 연달아 울렸다. 총구를 떠난 여섯 발의 탄환 중 두 발이 각각의 드론에 하나씩 명중했다. 두 드론은 사이좋게 바닥으로 떨어졌다. 연희는 다시 범인으로 추정되는 여자를 향해 달렸다. 나머지 드론들이 뒤늦게 연희를 향해 날아들었지만 이미 늦었다. 여자와 연희의 거리는 이미 가까웠고, 여자는 황급하게 자리를 뜨려고 일어섰다. 여자의 동작에서 당황한 기색이 역력했다. 연희의 의심이 확신으로 바뀌는 순간이었다. 여자는 외야 응원석 뒤에 있는 출입구쪽으로 달려 나가 거세게 문을 두들겼다.

"사람 살려! 여기 문 좀 열어줘요!"

여자의 다급한 외침에 응원석 출입문이 열리기 시작했다. 연희는 여자의 다리를 조준한 뒤 주저 없이 방아쇠를 당겼다. 굼뜨고 느린 다리는 드론보다도 훨씬 쉬운 타깃이었다.

"악!"

종아리에 총탄을 맞은 여자가 열린 출입구 앞에서 고꾸라졌다. 연희는 빠르게 달려가 여자가 다시 일어나기 전에 총을 겨눴다. 숨이 가빠오는 것을 느낀 연희는 조용히 숨을 몰아쉬었다. 고작 이 정도 뛰었다고 숨이 가쁘다니, 현역 때는 상상도 못 하던 일인데. 연희는 그런 생각을 하며 여자의 상태를 살폈다.

"헉…… 헉……."

"아, 아파. 사람 살……."

여자는 종아리를 잡고 울먹이다가 재빨리 한 손을 주머니에 넣었다. 연희에게는 몹시 익숙한 패턴이었다. 연희는 즉시 여자에게 달려들어 양손을 꽉 붙잡았다. 연희는 그 상태로 여자를 바닥에 짓누르며, 여자가 주머니에서 꺼내려고 했던 것을 빼앗았다. 권총이었다.

"지긋지긋하다."

연희는 여자의 권총을 멀리 치워버렸다. 그리고 여자가 바닥에 떨군 폰을 들어 나머지 드론들에게 작동 정지 명령을 내렸다. 여자는 포기한 듯 더 이상 아무런 말도, 저항도 하지 않았다. 그저 입꼬리를 올린 채 가만히 웃음을 흘릴 뿐이었다. 뭐가 그렇게 웃긴지 연희는 이해할 수 없었다. 연희가 안타깝다는 표정으로 조용히 입을 열었다.

"잘 좀 해보지 그랬어."

여자가 웃음을 멈추고 연희를 응시했다.

"오늘 끝날 수도 있었는데……."

"뭐라고?"

연희는 가만히 여자의 얼굴을 바라보았다. 멍청해 보이는 얼굴이었다. 순간 속에서 원인 모를 화가 치밀어 올라 연희는 주먹을 치켜들었다. 퍽. 여자의 얼굴에서 둔탁한 타격음이 났다. 한 번, 두 번. 연희는 주먹질을 멈출 수가 없었다. 여자의 코가 옷걸이처럼 휘고 입술에서는 피가 터져 나오기 시작했다. 여자가 부은 입술로 다급하게 외쳤다.

"자, 잠, 잠깐!"

"왜."

연희가 무표정한 얼굴로 대답했다. 여자가 다시 물었다.

"너 뭐야? 무슨……."

의미 없는 질문이라고 판단한 연희는 여자가 말을 마치기도 전에 다시 주먹을 날렸다. 연희의 머릿속에서는 마르티네즈의 응원가가 재생되고 있었다. 빠른 템포에 맞춘 주먹질로, 여자의 얼굴이 점점 더 심하게 망가지기 시작했다. 연희는 이러다가 여자가 죽을지도 모르겠다는 생각을 했다. 그러나 상관없었다. 연희에게는 모든 것이, 이제 아무래도 상관없었다. 그때였다.

"손 들어! 움직이지 마!"

고함 소리에 연희는 주변을 둘러봤다. 특기대 소속 워커, 그리고 전술 장비를 주렁주렁 단 특기대원들이 연달아 연희에게 총을 겨누며 접근했다. 연희는 아무 말 않고 피 묻은 양손을 번쩍 치켜들었다. 그러자 대원들이 번개같이 달려들어 연희를 바닥에 눕히고 사지를 빠르게 구속했다. 교과서적인 제압이었다.

연희는 경기장 바닥에 한쪽 뺨을 댄 채, 눈앞에 보이는 풍경을 가만히 바라봤다. 특기대원들과 워커의 다리가 일사불란하게 움직이고 있었다. 창밖에서 점멸하는 경광등은 경기장 내부를 빨갛게, 파랗게 번갈아 가며 비췄다. 이어서 얼핏 들려오는 무전 소리에 문득 과거가 떠올랐고, 더 이상 떠올리지 않기 위해 눈을 감았다. 경기장 바닥의 냉기가 연희의 뺨을 빨갛게 물들였다. 주먹이 시큰거렸다.

신원 조회 결과 연희가 전직 경찰이라는 것이 밝혀졌고, 조사는 금방 끝났다. 연희는 아무도 배웅해 주지 않는 출입구에서서 건물 전체를 올려다보았다. 서울중앙경찰청. 짙은 회색의 노출 콘크리트로 지어진, 육중하고 투박한 형태의 건물이었다. 수천 번은 드나들었던 곳인 만큼 익숙한 느낌이어야 할 그 건물은, 지금의 연희에게는 오랜만에 본 사촌처럼 어색한 느낌을 주고 있었다.

건물의 정문에서 서 경감을 본 연희는 발걸음을 멈췄다. 중앙경찰청 건물의 색을 닮은 잿빛 올백 머리에 얼굴을 길게 가로지르는 흉터. 역시 연희가 오랜만에 보는 얼굴이었다. 그 누가 아무리 물어봐도 서 경감은 본인의 특징적인 흉터에 대한 이야기만은 절대 하지 않았다. 어쩌면 오늘은 말해주지 않을까 하는 기대감이 연희의 마음속에 일순간 들었다.

서 경감 옆에 서자 왠지 모르게 니코틴이 당겼다. 연희는 싸구려 캡슐 담배를 꺼내 씹었다. 서 경감은 부싯돌로 작동하는 구형 라이터로 입에 문 연초에 불을 붙였다. 손목에 찬 기계식 시계까지, 여전히 아날로그를 지독히도 사랑하는 인간이구나. 연희는 서 경감을 보며 그런 생각을 했다. 서 경감이 조용히 말을 꺼냈다.

"이상하지 않니?"

서 경감이 담배 연기를 허공에 뿜어내고는 이어서 말했다.

"낡고 오래된 것이 더 귀하다는 게."

"뭐든 그렇진 않죠."

연희의 무미건조한 대답에 서 경감이 부드럽게 웃음을 흘렸다. 그의 웃음 사이로 담배 냄새가 삐져나와 연희의 코를 찔렀다.

"이렇게 다시 볼 줄은 몰랐어."

"저도요."

"뭐 하고 지냈어?"

서 경감의 말에 연희는 지난 3년을 떠올렸다. 기억에 남는 일은 하나도 없었다. 연희는 가만히 흩어지는 담배 연기를 바라보며, 3년 전 그날 이후의 내 인생은 어쩌면 저런 것일지도 모르겠다는 생각을 했다. 허공에 떠돌다가 악취만 남기고는 허무하게 사라지는 것. 연희는 결국 아무런 대답도 못 했다. 침묵이 이어지자 서 경감이 다시 입을 열었다.

"왜 그랬어?"

"뭘요?"

서 경감이 담뱃재를 턴 뒤 다시 물었다.

"오늘 있었던 일. 왜 그랬냐고."

서 경감이 다시 담배를 한 모금 빨아들이는 동안, 연희는 뭐라고 대답해야 할지 몰라 애꿎은 코만 만졌다. 대답이 없자 서 경감이 먼저 물어왔다.

"혹시…… 죽고 싶으냐?"

"하하."

연희는 저도 모르게 멋쩍은 웃음을 뱉었다. 죽고 싶은 걸까. 모르겠는데. 모르겠다. 연희는 생각하는 것을 그만두고 케이스에서 캡슐 담배를 하나 더 꺼내 입에 넣었다. 원래도 담배가 맛이 없었는데, 오늘따라 더 맛이 없다고 연희는 생각했다. 그렇게 한참이나 침묵이 계속되었다. 서 경감도 연희도 서로를 보지 않았다. 두 사람 모두 그저 멍하니 밤하늘만 바라볼 뿐이었다. 이윽고 서 경감이 입을 열었다.

"연희야."

"네."

서 경감이 뜸을 들이다가 물었다.

"돌아올 생각은 없니?"

3년 전, 지후가 사살된 후로 두억시니는 더 이상 나타나지 않고 있었다. 연희에게는 복귀할 이유가 없었다. 연희는 아무런 말도 하지 않았다. 침묵 속에서 서 경감이 고개를 숙였다.

"……내가 괜한 말을 했네."

서 경감의 담배가 다 타버렸다. 서 경감은 뭉툭해진 담배를 바닥에 비볐다. 작은 주황색 불똥이 어둠 속에서 치직거리는 소리를 내며 사그라들었다. 색을 잃은 담배꽁초가 색을 잃은 아스팔트 위를 아무렇게나 나뒹굴었다.

"갈게요, 그럼."

"벌써 가게?"

연희가 웃어 보였다.

"네. 여기 있어서 뭐 해요."

연희는 서 경감에게 짧게 목례를 했다. 순간 연희는 조사 때 압수당한 권총을 떠올렸다.

"맞다, 그거 돌려주세요."

"뭐?"

"총이요."

서 경감이 헛웃음을 흘리며 고개를 저었다.

"당당하게 달라 그러네. 너 이제 민간인이야. 그거 불법 총기잖아."

"아랫서울에 널렸잖아요, 불법 총기."

"그럼 거기서 하나 새로 구하던가. 여긴 경찰청이야."

서 경감의 말에 연희는 단념하고 몸을 돌렸다. 연희가 한 걸음 두 걸음 멀어지는 것을 지켜보던 서 경감이 문득 연희를 불렀다.

"연희야."

연희는 발걸음을 멈추고 뒤를 돌아보았다. 서 경감은 연희를 가만히 응시하며 아무런 말도 하지 않았다. 아니, 아무런 말도 하지 못하는 것에 가까웠다. 서 경감이 미소를 지으며 다시 입을 열었다.

"……아니다."

"건강하세요, 경감님."

짤막한 인사를 끝으로 서 경감의 얼굴이 더는 보이지 않게 되었다. 집에 오는 내내 왜 그랬냐는 서 경감의 질문을 자꾸만 떠올랐다. 왜, 라는 단어를 내가 어떻게 잊었는데. 이유 따위 알고 싶지 않았다. 어차피 찾을 수도 없을 테니까. 연희는 차가운 공기에 식어버린 손을 바지 주머니에 넣었다. 손에 다시금 미약한 반동이 느껴지는 듯했다. 연희는 하늘을 올려다봤다. 지겨울 정도로 눈이 내리고 있었다.

연희가 집에 도착하자마자 레오가 뛰쳐나왔다. 검은색과 황색의 짧은 털이 온몸을 뒤덮고 있는 믹스견 레오는 긴 주둥이를 벌려 헥헥댔다. 레오는 연희의 남편 지후가 집에 막 데려왔을 때와는 달리 몸무게가 25킬로그램이나 나가는 대형견이 되어버렸다. 매번 똑같이 보는 사람인데 뭐가 그리 반갑고 좋을까. 연희는 정신없이 움직이는 레오의 꼬리를 가만히 바라보았다. 개의 몸에서 가장 솔직한 부위였다. 연희는 사람에게도 꼬리가 달려 있다면 세상이 이렇게 복잡하지는 않았을 것이라는 생각을 했다. 연희는 자신의 꼬리를 상상했다. 그리고 지후의 꼬리도.

곧 늦은 저녁이 배달되었다. 연희가 평소에 가장 좋아하는 햄버거였으나, 아무런 맛도 느낄 수 없었다. 마찬가지로 감흥 없는 샤워를 마치고 연희는 침대에 누워 폰을 봤다. 계좌에 알림이 떴다. 이번 달에 지불해야 할 의체 서비스 이용 대금이 자동으로 이체된 것이다. 연희는 침대에 펄쩍 뛰어 올라와 옆에 따라 누운 레오를 바라봤다. 이미 한번 죽었던 레오를.

레오는 살아 움직이는 지후의 흔적이었다. 지후가 죽고 나서 1년 후, 레오는 병으로 세상을 떠났다. 연희는 레오의 사체를 안아 든 채 오르바사를 찾았다. 그렇게 레오는 복제된 몸속에서 깨어나 두 번째 생을 얻었다. 연희가 평소에 그렇게나 싫어하던 개였다. 지금도 좋아한다고는 할 수 없었다. 그러나 연희에게는 레오가 필요했다. 남편의 흔적이 필요했다.

—자기는 너무 매정해.

레오를 보고 있던 연희는 지후가 자신에게 했던 말을 떠올렸다. 그가 레오를 처음 데려온 날이었다. 그는 유기 동물의 슬픔과 애환을 늘어놓으며 동정심을 유발하려고 했지만, 연희는 그런 감정적 회유에 넘어갈 만한 사람이 아니었다. 그는 그걸 알면서도 설득을 시도했다. 결국 몇 번의 논쟁 끝에 그가 레오를 키우는 데 드는 모든 돈과 시간, 노력을 부담하는 것으로 협상이 마무리된 후, 그가 연희에게 던진 단어가 바로 그런 종류의 것이었다. 매정, 무감정…….

과연 그런가? 내가? 내가 정말 그렇다면, 당신 말대로 감정이 없는 냉혈한이라면 지금 이러고 있을 수가 없을 텐데. 내가 3년이라는 시간 동안, 세상에서 영영 사라져 버린 당신을 이렇게 생각하고 있을 수가 없을 텐데.

"모르겠어."

연희는 침대에 누워 목적지 없는 말을 중얼거렸다. 모르겠지. 아마 계속 모르겠지. 당신은 나를 모르고, 나는 나를 모르는 당신을 모른다. 순간 연희는 남편을 죽을 때까지 이해할 수 없을 것이라는 생각을 했다. 그래도 연희는 여전히 그가 좋아했던 레오를 돌보고, 그가 좋아했던 야구 경기들을 챙겨 봤다. 그러다 보면 그에 대해서 뭐라도, 뭐라도 알 수 있지 않을까 하는 하잘 것 없는 희망이었다.

고개를 돌린 연희는 레오와 눈을 마주쳤다. 레오는 연희의 손에 머리를 마구 비볐다. 쓰다듬어 주길 원할 때 하는 행동이었다. 연희는 레오의 바람대로 머리를 천천히 쓰다듬었다. 그러면서 레오의 두개골 안, 뇌의 신경 모듈에 부착되어 있을 시냅스 칩의 형태를 상상했다. 연희는 남편을 레오처럼 다시 살려낼 수만 있다면 삶이 이렇게 망가지진 않았을 것이라는 생각을 자꾸만 했다. 연희는 다시 시작하는 것까지는 바라지도 않았다. 알 수 있는 기회만이라도 있다면. 당신이 어쩌다 그렇게 되었는지, 두억시니가 맞았는지 한 번, 딱 한 번만이라도 물어볼 수만 있다면…….

연희는 충동적으로 폰을 들었다. 답답해서 견딜 수가 없었다. 신호음이 울리고 주완이 전화를 받았다.

〔어, 강 경위님……. 아, 이제는 그렇게 부르면 안 되죠?〕

"안녕하세요. 늦은 시간에 죄송해요."

몇 번이고 반복된 패턴이었다. 주완이 익숙하다는 듯 말을 꺼냈다.

〔남편분 일이신가요?〕

"네."

〔죄송합니다. 아직도 진전이 없네요.〕

주완이 난처한 목소리로 대답했다. 3년 전 수거한 남편의 시냅스 칩 속 의식 데이터는 원인 모를 이유로 복구되지 않고 있었다. 백업 데이터 역시 오르바사의 서버에 전혀 남아 있지 않았다. 조사 끝에 경찰은 두억시니가 검거될 경우를 대비해, 모종의 방법으로 본인의 데이터에 일종의 조작을 가한 것으로 결론지었다.

"계속 좀 부탁드려요."

〔예. 틈틈이 최선을 다하고는 있습니다. 그래도 너무 기대하지는 마세요.〕

주완의 말에 연희는 헛웃음을 뱉으며 고개를 끄덕였다. 짤막한 전화를 끝내고, 연희는 3년의 관성만큼이나 긴 숨을 뱉어냈다. 고개를 돌리면 창문 밖에 거대한 도시가 있었다. 그 때처럼 눈이 계속 내리고 있다. 콘크리트 탑들이 높다. 알 수 없는 불빛들이 많다. 거리에 이름 모를 소음이 퍼지고 있다. 나는 멈춰 있는데, 세상은 그것도 모르고 혼자만 너무 빠르게 돌아가는 것만 같다. 연희는 그런 기분이 드는 게 싫어서 부엌으로 향했다. 도수만 높은 싸구려 술을 진탕 마시고 캡슐 담배를 입에 털어 넣은 후 다시 침대에 누웠다. 그렇게 머릿속 뇌의 처리 속도가 느려지자, 연희의 세상도 조금 느려졌다.

연희의 몸은 금세 뜨거워졌다가 금세 식었다. 시야가 흔들리고 있었다. 그러자 세상이 흔들렸다. 위장이 떨려왔다. 연희는 불현듯 똑바로 누워 자다가 토하면 질식사한다는 기사를 떠올렸지만 아무럼 좋았다. 죽고 싶으냐는 서 경감의 말이 연희의 머릿속 어딘가를 맴돌았다. 죽을 용기 따윈 없으니 토사물이 그 용기를 대신해 준다면 좋을 것 같다고, 연희는 그렇게 생각했다.

연희는 천천히 눈을 감았다. 폭설이 사라졌다. 탑들이 사라졌다. 불빛들이 사라졌다. 소음이 사라졌다. 그러자 도시가 사라지고, 사람들이 사라지고, 흑백으로 변해가는 천장이 사라졌다. 이윽고 남편도, 두억시니도, 질문과 대답도, 얄팍한 사실과 알 수 없을 진실들도, 레오도, 알코올과 니코틴의 냄새도, 혈액과 폭발도, 침묵과 고요도, 지긋지긋한 죽음들도, 자기 자신까지도 사라졌다. 연희의 세상은 전부 사라져 버렸다. 그리고 마침내, 사라졌다는 감각마저도 사라졌다.

계속해서 울리는 전화 소리에 연희는 눈을 떴다. 아직 해가 뜨기 전이었다. 분명 무음 모드로 해놨는데. 연희는 깨질 것 같은 머리를 붙잡고 폰을 확인했다. 같은 번호로 계속해서 전화가 오자 AI가 급한 전화라고 자체적으로 판단해 벨소리를 울린 것이었다. 연희는 화면에 뜬 다섯 글자를 보곤 눈을 크게 떴다. 서동현 경감. 절대 아무런 일도 없이 전화를 거는 사람이 아니었다. 그러한 사실을 잘 알고 있는 연희는 조용히 전화를 받았다.

"여보세요."

〔어, 자고 있었니?〕

연희가 잠긴 목소리로 물었다.

"무슨 일이에요?"

서 경감이 뜸을 들이다 말했다.

〔그게…… 살인 사건인데, 피해자 상태가 묘해.〕

순간 연희는 전신에 전기가 오르는 듯한 감각을 느꼈다. 이어서 서 경감이 꺼낸 말은 방금 신체 반응의 이유를 확인시켜 주었다.

〔머리가 열린 채로 죽었어. 뇌가 없고.〕

머리가 열린 채 뇌가 없는 시체. 두억시니다. 연희는 술이 깨는 듯한 느낌을 받았다. 연희가 반사적으로 물었다.

"어디서요?"

〔R.O.M이라고, 아랫서울 연개동에 있는 솔라 바 화장실에서.〕

"시체 사진 있어요?"

〔지금 현장 나가 있는 애들이 막 보내 왔어.〕

"그럼……."

〔민간인한테는 수사 자료 반출 금지인 거 알잖아.〕

서 경감이 이어서 말했다.

〔민간인이 아니게 되면 몰라도.〕

서 경감의 의도는 명확했다. 어쩌면 이번에는 뭔가 알 수 있지 않을까. 이번에는. 이번에는. 그렇게 이어져 온 '이번에는'이 수십 번이었다. 희망은 절망보다 악독했다. 절망은 사람을 포기시키지만, 희망은 사람을 미치게 만드니까.

연희는 주먹을 꽉 쥐었다. 말해. 안 한다고 말해. 정말 끝이라고. 이제 그만두겠다고. 희망의 꽁무니를 좇다가 추락하느니 절망 속에서 점진적으로 미쳐가겠다고. 그렇게 말하면 다 끝나는 일이었다. 그러나 연희는 그럴 수 없었고, 서 경감은 그것을 너무나 잘 알고 있었다. 연희는 결국 다시 관성에 굴복하는 수밖에 없었다.

"……아직 현장 보존되어 있죠?"

〔응.〕

연희는 일어서서 외투를 챙겼다.

"지금 갈게요."

경찰용 에어로더가 요란한 사이렌 소리를 내며 R.O.M으로 향했다. 연희는 고개를 돌려 옆자리에 앉은 남자를 바라봤다. 익숙한 파트너, 줄곧 함께 두억시니를 쫓은 오 경사였다. 역시 연희가 오랜만에 보는 얼굴이었다. 부리부리한 코와 뚜렷한 눈썹, 어딘가 졸린 것 같은 눈. 3년 전과 비교해 바뀐 점은 조금 더 젊어 보인다는 것 정도였다.

"그대로네."

"그대로는 아닙니다."

오 경사가 눈을 비비며 말했다.

"의체화, 했습니다."

갑작스런 고백에 연희가 놀란 표정을 짓자 오 경사가 어깨를 으쓱했다.

"작전 중 사망으로 의체화하는 거, 흔한 일이잖습니까."

오 경사가 별일 아니라는 듯 말했다.

"언제 했는데?"

"1년 전입니다."

"근데 왜 연락 안 했어?"

연희의 말에 오 경사가 헛웃음을 뱉으며 고개를 저었다.

"좋은 일도 아니고……. 뭐 아예 죽은 것도 아니잖습니까."

오 경사가 이어서 말했다.

"자세한 건 나중에 말씀드리겠습니다."

오 경사의 말에 연희는 고개를 끄덕였다. 베테랑 오 경사가 순직이라니. 하긴 베테랑이라고 폭탄과 총알이 피해 가지는 않으니까. 연희가 그의 죽음에 수긍하는 동안 오 경사는 연희의 얼굴을 빤히 바라봤다. 오 경사가 나지막이 말했다.

"그대로십니다."

"뭐가?"

"얼굴 말입니다."

오 경사의 말에 연희가 고개를 저었다.

"거짓말하지 마라."

오 경사가 능청스럽게 대꾸했다.

"거짓말인 거 어떻게 아셨습니까?"

"경찰이었잖아."

"아."

오 경사의 짤막하고 호탕한 웃음소리가 에어로더 안에 퍼졌다. 의체화를 했어도 성격이 여전한 걸 보니 시냅스 데이터 스캔이 아주 잘된 모양이라고, 연희는 그렇게 생각하며 오 경사의 얼굴을 바라봤다. 오 경사가 웃음을 멈추고 물었다.

"여기 타셨다는 건, 복귀하시겠다는 말씀 아닙니까?"

좋지 않은 도로 상태에 에어로더가 덜컹거렸다. 연희는 대답하지 않았다. 대신 에어로더 옆을 스쳐가는 수많은 사람들을 바라봤다. 모두 어디론가 걷고 있는 것처럼 보이기도, 목적지 없이 헤매고 있는 것처럼 보이기도 했다. 그들을 보며, 연희는 어쩌면 오늘 내가 헤매는 사람에서 목적지를 향해 걷는 사람이 될지도 모르겠다는 생각을 했다.

사람 구경도 잠시, 에어로더가 멈춰 섰다. 어느새 R.O.M 앞이었다. 홀로그램으로 만들어진 폴리스 라인이 길게 쳐 있었다. 오 경사와 연희는 빠르게 에어로더에서 내렸다. 상부를 지탱하는 거대한 플랫폼이 하늘을 가리고 있는 덕에 아랫서울에는 눈이 내리고 있지 않았다. 연희는 눈이 쌓이지 않은 마른 바닥에 발을 내디디며 소소한 만족감을 느꼈다. 눈이라면 지긋지긋했다.

"오 경사님 오셨습니까. 어?"

이미 와 있던 순경들과 감식반이 연희를 보고는 놀란 표정을 지었다. 대부분 두억시니 특별수사팀과 한 번 이상씩은 합을 맞춘 적이 있는 인원이었다. 순경 한 명이 연희에게 물었다.

"강 경위님 복귀하십니까?"

"인마, 호들갑 떨지 말고. 어디야?"

오 경사의 말에 순경들은 오 경사와 연희를 R.O.M 내부 화장실로 안내했다. 열린 문 사이로 변기에 처박힌 남자의 시체가 드러났다. 감식반원 중 하나가 말했다.

"피해자 신원 조회는 끝났습니다. 이름은 디에고. 몇 년 전에 외국인노동자특별법으로 멕시코에서 온 이민자고요, 나이는 30세입니다."

연희는 오 경사와 함께 현장을 훑어봤다. 좁고 어두운 화장실이었다. 감식반원이 이어서 말했다.

"범인이 현장의 흔적들을 지우기는 했는데, 좀 급했나 보더라고요. 금방 복구할 수 있을 것 같습니다."

감식반원 옆에 서 있던 경찰이 덧붙였다.

"화장실 앞 복도 CCTV와 목격자 증언으로도 용의자를 특정해 보고는 있는데, 피해자 사체가 발견될 때까지 너무 많은 사람들이 화장실을 들락거려서 특정하기가 어렵습니다. CCTV도 재밍됐고요."

연희가 조용히 입을 열었다.

"신고가 늦었나 보네."

"화장실 청소나 정리는 워커들이 한다고 하더군요. 근데 변기 칸 문이 잠겨 있으면 워커들이 거긴 절대 열어보지 않도록 프로그래밍되어 있어서 발견하지 못했답니다. 그동안 가게 손님들은 다른 칸을 쓴 것 같고요."

"이 가게에 대해서 잘 알고 있던 놈 같습니다."

옆의 다른 순경이 거들었다. 연희가 다시 조용히 물었다.

"그럼 최초 신고자는 누구지?"

"가게 바텐더인데, 마감 정리하다가 발견했답니다."

연희는 고개를 끄덕였다.

"좀 더 가까이서 봐도 되나?"

"예."

오 경사와 연희는 감식반원들과 함께 디에고의 시체에 한 걸음 더 다가섰다. 완전히 갈라지고 쪼개져 벌어진 머리가 보였다. 오 경사가 인상을 썼다.

"심하구만."

"두억시니치고는 상태가 좀 더러운데."

상태를 살피던 연희가 중얼거렸다. 3년 전 두억시니에게 당한 시체들은 대부분 두개골이 깨끗하게 절단되어 있었다. 뇌 적출을 위해 정말 불가피한, 최소한의 손상만 입히는 것이 두억시니의 방식이었다. 연희의 말에 감식반원 하나가 고개를 끄덕였다.

"깔끔한 도구를 쓴 것 같지는 않습니다. 둔기 같은 걸로 때려서 깬 것 같지도 않고요."

"그럼?"

감식반원이 데이터를 확인하며 말을 이었다.

"그게…… 뭔가 강한 압력이 전방위적으로 가해졌던 모양입니다. 마치 악어가 머리를 문 것처럼요."

감식반원이 이어서 설명했다.

"이 형태는 두개골이 그 힘을 버티지 못하고 으스러진 것에 가깝습니다."

"그리고 뇌를 빼 갔다……."

뒤에 서 있는 순경 몇이 감식반의 설명을 듣고는 으, 하는 얼굴로 고개를 돌려버렸다. 연희는 열린 두개골을 자세히 보았다. 절단면은 더러웠지만, 뇌 적출에 필요한 부분만이 정확하게 절단되어 있었다. 피 섞인 변깃물이 고요했다. 연희는 스스로의 얼굴이 그 붉은 수면에 점점 가까워지고 있다는 사실을 뒤늦게 깨달았다. 마치 세이렌에 홀린 뱃사람처럼, 연희는 꽤 오랜 시간 비어버린 시체의 두개골 속을 가만히 응시했다. 이건 어쩌면…….

"서 경감님이랑 얘기하셨다고 들었습니다. 혹시 두억시니 특별수사팀 다시 편성된다고 하던가요? 아니면 일반 살인 사건으로 수사하게 됩니까?"

오 경사의 목소리가 어렴풋이 들렸다. 연희는 대답하지 않았다. 아니, 대답하지 못했다.

"저……."

오 경사가 연희에게 한발 가까이 다가왔다. 연희는 고개를 돌려 오 경사를 바라봤다. 연희의 얼굴을 본 오 경사의 표정이 순간 굳었다.

"뭐라고 했지?"

"아, 그게, 특별수사팀 재편성되느냐고……."

오 경사가 당황한 어투로 말했다.

"한번 다시 얘기해 봐야지. 잠깐만."

연희는 오 경사에게 그렇게 말하고는 현장을 서둘러 빠져나갔다. 경찰들과 감식반원들은 시체를 보며 가볍게 웅성거렸다. 오 경사는 황급히 뛰쳐나가는 연희의 뒷모습을 바라봤다. 내가 잘못 본 건가. 아니야. 분명히……. 오 경사는 방금 보았던 연희의 얼굴을 떠올렸다.

연희는, 희미하게 웃고 있었다.

밖으로 나간 연희는 아무도 없는 곳을 찾아 돌아다니다가 R.O.M 옆의 폐쇄된 상가 건물 안으로 들어섰다. 연희는 건물 계단의 어두운 구석 자리에 쪼그려 앉아 얼굴을 어둠 속에 파묻고 양손으로 입을 막았다.

"푸흡."

연희의 입에서 비릿한 웃음이 질질 새어 나왔다. 연희는 도저히 참을 수가 없었다. 웃음이 멈추질 않았다. 연희는 심장이 다시 뛰는 듯한 느낌을 받았다. 다시 시작됐구나. 아직 끝나지 않았어. 아직. 건물 밖에서 만취한 사람들이 고함치는 소리가 울려 퍼졌다. 하수관을 타고 흘러 들어온 역한 냄새가 번졌다.

연희는 입속에 머금은 타액에서 어렴풋이 단맛을 느꼈다. 멈춰 있던 세포들이 움직이며, 다시 시간이 흐르는 듯한 감각이 흘렀다. 연희는 그렇게 한참이나 어둠 속에 웃음을 흘렸다. 어둠과 웃음이 건물 밖 하수구로 흘러 아무렇게나 섞인 채 고여갔다. 악취가 점점 심해지고 있었다.

CHAPTER 04.
파도의 틈

현은 뉴로젤 용액에 담겨 둥둥 떠 있는 디에고의 뇌를 바라보았다. 용액 때문에 하얗게 변색된 뇌의 신경 중추에는 시냅스 스캐닝 모듈이, 모듈에는 컴퓨터와 연결된 굵은 케이블이 달려 있었다. 전부 폐기되거나 또는 판매 중인 의료용 기기의 부품 중 쓸 만한 부분만 모아 개조하여 만든 것이었다. 부품의 종류부터 수급처, 쓰임새, 조립법까지 현은 알 수 없는 것들뿐이었으나, 머릿속에 조언자가 있다면 불가능한 일은 아니었다. 특히 그 조언자가 뇌과학에 정통한 살인마라면 더욱더. 마지막으로 만듦새를 점검하던 현이 나지막이 물었다.

"그래서 이걸로 정확히 뭘 하는 거지?"

'우리에게 필요한 건 도마뱀의 꼬리다.'

"도마뱀의 꼬리?"

'그래.'

두억시니가 이어서 말했다.

'놈들을 건드리면 오르바사에서는 어떻게든 움직임을 보일

거다. 그렇게 꾀어내는 편이 오르바사를 직접 타격하는 것보다 쉬울 테지.'

"움직임……."

'그러니까 도마뱀의 꼬리를 움켜쥐어야지.'

두억시니의 말을 들은 현이 물었다.

"너는?"

'뭐?'

"너도 염 회장에 대해 꽤나 잘 알고 있는 것 같은데."

두억시니가 헛웃음을 흘렸다.

'알면 네게 말해줬을 거다. 나도 지금의 염 회장이 뭘 하고 있는지, 어디 있는지는 모른다.'

"지금의 염 회장? 옛날에는 알았다는 건가?"

현이 이어서 물었다.

"염 회장을 죽이려는 이유가 뭐야? 이런 걸 만들 줄 아는 이유는 뭐고?"

두억시니는 현의 물음에 답하지 않았다. 답답함에 현이 다시 물었다.

"도대체 정체가 뭐야?"

'연쇄살인마.'

두억시니가 자조하는 듯한 어투로 말한 후에 덧붙였다.

'분명 과거에 대해서는 묻지 않기로 했을 텐데.'

두억시니는 그 말을 끝으로 입을 다물었다. 그러자 현의 머릿속은 순식간에 고요해졌다. 현이 알겠다는 듯 한숨을 쉬며 고개를 끄덕이자 두억시니가 다시 입을 열었다.

'켜봐라.'

현은 두억시니의 조언에 따라 장치를 가동시켰다. 급조한 시냅스 스캐너는 그 조잡한 모양새와 달리 제법 제대로 작동되었다. 두억시니가 현에게 알려준 핵심 코드로 작동하는 스캐닝 프로그램은 지극히 단순한 사용자 인터페이스와 함께 모니터에 로딩되었다. 현은 스캔 시작 버튼을 터치했다.

곧 스캐닝 모듈의 MRI 코일이 뇌에 전류를 흘려 보내기 시작했다. PET 스캐너의 감지 센서는 뉴런 간의 전기 신호 전달을 실시간으로 추적했다. 모든 것이 두억시니와 현의 설계대로 이루어졌다. 결과만 빼고. 현은 기다림 끝에 모니터에 뜬 시스템 오류 문구를 바라보았다.

〔시냅스 패턴 분석 실패: 오류 코드 3〕

"뭐야, 이게."

현은 그럴 줄 알았다는 듯 다소 실망한 어투로 말했다. 두억시니는 곧바로 해결책을 제시했다.

'출력이 너무 약하다. 시냅스 스캔을 하려면 뇌가 탈 정도로 출력을 올려야 한다.'

출력이라. 잠시 생각하던 현은 장치를 종료시킨 뒤 배터리를 뺐다. 그리고는 개조한 전원 케이블을 방의 콘센트에 연결했다. 무슨 생각인지 눈치챈 두억시니가 흥미롭다는 듯 말했다.

'건물 전체의 전기를 끌어다 쓰겠다는 건가.'

"그래."

현은 이미 건물의 전력 시스템과 차단기 등을 통제하는 관리용 소프트웨어를 자신의 통제 아래 놓고 있었다. 불법 숙박업소의 보안 수준이라고 해봐야 뻔한 것이었고, 현에게 이런 건물의 전기를 전부 끌어다 쓰는 것 정도는 일도 아니었다.

현은 스캐닝 장치에 고전압 커패시터를 추가했다. 그리고 전류 증폭기로 변형시킨 인버터로 하여금 커패시터에 더 강한 전류를 충전해 필요한 만큼 한 번에 방출할 수 있게 회로를 손봤다. 모든 개조를 마친 현은 다시 장치를 작동시켰다. 웅 하는 소리와 함께 커패시터가 충전되기 시작했다. 방 천장의 뿌연 등이 빠르게 깜빡거리기 시작했다.

"좋아."

곧 커패시터가 완충되었고, MRI 코일은 전과는 비교도 안 되는 수준의 고출력 전류를 디에고의 뇌에 흘려 넣었다. 디에고의 뇌는 에너지를 버티지 못하고 까맣게 타들어 갔다. 그 광경은 현의 시신경을 통과해 시냅스 칩 속 두억시니에게도 흘러들었다. 불쾌한 냄새가 방 안에 진동하기 시작하자 현이 인상을 쓰며 말했다.

"괜찮은 거 맞아?"

'원래 이 정도는 되어야 한다.'

두억시니가 나지막이 덧붙였다.

'네 생전 몸에 있던 뇌도 스캔할 때 까맣게 타버렸을 거다.'

두억시니의 말에 현은 자신의 뇌가 타들어 가는 광경을 상상했다. 왠지 불쾌한 기분이 든 현은 장치에서 고개를 돌렸다. 잠시 후 모니터에 결과가 떴다. 디에고의 기억 정보들이 이미지 형태로 구현되고 있었다. 성공이었다.

'역시 꺼내 오는 과정에서 뇌에 손상이 있었군. 이 스캐닝 장치도 급조한 것인 만큼 그리 정밀하지 못하다.'

잠시 현의 눈으로 스캐닝 리포트를 살피던 두억시니가 나지막이 말했다. 기억 이미지의 해상도가 떨어지거나, 아예 읽어낼 수 없는 부분들도 있었다. 두억시니가 이어서 말했다.

'충분하다. 우리에게 필요한 것은 정보의 파편이니.'

디에고의 기억 이미지를 보며 현은 놀라움을 금치 못했다. 비록 완벽하진 않아도, 급조한 장비들로 이 정도의 시냅스 스캔이 가능하다고는 상상할 수 없었다. 현은 과거 시냅스 스캐닝에 대해 주완과 나눴던 대화를 떠올렸다. 뇌는 예민한 기관이고, 시냅스 스캔은 그 예민함만큼이나 섬세하게 진행해야 하는 일이었다. 오르바사에서 만든 수백, 수천 억대의 최첨단 장비들과 극도로 정밀하게 통제된 환경만이 성공적인 시냅스 스캔을 보장했다. 지금 두억시니가 해낸 일은 종이와 고무줄, 나무와 건전지로 에어로더용 전자기 추진 엔진을 만드는 것과 비슷한 수준의 난이도였다. 두억시니의 말이 허세가 아님을 깨달은 현은 일종의 경외심마저 느꼈다.

현은 두억시니와 함께 디에고의 기억 속을 헤집었다. 오르바사의 최신 스캐너라면 스캐닝된 기억을 아주 선명한 영상의 형태로, 청각과 통각 등 신체 반응 데이터까지 포함해 더욱 디테일하게 보여주었겠지만 급조한 스캐너에서는 정지 이미지 형태로 재구성되는 것이 전부였다. 완전히 스캔하지 못한 데이터들은 해상도가 낮거나, 깨져 있거나, 이미지가 뒤틀려 있었다. 현은 AI의 도움을 받아 쓸모 있을 만한 이미지들을 추려 디에고의 기억 일부를 재구성했다. 이윽고 현은 디에고의 머릿속에 있던 인생의 블랙박스 속에서 어떤 이름을 발견했다.

"전태주……."

일가족 납치 전, 디에고는 전태주라는 이름의 남자를 만나

지시를 받았다. 그리고 다음 날의 기억. 디스플레이에 뜨는 이미지들은 디에고가 납치 당일 보았던 광경을 구현했다. 윗서울 주택 단지에 위치한 흰색 부잣집. 무력화된 보안 시스템. 배기 시스템으로 주입한 수면 가스. 쓰러져 있는 현서와 주영. 그 얼굴을 본 현의 동공이 흔들렸다.

'여기까지인가.'

두억시니가 깨져 있는 이미지들을 보며 중얼거렸다. 현은 다시 전태주의 이름과 얼굴이 포함되어 있는 기억들을 추출한 데이터 속에서 모두 추려냈다. 정보들을 종합한 끝에 현은 전태주의 SNS 계정을 알아내었다. 현이 본 적이 있는 사람이었다. 현은 아락실에서 보았던, 희준의 뺨을 때렸던 가죽 재킷 입은 남자를 떠올렸다. 같은 재킷을 입은 채 어디서 벌어진지 모를 요트 파티에서 그가 포즈를 취하고 있는 사진이 보였다. 현은 태주 계정의 아이디로 AI 서칭을 돌렸다. 작업 과정을 보던 두억시니가 나지막이 물었다.

'어떻게 할 작정이지?'

"찾아가야지."

현의 말에 두억시니가 '아' 하고 탄식하는 소리를 냈다.

"왜?"

'똑같은 실수를 반복하면 안 된다.'

두억시니가 이어서 말했다.

'사냥꾼에는 두 가지 유형이 있다는 것을 알고 있나?'

현은 고개를 저었다.

'첫 번째, 사냥개들과 함께 몰려다니며 사냥감을 찾은 후 직접 잡는 타입.'

"두 번째는?"

'덫을 놓고 사냥감이 걸려들 때까지 기다리는 타입이다. 그럼 우리는 어떤 유형이 되어야 하지?'

현이 쉽게 대답하지 못하자 두억시니가 다시 말했다.

'우리는 후자의 방식으로 접근해야 한다. 첫 번째가 아니라.'

"왜?"

현이 의아하다는 투로 묻자 두억시니가 차분히 설명했다.

'첫 번째 방식은 상대보다 내 전력이 우월할 때나 통하는 방식이다. 시끄럽고 요란하지. 즉 흔적을 남길 가능성이 높다는 말이다. 그럼 그 흔적을 따라 우리를 사냥하려는 놈들이 자연스럽게 따라붙을 거다.'

현이 물었다.

"그럼 어떻게 해야 하는데?"

'천천히, 인내심을 가지고 놈을 끌어내야 한다. 덫을 깔아 놓은 숲으로.'

"그럼……."

두억시니가 나지막이 말했다.

'연결은 약점이 된다.'

두억시니의 말에 현은 고개를 끄덕였다.

'놈의 SNS 계정을 알고 있잖나. 가장 가까운 사람을 찾아봐라.'

현은 두억시니의 말대로 태주의 SNS를 뒤졌다. 가장 교류가 잦은 계정은 그의 임신한 아내의 것으로 보이는 계정이었다. 그가 가정이 있는 남자라는 사실을 확인한 현은 폰을 쥔 손을 미세하게 떨었다. 현은 가만히 태주가 아내와 함께 찍은 영상들을 보았다. 일상에서 건져낸 행복의 편린들. 한때는 현에게도 존재했던 순간들. 그것들을 바라보는 현의 눈이 흔들렸다. 두억시니가 다시 말했다.

'아내의 계정을 파보면 더 자세한 정보도 알 수 있을 거다. 보아하니 아내를 상당히 아끼는 것 같은데, 이 부분을 이용하면 되겠지.'

아내를 이용한다. 그 말을 들은 현의 표정이 어두워졌다. 두억시니가 이어서 말했다.

'전화할 때 목소리와 말투를 특정인의 것으로 변조해 주는 앱이 있다. 그걸로 아내를 흉내 내면 바로 걸려들 거다. 임신 중이니까 더욱 쉽겠지.'

"그건……."

현이 말끝을 흐렸다. 머뭇거리는 현에게 두억시니가 다시 말을 꺼냈다.

'왜? 아내를 이용하는 일이 꺼려지나?'

현은 긍정도 부정도 하지 않았다. 두억시니가 이어서 말했다.

'네 아내를 빼앗아 간 놈들이다. 죄책감 가질 필요는 없어.'

두억시니가 달래듯 말했다. 현은 현서의 얼굴을 떠올렸다. 그래. 거리낄 것 없다. 마음을 다잡은 현은 두억시니의 설명에 따라 다크웹에서 해당 앱을 판매하는 사이트를 찾아냈다. 'Talk To Others'라는 이름의 앱이었다. 본래는 VR 게임 보이스 채팅에 쓰이기 위해 개발된 프로그램이었으나, 누군가가 다른 방면으로 악용할 수 있게 개조한 것이다.

현은 앱을 폰에 설치한 후 실행시켰다. 앱은 현의 지시에 따라 SNS 영상들을 학습한 후 태주 아내의 목소리와 말투

등을 완전히 구현해 냈다. 이 모든 과정이 채 10분도 걸리지 않았다. 준비가 끝난 현은 몇 번이고 할 말을 시뮬레이션한 후 태주에게 전화를 걸었다. 플랫한 연결음이 이어졌다. 현에게는 그 신호음이 영원처럼 길게 느껴졌다.

폐금속 재활용 기계의 구동음이 시설 전체에 울려 퍼졌다. 강철과 각종 상태 표시용 LED로 이루어진 거대한 성. 그 육중한 기계는 탐욕적인 대식가처럼 팔을 들어 주변의 폐차와 에어로더, 버려진 워커와 드론, 그 외 기타 잡철들을 집어삼키고 있었다. 철과 철이 부딪히고 멋대로 우그러지며 내는 금속음이 메아리처럼 울려 퍼졌다. 기계는 그렇게 삼킨 철들을 내장된 용광로로 즉시 녹여 주괴로 만들어 버렸다.

재활용 시설의 한쪽 구석에는 같은 운명을 맞이할 구형 차량과 에어로더가 한가득 모여 있었다. 대부분 무인 택시나 배달 차량으로 쓰이던 것들이었다. 하나같이 시트나 타이어, 전자기 추진 엔진, 제어용 컴퓨터, 라이트 등 돈이 될 만한 부품들은 모두 적출된 상태로 앙상한 차체만 남아 있었다. 그런 차들의 시체 중 한 대의 운전석에 현이 앉아 있었다. 현은 잠시 자신이 타고 있는 차를 바라봤다. 출시된 지 10년도 넘은 구형 세단으로, 태주의 차였다. 깨진 룸미러에 걸린 액자형 키링이 압도적인 진동과 소음에 흔들리며 달랑거렸다. 키링에는 태주의 아내 사진이 들어 있었다. 현은 그 작은 키링 속 미소를 보다가 주변을 둘러봤다. 어둡고 시끄러웠다. 누군가 비명을 지른다 한들 아무도 듣지 못할 정도로.

'여기면 충분할 거다.'

굉음 속에서도 두억시니의 목소리가 내레이션처럼 뚜렷하게 들려왔다. 아랫서울의 공업 지구에 위치한 이 재활용 시설에는 매주 월요일 드나드는 수거 차량과 작업용 워커, 그리고 가끔, 정말 가끔 점검을 위해 찾아오는 관리 인력만 빼면 아무도 없고 CCTV는 관리 부실로 이미 녹화가 중지된 지 오래라는 것이었다. 이곳이라면 사람 하나쯤 죽어 나가도 아무도 알 수 없을 터이다. 현은 수없이 많은 폐차들을 바라보며 두억시니가 같은 방식으로 처리한 사람이 몇이나 될지 생각해 보았다. 현은 기계에 잡아먹히듯 빨려 들어가는 차 하나를 바라보았다. 차들이 마치 강철로 된 관 같다는 생각이 들었다. 그때 조수석에서 움직임을 감지한 현이 시선을 돌렸다.

'일어났군.'

마취에서 막 깨어난 태주는 자신이 안전벨트를 포함한 갖가지 수단들로 완전하게 결박당해 있다는 것을 뒤늦게 알아챘다. 그리고 자신을 불러낸 이가 출산을 앞둬 고통스러워하고 있는 아내가 아니라는 사실도. 납치당했음을 인지한 태주는 이리저리 몸을 흔드는 것을 그만두었다. 태주는 고개를 돌려 옆자리 운전석에 앉아 있는 현을 바라보며 떨리는 목소리로 물었다.

"당신 뭐야?"

"전태주, 맞지?"

현이 나지막이 물었다. 태주의 동공이 순간 흔들렸다. 현이 이어서 물었다.

"디에고를 알고 있나?"

태주가 머뭇거리자 현은 폰으로 영상을 하나 보여주었다. 태주의 집 로봇 청소기 카메라가 보여주고 있는 실시간 영상이었다. 영상 속 태주의 아내는 야식을 먹은 뒤 거실 소파에 앉아 꾸벅꾸벅 졸고 있었다. 그 모습을 본 태주의 표정이 차갑게 식었다. 현이 이어서 물었다.

"무슨 뜻인지 알지? 너희들 방식이잖아."

태주는 침을 삼킨 후, 잠시 뜸을 들이다가 말했다.

"원하는 게 뭐냐?"

"네놈들의 정보."

현의 말에 태주는 긴 한숨을 내뱉었다. 침묵 끝에 태주가 조용히 입을 열었다.

"한 가지…… 약속해라."

"뭐지?"

태주가 키링을 보며 말했다.

"내 아내만은 살려주겠다고. 그렇게 약속하면 전부 얘기하겠다."

"대답하는 거 봐서."

현의 말에 태주는 고개를 돌려 먼 곳을 바라봤다. 구형 에어로더 하나가 기계 속으로 빨려 들어갔다. 그 광경을 바라보던 태주는, 겨우 결정을 내린 듯 조심스레 입을 열었다.

"디에고는 내 밑의 동생이다. 며칠 전에도 만났어."

현이 고개를 끄덕였다.

"3월 14일에 있던 이현 일가족 납치, 거기 디에고가 가담했지?"

"맞아. 내가 일을 줬지."

태주가 조용히 말했다.

"일을 줬다고?"

"그래. 원래는 내가 처리했어야 하는 일인데 와이프 상태가 그래서…… 돈 좀 떼어주고 걔를 시켰지."

"그럼 그 일을 네게 지시한 사람은 누구지?"

태주가 머뭇거리자, 현은 태주의 아내 사진이 들어 있는 키링을 손끝으로 툭 쳤다. 태주가 가늘게 떨리는 목소리로 대답했다.

"윈롱 과장."

"윈롱?"

"그래. 우리 조직의 핵심 간부다. 둥지를 관리하는……."

태주가 말끝을 흐렸다. 현이 이어서 물었다.

"둥지가 뭔데?"

"서해에 있는 해상 플랜트. 거기서 배송을 하는 게 원래 내 일이야."

"거기서 뭘 하지?"

"알들을 보관하지. 나는 그걸 아락실로 전달하고."

현이 못 알아들었다는 듯한 얼굴을 하자 태주가 다시 말했다.

"불법 의체화로 되살아난 사람들 말이다."

순간 현의 얼굴이 폐차용 기계에 들어간 차의 프레임처럼 일그러졌다. 현이 조용히 물었다.

"왜……. 너희들은 왜 그런 짓을 하지?"

태주가 별일 아니라는 듯 대답했다.

"수요가 있으니까."

태주가 이어서 말했다.

"사람이 온갖 인공적인 자극에 익숙해지면 자연스러운 걸 찾게 되기 마련이거든. 성욕도 똑같아. 만들어진 건 끌리지 않는 거야. 생전의 기억과 자아를 가지고 있는, 가짜가 아닌 진짜 말이야. 진짜 사람. 그런 리얼함이 필요한 거라고."

현은 순간 주완이 인공육이 아닌 '진짜 다금바리회'를 먹으며 했던 말을 떠올렸다. 의체는 사람이 아니며, 따라서 영혼이 없다고 했던 그 말을. 누군가는 단순한 복제품, 가짜로 여기는 것들을 누군가는 또 진짜로 여긴다는 사실이 현에게 형언할 수 없는 기분을 가져다주었다. 중요한 것은 그 사실이, 추악한 욕망 속에서조차 자연스러움을 추구하는 누군가의 취향이 이 모든 사태를 불러왔다는 것이었다. 현의 표정이 조금씩 굳어가는 것을 본 태주가 조용히 말했다.

"굳이 변태들을 이해할 필요는 없어. 나도 이해가 되진 않으니까."

"그런데 왜 놈들을 돕는 거지?"

태주가 헛웃음을 뱉었다.

"내가 좋아서 하겠어? 돈이 되니까 하는 거야."

태주는 멍하니 키링 속의 아내를 바라보았다.

"곧 애가 태어나. 내겐 돈이 필요해."

"……."

"희생되는 사람들한테는 미안하게 생각해. 하지만 남들보다는 내 아내가, 우리 애가 더 중요해."

현은 그렇게 말하는 태주를 가만히 바라봤다. 현은 그의 모습에서 과거의 자신을 발견했다. 아락실에서 처음 희준이를 목격했을 때 외면하기로 결정하고 모른 척했던 자신을. 그래서 현은 더 화가 났다. 그가 그저 가족을 위해 열심히 나쁜 일을 하는 아버지일 뿐이라는 사실이 현에게는 더욱 불쾌하게 느껴졌다. 태주가 현을 가만히 바라보며 물었다.

"가족이 있나?"

현은 대답하지 않았다. 태주가 이어서 물었다.

"도대체 누구냐? 뭣 때문에 우리를……."

"질문은 내가 해."

현이 고압적인 목소리로 말했다. 태주는 입을 다물었다.

"이현 일가족의 시체는 어떻게 처리했지?"

"난 전달책일 뿐이라서 잘 몰라. 처리반은 따로 있거든."

태주가 덧붙였다.

"둥지에 가보면 알 수 있겠지."

"어떻게?"

태주가 나지막이 대답했다.

"데이터베이스가 있어. 둥지에 들어왔다 나가는 건 전부 기록돼. 그 행방까지도."

현이 고개를 끄덕였다.

"둥지에 들어가려면 어떻게 해야 하지?"

태주가 대답을 머뭇거리자 현은 다시 폰을 들어 태주의 아내를 보여주었다. 파쇄음 속에서 침대에 누워 잠든 아내의 모습을 보며 태주는 한참을 망설였다. 현은 그가 어떤 심정일지 쉽게 이해할 수 있었고, 그래서 태주가 결국 말을 꺼낼 것이라고 확신했다. 태주의 흔들리는 동공에 그의 아내가 반사되었다. 현의 눈에는 태주의 아내도 그 작은 원 속에서 흔들리는 것처럼 보였다. 결국 태주는 눈을 감고 입을 열었다.

"……둥지에는 자체적인 방어 시스템이 있어. 허가받은 비행 컨테이너나 에어로더 외에는 출입할 수 없어."

"방법이 없나?"

현의 물음에 태주가 뭔가 생각난 듯한 얼굴로 입을 열었다.

"내, 내가 도와줄 수 있어."

"네가?"

태주가 황급히 고개를 끄덕이며 말했다.

"그래. 아락실 VIP들은 알들을 보러 직접 둥지에 가기도 하거든."

태주가 이어서 말했다.

"위조 신분만 있으면 간단해. VIP 모시는 것도 원래 내가 하던 일이니 의심하진 않을 거다."

알들을 본다. 그 말에 현은 딸 주영과 현서의 얼굴을 떠올렸다. 도마뱀 놈들이 하던 방식대로, 아내와 딸이 의체로 되살아나 그곳에 있을지도 몰랐다. 데이터베이스를 뒤지던 알들을 살피던, 둥지에 가야 가족의 행방을 알 수 있겠다는 계산이 선 현은 조용히 고개를 끄덕였다.

"좋아, 그렇게 하지."

'뭐?'

두억시니가 난색을 표하는 목소리가 현의 머릿속에 울렸다. 두억시니가 이어서 말했다.

'너무 위험하다. 원래 계획대로 놈의 뇌를 꺼내서…….'

"어떻게 하면 되지?"

현은 두억시니의 말을 무시하고 물었다. 태주가 고개를 끄덕이며 대답했다.

"일단 위조 신분이 필요한데……."

'잠깐, 멈춰라.'

귀를 타고 들어온 태주의 목소리와 줄곧 울리던 두억시니의 목소리가 현의 머릿속에서 아무렇게나 뒤섞였다. 두억시니는 말을 멈추지 않았고, 현은 태주의 말을 제대로 들을 수가 없었다. 결국 참다못한 현이 차에서 뛰쳐나왔다. 현은 파쇄음 속에서 신경질을 내며 물었다.

"뭐야? 왜?"

'계획과 다르지 않나.'

두억시니가 조용히 읊조리자 현이 한숨을 쉬며 반문했다.

"또 뭐가 문젠데."

'리스크가 있다는 말이다. 놈들이 어떻게 나올 줄 알고 이렇게 위험한 계획을 세우지?'

"이게 더 안전한 방법일 수도 있어. 놈들은 저 태주라는 남자를 신뢰할 거 아냐."

현이 이어서 말했다.

"죽은 정보를 파편적으로 얻는 것보다 저놈이 받는 신뢰를 그대로 이용할 수 있다면…… 그게 제일 좋은 방법 아니겠어?"

현의 말에 두억시니는 한참이나 대답하지 않았다. 침묵이 이어졌다. 두억시니가 다시 말을 꺼냈다.

'놈을 완전히 통제할 수 있다면 그렇겠지.'

"가족을 인질로 잡아놨잖아."

'그 정도로 리스크가 사라지진 않아.'

현은 대답하지 않았다. 현서와 주영의 시신의 행방을 찾아낼 수도 있는 둘도 없는 기회였다. 억지를 부려서라도 현은 반드시 둥지에 가야만 했다. 현이 두억시니의 의견에 반박할 만한 말을 생각하고 있을 때, 두억시니가 다시 말했다.

'좋아. 마음대로 해라. 대신 돌발 상황이 생기면 네 책임이다.'

"……."

'그땐 네가 틀렸음을 인정하고 내 지시를 따라라.'

"지시를 따르라고?"

'그래.'

현의 표정이 굳자, 두억시니가 이어서 말했다.

'네 실패는 내 실패기도 하다. 네가 거기서 죽으면 곤란해.'

"뭔가 착각하는 것 같은데, 이 몸의 주인은 나야."

현의 말에 두억시니가 다시 말을 꺼냈다.

'널 부정하는 게 아니다. 하지만 넌 경험이 부족해. 디에고 때의 일을 떠올려 봐라.'

현은 순간 울컥했지만 아무 대꾸도 할 수 없었다. 오르바사를 무너뜨리기는커녕 도마뱀의 말단 조직원 하나를 붙잡는 데도 실패한 현이었다. 지금 태주를 심문할 수 있는 것도 두억시니의 조언이 아니면 불가능한 일이었을지도 모른다. 현은 잠시 폐차 안에 묶여 있는 태주를 바라봤다. 그의 얼굴을 보며 잠시 생각하던 현은 결국 나지막이 수긍했다.

"……알겠어."

현은 굳은 얼굴로 다시 차 안으로 들어갔다. 태주가 현을 바라보았다. 현은 차에 붙어 있는 키링을 팍 떼어내 태주의 가죽 재킷 주머니에 슥 집어넣으며 말했다.

"계속해 봐."

온갖 종류의 고급술들이 크롬 도금된 선반에 늘어서 있었다. 가장 천박한 욕망을 꺼내는 데 사용되는 가장 값비싼 액체들. 과거 생각이 난 현은 그 액체들에게서 시선을 돌렸다. 그러나 아락실의 VIP룸 내부에는 따로 시선을 둘 만한 곳이 없었다. 룸 내부의 모든 요소가 부담스럽고 어색했다. 퇴폐적 선율의 네오클래식 음악. 플라스마와 레이저를 이용해 만든 유명 작가의 광학 미술품. 방의 벽을 따라 도열한 종업원들과 경비원들. 그들의 과하게 친절한, 그래서 불쾌한 미소들. 넘치는 것은 부족함보다 못하다지만 누군가의 욕망의 그릇은 너무 커서 넘치질 않는 모양이라고, 현은 그런 생각을 했다.

현은 주변 환경의 과함을 낱낱이 의식하는 대신 준비한 위조 신분의 정보를 암기하는 데 집중했다. 현은 지금 엔지니어가 아니라 신흥 외국계 테크기업의 회장으로서 이 자리에 앉아 있었다. 현은 자신의 몸에 딱 맞게끔 수선된 고급 정장의 소매를 가만히 바라봤다. 소재도 디자인도 과했다. 맞지 않는 화려함을 온몸에 두른 현은 두억시니만이 들을 수 있게 아주 작은 목소리로 중얼거렸다.

"이런 게 좋은가?"

현의 목소리에 경멸이 묻어났다. 두억시니가 대답했다.

'의식하지 마라. 너는 지금 유흥에 미쳐 있는 기업 회장이다.'

"알고 있어."

두억시니가 당부하듯 덧붙였다.

'사람이 제일 잘하는 게 뭔지 아나?'

두억시니가 뜸을 들이다가 말을 이었다.

'부자연스러움을 캐치하는 거다. 숲에 물고기가 있고 바다에 노루가 있으면 바로 들통나지. 자연스럽게 행동해라.'

자연스럽지 않은데 어떻게 자연스럽게 행동한다는 말인가. 현은 그런 생각을 하면서 소매를 만졌다. 최고급 로아실크의 촉감이 현의 손가락 끝을 스치고 지나갔다. 현은 새삼 연기가 전혀 적성에 맞지 않는다는 사실을 깨닫고 있었다.

'놈에게서 수상한 기색은 없는지 계속 확인하고.'

두억시니가 말했다. 현은 귀 깊숙한 곳에 붙여놓은 마이크로 이어폰 소리, 그리고 쓰고 있는 안경에 투사되고 있는 영상에 집중했다. 이 장치들은 태주의 몸에 붙여놓은 카메라와 마이크에 연결된 것으로, 그가 내는 소리가 전부 새어 들어오고 있었다. 다행히 현의 귀에는 적막한 발소리밖에 들리지 않았다. 곧 태주가 방 안에 들어섰다. 현은 태주의 눈을 응시했다.

'불안해하고 있군.'

두억시니가 나지막이 말했다. 태주가 현에게 허리를 숙여 인사했다.

"가시죠, 회장님."

연기라는 것을 알면서도 처음 들어보는 회장님 소리에 현은 속이 울렁거렸다. 자리에서 일어나 태주를 따라 긴 복도를 걸었다. 복도의 막다른 길에 다다르자 태주는 벽을 응시하며 엄지손가락을 대었다. 그러자 벽이 열리며 숨겨져 있던 엘리베이터가 드러났다. 기껏해야 여덟 명 정도만 탈 수 있는 작은 크기였다.

태주와 함께 엘리베이터를 타고 내려간 현이 잠시 건자 빌딩으로 둘러싸인 아락실의 '뒷공간'이 드러났다. 생전에 희준과 나체의 아이들을 목격한 바로 그 장소였다. 현은 그날 자신이 서 있던 7층 VIP룸 복도 끝 발코니를 확인했다. 전과는 달리 시멘트로 완전히 메워져 있었다.

과거의 기억 속으로 발을 내딛자, 현은 저도 모르게 몸에 힘이 들어갔다. 무의식적으로 죽어가던 희준의 얼굴을 떠올린 현은 호흡이 가빠지기 시작해 목을 붙잡았다. 이상 징후를 감지한 두억시니가 말했다.

'정신 차려. 숨 크게 쉬고.'

머릿속에서 울리는 부드럽고도 차가운 살인마의 목소리에, 현은 선명하게 떠오르는 그날의 이미지를 잠시나마 지우는 데 성공했다. 두억시니의 목소리가 계속해서 현의 정신을 또렷하게 만들어 주고 있었다. 현은 혼자였으나, 혼자가 아니었다. 머릿속에 살인마가 함께하고 있다는 사실에 위협과 안도감이 동시에 느껴졌다. 아주 날카로운 칼날을 쥐고 있는 것처럼.

태주는 뒷공간의 한쪽에 주차된 에어로더로 현을 안내했다. 역시 현이 그날 보았던 것과 같은 검은색 대형 에어로더였다. 모든 게 그날과 같았다. 에어로더의 문이 열리고 어두운 실내가 보이자, 현은 태주를 바라보며 조용히 입을 열었다.

"알지?"

태주는 대답 대신 떨리는 호흡을 뱉으며 고개를 끄덕였다. 현의 심박수가 일정 수치 아래로 떨어지면 기폭되는 고성능 군용 폭약. 그 죽음의 덩어리들이 태주의 아내가 있는 집 근처에 도배되어 있다고, 적어도 태주는 그렇게 믿고 있었다. 태주가 머뭇거리다가 나지막이 말을 꺼냈다.

"약속대로 이 배달만 끝내면……."

"걱정 마라. 약속은 지킬 테니."

현의 대답에 태주는 이마의 식은땀을 닦았다. 현은 태주의 안내에 따라 천천히 에어로더에 올랐다. 에어로더 뒷좌석은 안에서 밖을 전혀 볼 수 없는 구조로 되어 있었다. 곧 에어로더가 아락실의 상공에 떠올랐고, 고요한 저녁 하늘을 가르기 시작했다.

"예, 과장님. 아까 말씀드린…… 그 특별한 손님이 오셔서요."

태주가 수동 운전 모드로 에어로더를 모는 동안, 태주의 전화 소리가 현에게 들려왔다. 태주의 핸드폰 역시 현에게 해킹되어 있었기 때문에 현은 태주와 원롱 과장이라는 남자의 메시지와 전화 내용을 모두 엿들을 수 있었다. 현은 즉시 GPS를 확인했다. 에어로더는 계획대로 서해 쪽으로 나아가고 있었다. 태주는 현에게 한 모든 약속을 잘 지켜나가고 있었다. 아직까지는. 이윽고 태주가 전화를 끊었다. 현이 조용히 물었다.

"얼마나 걸리지?"

"10분 정도 걸립니다."

현은 자리에 앉아 수립해 놓은 계획을 재점검했다. 목표는 둥지의 관리자인 원롱 과장이었다. 원롱은 염 회장과 개인적으로도 친밀한 사이라서 염 회장에 대한 정보를 꽤나 알고 있을 거라는 게 태주의 설명이었다. 놈에게서 오르바사의 염 회장에 대한 정보를 캐내는 것, 그리고 현서와 주영의 행방을 찾는 것, 그것이 현의 목표였다.

"도착했습니다."

태주가 말했다. 웅웅거리는 전자기 추진 엔진음과 함께 에어로더가 하강하는 것을 느낀 현은 침을 삼켰다. 드디어 놈들의 소굴에 발을 들이게 된 것이다. 곧 에어로더의 문이 열렸다. 그러자 소금기를 머금은 비릿한 바람 냄새가 현의 코를 찔렀다. 파도 부서지는 소리가 바람을 타고 울려댔다.

'거짓말은 아니었군.'

두억시니가 중얼거렸다. 플랫폼 위에 내린 현은 주변을 둘러봤다. 사방이 바다였다. 현은 가만히 서서 둥지의 전경을 바라봤다. 어떤 것이 담겨 있을지 모를 비행 컨테이너들이 노을 지는 하늘을 날아다니고 있었다. 인근을 경비하는 도마뱀 조직원들과 무장 드론들도 보였다. 일전에 현을 공격한 바로 그 드론, 병정벌들이었다.

"둥지……."

넋이 나간 표정으로 주변을 둘러보며 현이 나지막이 중얼거렸다. 둥지의 규모는 상상했던 것보다 훨씬 거대했다. 각기 다른 역할을 하는, 야구 경기장만 한 크기의 플랫폼 여럿이 철제 기둥들에 의지해 바다 위에 서 있었고 그 플랫폼 위아래로 각종 부속 건물과 시설들이 건설되어 있었다. 또 각각의 플랫폼들은 차와 워커들이 통행할 수 있는 다리로 연결되어 있었다. 화물 운송용 레일 트럭 몇 대가 다리 위를 지나가는 모습이 보였다.

현은 둥지의 규모에 압도당해 잠시 멍하니 서 있었다. 상대할 적의 크기가 가늠이 되기 시작한 것이다. 저도 모르게 온몸의 근육에 힘이 들어갔다. 긴장한 것을 티 내지 않으려고 무던히 애를 쓰던 현이 태주에게 물었다.

"이제 어떻게 해야 하지?"

"곧……."

태주의 대답이 끝나기도 전에 주행음이 들려왔다. 화물용 트럭들과는 대비되는 중대형 고급 세단 한 대가 다리 위를 달려오고 있었다. 차는 곧 현과 태주의 앞에 멈춰 섰다. 이어서 문이 열렸지만 자율 주행 무인 택시처럼 차 안에는 사람이 없었다. 현은 고개를 돌려 경계하듯 사방을 살폈다. 뭔가 위화감이 느껴졌다. 현은 자신의 주변을 배회하는 드론들을 확인하고, 이어서 고개를 돌려 태주를 바라봤다. 태주 역시 몹시 긴장한 얼굴이었다. 여기까지 와서 머뭇거리는 게 더 수상해 보일 것이라고 판단한 현은 고민을 멈추고 차에 올랐다.

문이 자동으로 닫혔다. 현은 차량 내부를 둘러보았다. 아주 고급스러운 내장재로 마감된 시트에서 은은한 향기가 퍼졌다. 이어서 허공에 떠 있는 홀로그램 책자가 이 차량이 VIP 접대용 차량이라는 사실을 다시금 확인시켜 주었다. 불법 의체화로 되살아난 각양각색의 '알'들이 3차원 나체 이미지로 책자 안에 빼곡하게 소개되어 있었다. 마치 식당의 메뉴판처럼.

'허.'

두억시니가 어이없다는 듯한 웃음을 내뱉었다. 책자에는 알들의 국적, 과거사, 신체 스펙, 특이 사항 등이 낱낱이 기재되어 있었다. 정말 사소하고 쓸데없는 디테일까지. 현은 책자를 터치해 현서와 주영의 이름을 찾았다. 그러나 그 어디에도 현이 찾는 이름은 없었다. 여기 없는 건가, 아니면 아직 등록이 되지 않은 건가? 아니, 어쩌면 다른 곳에…….

현이 무수히 많은 가능성을 검토하는 동안 차는 빠르게 다리를 건너 둥지의 메인 플랫폼으로 향했다. 메인 플랫폼 내부의 주차장에서 내린 현은 태주의 안내를 따라 엘리베이터에 탑승해 접견실로 향했다. 접견실이 위치한 메인 플랫폼 건물 10층으로 올라가는 동안에도 현은 현서와 주영을 생각했다. 그 윈롱 과장이라는 사람의 뇌에 현서와 주영의 이름이 또렷하게 각인되어 있기를 바랄 뿐이었다. 여차하면 놈의 머리를 열어서……. 순간 현은 자신이 두억시니 같은 발상을 했다는 사실을 깨닫고 스스로에게 역겨움을 느끼며 생각을 그만두었다.

"어서 오십시오."

어느새 접견실에 도착한 현에게 경호원으로 보이는 조직원들이 인사를 건넸다. 현은 생각보다 투박한 접견실 분위기에 놀랐다. 사치품이나 장식품 따위는 그 어디에도 없고 테이블과 긴 소파 둘, 조명 정도가 전부였다. 아락실과는 분위기가 영 딴판이었다.

"앉아서 대기하시다 보면 과장님이 오실 겁니다. 그럼……."

태주가 그렇게 말하고 밖으로 나가려 하자, 현이 태주를 불러 세웠다.

"잠깐."

태주가 현을 바라봤다. 현이 조용히 말했다.

"여기 같이 있지?"

현은 태주를 가만히 응시했다. 태주의 동공이 미세하게 흔들리고 있었다. 현의 눈빛을 본 태주는 자신이 할 수 있는 것이 아무 것도 없음을 상기했다. 태주는 아내를 생각하며 눈을 질끈 감고 다시 몸을 돌려 현의 옆으로 다가왔다. 현은 소파에 앉았고, 태주가 현의 뒤에 뒷짐을 지고 섰다. 그때였다.

"심심하셨구나."

문이 열림과 동시에 현이 들어본 목소리가 접견실 내부에 울려 퍼졌다. 현은 반사적으로 고개를 돌렸고, 목소리의 주인을 보자마자 몸이 굳어버렸다. 현이 목도한 것은 마지막 순간에 보았던 바로 그 얼굴이었다. 쫙 빼입은 회색 양복, 마른 몸, 긴 턱수염과 장발, 그리고 뱀 같은 두 눈. 현이 도저히 잊어버릴 수 없는 그 남자였다.

"윈롱이유."

윈롱이 현에게 손을 건넸다. 현의 가족을 몰살시킨 바로 그 손이었다. 원수의 손을 눈앞에 둔 현은 잠시 멍하니 굳어 움직이지 못했다. 윈롱이 의아한 표정을 지었다.

'뭐 하는 거지?'

두억시니의 목소리에 정신을 차린 현이 뒤늦게 손을 올렸다. 윈롱의 손을 쥔 현은, 순간 이대로 비틀어 버리고 싶은 충동을 느꼈다. 지금이라면 분명 가능한 일이다. 손을 비틀고, 살을 찢고, 뼈를 부수고, 원수의 체액과 비명을 즐길 수 있다. 그러나 참아야 한다. 때를 기다려야만 한다. 현은 가벼운 악수를 마치고 다시 윈롱을 바라보았다. 윈롱이 특유의 미소를 지어 보였다.

"젠 코퍼레이션의 그……."

"양 회장님입니다."

윈롱이 헤매자 태주가 나지막이 덧붙였다.

"아, 그래. 양 회장님 맞쥬? 우리 태주한테 말씀 많이 들었슈."

현은 고개를 까딱해 대답을 대신했다. 윈롱이 이어서 말했다.

"요즘 사업은 뭐 어떻게, 잘되세유?"

"예, 뭐."

현의 말에 윈롱이 고개를 끄덕였다.

"동종 업체 인수 합병을 고려 중이시라던데."

윈롱이 전문적인 질문을 던져오자 현은 당황했다. 분명 위조 신분의 신뢰성을 높이기 위한 작업이 사전에 진행 되어 있었다. 가짜 고객들과 가짜 기사, 가짜 리뷰 등 AI로 생성한 거짓 정보들을 인터넷에 무더기로 뿌려놨고, 딥페이크와 해킹 툴을 이용한 미디어 자료까지 배포해 둔 뒤였다. 그것들은 심지어 실시간으로 업데이트되며 가짜 정보의 구체성까지 높이고 있었다. 그러나 분명 속일 수 없는 것도 있다. 경영을 한 번도 해본 적 없는 현에게는 회사 경영 관련 대화를 자연스럽게 나눌 정도의 지식은 없었다. 그렇다고 여기서 버벅거리면 윈롱이 의심할 것이 틀림없었다. 그때 두억시니의 목소리가 울렸다.

'FDD 지시해 놓은 상태라고 말해.'

현은 두억시니의 말이 무슨 의미인 줄 몰랐지만, 그 어떤 말이라도 필요한 상황이었다. 현은 두억시니가 시키는 대로 본인은 이해하지 못한 말들을 늘어놨다. 마치 대사를 받아 말하는 아바타처럼. 그러자 윈롱이 고개를 끄덕이며 대화를 이어갔고, 두억시니는 또 그에 맞는 모범 답안을 알려주었다.

기업 경영과 관련된 전문 용어들이 가득한 대화가 이어졌고, 두억시니의 도움 덕에 현은 완벽히 기업인으로 탈바꿈했다. 어째서 두억시니가 기업 경영에 관련된 지식을 이렇게 많이 알고 있는지 현이 의문을 가질 무렵, 전문성 넘치는 잡담을 마친 원롱이 본론을 꺼냈다.

"그래서, 어떤 알을 찾으셔유?"

현의 머릿속에 현서와 주영의 얼굴이 떠올랐다. 원롱이 이어서 말했다.

"여기까지 오실 정도면 특별히 찾는 게 있으실 것 같은디."

원롱이 미소를 머금은 채 현을 바라봤다. 현이 조용히 입을 열었다.

"성인 여자랑, 여자아이."

"아유, 널린 게 여자들이쥬."

원롱이 불쾌한 미소를 지어보였다.

"원하시는 조건은 어떻게 되세유? 최대한 맞춰드리게."

조건. 잠시 가족들의 모습을 떠올린 현은 숨을 고르고 천천히 입을 열었다.

"성인 여자는 30대 중반이었으면 좋겠어."

"30대 중반……."

원롱이 기록을 시작했다. 현이 이어서 말했다.

"또 엄마였으면 좋겠고. 차분하고 상냥한 성격에, 지적인 면이 있으면 좋겠네."

현의 목소리가 미세하게 떨렸다. 원롱이 가만히 현의 얼굴을 바라보다가 말했다.

"어이구, 디테일하시네."

"그런가?"

"애는유?"

원룡이 미소를 보이며 물었다. 현은 주영의 얼굴을, 마지막에 보았던 딸의 슬픈 미소를 떠올렸다. 현이 조용히 입을 열었다.

"아이는 열 살 정도에, 아까 말한 여자의 딸이면 좋겠군. 키는 이만했으면 좋겠고 나름 유복한 환경에서 자랐으면 하고, 또 성격은 티 없이 맑고 엉뚱한 면이……."

현은 더 말을 잇지 못했다. 원룡은 웃음기 빠진 무표정한 두 눈으로 그런 현을 가만히 응시했다. 현은 내장 깊은 곳부터 울컥거리며 올라오려 하는 감정을 침과 함께 겨우 삼켜 넘겼다. 현이 가까스로 다시 입을 열었다.

"……둘 다 비극적인 최후를 맞이한 사람들이면 좋겠네."

현이 말을 마치자 잠시 정적이 감돌았다. 무장한 조직원들과 원룡, 그리고 태주 전부 현을 바라보았다. 잠시 후 원룡의 무표정한 얼굴에 다시 웃음기가 섞이기 시작했다. 원룡이 장난스런 어투로 정적을 깼다.

"이야, 회장님. 취향이 확고하시네, 이?"

원룡이 이어서 말했다.

"아이, 근디 딱 맞는 알들이 있을까 몰라. 음……."

원룡이 턱을 괸 채 현을 가만히 바라보았다. 자신을 죽였던 사람의 눈을 다시 마주하는 것 자체가 현에게는 몹시 부담스러운 일이었다. 현은 저도 모르게 시선을 피해버렸다. 마치 포식자 앞에 선 사냥감처럼. 원룡이 씩 웃고는 다시 입을 열었다.

"한번 저랑 같이 가서 직접 보시는 건 워때유?"

"직접?"

"예, 직접. 회장님 취향에 맞는 알이 있는지."

원롱이 자리에서 일어섰다. 원롱의 태도에서 뭔가 위화감이 느껴졌지만 마땅히 거절할 이유도 없었다. 현이 미처 대답하기도 전에 원롱이 태주에게 지시했다.

"태주는 가봐도 돼."

"아니."

현이 고개를 저었다.

"저 친구도 같이 가지. 정이 들어서."

원롱은 현을 한 번 보고는 다시 태주를 바라봤다. 또 한 번 잠깐의 침묵이 흘렀다. 원롱이 입과 눈에 웃음기를 머금고는 대답했다.

"그러시쥬, 그럼."

태주의 표정이 굳었다. 원롱이 이어서 말했다.

"우리 태주가 또 나름의 매력이 있지. 이야, 몸도 크고 거기도 크고, 이?"

원롱이 이어서 물었다.

"남자 쪽엔 관심 없으셔유?"

원롱의 말에 태주가 굳은 표정으로 어색하게 가짜 웃음을 흘렸다. 원롱이 가벼운 웃음을 지어 보이며 말했다.

"농이여, 인마. 씨발럼이 정색은."

원롱이 태주의 등을 팍 쳤다.

"그럼 가시쥬."

현은 원롱과 태주를 따라 다시 차에 탑승했다. 건너편의 알 보관 플랫폼을 향해 다리를 건너는 차 안에서 현은 창밖의 풍경을 바라봤다. 드넓은 바다와 먹구름 끼어 있는 하늘이 만나는 수평선. 거센 바람에 커튼처럼 흔들리는 파도. 그 위로 구름이 마치 배속된 영상처럼 빠른 속도로 흐르고 있었다. 무거운 빗방울이 조금씩 떨어지기 시작했다. 차의 AI가 조용히 경고했다.

〔태풍 발생 가능성이 높습니다. 에어로더 탑승 및 외출을 삼가시기를 권합니다.〕

원롱이 웃음기 섞인 어투로 현을 보며 말했다.

"이런 날씨에 하는 드라이브만큼 좋은 게 없는디. AI라 그런가, 뭘 모르네유."

현은 뭐라고 대답해야 할지 몰라 아무 말도 하지 않았다. 그저 가만히 창밖을 바라볼 뿐이었다. 그런 현의 얼굴을 잠시 지긋이 바라보던 원롱이 다시 말을 꺼냈다.

"근디 회장님, 이거…… 의체쥬?"

순간 섬찟한 느낌이 든 현은 원롱을 바라봤다. 원롱이 웃음을 흘렸다.

"어떻게 알았냐는 표정이시네. 회장님이라기에는 몸이 너무 젊으시니께."

현이 나지막이 대답했다.

"맞네."

현의 대답에 원롱이 고개를 끄덕였다. 현은 어쩌면 다른 플랫폼으로 넘어가는 지금이 원롱과 대화를 길게 나눌 수 있는 유일한 시간일지도 모른다고 생각했다. 정보는 곧 힘. 현은 창밖을 보며 콧노래를 부르는 원롱을 바라봤다. 원롱 정도면 상당한 고급 정보를 가지고 있을 터이다. 정보를 캐낼 수 있는 가장 좋은 상대가 눈앞에 있었다. 현이 원롱에게 나지막이 물었다.

"자네도 의체인가?"

원롱이 웃음기를 띤 채 현에게 되물었다.

"맞춰보세유. 뭘 것 같은지."

현이 고심하자 원롱이 웃으며 대답했다.

"맞아유, 의체."

현은 고개를 끄덕였다. 비상시에는 뇌가 아닌 시냅스 칩을 적출해야겠군. 현은 그렇게 생각하며 다음 질문을 던졌다.

"그나저나 왜 원롱인가? 사투리도 쓰고, 중국 사람처럼은 안 보이는데."

"글쎄유."

원롱이 긴 머리를 정돈하며 말했다.

"지는 중국 사람도 아니고 한국 사람도 아니고, 누구도 아니여유."

원롱이 조용히 말을 이었다.

"어디 망망대해 화물선 컨테이너에서 태어났다든디. 부모도 모르고 국적도, 과거도 없어유. 그냥…… 흘러 들어온 대로 이렇게 사는 거쥬."

원롱은 창에 부딪혀 흘러내리는 빗방울들을 바라보다가, 문득 조용히 중얼거렸다.

"아, 날씨 한번 죽이네."

이윽고 알 보관 플랫폼의 주차장에 도착한 차가 멈춰 섰다. 현은 윈롱과 태주와 함께 차에서 내렸다. 그러자 주황색 방청 페인트로 도색된 거대한 건물이 드러났다. 건물은 지하로 길게, 해수면을 향해 쭉 뻗어 있었다. 입구에서부터 무장한 조직원들과 드론 몇 기가 경비를 서고 있었다. 윈롱은 복도를 따라 거대한 엘리베이터가 있는 곳으로 현을 안내했다.

엘리베이터에 탑승한 현은 묘한 위화감을 느꼈다. 엘리베이터의 상부와 하부를 제외한 측면이 전부 강화 유리로 만들어져 있었다. 층을 선택하는 버튼 같은 것도 없었다. 현은 엘리베이터가 어떻게 동작하는지 잠시 의문을 품었으나, 이 의문은 곧 해소되었다. 윈롱이 엘리베이터 한쪽의 패널에 자신의 손가락을 가져다 댄 후 천천히 아래로 스크롤하자 엘리베이터가 조금씩 아래로 내려가기 시작했다.

"여기가 알을 보관하는 곳이쥬."

윈롱이 조용히 말했다. 그러나 현에게는 아무것도 보이지 않았다. 사방에 어둠만이 가득했다. 마치 엘리베이터를 탄 채로 깊은 심연 속으로 가라앉고 있는 것만 같았다. 다소 초조해진 현이 물었다.

"알들은 어디 있나?"

윈롱은 아무런 말도 하지 않았다. 바로 그 순간, 조명이 한 번에 켜지며 사방이 밝아졌다. 현은 주변을 돌아보며 경악을 금치 못했다. 전면부가 강화 유리로 만들어진 수많은 캡슐들이 엘리베이터를 둘러싼 채 쭉 아래로 이어져 있었다. 남녀노

소 불문, 어디서 흘러 들어왔는지 알 수 없을 사람들이 나체로 캡슐의 보존액에 둥둥 떠 있었다. 모두 의식은 없었지만 몸과 얼굴은 엘리베이터를 향한 채였다. 마치 판옵티콘과도 같은 구조였다. 원롱이 뒤늦은 대답을 꺼냈다.

"여기 있쥬."

현은 주변을 둘러싼 수백 개의 얼굴들을 바라보았다. 이 많은 이들이 전부 불법 의체화로 되살아난 사람들이라니. 기이한 광경이었다. 현은 빠르게 눈을 굴려 현서와 주영을 찾았다. 원롱이 나지막이 입을 열었다.

"이건 지명 받기 전 상태고, 이제 오더 들어오면 깨워서 나가는 거쥬."

원롱의 말대로 밖으로 나간, 비어 있는 캡슐도 있었다. 현은 알들을 보면서 이곳에 현서와 주영이 없기를 바라고, 동시에 있기를 바랐다.

"워때유?"

원롱이 주변을 빼곡히 채운 알들을 보며 물었다. 그는 미소를 짓고 있었다. 열심히 일한 농부가 자신의 수확물을 보며 짓는 미소와 비슷한 종류의 것이었다. 뿌듯함. 그 표정에 현은 역겨움을 느끼며 고개를 돌려버렸다.

순간, 현은 원롱의 태도에서 묘한 위화감을 느꼈다. 아무리 가짜 정보를 정교하게 준비했다고 하더라도, 어떻게 이렇게 쉽게 나를 믿고 알들을 공개할 수가 있지? 유출되지 않을 자신이 있는 건가? 아니면…… 반응을 떠보는 건가? 현은 어느새 알들로부터 고개를 돌려 자신을 응시하고 있는 원롱과 두 눈을 마주쳤다. 의심하고 있다. 그런 느낌이 들었다.

신뢰라는 것은 의심의 끝에서 시작되는 법. 오히려 환영이다. 이 몇 번의 떠보기를 그저 버텨내면 된다. 연기건 뭐건, 원하는 대로 해주마. 현은 그런 생각을 하며 윈롱의 미소에 미소로 화답했다. 윈롱의 조작에 따라 엘리베이터는 멈추지 않고 아래를 향해 계속 가라앉았다. 그렇게 알들이 있는 공간을 지나자, 이번에는 각종 파이프와 배기 장치가 마치 창자처럼 구불구불 어지럽게 도배되어 있는 공간이 나타났다. 현이 물었다.

"지금 어디로 가는 거지?"

"아, 데이터 센터유."

윈롱이 나지막이 말했다.

"데이터 센터?"

"원하는 알을 찾아드리려고 하는 거쥬. 알들이 한두 개가 아니니께. 데이터 센터가 이 아래, 바닷물에 잠겨 있거든유."

바닷물로 냉각을 하는 방식일 것이라 짐작한 현은 엘리베이터의 밑을 보았다. 윈롱이 이어서 말했다.

"데이터 센터엔 여기, 둥지를 들렀다 간 모든 알의 정보가 있쥬. 쉽게 말하면 장부랄까."

윈롱이 말을 마칠 즈음, 엘리베이터가 천천히 멈춰 섰다. 문이 열리자 어둠이 길게 이어진 터널 같은 공간이 나왔다. 역시나 무장한 조직원들이 경비를 서고 있었다. 그 수가 상당히 많았다. 조직원들이 윈롱과 태주와 현의 뒤를 따라 움직이기 시작했다. 두억시니가 나지막이 말했다.

'예감이 좋지 않은데.'

현 역시 마찬가지였다. 예감이 좋지 않았다. 현은 뒤따라오는 조직원들을 보며 원롱에게 물었다.

"왜 경비용 워커를 쓰지 않고 사람을 쓰지? 그것도 이렇게나 많이."

원롱이 조용히 대답했다.

"기계는 해킹에 취약하잖아유. 사람은 해킹할 수 없으니께. 여긴 보안이 생명인 곳이니까유."

원롱이 음, 하고 뜸을 들이다가 이어서 말했다.

"또 저는 뭐든 사람이 하는 걸 좋아해유. 불완전하지만, 그래서 좋은 지점이 있다고 해야 하나."

현은 뭐든 사람이 하는 걸 좋아한다는 원롱의 말을 곱씹으며 주변을 둘러보았다. 어둠을 밝히는 조명등 몇 개가 터널 벽면에서 은은하게 빛났다. 예감은 좋지 않았지만, 현은 원롱이 자신을 알 수 있을 리가 없다고 확신했다. 생전의 나와는 얼굴도 다르고 몸도 다르다. 이 몸에는 다른 과거도 없고……. 결정적으로 놈들은 아직 내가 되살아난 줄 모를 것이다. 앞으로 뭐가 나오든 능청스럽게 넘기면 된다. 현이 그런 생각을 하고 있을 무렵, 원롱이 문득 발걸음을 멈췄다. 터널의 중간 지점, 벽 옆에 나 있는 문의 바로 앞이었다.

"들어가시쥬."

원롱이 문 옆의 보안 패널에 검지를 대자 문이 열렸다. 곧 길쭉한 통로가 나왔고, 통로 끝에 다시 문이 있었다. 원롱의 안내에 따라 두 번째 금속 문을 열고 들어선 현은 데이터 센터의 모습을 상상했다. 그러나 현의 상상과는 전혀 다른 공간이 펼쳐졌다.

공간을 확인한 현은 순간 몸이 굳어버렸다. 사방에 도배되어 있는 파란색 타일들, 샤워기와 배수구, 답답할 만큼 뜨거운 공기. 얼핏 보기에는 샤워실처럼 보였으나 샴푸나 바디워시, 거울 등 샤워에 꼭 필요한 물건들은 보이지 않았다. 녹슨 철과 같은 비릿한 피 냄새가 바닥에서 은은하게 올라와 현의 코를 적셨다. 잊을 수 없는 냄새였고, 잊을 수 없는 온도였으며, 잊을 수 없는 기억이었다. 여기는……. 아냐, 떠올리지 마. 현은 생각을 털어내기 위해 머리를 흔들어 보려고 했다. 그러나 목이, 머리가 전혀 움직이지 않았다. 샤워실 공기의 온도만큼이나 달궈진 감정들이 땀과 함께 현의 몸을 타고 흘렀다.

"회장님? 아이구, 땀을 많이 흘리시네."

원롱이 뱀 같은 미소를 띠며 현에게 말했다.

"여기가 덥긴 해유."

움직여라. 제발 움직여. 현은 스스로에게 그렇게 되뇌었으나 몸은 마비에서 벗어나는 법을 몰랐다. 신장과 간이 마취효소는 분해할 수 있어도 깊숙이 새겨진 트라우마는 분해할 수 없는 법이다. 현은 불현듯 귓가에 울리는 기묘한 소음을 들었다. 제트코닉의 소리였다.

'움직여야 한다.'

두억시니의 목소리에도 현은 움직이지 못했다. 속이 뒤틀렸다. 마치 입 밖으로 모든 내장이 튀어나올 것만 같았다. 숨을 쉴 수 없었다. 원롱과 도마뱀 조직원들이 천천히 현을 둘러쌌다. 손과 발에 금속제 구속구가 채워지는 것이 느껴졌다. 순간, 현은 의식을 잃었다.

"정신이 좀 들어?"

원롱의 목소리에 현은 눈을 떴다. 그때처럼 온몸이 구속된 채였고, 그때처럼 샤워실이었다. 딱 하나 다른 점이 있다면 그때처럼 입은 막히지 않았다는 것이다. 원롱이 헛웃음을 흘리며 옆에 서 있는 태주를 바라봤다.

"어쩐지 좀 이상하다 했어, 이?"

태주가 땀과 함께 어색한 웃음을 흘렸다. 현은 원롱을 바라봤다. 이제야 입이 움직였다.

"어떻게 알았지?"

"어떻게 알았냐고?"

원롱이 웃음기 섞인 어투로 말했다.

"네가 알려줬잖여. 네 몸으로."

현이 원롱을 노려보며 물었다.

"……처음부터 다 알고 있었던 거냐?"

원롱이 웃으며 고개를 저었다.

"긴가민가했지. 태주의 행동이 평소랑 좀 달랐거든."

원롱이 이어서 말했다.

"아무리 생각혀도 너랑 태주랑 뭔가 부자연스러워서 말여. 한번 떠보려고 여기로 데려온 거여."

"……."

"근디 봐봐. 항시 이래. 뭐가 걸린다 싶으면 빗나가질 않어."

원롱은 현을 바라보며 한심하다는 표정을 짓고는 이어서 말했다.

"재수 드럽게 없다, 너도."

원롱은 콧노래를 부르다가 현을 보며 다시 입을 열었다.

"네가 말한 알들 있잖여, 듣는데 자꾸 누가 생각나더라고."

원롱의 얼굴에서 웃음기가 사라졌다. 잠깐의 정적이 샤워실을 채웠다. 원롱이 현에게 얼굴을 들이밀며 물었다.

"너, 이현이랑 무슨 관계여?"

현은 아무런 대답도 하지 않았다. 그저 가만히 원롱을 노려볼 뿐이었다. 침묵이 계속되자 원롱이 손짓을 했다. 옆의 조직원이 전용 케이스에서 제트코닉 기기를 꺼내 들었다. 천국과 지옥이 공존하는 검은 이어플러그. 마찬가지로 현이 절대 잊을 수 없는 형상이었다. 조직원은 제트코닉 기기에 원형 카트리지를 끼워 넣었다. 원롱은 조직원에게서 제트코닉을 넘겨받아 현의 눈앞에 흔들어 보였다. 현의 표정이 빠르게 굳었다.

"암만 봐도 내가 본 적 없는 얼굴 같은디."

"……."

"여긴 어떻게 아는 거여, 이?"

현은 여전히 아무 말도 하지 않고 원롱을 가만히 노려보았다. 증오가 담긴 그 눈을 본 원롱은 헛웃음을 뱉었다.

"편하게 좀 가자. 어차피 말할 거, 안 아프게 말하면 서로 좋잖여."

원롱이 어르는 듯한 어투로 말했다. 그럼에도 현은 입을 열지 않았다. 어차피 놈들에게 정보를 노출하는 것은 곧 죽음을 의미했다. 말을 한다고 놈들이 살려줄 리도 없고, 주완마저 위험해질 수 있었다. 그렇기에 최고의 대처는 침묵이다. 그렇게 판단한 현의 눈빛에서 결연함을 읽어낸 원롱은 천천히 고개를 끄덕였다.

“다들 이러더라. 아이고, 못 살어.”

원롱은 현의 한쪽 귀에 제트코닉을 꽂았다. 제트코닉이 꽂힌 귀는 더 이상 아무런 소리도 받아들이지 않았다. 이미 한 번 겪어본 반쪽짜리 고요였다. 현은 온몸의 피가 빠져나가는 듯한 기분을 느꼈다. 공포에는 두 가지 종류가 있다. 무지에서 오는 공포와 인지에서 오는 공포. 현이 겪고 있는 공포는 후자였다. 앞으로 자신의 몸에 어떤 일이 벌어질지 알고 있음에서 오는, 숨이 막힐 듯한 두려움. 원롱의 손가락이 제트코닉으로 향했다. 그런데 순간, 원롱이 손을 멈추고 입을 열었다.

“가만, 이럴 필요가 있나?”

원롱이 뒤편에 서 있는 조직원들을 보며 물었다.

“이놈이 누군지만 알면 되는 거 아녀? 어차피 살려둘 필요는 없잖여.”

태주의 표정이 빠르게 굳었다. 원롱이 이어서 말했다.

“그냥 죽인 다음에 본사에 연락혀. 머리 따버리고 칩 한번 뽑아보면 뭐가 나오긴 나오겄지.”

원롱이 품속에서 크롬 도금된 리볼버를 꺼냈다.

“자, 잠깐만요!”

태주가 다급하게 외쳤다. 태주의 얼굴이 하얗게 질려 있었다. 원롱이 태주를 보며 물었다.

“응? 왜?”

태주가 식은땀을 흘리며 대답했다.

“주, 죽이면 안 돼요.”

“왜?”

"이 새끼가 우리 집에 폭탄을……. 제 아내가 인질로……."

태주는 고장 난 워커처럼 말을 마치지 못하고 버벅거렸다. 원룽이 귀찮다는 듯 총구로 머리를 긁적이며 한숨을 내쉬었다. 무거운 침묵이 샤워실 안을 감돌았다. 원룽이 곤란하다는 듯 말했다.

"왜 이렇게 그냥 넘어가는 법이 없어?"

총성이 울렸다. 순식간이었다. 총성은 샤워실 벽에 부딪혀 이리저리 난반사되었다. 강화된 고막과 유모세포, 과도하게 큰 소리를 필터링하는 청신경 덕에 현은 멀쩡했으나 다른 조직원들은 모두 귀를 틀어막고 있었다. 총성의 반향 속에서 태주가 비틀거리다가 쓰러졌다.

"끄, 꺼억……."

태주는 양손으로 목 한가운데 난 구멍을 누르며 숨을 쉬려고 노력했다. 그러나 우스꽝스러운 소리만이 날 뿐이었다. 태주의 양손이 검붉은 피로 물들어 갔다. 원룽은 죽어가는 태주 앞에 쪼그려 앉고는 태주의 손을 꼭 쥐었다. 원룽의 손에도 태주의 피가 묻어났다.

"전태주. 넌 진짜 좋은 애여."

원룽이 안쓰럽다는 듯 죽어가는 태주를 보며 말을 이었다.

"그게 문제네, 항상."

원룽이 피 묻은 손으로 태주의 뺨을 가만히 쓰다듬었다. 아주 짤막하게, 뺨으로 본인 피의 온도를 감각하던 태주는 이내 시체가 되었다. 원룽은 죽은 태주를 한참이나 바라보다가, 태주의 두 눈을 살포시 감겨주고는 씁쓸한 표정으로 일어섰다.

"그래도 저승에서 쓸쓸하지는 않겠네. 아내도 같이 간다니까."

원룽이 다른 조직원들을 보며 말했다.

"뭐 혀. 저거 치워. 뇌 부수는 거 잊지 말고."

조직원 둘이 태주의 시체를 들고 방 밖으로 나갔다. 원룽은 양복 재킷에서 화려한 무늬의 손수건을 꺼내 손에 묻은 피를 닦고는 다시 현에게로 향했다.

"워뗘. 말할 생각이 들어?"

현은 여전히 아무 답도 하지 않았다. 원룽이 조용히 말했다.

"방금 봤지? 말하면 덜 아프게 죽여줄게. 이걸로."

원룽이 리볼버를 들어 보였다. 탄환이 든 실린더가 옅은 조명을 받아 빛났다.

"어차피 넌 죽어. 시냅스 칩은 당연히 열어볼 거고. 그러니까 서로 피곤하게 하지 말고 기왕이면 윈윈으로……."

현이 피식, 웃음을 흘렸다. 그 모습을 본 원룽이 헛웃음을 뱉었다.

"얼래? 웃어?"

"날 죽이면, 내가 누군지 알 수 있다고 생각하나?"

현의 말에 원룽이 미간을 찌푸리며 물었다.

"뭐?"

"내 시냅스 칩에는 특수한 장치가 되어 있거든."

현이 미소를 띠며 말했다.

"죽는 순간 내 의식 데이터는 싹 다 포맷되게 되어 있어. 알아?"

현의 말에 원룽이 잠시 돌처럼 굳었다. 당연히 전부 거짓말이었다. 그러나 현은 지금 시간을 벌어야 했다. 이 상황을 어떻게 모면해야 할지 고민하는 현의 머리는 전례 없는 속도로 돌아가고 있었다. 그러나 위기 상황에서 확장되는 사고가 있는가 하면 편협해지는 사고도 있다. 현은 지금 아무런 생각도 나질 않았다.

"이게 어디서……."

윈롱이 굳은 얼굴로 현의 두 눈을 가만히 응시했다. 윈롱은 현의 귀에 꽂혀 있는 제트코닉 작동 버튼에 손을 가져다 대었다. 순간, 현은 어느 순간부터인가 두억시니가 말을 하고 있지 않다는 사실을 떠올렸다. 두억시니에게 뭔가 방법이 있을지도 모른다는 생각이 든 현은 다급하게 소리쳤다.

"왜 아무 말도 안 해?"

두억시니는 여전히 아무 말도 없었다. 자신에게 말을 건 줄 안 윈롱이 의아한 표정으로 현을 보며 물었다.

"뭐?"

"도와줘."

여전히 아무 대답도 없었다. 현이 다시 입을 열었다.

"도와달라고!"

현이 큰 목소리로 외쳤다. 윈롱에게는 현이 혼자 발악하는 모습으로만 보일 뿐이었다. 윈롱이 어이없다는 듯 헛웃음을 뱉었다.

"이게 미쳤나."

윈롱이 다시 손을 뻗는 순간, 현이 그렇게 기다리고 기다리던 두억시니의 목소리가 울렸다.

'이제 알겠나?'

두억시니가 이어서 말했다.

'네가 혼자일 때 얼마나 나약한지. 네 판단이 얼마나 안일한지.'

두억시니의 목소리가 뇌의 감촉만큼이나 부드럽게 울렸다. 현은 다급하게 입을 벌렸다.

"알겠어, 알겠다고!"

순간 본인에게 말한 줄 안 원룽의 손이 멈췄다.

"그랴, 말할 마음이 들었어?"

두억시니가 다시 말을 꺼냈다.

'……약속해라.'

"뭐?"

'너 혼자만의 판단으로 행동하지 않겠다고 약속해라.'

두억시니가 조용히 말했다.

'그럼 방법을 알려주지.'

현이 다급하게 외쳤다.

"알겠어, 약속해!"

원룽과 조직원들이 현의 꼴을 보며 조소했다. 그들은 현이 원룽에게 구걸하고 있다고 생각했다. 퍼지는 웃음소리 속에서 두억시니가 차분하게 말했다.

'네 몸은 그때와 다르다.'

몸. 그 말에 현은 구속된 자신의 사지를 감각했다. 두억시니가 이어서 말했다.

'지금도 마음만 먹으면 빠져나올 수 있을 거다.'

두억시니의 말에 현은 한 가지 간과하고 있던 사실을 깨달았다. 이건 새로운 몸이다. 자신의 근력도 전과는 다르다. 현은 두억시니의 조언 전까지는 자신의 팔다리를 구속한 금속제 홀더의 강도를 테스트해 볼 생각조차 하지 않고 있었다. 현의 사고방식은 전생의 약한 몸에 익숙해져 있었고, 때문에 무의식적으로 당연히 이 금속제 홀더를 파괴할 수 없을 것이라고 여겼다.

현은 순간 코끼리를 사육하는 방법이라고 널리 알려진 일화를 떠올렸다. 어릴 때부터 쇠사슬로 기둥에 묶어둔 코끼리는, 나중에 쇠사슬을 부수고 탈출할 수 있는 힘이 생기더라도 탈출 시도조차 하지 않는다고 했다. 그러나 현은 코끼리가 아닌 사람이다. 현은 팔과 다리에 곧바로 힘을 주었다. 그러자 현의 사지를 고정하고 있던 금속제 홀더가 소름 끼치는 마찰음을 내며 비틀리기 시작했다.

"뭐, 뭐야?"

일반적인 인간에게는 불가능한 행위였다. 몇 년이 넘도록 같은 일을 해온 원롱도 처음 보는 광경이었다. 원롱이 눈앞의 상황을 이해하기도 전에 현은 구속에서 풀려났다. 상황 파악과 판단이 빠른 원롱은 지금 상황에서 할 수 있는 최선의 판단을 내렸다.

"저 새끼 쏴버려!"

원롱이 조직원들을 현의 앞으로 밀치며 외쳤다. 조금이라도 행동이 늦어졌다면 원롱은 현에게 죽었을 것이다. 현에게는 지체할 시간이 없었다. 현은 곧바로 원롱에게 밀쳐진 눈앞의 조직원에게 주먹을 날렸다. 현의 주먹을 맞은 조직원이 피를 뿜으며 나가떨어졌다.

타인의 피가 뺨에 닿자, 현은 그제야 자신이 처음으로 사람을 죽였다는 사실을 깨달았다. 두억시니가 아닌 자신의 의지와 행동만으로. 현은 나가떨어진 조직원을 쳐다보았다. 거대한 망치에 맞은 것처럼 얼굴뼈가 완전히 무너져 내려 납작해져 있었다. 코와 입의 모양은 뒤틀렸고, 안구는 연결된 시신경과 함께 제 위치에서 벗어나 있었다. 현은 재활용 기계 속에서 일그러지던 폐차의 프레임을 떠올렸다. 비슷한 몰골이었다.

눈앞에서 벌어진 믿을 수 없는 광경에 조직원들은 모두 굳어버렸다. 현은 그들의 눈을 바라봤다. 당혹스러움, 공포, 생존 본능, 증오, 모든 것이 뒤섞여 있는 눈이었다. 현 역시 굳어 있기는 마찬가지였다. 순간 두억시니의 목소리가 현의 머릿속에 울렸다.

'정신 차려, 살고 싶으면.'

두억시니의 말이 끝남과 동시에 일순간 고통이 느껴졌다. 현은 자신이 총탄에 맞았음을 깨달았다. 복부와 팔뚝이었다.

"죽여버려!"

조직원들이 거리를 벌리며 현을 향해 총격을 가했다. 총성이 연달아 울렸다. 계속되는 고통은 현에게 감정의 소화가 나중임을 알렸다. 현의 몸속 부신 수질에서 아드레날린이 분비되기 시작했다. 통각은 둔감해졌고, 분당 70회에 불과하던 심장 박동은 200회로 치솟아 올랐다. 일반적인 인간이라면 시야가 좁아지고 판단력이 흐려질 정도의 심박수 상승이었으나, 지나치게 튼튼하고 유연한 심근이 현의 사지에 안정적으로 혈액을 공급했다. 소화 기능은 억제되었고, 현의 뇌에는 오로지 적을 제거하려는 공격적인 성향만이 남았다. 곧 뇌의 신경 모듈에 부착된 시냅스 칩—현의 자아가 스스로의 육체에 한 가지 명령을 내렸다.

눈앞에 보이는 적을 전부 죽여라.

"아악!"

호랑이가 사냥감을 향해 튀어 나가듯, 현은 번개 같은 속도로 적들에게 달려들었다. 지금은 수백 가지의 이성이 아닌, 수천 가지의 생각들이 아닌 단 한 가지 본능만이 현의 몸을 지배하고 있었다. 동물이 가지고 있는 가장 원초적인 본능, 살의였다. 적대적 개체를 물리적으로 제거하려는 시도와 행위. 수십억 년 동안 지구에서 증명된, 가장 간단하면서도 강력한 생존 방식이었다.

현에 의해 처박히고, 던져지고, 뭉개지고, 찢기고……. 각양각색의 다양한 방법으로 처참하게 부서진 육신들이 샤워실 바닥 타일 위를 나뒹굴었다. 싸움이라기보다는 학살, 더 나아가서는 해체에 가까웠다. 뼈가 부러지고, 근육과 내장이 파열되고, 체액이 분출되며 살이 찢겨져 나갔다. 누군가의 척추는 앞에서도 눈에 띄었으며, 누군가의 관절은 타고난 범위 밖으로 이탈했다. 현은 멈추지 않고 계속해서 싸워나갔다. 총성과 비명과 신음이 사방의 벽에 부딪히며 반사되었다.

"아……."

전투는 순식간에 끝났다. 온몸에 적의 체액과 살점을 뒤집어쓴 현은 뒤늦게 몰려오는 고통을 느꼈다. 현은 피탄당한 부위들을 바라봤다. 복부와 팔뚝, 허벅지와 가슴팍에 6.78밀리 소총탄이나 10게이지 산탄들이 박혀 있었다. 탄환들은 현의 피부를 뚫고 들어가기는 했으나 그리 깊게 박히지는 못했다. 일반적인 인간보다 두껍고 질기며 튼튼한 진피층, 피하 지방과 근육층이 일종의 방탄복 같은 역할을 한 것이다. 근육과 피부가 탄환을 밖으로 밀어내고 지혈을 위해 상처 부위를 압박했다. 이미 한 번 본 적이 있는 몸의 기능이었다.

'인상적이군.'

두억시니가 새 몸의 생명력과 전투력에 경의를 표하듯 말했다. 현은 얼굴에 튄 피를 손과 팔로 닦아내려 했다. 그러나 이미 손과 팔에도 피가 잔뜩 묻어 있었기에 쉽게 닦이지를 않았다. 녹슨 쇠 냄새, 비린내와 악취가 사방에 진동했다. 현은 가만히 뒤를 돌아봤다. 복도를 따라 파괴된 몸들이, 더는 불리지 않을 이름들이, 끝난 삶의 파편들이 아무렇게나 늘어져 있었다.

적이라고는 해도 사람을 잔뜩 죽였다. 이건 게임이 아니야. 현은 그렇게 되뇌며 자신의 손을 바라보았다. 누군가의 아버지, 아들, 친구와 가족을 박살 낸 손을. 입에서 비릿한 맛이 느껴졌다. 어지러웠다. 현은 얕은 호흡을 길게 뱉어내었다. 현의 발끝에 한때 사람이었던 것들의 조각들이 채였다. 두억시니가 나지막이 말했다.

'괜찮다.'

두억시니의 목소리를 들으며 현은 어떻게든 마음을 다잡으려고 애썼다. 첫 전투를 겪은 군인 대다수가 어떤 식으로든 정신적 충격을 받는다는 군 보고서를 떠올린 현은 스스로를 가만히 다독였다. 그래, 괜찮아. 이건 자연스러운 반응이다. 나를 죽이려고 한 놈들이야. 너희들도 어쩔 수 없었겠지. 너희가 어쩔 수 없었던 만큼 나도 어쩔 수 없었어. 그래, 그게 다야. 아무 의미도 없다.

"아무 의미도……."

현은 눈을 감고 스스로에게 주문을 걸듯 조용히 중얼거렸다.

'놈을 잡아야 한다.'

두억시니의 목소리가 다시 울렸다. 현은 고개를 끄덕였다. 더 이상의 생각은 사치였다. 현은 감았던 눈을 다시 뜨고 잠긴 문을 부숴 연 후에 샤워실을 빠져나와 터널을 달려 나가기 시작했다. 동시에 경보음이 울리며 터널의 모든 조명이 붉게 점멸했다. 현의 얼굴은 조명의 점멸 속도에 맞춰 붉게 물들었다가 어둠 속으로 사라지기를 반복했다. 새 몸의 뛰어난 각력 덕에 빠른 속도로 터널 끝에 도착한 현의 눈에 경호원 둘과 함께 엘리베이터를 타고 도망치는 원통이 보였다. 엘리베이터는 이미 위쪽으로 한참이나 올라간 뒤였다.

"젠장."

현은 주변을 둘러보다가 비상계단으로 향하는 문을 발견했다. 잠금장치로 잠겨 있었으나 현의 몸에게는 그리 큰 문제가 아니었다. 현은 문에 전력으로 달려들어 몸을 부딪치기를 여러 번 반복했다. 그러자 잠금장치의 걸쇠가 맥없이 부러지며 문이 열렸다. 현은 반드시 놈을 잡겠다는 일념하에 계단을 빠르게 뛰어 올라갔다.

"저쪽이다!"

비상계단의 위쪽에서 총격이 날아들었다. 뜨거운 탄환이 현의 뺨을 스쳤다. 막지 말고 비켜. 제발, 제발 죽음을 자초하지 마라. 현은 진심으로 도마뱀 조직원들이 도망쳤으면 좋겠다고 생각했다. 그러나 그들은 그럴 수 없었다. 현 역시 물러설 수 없기는 마찬가지였다. 예정된 충돌이 기다리고 있었다.

현은 주먹을 꽉 쥐었다.

조금 전과 똑같은 양상이 반복되었다. 현은 눈앞을 가로막는 적들을 무수히 죽여대며 어떠한 희열이나 감정적 격동도 느끼지 못했다. 그저 해야 할 일을 하듯 기계적으로 죽여나갈 뿐이었다. 현은 죽어가는 적들의 눈만은 쳐다보지 않으려 노력했다. 그들이 삶의 마지막 순간에 느끼는 감정이, 그들의 동공에서 빛줄기의 형태로 새어 나와 자신의 동공으로 들어오는 것을 원하지 않았다.

현의 새 다리는 가장 위협적인 적을 향해 움직였다. 주먹은 적의 급소를 정확히 노리고 날아갔다. 눈과 귀는 새로운 위협을 파악하고 적과의 거리를 가늠했다. 현의 몸은 가장 효율적이고 치명적인 방식으로 움직였다. 애써 노력하지 않아도 자연스럽게 그렇게 움직이고 있었다. 물고기가 의식하지 않고도 헤엄을 치듯, 지극히 자연스러운 일이었다.

다시 스무 명에 가까운 적들을 처리한 현은 숨조차 차지 않는다는 사실에 기이함을 느꼈다. 현은 계단 밑으로 굴러떨어지는 박살 난 몸들을 보며 자신의 몸이 두려워지기 시작했다. 두억시니의 말대로 살육을 위해 설계된 기계 같다는 생각이 스쳤다. 자신은 이 몸에 잡아먹히고 있는지도 모른다. 그래도 멈출 수는 없었다. 현은 계속 발을 내디뎠다. 조금이라도 멈추면, 조금이라도 마음에 틈이 생기면 자신이 저지른 일들에 대해 생각을 하게 될 것 같았다. 그러면 모든 게 무너지고 말 것이다. 무심(無心). 현은 그 단어를 마음속에 새기며 몸이 움직이는 대로 피에 젖은 계단을 뛰어 올라갔다.

마침내 계단 밖으로 나온 현이 플랫폼으로 향하려 하자, 왼롱의 옆에 붙어 있었던 최측근 경호원 두 명이 나타나 현을 습격했다. 날카로운 무언가가 여러 개 날아들었다. 현은 팔로 그것을 막아내었다. 마취 다트였다. 디에고가 썼던 것과 같은 종류로, 일반적인 화기로는 저지할 수 없음을 깨달은 경호원 둘이 나름대로 임기응변을 한 것이었다. 현은 재빨리 박혀 있는 다트를 쳐내 빼냈지만 이미 마취 효소가 몸에 조금 퍼진 뒤였다. 현의 몸은 조금 느려졌고, 느려진 만큼 쉬운 타깃이 되었다.

"계속 쏴! 멈추면 안 돼!"

두 경호원이 서로에게 소리치며 현에게 계속해서 다트를 발사했다. 결국 현은 바닥에 쓰러지고 말았다. 그러나 현은 디에고에게 당했던 때만큼 불안하지는 않았다. 앞으로 어떤 일이 벌어질지 알고 있기 때문이었다. 현이 굳어가는 입을 열어 겨우 한 단어를 꺼냈다.

"부탁……."

곧 현의 의식이 끊겼다. 경호원 둘이 마취 총을 겨눈 채 쓰러진 현에게 조금씩 다가갔다. 경호원 하나가 현의 상태를 확인하는 동안, 다른 경호원 하나가 원롱에게 무전을 쳤다.

"과장님, 제압했습니다."

그때였다.

"제압?"

커다란 손이 바로 앞에 있는 경호원 하나의 목을 움켜쥐었다. 이어서 우득 소리와 함께 경호원의 목이 꺾였다.

"이게 무슨……."

남은 경호원 하나가 아연실색한 얼굴로 현을, 아니, 두억시니를 쳐다봤다. 현의 신장과 간이 잔여 마취 효소를 분해하는 동안, 두억시니의 의식 데이터가 잠시 셧다운된 현의 의식 대신 시냅스 칩을 장악했다. 두억시니는 곧바로 나머지 한 경호원에게 달려들어 같은 방식으로 처리했다. 두억시니는 시체가 된 경호원 둘을 바닥에 내려놓으며 조용히 중얼거렸다.

"미안하다."

두억시니는 경호원이 가지고 있던 소총과 마취 총을 챙긴 뒤 고개를 들어 앞을 바라봤다. 플랫폼에 세찬 비바람이 불고 있었다. 두억시니는 곧바로 플랫폼을 향해 뛰어나갔다. 현의 새 몸을 뒤덮은 피와 살점, 체모가 비에 씻겨 내려갔다. 악천후 탓에 시계가 그리 좋지 않았지만, 새 몸의 눈은 멀리서 도망치고 있는 원롱을 식별해 냈다. 원롱은 차를 향해 뛰어가고 있었다. 부하들을 희생해서 살아남으려 하는 원롱의 뒷모습을 보며, 두억시니는 그가 꼬리를 자르고 도망가는 도마뱀과 퍽 어울린다는 생각을 했다.

새 몸이 아무리 빠르다 한들 인간이었다. 오로지 달리기 위해 만들어진 차보다 빠를 수는 없었고, 원롱이 차에 타면 그걸로 끝이었다. 차에 타기 전에 끝내야 한다. 그렇게 판단한 두억시니의 앞에 경비용 드론들이 날아들었다. 날씨 탓에 재빠른 기동은 하지 못하고 화력도 위협적이진 않았으나 시간을 끌기는 충분한 수준이었다. 두억시니는 소총으로 드론들을 조준했다.

두억시니의 사격 솜씨는 결코 뛰어나다고는 할 수 없는 수준이었다. 그러나 새 몸속에서는 달랐다. 견착부터 조준선 정렬, 방아쇠를 당기는 모든 동작이 자연스럽고 빠르게 이뤄졌다. 두억시니는 연달아 방아쇠를 당겨 순식간에 드론들을 격추시켰다. 두억시니가 죽은 새처럼 플랫폼 위로 떨어지는 드론들을 보며 입을 열었다.

“쓸 만하군.”

남은 타깃은 하나. 두억시니는 원롱을 바라봤다. 뛰어서 놈을 잡기란 이제 불가능했다. 차 문이 열린 상태였고, 원롱은 탑승하기 직전이었다. 두억시니는 원롱의 다리를 조준했다. 두억시니가 호흡을 고르며 사격 자세를 잡자, 근접 격투 때 분당 200회의 속도로 뛰던 심장이 현저하게 느려졌다. 사격에 방해가 될 작은 흔들림마저 없애려는 새 몸의 본능이었다. 호흡과 호흡, 맥동과 맥동 사이, 어떠한 잔진동도 없는 파도와 파도 사이의 틈. 몸이 가장 고요해지는 바로 그 순간, 두억시니가 가볍게 방아쇠를 당겼다.

빗소리 사이로 총성이 두 번 울려 퍼졌다. 멀리서 작은 비명이 울렸다. 적중했군. 두억시니는 확신과 함께 쓰러진 원롱에게로 향했다. 원롱은 피가 줄줄 흐르는 양다리를 끌면서 차를 향해 기어가고 있었다. 그의 다리에서 흐른 피가 플랫폼 바닥에 붉은 흔적을 남겼다. 두억시니는 원롱의 앞을 막아섰다. 원롱이 고개를 들었다. 그의 장발과 회색 양복 모두 비에 완전히 젖어 무겁고 축축했다.

“너…… 도대체 뭐여?”

원롱이 어이없다는 듯 웃음을 흘리며 물었다. 거센 바람이 불었다. 두억시니는 빠른 속도로 먹구름이 흐르는 하늘을 가만히 바라보았다. 무거운 빗방울이 새 몸의 이마와 뺨을 두들겼다.

"3년 만에 느껴보는 감정이다."

"이……?"

원롱이 되물었다. 두억시니는 대답 대신 원롱의 양팔을 붙잡고 팔이 접히는 방향의 반대 방향으로 꺾어버렸다.

"아악!"

원롱이 고통에 찬 비명을 질렀다. 원롱의 관절이 이탈했고, 뼈는 수수깡처럼 부러져 버렸다. 원롱이 눈물 섞인 목소리로 저주를 쏟아내듯 욕을 토했다.

"이 좆같은…… 미친 사이코 새끼! 아악!"

두억시니가 고통스러워하는 원롱을 보며 조용히 입을 열었다.

"네게 개인적인 원한은 없다, 나는."

"아까부터 씨벌, 도대체 뭔 개소리를 하는 거여!"

원롱이 발악을 하며 날카롭게 소리 질렀다. 두억시니가 고개를 저으며 말했다.

"행운을 빌어주지."

"닥쳐!"

두억시니는 원롱의 신경질적인 반응도 아랑곳하지 않고 이어서 말했다.

"곧 네게 원한이 있는 내 친구가 돌아올 거다."

두억시니가 동정이 가득한 어투로 말했다.

"그러니까, 행운을."

두억시니는 말을 마치고 다시 비가 쏟아지는 하늘을 바라보았다. 쏟아지는 비가 새 몸의 눈동자까지 적셨다. 이윽고 새 몸의 눈이 순간 멍해졌다. 일시적으로 셧다운되어 있던 현의 의식이 시냅스 칩의 통제 권한을 되찾는 중이었다. 잠시 후, 멍해졌던 눈에 다시 생기가 돌아왔다.

"어."

의식을 되찾은 현은 고개를 내렸다. 눈앞에 엎어져 있는 원롱을 본 현의 입에 옅은 미소가 떠올랐다. 현의 머릿속에 두억시니의 목소리가 울렸다.

'팔도 다리도 못 쓰는 상태다.'

현이 고개를 끄덕이며 원롱을 바라봤다. 처참하게 망가져 신음하고 있는 가족의 원수를. 현은 당장이라도 그를 죽여버리고 싶은 충동을 느꼈지만 그럴 수는 없었다. 정보가 필요했다. 원롱의 머리를 열고 뇌, 또는 시냅스 칩을 얻어낸다고 해도 지금은 그것을 완전하게 분석해서 모든 정보를 온전하게 얻어낼 수 있으리라는 확신이 없었다. 일단 놈을 살려둔 채로 캐낼 수 있는 정보를 최대한 캐내야 했다. 현은 원롱의 멱살을 잡고 말했다.

"오현서, 이주영."

"이?"

"그게…… 그게 내 가족의 이름이다."

현의 목소리가 분노로 조금씩 떨렸다. 원롱은 이게 어떻게 된 일인지 이해하려는 듯 잠시 멍한 표정을 지었다가, 미친 듯이 웃기 시작했다.

"아하, 아하하! 그런 거여?"

현의 굳은 얼굴에 대고 원롱이 부서진 웃음을 계속 흘렸다. 원롱은 웃다가 아파하다가 다시 웃는 행위를 반복했다. 잠시 후 진정이 된 원롱이 말을 꺼냈다.

"아…… 그런 거였어. 너 이현이여? 그 방산 회사 공돌이?"

"그래."

현이 입술을 씹으며 대답했다. 원롱이 이어서 말했다.

"다시 봐서 반갑네. 이렇게 될 줄 알았으면 그때 뇌를 부숴 놓는 건디."

원롱이 이어서 말했다.

"회장님이 회사에서 처리할 거니께 그냥 넘겨도 된다고 혔는디, 분명히……."

원롱이 비를 맞으며 계속 중얼거렸다. 원롱은 자신의 멱살을 쥔 현의, 새 몸의 손을 보며 물었다.

"그 괴물 같은 몸은 뭐여? 어떻게 얻은 거여?"

"알 필요 없어."

현의 대답에 원롱은 코웃음을 쳤다.

"그래서 용건이 뭐여? 정답게 담소나 나누자고 이러고 있는 건 아닐 테고."

현은 가만히 원롱의 얼굴을 응시하다가 분노로 떨리는 입을 열었다.

"……현서랑 주영이 어딨어."

맹수가 으르렁거리는 듯한 현의 목소리가 빗소리에 섞여 울려 퍼졌다. 원롱이 고개를 갸웃했다.

"무슨 소리여?"

"알면서 되묻지 마."

현이 이를 악물었다.

"둘 다 죽었잖여. 네 눈앞에서."

원롱은 무슨 소리를 하는지 모르겠다는 얼굴로 현을 바라봤다. 현이 조용히 입을 떼었다.

"시신."

비가 더욱 거세게 쏟아지기 시작했다.

"시신 어디 있냐고!"

빗방울이 현과 원롱 모두를 거칠게 때려댔다. 원롱은 아무런 말도 하지 않고 있다가, 문득 무언가가 생각났다는 듯 입을 열었다.

"시체는 왜? 뇌만 멀쩡하면 의체로 되살리려고?"

현의 표정을 확인한 원롱이 입꼬리를 올리며 말했다.

"없어."

"뭐?"

"이 세상에 없다고."

잠시 침묵이 흘렀다. 세찬 비가 플랫폼 바닥을 두드리는 소리만이 사방을 채웠다. 현은 가만히 원롱을 바라봤다. 원롱의 두 눈동자에는 아무런 흔들림도 없고 입가에는 옅은 미소가 번져 있었다. 현이 낮은 목소리로 말했다.

"거짓말……."

원롱의 멱살을 쥔 현의 손이 떨렸다.

"거짓말하지 마."

"이제 와서 이런 걸로 왜 거짓말을 혀? 네 가족들은……."

원롱이 말을 마치기도 전에, 현이 원롱의 머리를 양손으로 붙잡았다.

"잠깐, 뭐 하는 겨?"

"열어보면 알겠지. 거짓말인지 아닌지."

현은 손끝에 힘을 주었다. 두개골이 박살 나는 듯한 고통을 느낀 원룡이 거칠게 소리를 질러댔다.

"아악! 회, 회장님이 한 거여!"

원룡의 다급한 외침에 현은 손힘을 풀었다. 원룡이 숨을 몰아쉬며 이어서 말했다.

"회장님이 직접 지시하신 거여. 너랑 니 가족들 일……."

'예상대로군.'

새 몸의 귀로 원룡의 말을 같이 들은 두억시니가 조용히 말했다. 원룡이 이어서 다급하게, 빠르게 말했다.

"내, 내가 도와줄께! 이?"

"……."

"복수지? 복수하려는 거잖여. 내가……."

현은 다시 원룡의 머리를 붙잡아 힘을 주었다. 그러자 원룡이 도축당하기 전의 짐승처럼 소리를 질러대기 시작했다.

"아아아, 아아아악!"

분명 거짓말이다. 뻔한 도발일 것이다. 현은 그렇게 생각하며 원룡의 머리를 바라봤다. 놈의 두개골을 부수고 뇌를, 시냅스 칩을 꺼낸다. 그럼 그 안에 현서와 주영이에 대한 정보가 있을 거야. 그 정보를 토대로 시신을 찾아서, 뇌를 빼서 주완이를 찾아가는 거야. 그럼 사랑하는 가족들을 다시 만날 수 있다. 모든 걸 되돌리는 것이다. 다시. 그래, 처음부터 다시……. 현은 그렇게 되뇌며 더욱 힘을 주었다. 손끝에 원룡의 두개골에 금이 가는 것 같은 묘한 감각을 느끼며, 현은 원룡의 얼굴을 바라봤다. 원룡은 눈을 뒤집은 채, 얼굴의 구멍들에서 빗물과 구분되지 않는 물을 흘리고 있었다. 코에서 피가 흘러나옴과 동시에 그의 몸이 경련하기 시작했다.

그때였다. 총성과 함께 탄환이 사방에서 빗발쳤다.

'증원인가.'

다리 건너편, 다른 플랫폼에서 튀어나온 조직원들이 현에게 사격을 가하고 있었다. 현은 몸을 돌려 반격을 가하기 위해 소총을 치켜들었다. 그때였다. 불현듯 빗속에서 번개 같은 섬광이 번쩍였다. 순간, 현의 옆에 누워 있던 윈롱의 머리가 X자 모양으로 완전히 갈라졌다. 윈롱의 머릿속에 있던 뇌와 시냅스 칩 역시 완전히 절단되어 버리고 말았다. 윈롱의 조각난 뇌와 시냅스 칩에 비가 고였다. 현은 그 광경을 멍하니 바라보았다.

"안 돼……."

현이 갈라지는 듯한 목소리로 읊조렸다. 현은 빛의 출처를 찾아 고개를 돌렸다. 다리 건너편, 쏟아지는 빗발 사이에서 다시 한번 섬광이 번쩍였다. 현에게 총을 쏘던 조직원들이 섬광과 함께 하나둘씩 쓰러지고 있었다. 이윽고 모든 조직원이 쓰러지며 더 이상 아무런 총성도 울리지 않았다. 현은 사태 파악을 위해 고개를 내밀었다. 그때였다. 빛의 창과도 같은 날카로운 섬광이 날아들었다.

위험하다. 본능적으로 현은 옆으로 몸을 날렸다. 현의 판단은 정확했다. 현이 있던 자리 뒤편에 X자 모양 절단면이 생겼다. 단단한 강철로 만들어진 플랫폼 바닥이 비현실적일 정도로 깔끔하게 절단되어 있었다. 곧 현의 눈에 한 남자가 보였다. 진한 붉은색 트렌치코트를 입은 남자가 다리 건너편에서 현을 향해 천천히 걸어오고 있었다. 다시 한번 섬광이 번쩍였고, 현 역시 다시 한번 몸을 날려 피했다. 거리가 가까워지자 현은 남자가 들고 있는 병기를 식별할 수 있었다. 섬광을 뿜어내는 그것을.

"말도 안 돼."

현이 중얼거렸다. 남자는 옛 기사들이 사용했던 마상 창처럼 길쭉하고 커다란 병기를 양손으로 쥔 채 현을 향해 다가왔다. 남자가 들고 있는 것은 광집속 입자포인 XR-AY로, 방산업계에 근무할 때 본 적이 있는 물건이었다. 열로 물질을 파괴하는 일반적인 광학병기와는 다르게, 고에너지 광자를 조준한 영역에 집중하여 물질의 분자 결합을 직접 파괴하는 방식의 병기였다. 전차나 건십 등 중대형 기갑 병기의 주포로나 쓰이는 무기로, 크기와 무게 모두 사람이 들고 다닐 만한 종류의 것이 아니었다. 그러나 남자는 아무렇지 않게 XR-AY의 방출구를 현에게 겨눈 채, 뚜벅뚜벅 천천히 걸어오고 있었다.

'아무래도 우리만 괴물은 아닌 모양이군.'

두억시니의 말과 함께 다시 한번 섬광이 번쩍였다. XR-AY는 전차나 무인 병기의 장갑도 절단하는 병기다. 아무리 튼튼한 몸이라 한들 맞는다면 두부 잘리듯 썰려 나갈 것이 틀림없었다. 현은 왼쪽 귀에서 작열감을 느꼈다. 광자가 스쳐 지나간 것이다. 거리가 가까워질수록 점점 피하기가 어려워지고 있다는 것을 느낀 현은 한 가지를 강렬히 직감했다.

이대로 있으면 죽는다.

다음 사격이 시작되기 전에, 현은 빠르게 윈롱의 손가락을 떼어내 반대 방향으로 뛰어 알이 보관되어 있는 건물로 돌아갔다. XR-AY의 섬광이 다시금 번쩍였다. 현의 옆을 스쳐간

빛이 또 다른 절단면을 만들어 냈다. 두억시니는 건물로 돌아온 현에게 물었다.

'뭐 하는 거지?'

"찾아야 돼."

'뭘?'

"현서랑 주영이."

현은 시야를 방해하는 빗물을 닦아내며 나지막이 말했다.

"어쩌면 여기 있을지도 몰라. 놈이 말했던 데이터 센터를 뒤져서……."

'아니, 탈출해야 할 것 같은데. 저놈은 위험해 보인다.'

현은 윈롱의 손가락을 만지작거리며 말했다.

"어차피 저놈이 저렇게 버티고 있는 한 저쪽으로 탈출하기란 불가능해. 차라리 건물 안이 나을 거야."

현이 이어서 말했다.

"저건 길고 커. 실내에서는 자유롭게 못 쓸 테지."

현은 건물 내부 엘리베이터로 뛰며 물었다.

"그나저나 뭐 하는 놈이지? 왜 같은 조직원들도 죽이는 거야?"

'글쎄…….'

두억시니가 중얼거렸다.

'같은 조직원이 아니라면?'

"뭐?"

'오르바사에서 나온 청소부가 아닐까.'

"청소부?"

두억시니가 대답했다.

'그래. 아락실 건으로 한바탕 시끄러웠잖나. 오르바사에서도 일이 더 커지거나 퍼져나가면 큰일이겠지. 그런데 둥지에 침입자가 발생했으니.'

두억시니의 말에 현은 천천히 고개를 끄덕였다. 청소부. 그렇다면 여기를 완전히 쓸어버릴 작정이겠군. 그렇게 둘 순 없다. 적어도 현서와 주영이를 찾기 전까지는. 현은 그런 생각을 하며 엘리베이터의 문을 열었다. 그리고 잘라 온 윈롱의 손가락을 패널에 대었다. 손가락에서 배어 나온 피가 패널에 묻었고, 엘리베이터가 작동하기 시작했다. 현은 훔친 손가락으로 엘리베이터를 움직이며 현서와 주영을 찾았다. 그러나 아무리 둘러봐도 보이지 않았다. 무수한 나체의 사람들이 붉게 점멸하는 조명을 받으며 캡슐 속에 가만히 떠 있을 뿐이었다. 현은 윈롱의 말이 거짓이 아닐 가능성을 가늠했다. 차마 인정하고 싶지 않아 묻어둔 가능성이었다.

"아니야."

현은 떨리는 목소리로 중얼거렸다. 분명 어딘가에 있을 거라고, 현은 그렇게 생각하며 계속 엘리베이터를 움직였다. 그때 현의 눈에 한 여자아이가 들어왔다. 의식이 없는 다른 알들과는 달리 아이에게는 확실히 의식이 있었다. 아이는 현을 응시하고 있었다. 어쩌면 저 아이가 뭔가 정보를 알고 있을지도 모른다는 생각이 들었다.

현은 아이가 있는 캡슐 쪽으로 가까이 갈 방법을 찾다가 엘리베이터의 구동부를 자세히 살폈다. 케이블의 축이 한 개가 아니었다. 곧 현은 이 엘리베이터가 수직 방향뿐만 아니라 수평 방향으로도 이동할 수 있다는 사실을 깨달았다. 현은 윈롱의 손가락을 수평 방향으로 움직였다. 그러자 엘리베이터가 아이가 있는 캡슐 쪽으로 가까워지기 시작했다.

'호오.'

현은 엘리베이터의 패널에 비친 여러 버튼들을 살펴보았다. 현이 그중 한 버튼을 누르자 캡슐의 보존액이 빠져나갔다. 이어서 캡슐의 전면부 유리창이 열리며 엘리베이터의 문과 연결되었다. 아이는 이게 어찌된 영문인지 모르겠다는 듯 멍한 얼굴로 현을 바라보고 서 있었다.

"어, 혹시…… 주영이라는 애 못 봤니?"

아이가 머뭇거리다가 고개를 저었다.

"왜 여기 있는 거야?"

아이는 현을 가만히 바라봤다. 두려워하는 얼굴이었다. 경험이 많지는 않지만, 그래도 현은 아이를 다루는 법을 어느 정도는 알고 있었다. 현은 천천히 한쪽 무릎을 꿇고 아이와 눈높이를 맞췄다.

"이름이 뭐니? 몇 살이야?"

"……열한 살. 서안나요."

안나가 침을 삼켰다. 주영과 동년배구나. 현은 저도 모르게 미소를 머금으며 고개를 끄덕였다.

"이게 어떻게 된 일인지 말해줄래?"

안나는 주변을 둘러봤다. 여전히 붉은 경고등이 점멸하고 있었다. 안나는 머뭇거리다가 겨우 말을 꺼냈다.

"아저씨들이 오늘 제 차례라고, 나가야 한다고 했어요. 그래서 기다리던 중이었는데 갑자기……."

안나가 말을 흐렸다. 두억시니가 조용히 말을 꺼냈다.

'오늘 주문 들어온 애인가 보군. 그래서 깨어 있었던 거다.'

현은 고개를 끄덕였다.

"혹시 데이터 센터가 어디인지 아니?"

안나가 고개를 저었다.

"그럼 여기서 나가는 법은……."

그때였다. 현이 말을 마치기 전에 위에서 섬광이 번쩍였다. 현을 뒤따라 들어온 청소부가 위쪽에서 XR-AY를 각각의 캡슐에 난사해 대기 시작했다. 알들이, 되살아난 사람들이 아무렇게나 절단되는 모습이 현과 안나의 눈에 들어왔다. 전부 의식 없이 잠들어 있는 알들이었기에 비명이나 신음은 들려오지 않았다. 그래서 더 기괴한 풍경이었다. 고통의 편린들이 사방으로 튀는 와중에도 알들은 고요했다. 그때 안나가 입을 열었다.

"비상 탈출용 통로를 알아요."

"어디야?"

현의 질문에 안나가 조용히 아래를 가리켰다.

"맨 밑에 있는 터널을 따라가라고 했어요. 혹시라도 빨간 등이 켜지거나 무슨 일이 생기면 도망가라고……."

현은 고개를 끄덕였다. 위에서는 학살이 계속되고 있었다. 더 이상 지체할 수 없었다. 현은 다시 엘리베이터를 움직이려고 했다. 그러나 안나가 현의 눈에 밟혔다. 현이 안나를 빤히 보며 움직이지 못하자 두억시니가 조용히 읊조렸다.

'영웅이 되려고?'

"……."

현은 대답하지 않았다. 이런 상황에서 아이를 데리고 도망치는 것은 현명한 판단이 아니었다. 자신이 왜 이러는지 현 본인조차도 알 수 없었다. 영웅이 된다라. 현은 영웅과 괴물이 본질적으로는 같은 것임을 알고 있었다. 현은 괴물이 되고 싶지 않은 만큼 영웅도 되고 싶지 않았다. 어쩌면 방금 전 무더기로 저지른 살육에 대한 죄책감을 해소하고 싶을 뿐일지도 모르겠다는 생각이 들었다. 그러나 현은 그렇게 할 수밖에 없었다.

현은 안나를 엘리베이터에 태웠다. 청소부가 청소에 정신이 팔린 사이에 빠져나가야 했다. 현은 다시 엘리베이터를 움직였다. 그런데 그때 입자포의 섬광이 엘리베이터의 구동부를 반쯤 절단시켰다. 엘리베이터가 기울어지며 강철 케이블에 대롱대롱 매달렸다.

"꺄악!"

안나가 소리를 질렀다. 현은 안나를 꽉 붙잡았다.

"젠장."

엘리베이터는 더 이상 엘리베이터로써 기능할 수 없었다. 달리 뾰족한 수가 없는 현은 새 몸의 힘을 믿기로 했다.

"꽉 잡아!"

현은 안나를 어깨에 둘러업고 한쪽 팔로 붙잡은 채 엘리베이터 밖으로 점프했다. 현은 엘리베이터 홀 벽면에 나 있는 파이프와 배기 장치들을 마치 클라이밍하듯 붙잡았다. 과거의 몸으로는 상상도 할 수 없는 움직임이었다.

"괜찮아?"

"네……."

안나가 겁에 질린 목소리로 중얼거렸다. 현은 벽면을 따라 조심스럽게 밑으로 내려가기 시작했다. 아래로는 검은 어둠이 길게 깔려 있었다. 떨어지면 현은 몰라도 안나는 확실히 죽을 높이였다. 다행히 새 몸의 근지구력 덕분에 그런 일은 벌어지지 않았다. 현은 마침내 최하층에 도달했다. 현이 안나를 내려줄 무렵, 위에서 다시 섬광이 날아들었다. 두억시니가 경고했다.

'온다.'

현은 서둘러 몸을 날리면서 안나에게 소리쳤다.

"뛰어!"

현의 외침과 동시에 둔중한 소리가 쿵 울렸다. 현은 고개를 돌렸다. 청소부가 현의 눈앞에 서 있었다. 위쪽에서 엘리베이터 홀 아래로 곧장 뛰어내린 것이다. 현과 청소부는 채 2미터도 되지 않는 거리에서 서로를 바라봤다. 청소부의 얼굴을 확인한 현은 놀라움을 금치 못했다. 똑같은 눈, 똑같은 코, 똑같은 입, 똑같은 귀. 모든 것이 자신과 똑같은 얼굴이었다. 얼굴뿐만이 아니었다. 체형까지도 완벽하게 똑같았다. 마치 도플갱어처럼. 현이 생각을 잇기도 전에 청소부가 비틀린 미소를 지으며 입을 열었다.

"역시 그랬군."

거리가 가까웠다. 이 거리라면 XR-AY보다는 근접 공격이 효과적이다. 청소부는 내던지듯 XR-AY를 팽개친 후 현에게 곧바로 주먹을 날렸다. 청소부의 주먹이 정확히 현의 복부에 꽂혔다.

"컥……."

대형 망치로 얻어맞는 듯한 충격이었다. 현의 몸은 공중에 살짝 떴다가 바닥으로 곤두박질쳤다. 잠시 내장이 뒤틀리는 것 같은 고통이 느껴졌다. 새 몸의 통각 신경 제한 덕분에 그 정도로 그친 것이었다. 안 돼. 이대로 쓰러져 있으면 죽는다. 그렇게 생각한 현은 재빨리 몸을 일으켰다. 청소부는 그런 현을 보며 조용히 입을 열었다.

"이상하다."

청소부가 현에게 다가와 다시 주먹을 날렸다. 똑같은 궤적과 패턴이었다. 다행히 이번 공격은 피하는 데 성공했으나, 그 회피 동작을 예상했다는 듯 곧바로 현의 허벅지를 향해 로우킥이 날아들었다. 현은 청소부의 킥을 미처 막지 못하고 바닥에 엎어졌다. 청소부가 쓰러진 현을 보며 이어서 말했다.

"어설프네. 몸은 분명 맞는데."

청소부가 말했다. 현이 몸을 일으키며 물었다.

"……누구냐?"

"그건 내가 할 질문이지. 넌 누구야?"

현은 대답하지 않았다. 청소부가 어깨를 우득거리며 말했다.

"우리랑 껍데기만 똑같잖아."

청소부가 현을 가만히 응시하며 말했다. 현이 되물었다.

"우리?"

청소부가 피식, 건조한 웃음을 흘렸다.

"뭐 상관없나."

다시 청소부의 공격이 시작되었다. 둘의 신체 스펙은 다르지 않았으나 경험과 기술의 차이가 현격했다. 청소부는 마치 미래의 궤적이 보이기라도 하듯 현의 공격을 전부 막거나 흘려버리면서 자신의 공격은 차곡차곡 집어넣었다. 수준의 차이가 너무 컸다. 현은 단 한 대도 유효타를 내지 못하고 일방적으로 두들겨 맞으며 조금씩 시야가 흔들리는 것을 느꼈다. 더 맞으면 위험하다는 것을 본능적으로 느낀 현이 뒤로 조금 물러섰다. 도망친다고 해도 금방 따라잡힐 것이 뻔했다. 도대체 어떻게…….

'정공법으로는 이길 수 없다.'

두억시니의 목소리가 울렸다. 현은 입에 고인 피를 바닥에 퉤 뱉었다.

'뒤쪽, 입자포.'

다시 두억시니의 조언이 현에게 들려왔다. 현은 청소부의 뒤쪽에 떨어져 있는 XR-AY를 보았다.

'그거다.'

두억시니는 마치 코치처럼 이어서 할 행동을 지시했다. 어차피 밑져야 본전이었다. 현은 두억시니의 지시대로 청소부에게 달려들어 두 다리를 잡아내려 하였으나, 청소부는 익숙하다는 듯 스프롤 자세로 현의 태클을 막아냈다. 그러나 현의 노림수는 지금부터였다. 현은 바로 몸을 돌려 청소부의 뒤편으로 향했다.

청소부는 그럴 것까지도 예상했다는 듯 바로 현에게 몸을 날렸다. 현은 XR-AY를 집어 드는 데까지는 성공했으나, 달려든 청소부의 태클에 걸려 밑에 깔리고 말았다. 너무 가까워서 도저히 XR-AY를 사격해 청소부를 맞출 만한 각이 나오지 않았다. 청소부가 비웃듯 입을 열었다.

"뻔해."

청소부의 말에 현은 헛웃음을 뱉었다. 현이 작게 미소를 띠며 말했다.

"네가 더."

청소부의 눈이 순간 움찔거렸다. 애초부터 현이 XR-AY로 노렸던 타깃은 청소부가 아니었다. 현이 노린 것은 반쯤 고장 난 채 홀 위에 매달려 있는 엘리베이터였다. 현은 엘리베이터의 케이블을 노리고 XR-AY의 방아쇠를 당겼다. 섬광이 번쩍였고, 케이블은 깔끔하게 절단되었다.

청소부는 순간 당황한 기색을 보였지만 빠르게 판단하여 행동했다. 청소부는 현의 손에서 XR-AY를 빼앗으려 힘을 주었고, 현은 XR-AY를 줘버리는 대신 재빨리 청소부를 밀치고 엘리베이터 홀 밖으로 몸을 날렸다. 이어서 약 2500킬로그램 가량의 무게를 자랑하는, 강화 유리와 쇳덩이로 만들어진 엘리베이터가 수직으로 낙하했다. 그 가속도와 질량은 온전히 운동에너지로 치환되어 놈을 거칠게 덮쳤다. 중력은 가장 강력한 무기다. 아무리 같은 몸이라 한들 버텨내기 힘든 위력일 것이라고 현은 생각했다.

"이 정도면 적어도 일어나진 못하겠지."

현은 엘리베이터의 잔해를 바라보았다. 철과 유리로 이루어진 무덤의 형태였다. 순간, 어쩌면 여기 온 게 한 놈이 아닐지도 모르겠다는 생각이 머릿속을 스쳤다. 어서 도망쳐야 했다.

"윽."

현은 다리를 절뚝이며 다시 터널을 걸었다. 청소부에게 맞은 곳이 제대로 움직이지를 않았다. 그러나 어떻게 해서든 움직여야만 했다. 계속 걸어 나간 현은 겨우 터널의 끝에 다다랐다. 위아래로 열리는 거대한 문이 있었다. 현은 문 옆에 몸을 웅크리고 숨어 있는 안나를 발견했다.

"뭐야, 왜 아직도 여기 있어. 도망치라니까……."

안나가 고개를 저었다.

"아저씨가 안 왔잖아요."

현이 피식 웃음을 뱉었다. 이어서 안나가 문의 보안 패널에 비밀번호를 입력했다.

"여기예요."

거대한 문이 불쾌한 마찰음을 내며 열리기 시작했다. 곧 주황색 경고등이 점멸 중인 에어로더 격납고가 모습을 드러냈다. 열 대 정도 적재되어 있는 탈출용 에어로더들 중, 현은 상태가 가장 좋아 보이는 한 대를 골라 조수석에 안나를 태운 뒤 자신은 운전석에 탑승했다. 이윽고 주황색으로 점멸하던 경고등이 녹색으로 변하며 지상으로 향하는 수직 통로의 문이 열렸다. 현과 안나가 탄 에어로더가 통로를 따라 비행했다. 에어로더의 움직임에 따라 조명이 차례로 켜지며 길을 안내했다. 곧 에어로더가 플랫폼 위로 올라왔다. 여전히 비바람이 거세게 불고 있었다.

〔경고. 근처에 강한 태풍이 있습니다. 지역을 벗어납니다.〕

에어로더의 비행 AI가 경고와 함께 방향을 틀었다. 이대로 도망치면 된다. 그렇게 생각한 현은 긴 한숨을 뱉으며 밖을 바라봤다. 그때 번개 같은 섬광이 다시 번쩍였다.

'끈질기군.'

두억시니가 질린다는 듯 중얼거렸다. 현의 뒤쪽으로 다른 에어로더 한 대가 따라붙고 있었다. 쓰러진 줄 알았던 청소부가 비행을 AI에 맡긴 채, 창밖으로 몸을 내밀어 XR-AY를 조준하고 있는 모습이 현의 에어로더 후방 카메라에 잡혔다.

'공격이 통하긴 했던 모양이다.'

두억시니가 청소부의 팔을 보며 말했다. 청소부는 전과 달리 한쪽 팔로만 XR-AY를 견착하고 있었다. 나머지 한쪽 팔은 쓰지 못한다는 증거였다. 엘리베이터가 추락하는 순간, 어쩌면 한쪽 팔을 내줬을지도 모르겠다고 현은 생각했다. 청소부의 팔 부상과 악천후 덕에 조준이 쉽게 흐트러졌고, 덕분에 섬광이 에어로더의 옆으로 빗나갔다. 그러나 명중률이 떨어졌다고 한들 위협적이지 않은 것은 아니었다. 단 한 번의 명중이라도 허용한다면 에어로더는 바로 추락해 바다로 곤두박질칠 것이 틀림없었다. 다시 한번 섬광이 번쩍였다. 이번에는 더 아슬아슬했다. 점점 명중 오차가 줄어들고 있었다.

'방법은 하나다.'

두억시니가 나지막이 말했다.

'자동 비행을 꺼라.'

"뭐?"

'빨리.'

이대로 있으면 격추당하는 것은 시간문제였다. 현이 나지막이 말했다.

"수동 비행 모드로 전환."

〔수동 비행 모드로 전환합니다.〕

곧 운전석에 수납되어 있던 각종 조종 장치들이 모습을 드러냈다. 비상 탈출용 에어로더답게 아주 기본적인 조종 장치들만이 탑재되어 있었다. 그러나 문제가 있었다. 현의 에어로더 조종 실력은 아주 형편없었다. 그도 그럴 것이 평소 비상

상황이 아니라면 에어로더를 운행하면서 수동으로 조종할 일 자체가 없었다. 에어로더 수동 조종에 익숙한 사람들은 취미로 에어로더 레이스를 즐기는 사람들밖에 없다. 현이 스로틀을 잡은 채 머뭇거리자 두억시니가 말했다.

'나한테 넘겨라. 난 수동 조종에 익숙하니까.'

"어떻게?"

두억시니가 나지막이 답했다.

'마취 총. 내가 챙겨놨던 걸 사용해라.'

다시 섬광이 날아들었다. 이번에는 공격이 겨우 1센티미터 오차로 빗나갔다. 두억시니가 다급하게 외쳤다.

'빨리!'

이판사판이다. 현은 품속에 있던 마취 총을 꺼냈다. 두억시니가 말했다.

'계산해 보니 다트 다섯 발 기준, 2분이다.'

"2분."

'그래. 그러니까 탄창에 있는 걸 전부 쏟아붓는 게 좋을 거다.'

현은 고개를 끄덕였다. 탄창에 있는 다트는 총 스무 발. 단순 계산으로 확보할 수 있는 시간은 8분이었다. 현은 폰에 8분짜리 타이머를 설정한 뒤, 재빨리 자신의 목에 마취 총을 겨누고서 방아쇠를 연달아 당겼다. 한 발, 두 발, 마취 다트가 현의 목에 계속해서 박히기 시작했다. 조수석에 앉아 그 광경을 보던 안나가 소리쳤다.

"아저씨! 지금 뭐……."

현은 곧바로 정신을 잃고 쓰러졌다. 그리고 잠시 후 두억시니가 현의 몸을 장악했다. 두억시니는 바로 쓰러진 몸을 일으켜 현이 세팅해 둔 타이머를 작동시켰다. 8분의 카운트다운이 시작되었다.

"꽉 잡아라."

두억시니가 놀란 안나에게 나지막이 말했다. 두억시니는 빠르게 엑셀을 밟아 출력을 올렸다. 엄청난 소음과 함께 에어로더가 더욱 빠르게 날기 시작했다. 비행으로 인한 잔진동이 에어로더 전체에 울렸다. 두억시니는 둥지 주변에 떠서 움직이고 있는 비행형 컨테이너들로 향했다.

〔경고. 충돌 위험.〕

두억시니는 하늘을 수놓은 비행형 컨테이너들 사이로 기동하기 시작했다. 순간의 실수가 충돌을 부르는, 극도로 위험한 비행이었다. 그러나 극도로 위험한 비행이라는 데 그 의미가 있었다. 에어로더의 비행 AI는 보통 위험한 기동은 하지 않게 설정되어 있다. 그렇기에 수동 조종을 하고 있는 두억시니와 달리 AI에 의지해 비행하고 있는 청소부가 바짝 추격하기는 어려웠다.

두억시니가 모는 에어로더가 컨테이너 하나를 스치듯 지나쳤다. 이어서 XR-AY의 섬광이 날아들어 컨테이너를 찢어발겼다. 컨테이너 안에 들어 있던 플랫폼 보수용 자재들이 바다 위로 쏟아져 내렸다. 두억시니는 비행 컨테이너들 사이로 곡예 같은 기동을 선보이며 청소부를 떼어내려 했다. 그러나 청소부는 멀어졌다 싶어도 끈질기게 따라붙으며 계속 입자포를 날려댔다. 두억시니는 타이머를 확인했다. 남은 시간은 고작 5분이었다.

"안 되겠군."

두억시니는 결단을 내리고서 컨테이너들 사이를 빠져나와 태풍 쪽으로 방향을 돌렸다. 다시 섬광이 번쩍였다. 두억시니는 핸들을 틀었다. 치명타는 가까스로 피했지만 에어로더의 뒷부분 일부가 절단되었다.

〔경고. 트렁크가 손상되었습니다.〕

조준이 점점 정확해지고 있었다. 빗나간 광집속 입자빔이 어두운 하늘 위로 선명한 궤적을 수놓았다. 두억시니는 태풍을 향해 멈추지 않고 날았고, 그럴수록 비바람은 거세졌다. 청소부도 추격을 멈추지 않았다.

〔가까운 곳에서 강력한 태풍이 관측됩니다. 추락 위험이 있습니다. 서둘러 지역을 벗어나십시오.〕

에어로더 내부에 계속해서 경고음이 울렸다. 진동과 소음에 놀란 안나는 겁에 질린 표정으로 디스플레이와 두억시니를 번갈아 쳐다보았다. 에어로더는 기상 예측 모델 지도상에 표시되고 있는 태풍에 점점 가까워지고 있었다. 설마. 안나는 걱정 어린 눈빛으로 두억시니를 바라보았다. 에어로더의 전방 카메라는 빠른 속도로 회전하는 거대한 먹구름 무리, 비바람, 번개가 작렬하는 장대한 광경을 비췄다. 두억시니가 조용히 입을 열었다.

"걱정 마라."

두억시니의 머릿속에 누군가가 떠올랐다. 두억시니가 나지막이 말했다.

"……날씨를 읽는 데는 자신 있으니까."

에어로더가 태풍에 접근하자, 곧 프레임을 일그러뜨리고

문짝을 뜯어낼 것 같은 강풍이 덮쳐왔다. 추력 편향 노즐이 필사적으로 비행 자세를 유지하려 노력했지만, 에어로더는 마치 고장 난 놀이기구처럼 바람의 방향을 따라 거세게 흔들렸다.

〔강풍으로 인해 자세 제어가 어렵습니다. 추락 위험이 매우 높습니다. 서둘러 지역에서 벗어나시기 바랍니다.〕

두억시니는 핸들과 스로틀을 빠르게 조작하며 어떻게든 에어로더의 자세를 유지시켰다. 바람의 흐름을 읽어야 가능한 일이었다. 만약 조금이라도 실수하여 바람을 잘못 탄다면 에어로더는 바로 뒤집어져 양력을 잃고 태풍에 휩쓸려 추락해 버릴 터였다. 그 누구라도 미친 짓이라고 할 만한 자살행위에 가까웠다. 위험한 도박이지만, 지금은 그 도박 외에 선택지가 없었다.

〔측면 카메라가 손상되었습니다. 엔진이 과부하 상태입니다.〕

경고음이 계속해서 울렸다. 안나가 몸을 떨었다. 두억시니는 레이더 디스플레이를 봤다. 섬광이 계속해서 번쩍였다. 그러나 전과 달리 태풍 속에서 근처를 스치기라도 하는 공격은 하나도 없었다. 결국 청소부의 에어로더는 두억시니와 달리 강풍을 버티지 못하고 추락했다. 그 모습이 두억시니의 에어로더 하단부 카메라에 잡혔다.

"됐군."

모두 두억시니의 계산대로였다. 두억시니는 그대로 방향을 틀어 반대편으로 에어로더를 몰아 마침내 태풍 속을 빠져나왔다. 남은 시간 1분. 다시 고요한 바다가 눈앞에 펼쳐졌다.

살아남았구나. 또다시. 두억시니는 속으로 그렇게 되뇌며 밖을 바라보았다. 두억시니는 에어로더를 다시 자동 운항 모드로 전환했다.

〔에어로더의 손상도가 높습니다. 다음 비행 전 전체 점검 및 수리를 권장합니다.〕

비행 AI가 지직거리며 찢어지는 음성으로 경고했다. 두억시니는 에어로더의 상태 디스플레이를 봤다. 비행을 계속할 수 있다는 것이 기적처럼 보일 정도로 너덜너덜한 상태였다. 멀쩡한 부품을 찾는 게 더 빠를 지경이었다. 두억시니는 고개를 돌려 안나를 바라보았다. 안나는 죽다 살아났다는 듯한 얼굴을 하고 있었다.

두억시니가 안나에게 말을 걸려던 찰나, 다시 현의 의식이 돌아왔다. 현은 자신과 에어로더, 그리고 안나가 무사함을 인지하고는 긴 숨을 내쉬었다. 안나가 현을 보며 물었다.

"아저씨는…… 누구예요?"

누구냐는 그 질문에, 현은 뭐라고 대답해야 할지 알 수 없었다. 문장으로 완성되지 못한 단어의 파편만이 현의 머릿속을 맴돌았다. 현은 잠시 고요한 바다를 바라보았다. 대답이 될 만한 말을 생각해 낸 현이 조용히 입을 열었다.

"나는……."

그때였다. 삐빅, 하는 작은 신호음이 울렸다. 작은 파열음과 함께 안나가 갑자기 코와 귀, 입에서 피를 쏟으며 쓰러졌다. 안나의 작은 몸은 그대로 자세를 유지하다가 천천히 고꾸라져 바닥에 처박히듯 쓰러졌다.

"어?"

현은 멍하니 쓰러진 안나를 바라봤다. 현이 손을 뻗어 안나의 어깨를 잡고 흔들었다.

"안나야, 안나야!"

안나는 미동도 없었다. 현은 더 이상 눈앞에서 벌어진 일에 반응을 하지 못했다. 현은 말을 하려고 벌린 입을 서서히 다물고는, 시신으로부터 고개를 돌려 가만히 밖을 바라봤다. 멀리서부터 하늘이 쾌청하게 밝아오고 있었다. 고요한 아침이었다. 바다가 잔잔하게 흘러갔다.

서해안 절벽 근처에 불시착한 현의 에어로더는 더 이상 연기를 뿜어내지 않았다. 현은 운전석에 멍하니 앉은 채로 잔잔하게 들이치는 파도를 바라봤다. 아무 일도 없다는 듯 평화로운 파도 소리가 계속 울렸다. 현은 주영이와 함께 가기로 약속했던 바다를 떠올렸다. 비록 서해는 아니었고 주영도 함께 오지 못했지만, 현은 지금 바다에 있었다.

"또 이렇게 되는군."

현이 나지막이 중얼거렸다.

"또……."

파도를 보던 현은 고개를 숙이고는 에어로더의 핸들에 이마를 묻었다. 두억시니는 아무런 말도 하지 않았다. 아무것도 알아내지 못했고, 아무것도 지켜내지 못했다. 그런 주제에 혼자만 살아남았다. 현은 자신이 저주에 걸린 것 같다고 생각했다. 그것도 아주 지독한 저주에.

현은 일그러진 얼굴로 자신의 손을 바라봤다. 하루 만에 벌써 수십 명을 죽인 그 손을. 그러나 아무도 구해내지는 못한 손을. 구원보다는 파괴에 능한 길쭉하고 딱딱한 손을. 현은 자신의 원래 손이 어떻게 생겼는지 떠올리려 애썼다. 그러나 기억이 나질 않았다. 첫 살인의 충격은 이어지는 전투 속에서 금방 희석되었고, 이제 현의 마음속에는 소화되지 못한 죄책감의 옅은 찌꺼기만 남아 있었다. 현은 이런 부분조차 새 몸의 특별한 능력인지, 아니면 스스로의 영혼이 닳아버린 것인지 분간할 수 없었다.

현은 고개를 돌렸다. 멍한 얼굴로 죽은 안나의 시신이 보였다. 스스로의 힘으로 파괴가 아닌 구원을 할 수 있다는 것을, 현은 확인하고 싶었다. 그러나 그 결과가 지금 눈앞에 있었다. 현은 눈을 감았다. 윈롱의 말이 거짓이라고 한들, 현서와 주영이가 어딘가에 있다고 한들 내가 구해낼 수나 있을까.

"지쳤어."

두억시니가 조용히 말을 꺼냈다.

'세상에 아무런 희생도 따르지 않는 일은 없다.'

"……."

'죽음에 익숙해져야 한다. 앞으로는 더 많이 있을 테니까.'

현은 대답하지 않았다. 죽음이라. 순간 안나가 죽은 원인이라도 알아내야겠다고 생각한 현은 고개를 돌려 안나의 머리를 조심스레 열어보았다. 그 작은 머릿속에 뇌와 시냅스 칩, 그리고 전파 신호 송수신기가 조각나 있는 모습이 보였다. 현은 파편들을 살피며 안나가 죽은 이유를 깨달았다. 알이 허가 없이 둥지에서 떨어져 신호가 끊기면 기폭되는 폭탄이 머릿속에 들어 있었다.

'이런 놈들이다.'

현의 시각을 공유하며 안나의 머릿속을 보던 두억시니가 나지막이 말했다. 현은 어쩌면 현서나 주영이도 의체가 되었다가 비슷한 방식으로 두 번째 죽음을 맞이했을지도 모른다는 생각이 들었다. 현은 굳은 얼굴로 안나의 시체를 바라보았다.

'놈들은 수단과 방법을 가리지 않지.'

두억시니가 뜸을 들이다가 말했다.

'이제부터는 우리도 그래야만 한다.'

"……그래."

두억시니의 말에 현은 고개를 끄덕였다. 현은 더 이상 에어로더 안에 갇혀 있고 싶지 않아 안나의 시체를 들고 에어로더 밖으로 빠져나왔다. 그리고 바닷가 한쪽 구석에 안나를 눕혔다. 현은 안나의 얼굴을 보면서 청소부에게 맞은 곳을 만졌다. 그가 했던 말이 떠올랐다.

"우리랑 껍데기만 똑같다, 라……."

우리. 현은 어쩌면 놈과 같은 의체 병기가 더 있을지도 모르겠다고 생각했다. 순간 윈롱이 했던 말이 떠올랐다. 사람은 해킹할 수 없기 때문에, 경비용 워커가 아닌 인간 경호원을 쓴다고 했던 그 말을. 하지만 더 이상 그게 아니게 된다면, 사람도 해킹하여 조종할 수 있다면, 청소부와 같은 의체 병기들이 모두 마음대로 조종할 수 있는 꼭두각시 병사가 된다면.

현은 ZIG 넥스원에서 근무하던 시절을 떠올렸다. 적을 부수는 것이 아니라 이용하는 것, 그것이 전자전의 정수였다. 의체의 머릿속에 있는 시냅스 칩도 결국은 전기와 데이터로 작동하는 기계다. 그렇다는 것은 그 언어 역시 탈취하고 변조할 수 있다는 의미였다. 현은 회사에서 마지막으로 맡았던 프로젝트를 떠올렸다. 전자전 병기 '동충하초'.

현은 바닷가 구석에 안나의 시체를 묻었다. 파도의 잔향이 안나의 무덤 위로 흘렀다. 현은 조용히 일어서서 바다를 바라보았다. 놈들이 수단과 방법을 가리지 않는다면 똑같이 상대해 주겠다고, 더 이상 무고한 죽음을 꺼리지 않겠다고, 현은 그렇게 다짐하며 바다를 떠났다.

CHAPTER 05.

덫과 숲

오르바 바이오테크(ORVA Biotech). 로비에 들어서자마자 세련된 필기체 로고가 눈에 들어왔다. 오르바사의 건물은 통유리와 나무, 각종 식물과 따뜻한 조명, 인공적으로 흐르는 물과 바람으로 인테리어되어 있었다. 기업 본사 로비라기에는 과할 정도로 아름다운 풍경이었다. 그 아름다움에 압도된 연희는 더 나아가지 못하고 머뭇거렸다. 남편과 레오의 죽음 이후로는 한 번도 들른 적이 없었고, 들르고 싶지도 않은 곳이었다. 그러나 오늘은 달랐다.

"아, 강연희 경위님 맞으시죠?"

"네."

워커가 아닌 사람 직원이 친절하게 연희를 응대했다. 연희는 천천히 주변을 둘러보았다. 청소마저 기계가 아닌 사람이 하고 있었다. '언제나 사람이 낫다.' 오르바사의 철학이었다. 돈 꽤나 들겠는데. 연희가 그런 생각을 하던 와중에 통화를 마친 직원이 말했다.

"곧 내려오실 겁니다. 조금만 기다려 주시겠어요?"

연희는 직원의 안내에 따라 인포데스크 옆 의자에 앉았다. 이제 막 의체화를 끝낸, 죽었던 연인과 재회하는 한 남자가 보였다. 둘은 로비 한가운데서 서로를 끌어안고 한참이나 그렇게 서 있었다. 그들의 포옹을 바라보던 연희는 굳은 얼굴로 과거를 되짚었다. 누군가를 마지막으로 끌어안아 본 것이 언제인지 기억조차 나질 않았다. 그때였다.

"오랜만입니다."

주완의 목소리가 로비에 울렸다. 연희는 고개를 돌렸다.

"안녕하세요, 주완 씨."

실제로 주완의 얼굴을 보기는 연희도 오랜만이었다. 남편의 의식 데이터 복구 건으로 그동안 전화만 주고받던 사이였다. 주완이 작게 미소를 지어 보였다.

"레오는 잘 지내죠? 몸엔 별 이상 없나요?"

"네. 주완 씨가 신경 써주신 덕분에요."

주완이 고개를 끄덕였다. 연희는 가만히 주완의 얼굴을 바라보며, 3년 전 온서특별시에서 보았던 그의 예전 얼굴을 떠올렸다. 3년 전에 비해 얼굴에 그늘이 져 있었다. 주완 역시 연희의 얼굴을 가만히 보다가 다소 걱정스런 어투로 말했다.

"많이 수척해지셨네요."

"아무래도 그렇죠."

연희가 쓴웃음을 뱉으며 대답하자 주완이 민망해하며 말했다.

"죄송합니다."

"아니에요."

주완이 뜸을 들이다가 입을 열었다.

“저, 두억시니…….”

주완이 말실수를 했다는 듯 말끝을 흐렸다. 연희는 그에게 가만히 미소를 지어 보였다.

“괜찮아요.”

“남편분 의식 데이터는 계속 회사 차원에서 노력하고 있습니다. 그런데 이게…….”

“아, 그것 때문에 온 건 아니에요.”

연희의 말에 주완은 의아하다는 표정을 지었다.

“최근에 살인 사건이 하나 벌어졌거든요.”

연희는 가방에서 태블릿을 하나 꺼내 주완에게 건넸다.

“어라, 경찰 복귀하셨나요? 그만두셨다고 들었는데요.”

“어쩌다 보니. 천직인가 봐요.”

연희의 말에 주완은 작게 웃음을 흘리고는 태블릿 속 자료를 천천히 훑기 시작했다. 연희는 그런 주완을 보며 말을 이었다.

“아랫서울에서 발생한 살인 사건인데, 피해자의 머리가 열린 채 발견됐어요. 뇌는 사라져 있었고요.”

태블릿 속 자료를 심각한 표정으로 보던 주완이 말을 꺼냈다.

“그럼 설마 두억시니인가요? 3년 만에 다시 나타난 거예요?”

“모르죠. 아직 확실한 건 없어요.”

연희는 다음 페이지로 넘겨보라는 듯 주완에게 손짓을 했다. 주완은 연희의 말대로 페이지를 넘겼다. 그러자 디에고의 사진이 나왔다.

“피해자 신원은 나왔어요. 도마뱀 쪽 조직원이었나 봐요.”

“아…….”

주완이 어두운 표정으로 고개를 끄덕였다.

“중요한 건 용의자의 신원인데, 안 나와요.”

“예?”

연희가 뜸을 들이다 입을 열었다.

“현장에 남아 있는 피부 세포를 분석해서 DNA 프로파일을 만들었어요. 그걸로 공공보안부 DNA 데이터베이스에 조회 요청을 했죠.”

주완이 불안한 눈으로 연희를 응시했다.

“일치하는 데이터가 없어요. 즉 용의자는 세상에 존재하지 않는 사람이에요.”

“그럴 리가…….”

주완이 조용히 중얼거렸다.

“DNA 등록은 의무잖아요.”

분명 그랬다. 공공보안부, 속칭 공보부 요원들이 신생아를 찾아가 가장 먼저 하는 일이 바로 DNA를 채취하여 데이터베이스에 등록하는 일이었다. 대한민국 국민 중에 이를 피할 수 있는 사람은 없다. 몰래 태어난 아이라고 해도 DNA를 등록하지 않는다면 대한민국에서 생존하기란 불가능에 가깝다. 국가에서 나오는 기본급, 의료, 교육, 교통, 통신 등 그 어떤 서비스도 이용할 수 없으니까. 만에 하나 DNA 데이터가 등록되지 않은 사람이 있다고 해도 발각되는 즉시 중형에 처해지는 범죄이기에, DNA 등록을 하지 않고 살아가는 사람은 없었다.

"그래서 문제라는 거죠. 하늘에서 뚝 떨어진 사람도 아닐 테고."

순간, 아주 찰나의 순간이지만 연희는 자신의 말에 주완의 눈빛이 흔들리는 것을 보았다. 연희는 주완에게서 시선을 떼지 않은 채 조용히 말을 이었다.

"고로 주완 씨랑 오르바사의 협조가 필요해요. 이게 어떻게 된 일인지 조사해 보려고요."

주완이 고개를 끄덕였다.

"아, 네. 물론 협조해야죠. 그래서 언제쯤……."

주완이 말을 마치기도 전에 경찰 수십 명이 오르바사 로비에 우르르 들어왔다. 연희와 오 경사를 비롯한 두억시니 특별 수사팀은 물론 공보부 산하 의체감사관리국의 요원들까지 함께였다. 연희는 다시 주완에게 다음 페이지로 넘겨보라는 손짓을 했다. 주완이 떨떠름한 표정으로 페이지를 넘기자 화면에 전통적인 양식과 방법으로 작성된 영장이 떴다.

"정식 발부된 수색 영장입니다."

주완뿐만 아니라 로비에 있던 오르바 직원 전부가 긴장한 기색으로 수색 인력들을 바라봤다. 그러나 그 누구도 저항하거나 거부하지 않았다. 아무리 오르바사라고 한들 공권력에 반기를 드는 것은 명을 재촉할 뿐이라는 사실을 잘 알고 있는 덕이었다. 온 대한민국이 온서그룹의 해체를 목도했으니까. 연희는 주완에게 태블릿을 돌려받으며 조용히 입을 열었다.

"너무 긴장하지 마세요. 형식적인 거니까."

"……."

주완은 불안한 눈빛으로 주변을 살폈다. 연희는 미소를 지으며 시간을 확인했다. 지금쯤이면 이야기가 끝났겠군. 연희가 그렇게 생각하는 찰나, 그 생각이 옳았음을 증명하듯 주완에게 전화가 왔다. 주완은 실례한다며 살짝 떨어져서 전화를 받았다. 주완의 어투와 행동을 통해 연희는 대화 내용을 듣지 않아도 무슨 얘기가 오갔을지 쉬이 짐작할 수 있었다. 약 1분간의 짧은 전화를 마친 주완은 연희에게 기다려 달라고 말하고는 어디론가 사라졌다.

잠시 후, 주완이 정장을 차려입은 중년 여자와 함께 다시 나타났다. 여자는 밝은 얼굴로 연희에게 인사하며 악수를 건넸다.

“안녕하세요. 오르바 바이오테크 상무이사, 진이라고 합니다.”

“반갑습니다. 특별수사팀 강연희 경위입니다.”

연희는 진의 손을 잡고는 얼굴을 살폈다. 친절하고 따뜻한 미소를 짓고 있지만 어딘가 차가워 보이는 얼굴이었다. 진의 옆에 서 있는 주완은 전보다 위축된 얼굴로 두 사람의 악수를 바라봤다. 이어서 진이 당당하지만 사근사근한 목소리로 말했다.

“함께 가시죠. 안내해 드릴 것이 있어요.”

“매스입니다.”

진과 함께 오르바사의 산중 비밀 연구 시설 ‘하코나’에 도착한 연희는 유리창 너머를 바라봤다. 1미터 간격으로 흰 격자무늬 타일이 도배된 이질적인 공간에 빽빽이 늘어선, 똑같은 얼굴에 똑같은 체격의 남자들. 복사하여 붙여넣기를 한 것처럼 동일한 남자 300명가량이 줄지어 서 있었다. 그 광경은 시뮬레이션처럼 현실감이 없을 정도로 깨끗하고, 기이했다. 연희는 고개를 돌려 진과 주완을 차례로 바라봤다. 저들의 이름을 다시 확인하고 싶었다.

"매스요?"

"네. M.A.S.S. Military Adapted Synthetic Subject."

진이 MASS들을 바라보며 설명을 덧붙였다.

"회사에서 연구 중인 의체 병기 실험체들이죠."

"의체 병기라면, 불법 아닙니까?"

"불법이죠."

진이 고개를 갸웃하며 덧붙였다.

"불법이 아니기도 하고."

진은 MASS들을 시찰하듯 천천히 걷기 시작했다. 그녀가 걸을 때마다 또각거리는 구두 소리가 메아리처럼 시설 전체에 울렸다. 주완과 연희가 진을 뒤따랐다. 진이 걸으며 설명을 덧붙였다.

"국방부에서 기밀 명령이 내려왔어요."

"기밀 명령요?"

"네."

진이 이어서 말했다.

"요즘 최전방에서 국지전이 잦은 건 이미 아실 거라고 생각합니다. 세계 곳곳에서 전쟁도 터지고 있고요."

진의 말대로였다. 국군이 온서특별시의 잔존 무인 병기들을 토벌할 여력이 없는 것도, 최근 국방력 강화에 열을 올리는 것도 전부 높아진 전쟁 위험도 때문이었다. 2048년에 결성된 신소련의 위협이 점점 커지고 있었다. 이에 제3차 세계대전이 머지않았다고 예측하는 학자들도 있었다. 세상이 곧 망할 것이라는 전문가들의 비관적 예측이야 연례행사처럼 있어왔지만, 이번에는 분위기가 달랐다.

"얼마 전 아프리카 남부에 별똥별 수십 개가 떨어졌다는 기사를 보셨나요?"

진의 말에 연희는 국립 천문대에서 발표한 기사를 떠올렸다. 별똥별 수십 개가 한 번에 떨어지는 현상이 관측된 사례는 지금까지 없었다며, 굉장히 이례적인 경우라고 알리는 기사였다. 연희가 고개를 끄덕이자 진이 이어서 말했다.

"그거, 별똥별 아닙니다."

"네?"

"각국의 위성끼리 전투가 벌어진 끝에 수십 기가 추락한 거예요."

연희가 다소 당황한 얼굴로 물었다.

"위성요?"

진이 고개를 끄덕이고는 덧붙였다.

"이미 몇몇 국가의 하늘에서는 전쟁이 시작됐어요. 국군이 최근에 무장을 탑재한 신형 전술 위성을 하늘에 날리고 있는 이유도 그거고요."

이미 시작되었다니. 공포스러운 이야기임에도 진은 담담하게 말을 이어갔다.

"국지전으로 끝날 가능성도 있지만, 미래는 모르는 거니까요. 대비해서 나쁠 건 없죠."

진의 말을 들으며 연희는 MASS를 쳐다봤다.

"이런 의체 병기가 그런 전면전에서 도움이 될까요?"

"물론이죠. MASS의 특장점은 조용하고 빠르다는 거예요. 사람들 사이에 섞여 들어갈 수도 있고요. 시가전, 비정규전, 요인 납치, 암살, 중요 시설 및 수뇌부 타격……. MASS의 활용도는 무궁무진해요. 결국 전쟁은 사람이 하는 것이니까요."

연희는 진의 말에 동의했다. 진이 서늘한 미소를 보이며 이어서 말했다.

"MASS의 존재가 일반 대중에게 공개되면 큰일 나요. 의체 서비스에 대한 신뢰도가 떨어질 테고, 국방부 쪽도 여러모로 처지가 곤란해질 거라서요."

국방부와 공보부. 이렇게 두 기관이 직통 전화를 돌리며 싸우는 모습을 상상한 연희는 가만히 진을 바라보았다. 뭔가 걸리는 게 있구나. 직감이 든 연희가 입을 열었다.

"오르바사가 이런 기밀 사항을 먼저 알려오는 데는 분명 이유가 있겠죠?"

"네. 사실……."

진이 뜸을 들였다. 잠시 정적이 흘렀다.

"저희가 최근에 MASS 한 구를 분실했거든요."

연희의 직감이 확신으로 변했다. 진이 이어서 말했다.

"MASS가 분실된 날, 보안 시스템이 전부 셧다운되어 있더라고요. 내부적으로도 색출을 해봤는데, 저희 쪽에서는 누가 이런 일을 벌였는지 알아내기 어렵다는 생각이 들었어요."

진이 조용히 말을 이었다.

"엊그제 분실된 MASS가 저희 쪽 시설에 나타나기도 했어요. 수습을 위해서 저희가 청소부를 보내기도 했는데, 놓쳐 버렸습니다."

진이 발걸음을 멈추고 몸을 돌려 연희를 바라보았다.

"그래서 경찰에 도움을 요청하는 겁니다."

도움이라. 연희는 고개를 갸웃했다.

"글쎄요. 집안일은 집안에서 해결하시는 게 좋지 않을까요."

연희의 말에 진이 미소를 머금은 채 고개를 저었다.

"찾고 계신 신원 미상의 용의자, DNA 데이터가 없다고 하셨죠?"

"네."

진이 고개를 끄덕였다.

"아마 저희 쪽 분실물일 확률이 큽니다."

"어떻게 그렇게 확신하시죠?"

"MASS는 다른 의체와 달리 누군가의 DNA 데이터를 복제해서 만들어지지 않아요. 처음부터 연구소에서 만든 것이니까요."

그래서 신원 조회가 되지 않는다는 건가. 연희는 다시 유리창 너머의 MASS를, 만들어진 몸들을 바라보았다. 하늘에서 뚝 떨어진 사람이 존재할 수도 있다는 사실에 연희는 머리를 긁적였다. MASS에 대한 정보가 더 필요했다. 연희가 늘어선 MASS들을 훑어보며 물었다.

"어떻게 만들어지는 거죠, 이건?"

진은 대답하는 대신 가만히 주완을 바라보았다. 그러자 진의 뒤에 조용히 서 있던 주완이 헛기침을 하고는 입을 열었다.

"유전자 합성과 특수 세포 배양을 거쳐서 만들어집니다. 근력, 지구력, 순발력, 협응력, 인지력, 재생력, 반응 속도, 시각, 청각, 후각…… 모든 신체 능력이 일반인보다 월등히 뛰어나죠."

진이 손짓하자 주완이 MASS 보관 구역의 문을 열었다. 주완과 연희, 그리고 진은 그들의 바로 앞에 서 있는 MASS의 앞에 가서 섰다. 모두 나체 상태로 의식이 없었다. 주완은 천천히 MASS의 팔을 잡아 들어 보였다. 피부와 힘줄, 근육의 윤곽이 선명하게 드러났다. 주완이 이어서 설명했다.

"근골격계의 밀도와 강도도 높고요. 신진대사 강화, 독소 분해, 나노봇 및 바이러스 면역, 자연 치유, 일정 수치 이상의 통증 차단……."

설명을 듣던 중, 연희는 순간 호기심이 일어 물었다.

"생식 기능도 있나요?"

"없습니다. 전투에 필요하지 않은 기능은 전부 제거되어 있어요."

주완이 설명을 이었다.

"예를 들어 MASS는 필요 이상으로 눈물을 분비하지 않습니다. 안구 점막의 윤활과 이물질 배출을 위해서만 기능하죠."

눈물까지 통제된다니, 말 그대로 인간 병기군. 연희는 그런 생각을 하며 MASS의 감은 눈을 바라봤다.

"완성도가 어느 정도 되죠?"

"사실상 마무리 단계입니다. 앞으로 실전 테스트 데이터만 모이면……."

주완이 말을 마치기도 전에 연희는 권총을 뽑아 들어 MASS의 가슴팍을 겨눴다. 주완이 놀란 표정을 지었지만 진은 여유로운 미소를 보이면서 연희를 향해 천천히 고개를 끄덕였다. 연희가 곧바로 방아쇠를 당기자 10밀리 권총탄이 MASS의 가슴팍을 파고들었다가 다시 피부 밖으로 꾸물꾸물 빠져나왔다.

"허."

믿을 수가 없는 광경에 연희의 입에서 헛웃음이 절로 터져 나왔다. MASS의 총상에서는 피가 흘렀으나, 근육과 피부 조직이 꾸물거리며 출혈 부위를 압박하여 피는 금방 멈췄다. 총성에 귀를 막고 있던 주완이 찡그린 얼굴로 설명을 덧붙였다.

"시뮬레이션상으로는 MASS 하나가 최소 보병 중대, 최대로는 대대급의 전투력을 낼 수 있습니다. 전용 장비들도 방산 기업들과 협업하여 준비 중에 있고요."

연희는 눈앞의 MASS를, 인간 병기들을 바라봤다. 이런 괴물들이 장비까지 갖춰 떼거지로 덤비면 어쩔 도리가 없겠다는 생각이 들었다. 그런데 이런 것을 분실했다니. 그동안 자신이 터무니없는 존재를 쫓고 있었다는 생각이 들자 아찔해졌다.

"이 정도 스펙이면 군이 직접 움직여야 하는 것 아닌가요?"

계속 침묵하고 있던 진이 나서서 대답했다.

"군이 움직일 순 없어요. 법적인 문제도 있고, 군이 직접 사태를 수습하려 했다간 나중에 발을 뺄 수 없거든요."

발을 담갔다가 나중에 문제가 발생하면 국방부가 우린 모르는 일이다, 나 몰라라 할 수 없게 된다는 의미였다. 그러므로 타 기관에 비밀리에 해결을 요청한다는, 유구한 역사와 전통을 자랑하는 방식이었다. 진은 안심하라는 듯 미소를 지어 보였다.

"괜찮아요. 경찰 특기대 정도의 화력이면 제압할 수 있을 거예요."

연희는 고개를 끄덕이며 MASS의 머리를 바라봤다.

"컨트롤은 어떻게 되는 거죠?"

주완이 다시 나서서 입을 열었다.

"원래는 AI 통제 모듈을 탑재하려고 했는데, 아무래도 의체 베이스다 보니 자꾸 오류가 일어나더라고요."

주완은 뜸을 들이다가 이어서 말했다.

"그래서 시냅스 칩을 탑재했습니다."

"시냅스 칩? 그럼 저 안에 사람의 인격이 있다는 말인가요?"

주완은 마치 허락을 구하듯 진을 바라봤다. 진이 고개를 끄덕이자 주완이 다시 입을 열었다.

"전직 군인들의 의식 데이터 중 가장 충직하고 우수한 성과를 보인 군인의 것을 선별했습니다. 그걸 복제해서 넣었죠."

연희의 입에서 다시 헛웃음이 나왔다. 의식 데이터 복제는 발각 시 극형에 처해지는 중죄다. 공보부의 의체감사관리국에서 알면 절대로 가만히 있을 리 없었다. 자칫 잘못하면 온서그룹처럼 기업 해체까지도 각오해야 하는 일이었다.

“당신들, 이거 감당되겠어요?”

진의 입은 계속해서 미소를 머금고 있었다. 그녀는 서늘하고 부드러운 눈빛으로 MASS를 훑어보다가 다시 연희의 눈을 바라보며 말했다.

“필요는 법을 초월하죠.”

진은 더 이상 아무 말도 하지 않았다. 연희는 잠시 MASS의 머리를 바라보았다. 그리고 그 안에 들어 있을 시냅스 칩을 상상했다. 군인의 의식을 복제하여 넣었을 뿐이라면, 분실된 MASS는 어떻게 두억시니의 방식으로 살인을 저지르고 있지? 연희가 진에게 물었다.

“그럼 분실된 MASS의 시냅스 칩에도 그 군인의 의식이 들어 있나요?”

“그건 아닙니다. 누군가가 다른 의식을 넣었을 거예요.”

다른 의식. 진의 대답을 들은 연희는 다양한 가능성을 동시에 떠올렸다. 연희는 고개를 끄덕이며 권총을 집어넣었다.

“알겠습니다.”

연희는 MASS에게 다가가 피부 세포를 채취했다. 진이 천천히 연희에게 다가왔다. 그녀의 또렷한 구두 소리가 사방에 울렸다.

“잘 부탁드려요, 경위님.”

차갑게 날 선 면도칼 같은 목소리였다. 연희는 MASS의 각종 세포들을 채취하고서 나지막이 말했다.

"찾아보죠. 어차피 잡아야 하는 놈이니."

연희의 말에 진이 작게 미소를 띠었다.

"때에 따라선 체포가 불가능하실 수도 있어요. 그럼 그냥 사살하셔도 됩니다."

진이 이어서 말했다.

"머리의 시냅스 칩 훼손만 피해주세요. 사후 조사를 해야 하니……. 사체는 저희 쪽에 넘겨주시면 됩니다."

"그러죠."

연희의 말에 진이 미소를 머금었다. 연희는 줄지어 서 있는 MASS들을 바라보았다.

"MASS에 약점이 있나요?"

진 역시 고개를 돌려 MASS를 바라봤다. 잠시 그 인간 병기들을 보던 진은 다시 연희를 보며 입을 열었다.

"아뇨."

진이 덧붙였다.

"그냥 다 쏟아부으세요."

"감식반에서 연락 왔는데요, DNA 데이터 일치한답니다."

오 경사가 연희에게 검사 결과 자료를 보여주며 말했다. 진의 말대로 디에고를 죽인 놈이 MASS라는 것이 확실해지는 순간이었다. 연희는 생각에 잠겼다. MASS가 어떻게 두억시니의 방식으로 살인을 저지르고 있을까? 어떻게 그 MASS의 시냅스 칩에만 다른 의식이 들어갔지?

연희는 두억시니의 이전 살인들을 떠올렸다. 뇌가 없는 시체들이 발견되고, 두억시니는 검거되기 직전에 자살하거나 사살당했다. 그렇게 모든 게 끝났다 싶을 때 다른 의체에서 다시 나타나 살인을 저지르는 것이 두억시니의 패턴이었다. 연희의 남편인 지후의 경우 5대 두억시니로 불리고 있었다. 공통점은 그 모든 두억시니가 전부 의체 인간이었다는 것. 그러나 오르바사의 시냅스 데이터 서버를 몇 차례나 점검하고 두억시니 용의자들의 시냅스 칩을 조사해 봐도 알아낼 수 있는 것은 아무것도 없었다.

애초에 두억시니가 하나의 인격이 맞는지조차 확실치 않은 상황이었다. 두억시니는 사람이 아니고 오류를 일으킨 AI 바이러스 프로그램이라는 둥, 분열된 여러 개의 의식이라는 둥 확인할 수 없는 추측들만 무성했다. 놈이 이번에는 MASS에서 나타났다. 그것도 3년 만에.

"그럼 MASS의 시냅스 칩에 두억시니가 들어 있는 겁니까?"

오 경사가 연희에게 물어왔다.

"그렇다고 가정해야 해. 그래야 진전이 있으니까. 그럼 그렇다고 가정했을 때……."

연희는 뜸을 들이다가 입을 열었다.

"문제는 이거야. 왜 3년 만일까?"

"예?"

연희가 자료를 보며 말했다.

"이상하잖아. 그 전의 두억시니는 1년은커녕 3개월도 안 되어서 다른 의체 인간 속에서 나타났어."

오 경사가 고개를 끄덕였다.

"왜 3년 만일까? 그리고 왜 MASS일까?"

오 경사가 고심 끝에 대답했다.

"뭔가 목적이 있는 거라면……."

"난 그렇다고 봐. 뭔지는 몰라도 목적이 있어."

연희는 두억시니의 행동 패턴을 더듬어 봤다. 3년 만에 다시 나타난 두억시니는 단순히 머리를 가르고 뇌를 빼어 죽이는 살인 행각을 벌일 뿐 아니라 오르바사의 시설을 공격하는 등, 명확한 목적성을 가진 행동을 보이고 있었다. 연희는 두억시니의 살인 패턴, 머리를 가르고 뇌를 빼는 행위에 대한 프로파일러들의 추리를 떠올렸다. 연쇄살인마들이 종종 보이는, 시체 특정 부위 훼손과 트로피에 집착하는 성향. 그 추측이 틀렸다면? 그렇다면 놈의 이전 살인들도 단순한 시체 훼손이 아닌 포석이라는 뜻이 된다. 3년. 놈이 뭔가를 계획하고 있다면, 그 준비가 끝났을지도 모르는 일이다. 그게 뭔지는 몰라도.

"후……."

연희는 긴 한숨을 내쉬었다. 자료실 조명이 순간 깜빡거렸다. 오 경사가 이어서 물었다.

"오르바 사내에 놈의 협력자가 존재한다고 가정한다면 어떻습니까?"

오 경사의 질문에 연희는 또다시 생각에 잠겼다. 가능성이 높은 가설이었다. 오르바사의 보안 수준을 생각해 봤을 때 MASS를 외부에서 빼돌렸다고는 도저히 생각할 수 없었다. 그렇다면 두억시니가 사라지지 않고 자꾸 누군가의 의체 속에서 나타나는 것도 설명이 되었다. 이렇게 보안 시스템을 농락할 수 있을 정도면 내부인, 그것도 오르바사와 MASS 프로젝트에 대해 잘 알고 있는 관계자일 가능성이 높았다.

"자료 받았지?"

"예."

연희는 진으로부터 받은 MASS 프로젝트 관련 자료와 관계자들의 명단을 훑었다. 김주완. 그의 이름에서 연희의 시선이 멈췄다. 서류로 보나 실제로 보나 프로젝트의 리더가 주완인 것은 명백했다. 그렇다면 이 모든 일을 벌이고 은폐하기 쉬운 인물도 주완이었다. 하지만 왜? 주완도 알고 있을 것이다. MASS를 유출하면 본인이 가장 의심받기 쉽다는 것을. 그 모든 위험을 감수하고 MASS를 유출할 이유가 있나?

연희는 순간적으로 머리가 아파와 이마를 짚었다. 엉킨 철조망처럼 빽빽하게 들어찬 생각들이 뇌를 쿡쿡 찔러대고 있는 듯했다. 결국 연희는 눈을 감고 자리에서 일어섰다. 그러자 그 행동의 의미를 찰떡같이 알아챈 오 경사도 함께 일어섰다. 둘은 함께 서내 흡연실로 향했다. 연희는 흡연실 의자에 앉아 오 경사가 전자담배를 피우는 모습을 가만히 지켜봤다. 오 경사가 어이없다는 듯 입을 열었다.

"피울 것도 아니면서 왜 자꾸 흡연실에 오십니까."

"못 피니까 오는 건데."

"원래 캡슐 담배는 하셨잖습니까."

오 경사의 말에 연희는 비어 있는 캡슐 담배 케이스를 보여주었다.

"다 끊었어. 범인 잡을 때까진 살아 있어야지."

"야구도 끊으셨습니까?"

연희가 헛웃음을 뱉으며 대답했다.

"그래. 안 본 지가 한참이다. 고혈압으로 쓰러지면 어떡해."

오 경사가 담배 연기를 뿜어내며 말했다.

"블루테일즈 이번 시즌 잘하던데."

"유혹하지 마라."

연희의 말에 오 경사가 짤막하고 호탕한 웃음을 터뜨렸다.

"아무튼 흡연실은 자꾸 왜 들어오십니까. 유혹이 더 심해지는 거 아닌가."

"아니. 오히려 네가 피고 있는 거 보면 좀 덜해져, 욕구가."

오 경사가 고개를 끄덕였다.

"대리 만족 같은 겁니까?"

"글쎄다. 내 뇌한테 물어봐."

연희는 가만히 오 경사가 내뿜는 연기를 바라보았다. 그리고 오 경사의 머릿속에 들어 있을 시냅스 칩을 상상했다. 3년 전, 함께 근무할 때까지만 해도 오 경사는 의체가 아니었다.

"오 경사."

"예."

연희가 뜸을 들이다가 넌지시 질문을 던졌다.

"어쩌다 그렇게 된 거야? 의체화하게 된 얘기 해준다며."

"갑자기 또 아픈 곳을 긁으시네."

오 경사가 나지막이 말했다.

"미안. 적응이 안 돼서. 네가 의체라는 게."

연희의 짤막한 사과에 오 경사는 어이없다는 듯 헛웃음을 뱉었다. 오 경사는 다시 한번 전자담배 연기를 들이켠 후 뱉어냈다. 연기가 수증기처럼 흡연실 전체에 퍼졌다.

"팀장님 경찰 그만두고 나서 2년째인가, 아랫서울에 총기 난사 사건이 한번 터졌습니다."

"거기 원래 그러잖아."

"예. 그런데 평소보다 더 크게 터졌더랬어요. 그래서 출동했다가 하필 범인의 차에 치였지 뭡니까."

"차에 치였다고?"

오 경사가 어이없다는 듯 웃음을 뱉으며 말했다.

"예. 범인이 차에 탄 채로 총을 쏘고 있었어요. 그래서 제가 제압하려고 가까운 코너에서 튀어나왔는데, 범인의 차가 전속력으로 절 들이받았습니다."

오 경사는 당시의 기억을 떠올렸다. 온몸의 뼈가 부서지던 그 기억을. 오 경사가 나지막이 말을 이었다.

"그래도 머리가 안 박살 나서 다행입니다. 그랬으면 뇌도 날아갔을 테고, 그대로 인생 끝이었을 텐데."

연희가 고개를 끄덕였다.

"그러네. 의체화 비용은 정부에서 다 대줬지?"

"네. 임무 중에 일어난 일이니까요."

연희는 가만히 오 경사의 얼굴을 바라봤다.

"기왕이면 좀 더 젊었을 때 얼굴로 해주지."

"너무 그렇게는 또 안 되나 봅니다. 의체감사관리국에서 제한했다고 들었습니다. 사회에 혼란을 야기할 수 있다나 뭐라나."

오 경사가 불만스런 어투로 말했다. 연희는 다시 오 경사를 바라봤다. 오르바사의 연구소에서 보았던 MASS들이 떠올랐다. 복제된 몸에 삽입된 복제된 의식. 문득 한 가지 의문이

들었다. 지금 오 경사의 머리에 들어 있는 시냅스 칩 속 의식 데이터는, 그 자아는 온전히 오 경사의 것일까? 지금의 오 경사가 전의 오 경사와 같다고 할 수 있을까? 아니면 생전의 오 경사를 아주 정교하게 흉내 내는 인형에 불과할까?

정교함이라. 그 정교함이 극에 이르면 결국 진짜가 되는 것 아닌가. 연희는 순간 서 경감이 모으던 고급 기계식 시계들을 떠올렸다. 개중에는 가품도 있었다. 가품이 진품을 따라 하려다가 결국 진품보다 더 진품 같아지곤 하는 업계였다. 그렇다면 진짜와 가짜를 가르는 것은 정교함의 유무인가. 연희는 흡연실 환풍 장치로 빨려 들어가는 전자담배의 연기를 지켜보다가 오 경사에게 물었다.

"달라진 건 없어?"

"예?"

"네가 생각했을 때 뭐 달라진 거 없냐고. 의체화하기 전의 너랑 지금의 너랑."

오 경사는 곰곰이 생각에 잠긴 듯한 표정을 지은 후, 조용히 입을 열었다.

"딱히 없는 것 같습니다. 팀장님이 보기에는 뭐 달라진 것 같으십니까?"

"아니."

연희는 고개를 저었다. 지금의 오 경사는 확실히 생전의 오 경사다웠다. 얼굴도, 몸도, 말투도, 생각이나 사소한 반응들도.

"그런데 왜 갑자기……."

"달라진 게 없어서. 그래서 물어본 거야."

연희의 말에 오 경사가 의아하다는 듯한 표정을 지었다. 연희가 뜸을 들이다가 물었다.

"무섭지는 않아? 그렇게 죽었는데, 되살아나서 하는 게 또 경찰이라니."

"그냥 하는 겁니다, 뭐."

오 경사가 작게 웃음을 흘리며 말했다.

"이거 말곤 달리 잘하는 것도 없습니다. 가족들도 챙겨야 하고."

연희는 고개를 끄덕였다.

"맞다. 오 경사, 결혼은 했어?"

"못했습니다."

"왜? 비혼주의야? 아님 여자가 없어?"

오 경사가 고개를 저었다.

"어머니랑 아버지 부양하느라 여유가 없습니다."

오 경사가 대뜸 폰에 저장된 홀로그램 사진을 들이밀었다. 오 경사의 어머니와 아버지가 오 경사와 함께 유람선을 타고 찍은 사진이었다. 오 경사가 나지막이 입을 열었다.

"반년 전에 같이 여행 다녀왔습니다."

"효자네. 부모님 여행도 시켜드리고."

연희의 말에 오 경사가 작게 미소를 머금었다. 연희는 어렸을 적에 연이 끊겨버린 부모님을 떠올렸다. 이제는 얼굴도 이름도 가물가물한 사람들이었다. 연희가 나지막이 말했다.

"몸조심해. 불효자되기 싫으면."

"저희가 하는 일이 조심한다고 되는 일은 아니잖습니까."

"그렇긴 해."

연희가 헛웃음을 흘렸다.

"부모님이 안 좋아하시겠는데, 이 일."

"의체화하고 나서 어머니가 뭐라고 하셨는지 아십니까?"

오 경사가 담배 연기를 뿜으며 말했다.

"당장 그만두고 다른 일 하라고 그러셨습니다."

"근데 계속하네."

오 경사가 헛웃음을 흘렸다.

"별수 있습니까. 지킬 수 있는 건 다 지키는 거죠."

오 경사는 전자담배 기기를 품에 집어넣었다. 오 경사는 연희에게 반사적으로 가족 얘기를 물어보려다가, 연희에게 남은 가족이 전혀 없다는 사실을 떠올리고 입을 다물었다. 오 경사는 흡연실 구석 의자에 앉아 있는 연희를 가만히 바라봤다.

똑똑하고 과감하며 강인하고 카리스마 넘치는, 그런 사람. 오 경사는 늘 연희를 그런 사람이라고만 생각해 왔다. 그러나 오늘은 달랐다. 오늘따라 연희는 유난히 외로워 보였다. 마치 잎이 다 떨어진 채 언덕에 홀로 꼿꼿이 서 있는 겨울나무처럼. 잠시 정적이 흘렀다. 오 경사가 조용히 입을 열었다.

"팀장님."

"왜."

오 경사가 머뭇거렸다. 그 모습이 답답해 보인 연희가 먼저 입을 열었다.

"할 말 있으면 빨리 해."

"그…… 괜찮으십니까?"

"뭐가?"

오 경사가 입술을 옴싹달싹하다가 입을 열었다.

"그냥, 다 말입니다."

연희로서는 뭐라고 대답해야 할지 모르겠는 질문이었다. 괜찮다고 하자니 거짓말 같았고, 안 괜찮다고 하자니 그것 또한 완전한 진실은 아니었다. 오 경사의 그 질문은 언어라는 게 얼마나 불완전하고 공허한 것인지 다시 한번 되새겨 줄 뿐이었다. 그렇기에 연희가 할 수 있는 대답은 침묵이었다. 늘 그랬다. 의미를 알아들은 오 경사는 더 이상 묻지 않고 고개를 끄덕였다.

"……알겠습니다."

그때였다. 연희가 손목에 찬 전술 시계에서 다급하게 호출 알람이 울렸다. 연희와 오 경사는 대화를 멈추고 빠르게 흡연실에서 뛰쳐나갔다. 특수팀 대원들 중 빠르기라면 제일가는 박 경장이 둘을 발견하고는 서둘러 뛰었다.

"무슨 일이야?"

"놈이 나타났습니다. MASS입니다!"

오 경사의 눈이 연희와 마주쳤다. 연희가 재빨리 물었다.

"어디에?"

"파주에 있는 ZIG 넥스원 연구 시설입니다."

ZIG 넥스원. 국내 굴지의 방산 기업이다. 박 경장이 위성 영상을 보여주며 말했다.

"ZIG 쪽에서 신고가 들어왔습니다. 그 일대의 CCTV나 카메라 기록들은 전송이 다 끊겼는데, 위성 영상 AI 서칭에 뭐가 잡혀서 봤더니 MASS가……."

영상 속 연구 시설에서는 폭발과 화재가 즐비했다. 한 남자가 파괴된 시설 일대를 걷고 있었다. 박 경장의 말대로 MASS였다. 영상 속 그는 무언가를 찾는 것처럼 보였다. 연희는 곧바로 위치를 확인했다. 그리 멀지 않았다. 빠르게 출동한다면 에어로더로 10분이면 도착했다. 연희는 오 경사, 박 경장과 함께 작전실로 뛰어 들어갔다. 이미 팀원들이 장비를 챙기고 있었다. 무기고에서 반출된 소총 몇 자루를 보며 연희가 말했다.

"그걸로는 씨알도 안 먹힐 거야. 놈은 인간 병기다."

"그럼……."

연희는 무기고로 들어서며 말했다.

"다들 대인용 말고 대물용 소총 챙겨."

"대물용이요? 워커나 장갑 에어로더 잡는 그거요?"

"그래."

팀원들은 모두 의아한 표정을 지었다. 연희를 제외하고는 그중 누구도 MASS의 실물은 본 사람이 없었다. 설명을 아무리 들어도 실제로 보기 전에는 와닿지 않는 것도 있는 법이다. 그럼에도 팀원들은 연희를 신뢰했고, 군말 없이 지시를 따랐다.

"탄은 텅스텐심 철갑탄으로 준비하고."

오 경사가 전술 리그의 파우치 위치를 조정하며 연희에게 물었다.

"지원 병력은 어떻게 할까요?"

"특기대 2개, 아니 3개 중대 대기시켜."

"3개 중대나요?"

오 경사가 되물었다. 연희는 단호하게 고개를 끄덕였다.

"그래. 3개."

연희가 이어서 말했다.

"저격반, 무장 건십, 전술 워커……. 아무튼 부를 수 있는 건 싹 다 불러."

연희의 말에 오 경사가 당혹스러운 표정으로 이의를 제기했다.

"팀장님, 화력이 과하면 민간인 피해가 발생할 수도 있습니다."

연희는 고개를 젓고는 대물용 소총의 상부 레일에 스코프를 달면서 말했다.

"다들 잘 들어! 놈은 아랫서울 같은 데 널린 잡범이 아니고 전쟁용으로 설계된 병기야. 자료 봤지?"

대원들이 고개를 끄덕였다. 이어서 박 경장이 준비한 위성 영상 자료를 작전실 내 홀로그램 프로젝터로 띄웠다. 연희가 홀로그램을 바라보며 말했다.

"시간 없으니까 한 번만 빠르게 브리핑한다. 준비하면서 들어."

연희는 영상 속 연구 시설을 가리키며 말했다.

"지금 그 지역 지구대들이 차단선을 펼치고 있을 거야. 하지만 그 전력으론 오래 못 버텨."

연희가 이어서 말했다.

"먼저 우리를 포함한 특기대 3개 중대가 최대한 빠르게 차단선으로 가서 연구소 주변을 전부 포위한다. 그럼 놈은 출입구 셋 중 하나로 빠져나오려고 하겠지."

연희가 연구소의 출입구 세 곳을 가리키며 이어서 말했다.

"무장 건십과 워커, 저격반의 화력 지원을 받아서 놈을 다시 시설 안으로 몬다. 그러다 틈이 보이면 돌입해서 체포하는 거다."

"체포가 어려운 경우에는 어떡합니까?"

한 대원의 질문에 연희는 잠시 홀로그램을 바라보았다. 시설을 활보하는 MASS의 모습이 투영되고 있었다.

"사살해. 하지만 머리는 조심해라. 칩이 망가지면 안 돼."

연희는 시계를 쳐다봤다. 시간이 없었다.

"3분 내로 출동한다."

"예!"

대원들이 일사불란하게 움직였다. 대원들이 장비와 탄약을 카트에 올리면, 워커들이 에어로더 주차장까지 카트를 밀어 에어로더에 하나둘씩 실었다. 대원들은 개인 화기와 리그, 방탄 코트 세팅을 빠르게 마쳤다. 곧 작전실에서 대원들이 우르르 쏟아져 나왔다. 대열의 가장 앞에 선 연희는 가만히 심호흡을 했다. 오랜만에 느껴보는 감각이었다.

중장갑 에어로더가 밤하늘을 갈랐다. 연희는 완전무장한 채로 맞은편에 앉아 있는 오 경사와 박 경장을 비롯한 다른 대원들을 쓱 훑어보았다. 특기대는 범죄 중에서도 가장 강력한 범죄 사건에만 출동하는 부대였다. 도움이 필요한 시민은 경찰을 부르고, 도움이 필요한 경찰은 특기대를 부른다는 말이 있을 만큼 경찰이라는 조직 안에서 기대할 수 있는 최고의 화력과 실력을 자랑했다. 그러나 상대가 상대니만큼, 평소와는 다르게 베테랑 특기대 대원들의 얼굴에서도 긴장한 기색이 역력했다. 와중에 계속해서 무전이 울렸다.

〔2호차, ETA 3분.〕

〔3호차, ETA 4분.〕

곧 현장이었다. 연희는 조용히 다른 중대에 무전을 쳤다.

"여기는 1호차, 물까치가 알린다. 아군 오사와 민간인 피해에 주의."

그때였다. 연희가 무전을 마치자마자 총성과 폭발음이 희미하게 밤하늘을 가르고 울렸다. 이미 시작된 것이다. 곧 지역 순경들의 무전망에서 대혼란이 일었다. 공포로 가득 찬, 그러나 차분히 전달하기 위해 애쓰는 목소리들이 무전을 타고 흘러들었다.

〔여기는 파주경찰서 제3지구대, 시설 앞 차단 중 용의자 발견! 용의자가 자동 화기를 소지하고 있다.〕

"여기는 물까치. 확인했다. 현재 상황은?"

〔현재 피해 상황 보고, 사망 셋, 중상 하나.〕

연희의 표정이 빠르게 굳어갔다. 무전이 계속되었다.

〔반복한다. 사망 셋, 중상 하나. 피해가 심각하다. 빠른 지원 바란…….〕

총성과 함께 무전이 뚝 끊겼다. 그것이 무엇을 의미하는지는 모두 알 수 있었다. MASS의 스펙을 생각해 봤을 때 지역 경찰들로는 상대할 수 없다는 사실은 자명했다. 특기대 도착 전에 차단선이 뚫리면 전부 끝장이다. 그렇게 판단을 내린 연희는 다시 특기대 전원에게 무전을 쳤다.

"1호차, 물까치는 현장 도착 시 바로 제3지구대 차단선 쪽으로 기동한다. 나머지는 원래 위치로."

에어로더 조종사가 한계까지 속도를 냈다. 전자기 추진 엔진이 뒤편의 밤하늘로 열심히 제트를 뿜어댔다. 이윽고 에어로더는 밤하늘을 갈라 제3지구대 차단선 앞에 도착했다. 연구 시설 입구 바로 앞 도로에 경찰용 에어로더와 신속 전개 바리케이트로 만든 간이 차단선이었다.

"전원 하차."

"하차!"

대원들의 외침과 함께 1호차 특기대 병력 전원이 에어로더에서 내렸다. 차단선에 접근한 대원들은 머리에 탄을 맞고 쓰러진 경찰들의 시신을 발견했다. 살아남은 순경 몇몇이 권총과 산탄총으로 저항하고 있었으나 역부족이었다. 다시 총탄이 빗발쳤다. 또 다른 순경 하나가 고개를 내밀었다가 머리에 탄을 맞고 쓰러졌다. 반쯤 날아간 머리가 아스팔트 바닥 위로 떨어졌다. 그 모습을 본 오 경사가 중얼거렸다.

"젠장. 더럽게 잘 맞추는군."

연희가 서둘러 앞쪽으로 뛰쳐나가며 소리쳤다.

"특기대입니다. 전원 철수하세요!"

순경들이 굳은 얼굴로 연희를 바라봤다.

"지금부터는 저희가 현장을 통제합니다."

오 경사와 특기대 대원들이 대물용 소총을 들어 범인이 있을 것으로 예상되는 위치에 제압 사격을 퍼부었다. 그사이에 순경들은 굳은 얼굴로 차단선에서 빠져나왔다. 그들의 눈빛 속에는 살아남았다는 안도감도, 동료들을 죽게 했다는 죄책감도 없었다. 공포, 그저 공포뿐이었다. 그러나 패튼 장군의 말대로 용기란 공포를 느끼지 않는 것이 아니라, 공포를 1분

더 버티는 것이다. 상대가 되지 않는 것을 알면서도 파주경찰서의 순경들은 최선을 다했다. 그들의 용기와 희생이 없었다면 범인은 벌써 연구 시설을 빠져나갔을 것이다. 그 사실을 알고 있는 연희는 바디백에 들어가는 순직자들의 얼굴을 가만히 바라보았다. 순간 연희의 마음속에서 차가운 분노가 치밀어 올랐다.

"여기서 잡는다."

제압 사격이 잦아든 틈을 타 총성과 함께 범인이 발사한 탄환이 날아들었다. 대원 중 박 경장의 헬멧에 놈의 총탄이 적중했으나 관통하지는 못했다. 일반적인 소총탄이라는 뜻이었고, 그렇다는 건 싸움이 성립하지 않는다는 이야기였다. 특기대가 몸에 둘둘 두르고 있는 것은 다라디늄으로 만든 4등급 방탄 장비로, 철갑탄이 아닌 일반적인 소총탄 따위로는 뚫을 수 없는 물건이었다.

"쫄지 말고 교전해."

오 경사가 나지막이 말했다. 물까치팀 전원은 사격이 용이한 위치로 이동한 후 다시 사격을 개시했다. 연희의 예상과 다르게 총격전은 금방 끝났다. 총성이 잦아들고 오 경사가 조용히 보고했다.

"도망쳤습니다."

"연구 시설 내부로 다시 들어간 것으로 보입니다."

연희는 고개를 끄덕이며 현명한 판단이라고 생각했다. 만약 지금처럼 화력이 밀리는 상황에서 개활지 총격전을 계속한다면 MASS든 뭐든 간에 금방 사살당했을 터이다. 특기대가 범인에게 쏟아붓고 있는 탄환은 50밀리미터 두께의 고경도 합금판도 관통하는 14.5밀리 텅스텐심 철갑탄이었다. 워커나 장갑 차량을 상대로 쓰이는 것으로, 놈이 강화된 인간이라고 해도 생물인 이상 적중 시 무사할 수는 없었다.

〔2호차 현장 도착. 검수리, 1번 차단선 접근 중.〕

〔3호차 현장 도착. 까마귀, 2번 차단선에서 타깃의 모습은 보이지 않는다.〕

차례차례 특기대가 현장에 도착했다. 모든 차단선에 특기대가 배치되었으니 이제 범인이 빠져나갈 구멍 따윈 없다고 연희는 확신했다. 범인이 몰고 온 에어로더도 지상에서는 보이지 않았다. 모든 것이 순조롭게 진행되고 있었다. 그러나 연희는 그 사실에 불안감을 느꼈다.

"어떡할까요?"

오 경사가 나지막이 연희에게 물었다. 기다려서 좋을 것은 하나도 없었다. 이 작전의 성패를 결정짓는 세 가지 핵심 요소는 바로 기습, 속도, 과감한 공격이었다. 범인에게 대응할 시간을 주는 것은 어리석은 일이다. 연희는 빠르게 판단을 내렸다.

"여기는 후속 병력에게 맡기고 우리는 돌입한다."

오 경사와 박 경장, 그 외 팀원 아홉이 따라붙었다. 물까치팀은 저격반의 엄호 속에 차단선을 지나 시설 내부로 돌입했다. 국내 1위 방산업체의 연구 시설답게 시설은 아주 거대했다. 곧 팀원 전원의 헬멧 바이저 HUD에 ZIG 넥스원으로부터 급하게 전달받은 연구 시설 도면이 떴다.

시설은 크게 네 개의 건물로 나뉘어 있었다. 연구용으로 쓰이는 연구1동, 2동, 3동, 그리고 기숙사 및 기타 용도로 쓰이는 별관. 지금 물까치 팀원들의 위치는 연구3동의 바깥쪽이었다. 연희의 눈앞에 육각형 모양의 그리드로 외장이 마감되어 있는, 반구 형태의 연구3동 건물이 보였다.

〔여기는 쇳바람. 현장 상공이다. 지원이 필요한가?〕

하늘에서 웅웅거리는 커다란 전자기 추진 엔진 소리가 들려왔다. 체인건과 유탄 발사기, 광학병기 등 각종 중화기로 무장한 화력 지원용 건십이었다. 작은 고래를 닮은 유선형 건십은 밤하늘을 유유히 날아다니며 적외선 라이트로 시설 내부를 비췄다.

"타깃이 시설 내부로 숨어들었다. 외부 수색 지원 바람."

〔알겠다.〕

이제 범인이 건물 밖으로 튀어나오기라도 한다면 700미터 상공을 떠다니는 저승사자의 집중 포화를 맞고 걸레짝이 될 것이다. 연희는 범인도 그 사실을 알고 있을 가능성이 높다고 판단했다. 전투가 벌어진다면 건물 내부에서 벌어질 것이다. 연희와 대원들은 주변을 경계하며 연구3동 건물에 바짝 붙었다. 오 경사가 조용히 말했다.

"팀장님. 저쪽 벽면이 부서져 있습니다."

연희는 오 경사가 적외선 레이저 포인터로 가리키는 부분을 자세히 살폈다. 오 경사의 말대로 벽이 부서져 있었다. 범인이 여기서 무언가를 찾았거나, 찾고 있다는 추측이 확실해졌다.

"여기는 물까치. 연구3동 건물로 진입한다. 엄호 바람."

연희는 그렇게 무전을 치고 대원들과 함께 부서진 벽면을 따라 건물 내부로 진입했다. 건물 안쪽은 난장판이었다. ZIG

넥스원 경비원들과 연구진의 시체, 파괴된 경비용 워커들의 잔해가 늘어져 있었다. 각종 집기들이 엎어지고 벽과 부서진 천장에서 전선과 배관이 튀어나와 있었다. 대원들은 엉망진창이 된 복도를 따라 천천히 진입했다. 그때였다. 누군가가 움직이는 것을 포착한 오 경사가 총을 겨누며 재빠르게 소리쳤다.

"손 들어! 경찰이다! 움직이면 쏜다!"

"쏘, 쏘지 마세요!"

다급하게 외치는 남자의 목소리가 내부 복도에 울렸다.

"이쪽으로 나와!"

오 경사의 명령에 피곤해 보이는 중년의 남자가 테이블 아래에서 조심스럽게 기어 나왔다.

"정말 겨, 경찰인가요? 살았다……."

대원들은 남자의 말이 끝나기도 전에 그를 제압해 몸을 수색했다. 어떠한 무기도 없음을 확인한 대원들이 남자를 풀어주었다.

"이제 안심하셔도 됩니다. 걱정 마세요."

오 경사의 말에 남자가 고개를 끄덕였다. 연희가 남자에게 물었다.

"누구시죠?"

남자는 품에서 무언가를 꺼내 보여주었다. ZIG 넥스원 임원 ID 카드였다. 남자가 떨리는 목소리로 질문에 대답했다.

"전 박, 박병호라고 합니다. ZIG 상무이사인데요."

"상무이사요?"

병호가 부서진 안경을 고쳐 쓰며 말했다.

"네. 기밀 프로젝트 진행 사항 때문에 와봤는데, 하필 오늘 이런 일이……."

병호는 말을 잇지 못하고 불안한 표정으로 주변을 계속 두리번거렸다.

"혹시 이런 남자를 봤나요?"

연희는 사진 자료를 보여주며 물었다. MASS의 모습을 확인한 병호의 얼굴이 새하얗게 질렸다. 병호는 고개를 연신 끄덕이며 답했다.

"네. 맞아요. 이, 이놈이야."

병호의 목소리가 떨렸다. 연희가 이어서 물었다.

"언제 보셨고, 어디로 갔나요? 마지막 모습은요?"

병호가 패닉에 빠진 얼굴로 쏟아내듯 말했다.

"그놈이 쳐들어와서 경비원들이랑 연구원들 막 다…… 주, 죽이고는 연구 시설들을 전부 강제로 열고 그랬어요."

병호는 숨을 고르고는 더듬거리며 이어서 말했다.

"저, 저는 계속 숨어 있다가 조용해진 틈을 타서 건물을 빠져나가려고 했는데, 저 미친놈이랑 눈이 마주쳐서……."

병호는 이제 거의 울먹이고 있었다.

"그런데 저는 죽이지 않고 그냥 보내주더라고요. 가라고, 빨리 여기서 나가라고……."

병호가 말을 흐렸다. 연희가 조용히 물었다.

"아는 사이신가요?"

"아, 아뇨. 처음 본 얼굴이에요."

어째서 살려줬지? 연희는 순간 차오르는 의문을 접어두고 다른 질문을 던졌다.

"남자가 그것 외에 다른 말은 하지 않던가요? 다른 특이점은요?"

"예. 딱히 아무 말도……."

병호가 몸을 심하게 떨었다. 더 이상 이 사람에게서 유용한 답을 들을 순 없을 것 같다는 판단이 선 연희가 입을 열었다.

"팀원 하나를 붙여드릴 테니 밖으로 대피하세요. 박 경장, 이분 좀 후속 병력에 인계하고 다시 합류해."

"이쪽으로 오시죠."

박 경장이 병호를 데리고 밖으로 나갔다. 그때였다. 병호와 박 경장이 건물 밖으로 빠져나가자마자 쾅 하는 폭발음과 함께 건물이 진동하더니 천장이 무너져 내렸다. 순식간에 대원들은 천장 밑에 깔려버렸다. 쏟아진 파편 무더기가 마치 벽처럼 쌓여 연희와 몇몇 대원의 사이를 가로막았다.

"팀장님!"

파편 무더기 너머에서 오 경사가 큰 소리로 연희를 불렀다.

"오 경사!"

"괜찮으십니까?"

그때였다. 총성이 울렸다. 오 경사의 총이었다. 총성이 점점 멀어지기 시작했다.

"오 경사! 괜찮아? 오 경사!"

오 경사의 무전이 울렸다.

[예. 놈이 지하로 도망칩니다! 추격하겠…….]

"오 경사, 안 돼!"

무전이 끊겼다. 팀 전원이 이게 무슨 상황인지 파악하려고 애쓰는 중이었다. 연희는 서둘러 밖에서 대기 중이던 전술 워커를 호출했다. 워커는 빠르게 실내로 돌입해 강철 팔로 천장에서 떨어진 콘크리트 잔해를 치우며 길을 개척했다. 그러자 오 경사의 말대로 지하로 향하는 통로가 보였다. 전투의 흔적과 오 경사의 방탄복에서 떨어진 각종 장비들, 그리고 신호 발신기가 보였다.

"다들 무사해?"

오 경사를 제외한 팀원 전원이 무사하다고 연희에게 알려왔다. 총원 열하나. 오직 오 경사만이 보이지 않았다. 연희는 다급하게 무전을 쳤다.

"여기는 물까치. 작전 본부, 오태훈 경사의 시냅스 칩 위치 정보 조회 바람."

잠시 기다리자 물까치 팀원 전원 헬멧의 바이저 HUD에 오 경사의 시냅스 칩 위치 정보가 공유되었다. 오 경사는 이동하고 있었다. 이미 2번 차단선 쪽이었다. 연희와 대원들은 서둘러 시설의 지하 통로를 따라 움직였다. 시냅스 칩 위치 정보에 따르면 오 경사는 연구 시설의 끝자락을 벗어나는 중이었다.

곧 연희의 앞에 철창문이 가로막고 있는 공간이 드러났다. 철창 너머로 수십 개의 파이프가 보였다. 터널처럼 길고 커다란 공간에 거친 물소리가 울리고 있었다. 붉은색 경고판 하나가 연희를 반겼다.

경고 : 배수 시설

관계자 외 출입 금지

바이저 HUD에 뜬 오 경사의 시냅스 칩 신호는 배수 시설 통로를 따라 계속 움직이고 있었다. 그러더니 갑자기 속도가 빨라졌다. 인간의 다리로는 도저히 흉내 낼 수 없는 속도로 오 경사가 대원들로부터 멀어지고 있었다. 연희는 순간 지상에 범인의 에어로더가 없었다는 사실을 떠올렸다.

"처음부터 여기로……."

당했다. 미리 배수 시설 내부에 에어로더를 대기시켜 둔 것인가. 연희는 즉시 배수 시설이 이어져 있는 곳을 확인했다. 온서특별시 인근의 하수처리장이었다. 지금이라도 뒤쫓아야 했다. 연희가 다급하게 무전을 쳤다.

"여기는 물까치. 검수리와 까마귀는 계속 위치 사수하라. 우리는 쇳바람과 함께 놈을 쫓겠다."

기만 작전의 가능성도 염두에 둔 판단이었다. 연희는 그렇게 2개 중대를 현장에 남겨놓고 박 경장을 포함한 대원들과 서둘러 건물 밖으로 이동했다. 이미 1호차가 시동을 건 채 건물 밖에서 대기하고 있었다. 연희는 대원들과 함께 에어로더에 올라 건십에 예상 목적지 정보를 공유했다.

〔여기는 쇳바람. 이동하겠다.〕

1호차는 건십과 함께 조금씩 밝아오는 밤하늘을 가로질렀다. 놈은 어디로 도망치는 걸까? 오 경사는 어떻게 된 거지? 연희의 머릿속은 알 수 없는 의문들로 가득했다. 연희는 고개를 저으며 너무 깊게 생각하지 않으려 애썼다. 생각이 많아지면 판단이 느려지고, 판단이 느려지면 행동이 느려진다. 1초가 생사를 가르는 현장에서 이는 치명적인 위험이었다. 모두 놈을 붙잡으면 해결될 문제들이다. 연희는 그렇게 생각하며 총을 붙잡았다.

연희는 오 경사를 생각했다. 그러자 연희의 머릿속에 불현듯 남편을 온서특별시에서 사살했을 때가 떠올랐다. 다시 그 곳에서 누군가를 잃는 것은 질색이다. 어느새 밤하늘이 검은 색에서 짙은 남색으로 변했다. 동틀 녘이었다. 하늘에 눈이 휘날리고 있었다. 그날과도 같은, 두껍고 무거운 눈이었다.

〔타깃 포착.〕

먼저 온서특별시 인근 하수처리장 상공에 도착한 건십이 곧바로 물까치팀이 탑승한 1호차에 타깃의 위치 정보를 전송했다. 연희의 예상대로 하수처리장의 커다란 배수 파이프 안에서, 고작해야 2인승 정도로 보이는 작은 에어로더 한 대가 빠져나왔다. 에어로더는 이온 제트를 거칠게 분사하며 상공으로 올라가고 있었다. 개조한 엔진과 노즐이 출력을 극대화한 덕에 범인이 탑승한 에어로더는 상당히 빨랐다. 그러나 아무리 빠르다고 한들 건십과 경찰용 에어로더를 쉽게 뿌리칠 수는 없었다.

〔여기는 쇳바람. 발포 허가를 요청한다.〕

연희는 발포 허가를 내리려던 순간, 문득 오 경사를 떠올렸다. 만약 건십의 공격으로 범인의 에어로더가 격추된다면 MASS인 범인은 멀쩡할 수 있어도 오 경사가 멀쩡할 수는 없었다. 어쩌면 놈은 그걸 노리고 오 경사를 데리고 있는지도 몰랐다. 연희는 이를 악물었다. 바로 그때였다.

"팀장님, 팀장님!"

대원 하나가 다급한 목소리로 외쳤다.

"놈이 온서특별시로 향하고 있습니다!"

에어로더 전면 카메라에 온서특별시로 향하는 범인의 에어로더가 보였다. 연희로서는 이해할 수 없는 판단이었다. 그쪽으로 가면 모든 게 끝이다. 특기대 따위보다 더 강력하고 무서운 전쟁용 무인 병기들이 득실거리는 곳에 에어로더를 타고 진입한다는 것은 자살행위나 다름없는 짓이었다.

"놈이 온서특별시에 진입합니다!"

대원의 후속 보고가 연희의 의구심을 날려버렸다. 연희에게는 더 이상 지체할 시간이 없었다. 이유를 생각할 시간도 없었다. 범인이 저대로 온서특별시 안쪽으로 깊숙이 들어가 버린다면 무인 병기들이 공격해 올 것이고, 그럼 더 이상 추격하기란 불가능했다. 놈의 의도에 어울려 줄 수는 없다. 그렇게 다짐하는 연희에게 다시 한번 무전이 왔다.

〔여기는 쉿바람, 발포 허가를…….〕

연희는 머리에서 오 경사의 이미지를 지워버렸다. 연희가 단호하게 입을 열었다.

"여기는 물까치. 발포를 허가한다."

〔알겠다. 발포.〕

드르륵. 데시벨이 백배는 넘게 증폭된, 재봉틀 기계를 연상시키는 발포음과 함께 건십의 체인건이 불을 뿜었다. 22밀리 구경의 납덩어리들이 허공을 가르고 날아가 범인의 에어로더를 두들겼다. 그렇게 쉿바람은 계속해서 체인건 세례를 쏟아부었으나 놈의 에어로더는 추락하지 않았다. 방탄 장갑이 에어로더의 겉에 덕지덕지 붙어 있는 탓이었다.

그러나 체인건은 건십이 보유한 화기 중 가장 화력이 약한 무기일 뿐이었다. 이번에는 건십의 주포가 불을 뿜었다. 10메가와트 출력의 레이저가 범인의 에어로더 엔진부를 적중시켰고, 곧 파괴된 전자기 추진 엔진에서 불길이 치솟아 올랐다. 허공에 불과 연기의 궤적을 그리며 떨어지는 에어로더를 보며, 연희는 오 경사가 보여준 가족사진을 떠올렸다. 연희는 그 사진 속 얼굴들을 떨쳐버리려 애썼다. 설령 오 경사가 사망하더라도 제발 머리만은, 시냅스 칩만은 무사한 상태로 남아 있길 바랄 뿐이었다.

〔타깃 격추.〕

쉿바람의 파일럿이 무미건조한 억양으로 보고했다. 범인의 에어로더는 비상 착륙 장치를 전개, 그대로 온서특별시의 도로 위에 불시착했다. 이제 물까치팀의 차례였다.

“여기는 물까치. 내려가겠다.”

〔상공에서 엄호하겠다.〕

쉿바람의 엄호 아래 연희와 대원들이 탄 에어로더가 도로 위에 하강했다. 범인은 기절했는지 죽었는지 모를 오 경사를 한쪽 어깨에 둘러업은 채 반파된 에어로더 문짝을 걷어차고 나왔다. 범인의 다른 손에는 자동소총이, 등에는 거대한 케이스가 군용 파라코드로 타이트하게 묶여 있었다.

가장 먼저 에어로더에서 내린 연희는 범인의 얼굴을 확인했다. 분명히 오르바사의 연구 시설에서 본 바로 그 얼굴이었다. MASS가 확실하다. 그렇게 판단한 연희와 범인의 눈이 마주쳤다. 망설일 이유가 없었다. 연희는 대물용 소총으로 범인의 다리를 겨눈 뒤 빠르게 방아쇠를 당겼다.

우렁찬 총성이 텅 빈 도로를 따라 울렸다. 황동 탄피가 떨어짐과 동시에 범인이 바닥 위로 고꾸라졌다. 텅스텐심 탄두가 종아리 근육을 찢어발기고 들어가 정강이뼈를 박살 낸 것이다. 그러나 연희는 안심할 수 없었다. 완전히 무력화되기 전까지 꽂아 넣어야 했다. 연희가 반대쪽 다리를 조준하자 우려는 현실이 되었다. 범인은 피탄되지 않은 한쪽 다리를 접었다 펴면서 마치 개구리처럼 뛰며 놀라운 균형 감각과 속도로 도망치기 시작했다. 그 움직임은 기이했으나 효율적이었다.

연희와 대원들이 빠르게 놈을 향해 다시 사격을 가했으나 명중한 탄환은 없었다. 이미 범인은 도로 바로 옆의 무너진 상가 건물 뒤편으로 들어가 버린 뒤였다. 연희는 대원들에게 포위를 명령한 뒤 건십에 빠르게 무전을 쳤다.

"여기는 물까치. 타깃이 도로 바로 옆 건물 폐허에 숨었다. 우회해서 사격을 가할 수 있는지?"

〔여기는 쉿바람. 알겠다. 발포 가능한 각도로 이동하겠다.〕

건십이 하늘을 가로질러 범인이 숨어 있을 건물 뒤편으로 이동했다. 끝이다. 여기서 놈을 잡고 오 경사를 구출해 작전 본부로 귀환한다. 놈을 심문하고, 두억시니의 진실을 알아내고, 오 경사는 가족의 품으로 돌아가는 거다. 그렇게 모두가 일상을 회복하는 거다. 더는 아무 일도 일어나지 않는, 지루하고 평온한 일상을 되찾는 거다.

연희는 분명 그렇게 생각했다. 섬광이 번쩍임과 동시에 건십이 케이크 썰리듯 반으로 잘려버리기 전까지는. 무인 병기의 광집중 입자포에 맞아 반토막이 난 건십은 그대로 땅바닥을 향해 추락했다. 아차. 대원들 모두가 그 광경을 보며 온서특별시에 너무 깊이 들어왔음을 깨달았다.

"쉿바람, 쉿바람!"

연희가 다급하게 무전을 쳤다.

〔여기는 쉿바람.〕

쉿바람으로부터 무미건조한 어투의 마지막 무전이 울렸다.

〔먼저 간다.〕

추락한 건십은 온서특별시의 폐건물 모서리에 부딪히고는 폭발과 함께 거대한 고철 덩어리가 되어 바닥에 떨어졌다. 이어서 하늘에서 더 크게 웅웅거리는 소리가 들려왔다. 곧 소리의 주인이 누구인지 현장의 작전 대원 모두가 알 수 있었다. 온서특별시의 무인 병기, 빅버드였다. 대형 가오리를 닮은 그것이 하늘을 가로질러 대원들을 향해 날아오고 있었다. 연희와 대원들이 3년 전에도 본 그것이었다. 대원 몇몇이 무인 병기를 향해 총격을 가했다.

"안 돼!"

"사격 중지!"

고작 개인 화기 정도로 격추할 수 있는 상대가 아니었다. 그것을 잘 알고 있는 연희가 다급하게 외쳤다.

"철수, 다들 철수해!"

"하지만 놈이 바로 앞에……."

대원 하나가 머뭇거렸다.

"여기 더 있으면 다 죽어! 빨리 철수해!"

연희가 대원들을 데리고 에어로더를 향해 뛰며 무전을 쳤다.

"여기는 물까치! 온서특별시 초입에서 타깃을 놓쳤다. 무인 병기의 공격을 받고 있다. 철수한다!"

연희의 팀은 서둘러 에어로더를 향해 뛰었다. 연희는 대원들이 잘 뛰고 있는지 확인하기 위해 고개를 돌렸다. 그때였다. 날카로운 비명과도 비슷한, 아주 강렬한 소리가 사방에 울렸다. 무인 병기가 음파 병기를 가동시킨 것이다. 인간의 신경계 교란을 목적으로 정교하게 설계된 주파수가 대원들의 고막을 통해 뇌와 신경계 곳곳으로 전달되었다. 갑자기 대원들의 몸이, 바쁘게 움직이던 다리가 돌처럼 굳어버렸다. 대원들의 정신은 또렷했다. 그러나 가위에 눌린 것처럼 몸의 어떤 부위도 움직이지 않았다.

섬광이 번쩍였다. 가장 뒤처져 있던 대원이 빛과 함께 깔끔하게 잘려 나갔다. 다시 섬광이 번쩍였다. 이번에는 다른 대원 하나가 몸의 반을 잃었다. 마치 죽음의 사진기처럼, 섬광이 번쩍일 때마다 피와 내장이 쏟아지며 대원들이 죽어갔다. 그것은 먼 상공에서 고고하게 호버링하며 살육을 이어나갔다. 연희는 굳은 얼굴로 부하들이 죽어나가는 광경을 눈 하나 깜빡하지 못한 채, 그저 바라볼 수밖에 없었다. 소리를 지르고 싶었지만 입과 성대가 움직이지를 않았다. 그렇게 몇 번의 섬광이 더 번쩍이자 박 경장과 연희만이 현장에 남았다.

이렇게 죽는구나. 굳어버린 박 경장의 얼굴이 보였다. 이대로 모든 게 끝나는가. 나 때문에 다들……. 어디서부터 잘못되었지? 어떻게 했어야 살릴 수 있었을까? 어떻게 했어야 팀원들을 지키면서 놈을 잡을 수 있었지? 해결되지 않는 의문들이 연희의 머릿속을 배회했다. 순간, 이대로 죽으면 남편을 만날 수 있을지도 모르겠다는 생각이 들었다. 반쪽이 된 얼굴로.

그때였다. 연희의 귀에 더 이상 음파 병기의 소리가 들리지 않았다. 마비가 풀리고, 몸이 다시 움직이기 시작했다. 헬멧에 내장된 무전기에서 이상한 소리가 나오고 있었다. 작전 본부 쪽에서 그새 음파 병기의 주파수를 분석해, 해당 주파수와 반대되는 위상 상쇄용 주파수를 전송해 주고 있었다. 박 경장의 몸도 움찔거리며 다시 움직이기 시작했다.

〔당장 탈출해!〕

무전기에서 서 경감의 외침이 울렸다. 연희는 박 경장과 함께 죽을힘을 다해 에어로더 쪽으로 뛰었다. 둘이 에어로더에 뛰어듦과 동시에 아홉 번째 섬광이 번쩍였으나, 간발의 차로 에어로더가 이륙하여 입자포 공격을 피하는 데 성공했다. 연희와 박 경장을 태운 물까치 1호차는 도망치듯 온서특별시를 빠져나갔다.

작전 본부로 복귀하는 에어로더 내부는 처음과 달리 텅 비어 있었다. 박 경장은 멍한 얼굴로 바닥만 쳐다봤다. 에어로더가 난기류를 만나 미세하게 덜컹거렸다. 연희는 녹색과 주황색으로 점멸하는 에어로더 내부의 각종 상태 표시등을 보면서 조용히 입술을 깨물었다. 연희의 전술 시계에 보고 업데이트 알림이 왔다. 연희는 듣고 싶지 않은 정보를 들어야만 했다. 그것이 팀장의 의무였다.

"……사상자 보고해."

작전 본부의 AI가 무전과 보고와 현장 상황을 분석해 수집한 데이터를 바탕으로 리포트를 보내 왔다. 파주경찰서의 순경들, 건십 조종사들을 포함하여 작전 중 사망 열여섯, 부상 넷, 실종 하나. 명단에 쓰여 있는 이름들 중 하나에서 연희의 눈동자가 멈췄다.

작전 중 실종, 오태훈 경사.

그 이름은 잠시 연희의 시간을 멈춰버렸다. 그 후로는 모든 것이 희미해졌다. 연희는 자신이 어떻게 에어로더에서 작전 본부로 돌아왔는지 생각이 나지 않았다. 그저 정신을 차려보니 작전 본부 화장실 안에 서 있을 따름이었다. 연희는 멍하니 거울을 바라봤다. 전보다 더 수척해진 얼굴이었다. 눈 밑에 다크서클이 검게 내려와 있었다. 귀신처럼. 실패의 그림자처럼. 다른 사람들의 죽음을 잡아먹고 자란 것처럼.

연희는 얼굴들을 떠올렸다. 오 경사, 그리고 무인 병기의 공격에 죽어가던 동료들. 짧은 시간에 많은 죽음이 있었다. 그럼에도 나는, 나는 또 살아남았다. 그때처럼. 순간 바닥에서 무언가가 움직이는 게 느껴져 고개를 숙였다. 커다란 바퀴벌레 하나가 기어 다니고 있었다. 불현듯 그것을 죽이고 싶은 작은 충동이 일었다.

연희는 기동화 끄트머리로 바퀴벌레의 등을 지그시 눌렀다. 연희는 그 역겨운 몸의 껍데기가 힘없이 바스라지고 살이 터져 나오는 것을 느꼈다. 연희는 바퀴벌레의 시체를 보며 구역질을 했다. 마치 자신의 내장이 밟히기라도 한 것처럼.

"웈……."

토사물이 나오질 않았다. 게워내는 것조차 허락되지 않은 몸뚱이. 연희는 위장에 소화되지 못한 후회의 덩어리들이 우글거리는 것을 느꼈다. 그리고 한 번 더 세수를 했다. 연희의 얼굴에서 물이 뚝뚝 떨어졌다. 정신 차려. 대원들 앞에서 약한 모습 보이면 안 된다.

머리가 흔들리면 몸이 흔들리는 법이고, 몸이 흔들리면 쓰러지는 법이다. 연희는 감정을 침처럼 삼켜 넘겼다. 익숙해지지 않는 익숙한 것이었다. 연희는 그렇게 스스로를 다독인 후 화장실 밖으로 나갔다. 타 중대의 대원들이 어두운 분위기 속에서 장비를 정리하고 있었다. 박 경장이 다가왔다.

"팀장님, 괜찮으십니까?"

연희가 고개를 끄덕였다. 박 경장이 보고를 올렸다.

"오 경사님 시냅스 칩 신호 추적하고 있는데요, 계속 이동 중입니다."

"어디로?"

박 경장이 고개를 저으며 답했다.

"모르겠습니다. 온서특별시 안쪽으로 들어간 것 같은데, 여기는 따로 정보도 없고 위성도 격추당하는 곳이라서……."

순간 지후의 경우가 떠올랐다. 그 역시 실종 이후 온서특별시 안쪽에서 시냅스 칩 신호가 발견되었다가 끊긴 후, 온서특별시 외곽에서 다시 신호가 잡혔었다. 비슷한 패턴이다. 반복되는 악몽을 꾸고 있는 것만 같았다. 순간 두통을 느낀 연희가 이마를 짚었다. 박 경장은 짐짓 눈치를 보다가 다시 입을 열었다.

"ZIG 넥스원 연구 시설에서 사라진 물건은 지금 다른 팀이 수색하고 있습니다. 생존자인 박병호 상무이사의 말에 따르면, 놈은 '동충하초'를 훔쳐 갔을 것이라고 합니다."

"동충하초?"

박 경장이 고개를 끄덕였다.

"예. 워커, 드론 등 무인 병기의 메인 통제 모듈을 해킹하는 데 쓰는 전자전 병기 모듈이라고 합니다. ZIG 넥스원에서 진행하던 프로젝트였나 봐요."

무인 병기 해킹용 모듈이라. 연희는 다시 생각에 잠겼다. 놈은 그걸로 뭘 하려는 걸까? 온서특별시의 무인 병기를 통제하려고 하나? 하지만 그건 불가능한 일이었다. 놈들은 이미 다른 명령 체계를 받아들일 수 없도록 모든 명령 채널이 폐쇄되어 있는 상태였다. 그것들은 그저 온서특별시 사수와 침입자 제거라는 마지막 하나의 명령만을 반복해서 수행하도록 설계되어 있을 뿐으로, 파괴되기 전까지는 외부의 개입으로 절대 멈출 수 없었다. 이는 최종 명령자인 온서그룹의 수뇌부가 돌아온다고 해도 마찬가지였다. 군의 전자전 부대도 포기한 놈들인데 동충하초건 뭐건 할 수 있을 리가 없다. 아니면…… 뭔가 다른 방법을 찾는 걸까?

연희는 이미 드러난 사실에 집중하기로 했다. 놈의 정체를 밝혀내는 것이 먼저였다. 그것을 알아낸다면 놈의 의도도 알 수 있을 터이다. 연희는 박 경장이 띄운 동충하초의 이미지를 바라보며 말했다.

"극비 프로젝트인데 침입해서 가져갔다……. 그렇다는 건 놈이 동충하초 프로젝트에 대해 알고 있었다는 얘기군."

"예. 방금 ZIG 넥스원에서 프로젝트 관계자 정보를 받았습니다."

박 경장이 명단을 건네주었다. 명단을 쭉 훑던 연희의 시선은 프로젝트 리더의 이름에서 멈췄다. 김사무엘. 연희의 시선에서 생각을 읽은 박 경장이 나지막이 말했다.

"사무엘은 지금 자택에서 숙면 중이랍니다."

연희가 고개를 끄덕였다. 연희는 전 프로젝트 리더의 이름을 확인했다. 이현. 아락실 사건에 휘말렸다가 시체로 발견된 ZIG 넥스원의 수석엔지니어. 순간 디에고의 열린 머리가 떠올랐다. 의체 병기 MASS로 되살아나 디에고를 죽이고, 둥지를 공격하고, 전 직장에서 개발 중인 병기를 탈취했다……. 순간 연구3동 건물에서 박병호 상무이사만 살아남았다는 사실이 떠오른 연희가 박 경장에게 물었다.

"이현과 박병호가 무슨 관계지?"

"이현이요? 그 아락실 사건?"

연희가 고개를 끄덕였다.

"한번 물어보겠습니다."

박 경장이 몇 번 전화를 돌리고 와서는 말했다.

"형 동생 하던 사이였다고 합니다. 아락실 일로 틀어지기 전까지 말입니다."

연희는 ZIG 넥스원 측 사망자 리스트를 보며 고개를 끄덕였다. 범인에게 죽은 연구원들은 전부 현과는 일면식이 없는 사이였다. 현의 사망 후 동충하초 프로젝트 팀원들이 대거 다른 프로젝트로 이동되었기 때문이었다. 오직 프로젝트의 총책임자인 박병호 상무이사만이 과거에 현과 함께 일한 사이였다. 그 혼자만 연구3동의 생존자라는 사실이 연희는 몹시 꺼림칙했다.

"이현……."

연희는 이현의 사진을 가만히 바라보았다. 현이 도마뱀을 공격할 명분은 충분했다. 가족의 복수. 아이러니하게도 연희가 가장 잘 이해하는 마음이었다. 문제는 그가 어떻게 MASS로 되살아났느냐였다. 연희의 머릿속에 자꾸 주완의 프로필이 떠올랐다. 주완은 이현과 중학교 때부터 동창인 절친한 사이였다. 어쩌면 주완이 도움을 줬을지도 모르는 일이었다.

"강연희 경위님 계십니까?"

연희가 퍼즐을 맞춰가는 동안, 작전 본부 복도에서 누가 연희를 찾았다. 연희는 복도로 향했다. 전투복 곳곳에 피를 덕지덕지 묻힌 대원 하나가 연희에게 다가왔다.

"강연희 경위님 맞으십니까? 두억시니 특별수사팀 팀장이신……."

"네."

대원이 숨을 몰아쉬며 말했다.

"시신 확인 절차가 필요합니다."

시신 확인 절차. 그 말에 연희의 얼굴이 굳었다. 연희는 멍하니 대원을 따라 복도를 걸었다. 작전 본부 응급실에 들어서니 커다란 대한민국 국기로 덮인 시신들이 보였다. 후속 부대가 목숨을 걸고 빠르게 회수하여 온 시신들이었다. 곧 대원 하나가 국기 하나를 들췄다. 무인 병기의 입자포에 맞아 즉사한 팀원의 시신이었다.

"조한서 경장, 맞습니까?"

연희는 고개를 숙이고 시신을 확인했다. 머리부터 다리까지, 세로로 두 쪽이 난 몸이었다. 조한서 경장. 연희는 그녀가 여자의 몸으로 특기대에서 버티는 게 힘들다며 체력단련실에서 고민을 토로하던 때를 떠올렸다. 다리가 느려서 많이 혼냈는데, 이럴 줄 알았으면 더 혼낼 걸 그랬나. 그랬으면 살았을지도 모르는데. 네 짧은 두 다리로 빠르게 총총 뛰어서 말이다. 연희는 조 경장이 빠르게 뛰는 모습을 상상했다. 연희의 입에서 실성한 듯 잘게 조각난 쓴웃음이 튀어나왔다.

연희는 언제 그랬냐는 듯, 다시 굳은 얼굴로 시신의 얼굴을 확인했다. 반쪽만 있었지만 확실했다. 너무 존경스럽다면서, 선배처럼 되고 싶다면서 졸졸 연희를 따라다니던 그 조한서의 얼굴이 맞았다. 연희는 가만히 고개를 끄덕였으나, 입은 열리지 않았다. 맞다. 조한서가 맞다. 한 마디였다. 그 쉬운 한 마디가 연희의 입에서 도저히 떨어지지를 않았다. 연희는 한참을 우물거리다가 겨우 입을 열었다.

"……맞습니다."

시신 확인은 계속되었다. 가브리엘, 유창준, 배영식, 서유나, 이미로……. 콜 사인 물까치, 두억시니 특별수사팀의 대원들. 죽은 부하들의 시신 확인을 마친 연희는 뒤로 물러섰다. 그리고는 국기로 채 덮이지 않아 빠져나온 시신의 신발들을 바라봤다. 그 검은 기동화들이 마치 까치의 꼬리깃처럼 보였다.

"잠시만요."

순간 위장이 울컥거리는 것을 느낀 연희는 빠르게 다시 복도로 빠져나와 화장실로 향했다. 아무 칸에나 들어가 변기를 붙잡고 입을 열었다. 응축되었던 감정들이 액체의 형태로 쏟아져 나왔다.

경찰 의장대가 허공에 조총을 발포했다. 경찰 고위 간부들,

동료 경찰들이 모두 헌화를 했다. 검게 빛나는 대리석 위에 국화가 그 애도의 양만큼 쌓여갔다. 세상이 아무리 변해도 예를 갖추는 방식은, 사람을 떠나보내는 방식은 변하지 않았다는 사실이 새삼스러웠다. 연희는 짙은 남색 제복을 입은 채 가만히 늘어서 있는 영정 사진들을 바라봤다. 아는 얼굴도, 모르는 얼굴도 있었다. 사진 속의 얼굴들은 모두 환하게 웃고 있었다. 마치 이 모든 게 아무 일도 아니라는 것처럼.

울음소리조차 들려오지 않았다. 유족들은 모두 멍한 얼굴로 사진들을 바라보고 서 있었다. 그 누구도 어떤 소리 하나 내지 못했다. 의체화가 가능한 시신이 있었다면 장례식의 분위기가 이렇게까지 침울하지는 않았을지도 모른다. 그러나 의체화가 가능한 시신이 단 하나도 없었다. 범인은 총을 쏠 때도 미간 사이를 노렸고, 쓰러진 시신들의 머리에도 집요하게 확인 사살을 가했다. 철저하게 뇌를 부순 것이다. 목격자가 의체로 되살아나 자신의 정보가 분석당하는 것을 경계한 것이다. 의도가 어쨌건 유족들은 다시는 자신의 가족을 볼 수 없게 되었다. 다시는 사랑하는 사람을 만날 수 없게 되었다. 그리고 이런 일이 벌어진 데는 팀장인 본인의 책임이 있다는 것을, 연희는 외면할 수 없었다.

연희는 장례식을 마치고 밖으로 나왔다. 눈이 내리고 있는 탓에 박 경장이 우산을 들어 씌워주려고 했으나 연희는 거부했다. 그냥 눈을 맞고 싶었다. 연희는 고개를 들어 하늘을 바라봤다. 광활하고 커다란 하늘을.

"넓네."

"예?"

"……너무 넓어."

박 경장이 무슨 소리인지 모르겠다는 듯 당혹스런 표정을 지었다. 연희는 가만히 고개를 내렸다. 그 순간 검은 양복을 입고 서 있는 주완과 눈이 마주쳤다. 주완은 연희에게 떨떠름하게 인사를 건넸다. 그의 검은 정장이 눈 때문에 희게 물들어 가고 있었다.

다금바리 회가 테이블 위에 놓였다. 기름기 도는 살점이 조명을 받아 번들거렸다. 옛날부터 최고급 횟감으로 유명한 어종인 것은 알지만, 연희는 지금 입맛이 없었다. 연희는 맞은편에 앉은 주완을 바라봤다. 주완 역시 젓가락을 들고 있지 않았다.

"좀 드세요. 좋아하신다고 들었는데."

연희의 권유에 주완은 곧바로 미소를 띠며 고개를 저었다.

"글쎄요. 오늘은 영 입맛이 없어서."

쓸데없이 고급스러운 도자기 회 접시를 사이에 두고, 둘 사이에 어색한 적막이 흘렀다. 연희가 먼저 입을 열었다.

"그냥 오신 건 아니죠?"

"……."

주완은 아무 말도 하지 않고 커다란 두 눈동자로 연희를 바라보았다. 마치 먼저 말을 꺼내달라고 부탁하는 듯하는 눈빛이었다. 연희는 작게 고개를 끄덕이며 입을 열었다.

"이현 씨와 친하시죠?"

주완의 표정에는 아무런 변화가 없었다. 주완은 고개를 숙인 채 정교하게 썰린 살점들을 멍하니 바라봤다. 연희가 다시 물었다.

"아니, 친하셨죠?"

한참이나 적막이 이어졌다. 스피커에서 흘러나오던 노래가 끝나고 다음 노래가 재생될 때쯤, 주완이 조용히 입을 열었다.

"……그랬죠."

주완은 뜸을 들이다가 말을 이었다.

"제게는 친구 이상이었어요."

"친구 이상이라고요?"

"네."

주완이 이어서 말했다.

"걔를 중학교 때부터 알았어요. 생각해 보면 서로 제일 친한 사이도 아니었어요. 많이 달랐거든요."

주완이 뜸을 들였다.

"성격이나, 가치관이나……. 싸우기도 많이 싸웠죠."

"그랬군요."

"그런데 걔도 저도, 서로 잘 떨어지질 않더라고요. 그러다 결국 제게 남은 유일한 친구가 되었죠. 이상하죠?"

주완은 헛웃음을 뱉고는 다시 어두운 표정을 짓고서 접시 위에 올라 있는 다금바리의 눈동자를 바라보았다. 어딜 보는지 알 수 없는, 초점 없는 그 눈동자를. 주완이 조용히 입을 열었다.

"저는 친구라는 게, 일종의 상태라고 생각해요."

"상태요?"

"네. 관계가 아니라, 상태요. 언제든 변할 수 있는."

주완은 다금바리의 눈동자가 보이지 않는 쪽으로 고개를 돌리고 이어서 말했다.

"관계라는 건 떼어내고 싶어도 도저히 떼어낼 수 없는 것이죠. 습관 같은 거라고 해야 하나."

"……."

"현이는 제 습관이었어요."

습관. 연희는 남편 지후를 떠올리며 주완의 말을 곱씹었다. 연희에게는 지후가 바로 그런 존재였다. 너무나 다른 사람. 그러나 이유는 몰라도 도저히 끊을 수가 없는 사람. 습관 같은 사람. 연희는 가만히 주완의 두 눈을 응시했다. 주완의 두 눈은 현재가 아닌 과거를 보는 것처럼 멍했다. 다금바리의 눈동자처럼.

"뭐, 걔는 어떻게 생각할지 모르겠지만……."

주완이 피식, 헛웃음을 뱉으며 말끝을 흐렸다. 잠시 적막이 흘렀다. 연희는 수조에서 예정된 죽음을 기다리는 물고기들을 바라보았다. 멍한 눈들이었다. 연희가 다시 주완을 바라보며 입을 열었다.

"혹시 이현을 MASS로 되살리셨습니까?"

단도직입적인 질문에 주완은 곧바로 대답하지 않았다. 그러나 연희의 시선을 회피하지도 않았다. 주완의 표정은 아주 담담했다. 마치 들어야 할 질문을 들었다는 듯했다. 연희는 주완의 눈을 보며 다시 물었다.

"그걸 말씀해 주려고 오신 것 아닌가요?"

"……."

주완의 눈빛에서 걱정을 느낀 연희가 조용히 말했다.

"주완 씨가 했다고 한들, 수사를 위해서만 알고 있겠습니다. 오르바사에 알려지는 일은 없을 겁니다."

주완은 웃음기를 머금으며 고개를 끄덕였다.

"사실 이미 의심받고 있어요. 아직 증거가 없어서 처분을 받진 않았지만."

주완이 긴 숨을 뱉었다. 그는 마침내 결심한 듯, 앞에 놓인 다금바리 회를 한 점 집어 입에 넣었다. 한참이나 살을 씹던 주완은 그것을 꿀꺽 삼키고는 조용히 입을 열었다.

"경위님, 전부 다 얘기할 테니까 하나만 약속해 주세요."

"들어보죠."

주완은 머뭇거리다가 말했다.

"체포하실 수 있게 최선을 다하겠습니다. 그러나……."

주완이 한참이나 뜸을 들였다. 침묵 끝에 주완이 말을 이었다.

"죽이진 말아주세요, 그 친구를."

주완의 목소리가 미세하게 떨렸다. 죽이진 말아달라고? 순간 연희의 폐부 아래 깊은 곳에서 분노가 꿈틀거렸다. 다시는 볼 수 없는 남편이 떠올랐고, 마찬가지로 놈을 쫓다 죽어버린 동료들이 떠올랐다. 심장이 얼어붙는 듯했다. 연희의 입에서 그 어느 때보다도 서늘한 어투로 말이 튀어나갔다.

"오늘 장례식이었어요. 아시죠?"

"……."

"놈에게 죽은 동료들 장례식요."

연희는 숨을 고르며 말을 이었다.

"경찰과 민간인을 포함해서 서른다섯이 죽었습니다. 셋도,

다섯도 아니고 서른다섯 명요."

주완은 연희의 시선을 회피했다. 연희는 쏟아내듯 말을 이었다.

"그것도 의체화를 못 하게 놈이 머리를…… 뇌를 모두 박살을 내놨어요."

연희는 잠시 숨을 골랐다.

"그런데 죽이지 말아달라고요? 서른다섯의 목숨보다 그놈 하나의 목숨이 더 귀합니까?"

주완은 뜸을 들이다가 대답했다.

"전부 제 잘못입니다."

"네?"

"저도 어느 정도, 이렇게 될 줄 알고 있었던 것 같아요."

알고 있었다니? 연희가 의문스러운 표정으로 응시하자, 주완은 조용히 고백하듯 말을 이었다.

"처음엔 저도 몰랐다고 생각했어요. 현이 이렇게 될 줄 몰랐다고, 내 책임은 아니라고……. 그런데 아니었어요."

주완은 머뭇거렸다.

"그냥, 그냥 회피한 거였어요. 이렇게 될 걸 내심 알면서도 저는 걔한테 새 몸을, MASS를 준 거였어요."

"왜죠?"

연희의 질문에 주완은 한참이나 대답하지 못했다. 가만히 앉아 멍하니 허공을 보던 주완이 겨우 말을 꺼냈다.

"그 친구가 살기를 바랐어요."

"……."

"그게 다예요. 그 몸이 복수에 쓰인다고 하더라도 그 복수심으로 계속 싸워나갈 수 있다면, 그 싸움이 현에게 새 삶을 살아갈 만한 이유가 된다면…… 그걸로 괜찮다고 생각했어요."

주완은 다금바리 살점들을 바라보며 말했다. 그의 얼굴은 초연했다. 그 초연함을 본 순간, 연희는 다시 화가 났다.

"무고한 사람들이 죽었다고요."

"제 불찰입니다."

주완은 눈을 감고 괴로운 표정을 지으며 말을 이었다.

"그 친구가 도마뱀 조직원을 죽였을 때나 둥지를 습격했을 때까지는 저도 괜찮았어요. 하지만 이번 일은……."

주완이 말끝을 흐렸다. 주완은 눈을 뜨고 연희를 똑바로 바라보며 말했다.

"제 나름대로 책임을 지고 싶습니다. 그래서 찾아온 거고요."

연희는 그렇게 말하는 주완의 두 눈을 바라봤다. 진심이 담겨 있었다. 그러나 연희는 그 진심이 불쾌했다. 연희가 조용히 입을 열었다.

"주완 씨, 그렇게 안 봤는데 욕심이 많으시군요."

"……."

"죄책감은 덜고 싶고, 그런데 또 친구는 지키고 싶고."

연희는 가만히 주완을 바라봤다. 주완은 시선을 피하며 고개를 숙였다. 뭐가 됐든 일단 협조를 이끌어 내는 것이 중요하다. 피해가 더 커지기 전에 놈을 잡는 게 우선이다. 그렇게 판단한 연희는 서늘하게 일렁이는 분노를 가라앉히고 다시 입을 열었다.

"좋아요."

주완이 다시 연희를 쳐다봤다.

"확언을 할 수는 없어요. 제압 과정에서 어떤 일이 벌어질지 모르니까. MASS가 단순 의체도 아니고요. 하지만 노력해 보죠."

연희의 말에 주완의 표정이 다소 밝아졌다. 연희가 물었다.

"이현을 어떻게 MASS로 되살렸죠?"

"사실 현의 시체는 제게 처리하라고 온 거였어요."

"처리요?"

주완이 고개를 끄덕였다.

"네. 경고의 용도를 다했으니 의체화하지 못하게 폐기하라고 위에서 지시가 내려왔죠."

주완이 이어서 말했다.

"저는 현의 뇌만 빼서 스캐닝해 데이터를 시냅스 칩에 담은 후, 시체는 예정대로 폐기했어요."

"그리고 그 칩을 MASS에 넣었군요."

주완이 고개를 끄덕이며 답했다.

"맞습니다."

연희가 곧바로 물었다.

"그 시냅스 칩에 뭔가 이상은 없었나요?"

"아뇨, 이상은 딱히……."

연희가 다음 질문을 던졌다.

"지금 이현은 온서특별시로 도망친 상태입니다. 이현이 평소에 온서특별시에 대해서 잘 알았나요?"

주완이 고개를 저었다.

"아뇨. 그럴 리가요. 가본 적도 없을 겁니다."

"어떻게 그렇게 단언하시죠?"

"저는 온서특별시에 가본 적이 있잖아요. 3년 전에."

주완이 이어서 말했다.

"갔다 온 후에 현이랑 온서특별시에 대해 애기를 한 적 있어요. 하나하나 신기해했어요. 하나도 모르는 눈치더군요. 자기는 회사에서 시키더라도, 죽어도 그런 위험한 곳은 안 갈 거라고도 했고요."

모르면서 온서특별시에 들어가는 것은 죽음을 자초하는 짓이다. 역시 그의 선택이 이해가 가지를 않았다. 연희는 이어서 물었다.

"혹시 인체나 뇌과학 쪽으로도 지식이 뛰어났나요? 현에게 살해당한 디에고는 뇌를 적출할 때 딱 필요한 부분만 절단되어 있었어요."

"아뇨. 금시초문입니다."

아무리 MASS라고 한들 평범한 공돌이 엔지니어가 이렇게 능숙하게 사람을 죽이고 다니는 것은 이상한 일이었다. 거기다가 뇌과학도, 온서특별시도 모르는 작자가 이 모든 요소를 능숙하게 활용하고 있다는 점 또한 이상했다. 마치 머릿속에 다른 사람이라도 들어 있는 것처럼. 그 전의 두억시니들과 똑같은 패턴이다. 의체 엔지니어나 오르바사도 감지해 낼 수 없는 모종의 방법으로 현의 시냅스 칩에 두억시니가 흘러 들어갔다. 연희는 그렇게 결론을 내릴 수밖에 없었다.

연희는 다시 지후의 죽음을 떠올렸다. 평소 그의 성격과는 전혀 달랐던 마지막 모습과 행동이 떠올랐다. 연희는 계속해서 생각해 온 하나의 가설을 입 밖으로 꺼냈다.

"하나의 시냅스 칩에 두 명의 의식 데이터가 들어 있을 수도 있나요?"

연희의 질문에 주완은 고개를 갸웃했다.

"두 명요?"

"네."

주완이 조용히 대답했다.

"이론상 가능한데, 아직 실현은 불가능하다고 봐야 돼요."

"왜죠?"

주완이 고민하다 말했다.

"전문적인 분야라서 경위님이 이해하실 수 있게 설명하기는 어렵지만, 기술적인 문제가 너무 많아요. 성공시키는 사람은 역사에 이름을 남길 정도의 천재로 칭송될 겁니다."

천재라. 연희는 물을 한 모금 마시고는 다시 물었다.

"사례도 보고된 적 없나요?"

"없습니다. 회수된 시냅스 칩은 모두 의체감사관리국에서 철저하게 검사하니까요."

주완의 말투는 단호했다.

"가능할 만한 사람은 없을까요? 주완 씨는 어때요?"

"제가 무슨……. 저 정도로는 안 되죠."

주완은 헛웃음을 뱉으며 고개를 젓다가 고민 끝에 다시 입을 열었다.

"글쎄요. 시냅스 칩…… 의체 기술의 아버지 정도라면 가능할지도 모르죠."

"아버지요? 염 회장님 말씀인가요?"

연희의 말에 주완은 고개를 저었다.

"다들 그렇게 알고 있죠."

"네?"

주완이 조용히 입을 열었다.

"의체 기술, 시냅스 칩…… 전부 회장님이 개발한 게 아니에요. 원래는 온서그룹의 생명공학 기업인 온서 라이프시스템즈에서 개발하던 기술이었죠."

주완이 이어서 말했다.

"그런데 온서그룹이 정부와의 전쟁에서 패배하고 해체된 뒤, 저희 오르바 바이오테크에서 그 기술을 가져온 거예요."

"뭐라고요?"

"회장님이 정부에 줄을 대서 콩고물을 얻어먹은 거죠."

온서그룹. 온서특별시. 머릿속에 아무렇게나 흩어져 있던 퍼즐 조각들이 하나로 모이는 듯한 느낌이었다. 연희는 주완을 향해 몸을 기울이며 물었다.

"그럼 그 시냅스 칩의 아버지는 누구죠? 온서 라이프시스템즈의 엔지니어인가요? 아니면 회장?"

"몰라요."

연희는 실망한 표정을 지었다. 주완이 말을 이었다.

"누가 주도적으로 개발했는지 알려진 바가 없어요. 회장님도 모르고요."

주완이 말을 마치자마자 주점의 스피커에서 흘러나오던 노래가 지직거리는 소리와 함께 꺼졌다. 삽시간에 사방이 조용해졌다. 또 고장이네. 투덜거리는 오너셰프의 목소리가 주방 밖으로 빠져나왔다. 잠시 적막 속에서 뜸을 들이던 주완이 가만히 입을 열었다.

"저도 궁금한 게 있습니다."

"뭐죠?"

주완은 연희를 똑바로 응시하며 물었다.

"혹시 두억시니가 다시 나타났다고 생각하시는 건가요?"

연희는 긍정도 부정도 하지 않았다. 잠시 생각을 정리한 연희가 말을 꺼냈다.

"남편이 죽고 나서…… 3년 동안 두억시니의 소행으로 보이는 살인은 벌어지지 않았어요. 다들 두억시니가 이제는 사라졌다고 생각했죠."

연희는 본인의 목소리가 떨리는 것을 느끼고, 목을 가다듬은 뒤 다시 말을 꺼냈다.

"저는 아닐 거라고 생각해요. 놈은 잡힌 게 아니라 3년 동안 잠복해 있었을 뿐이라고요."

지후가 진짜 두억시니인 게 아니었다고, 연희는 목 끝까지 차오른 문장을 물과 함께 겨우 삼켰다. 주완이 조용히 물었다.

"그럼 현이 두억시니일까요? 이 모든 게……."

"글쎄요. 잡아보면 알겠죠."

항상 그랬다. 확신할 수 있는 것은 아무것도 없었다. 우리가, 내가 할 수 있는 것이라고는 늘 가능성의 끝을 좇는 것뿐이다. 던져진 공을 따라 뛰는 개처럼, 언젠가 진실을 물게 될 것이라고 스스로를 세뇌하면서. 공은 던져졌다고, 내게 남은 것은 뛰는 일뿐이라고 믿어야 나아갈 수 있다고 연희는 생각했다.

연희는 주완을 바라보았다. 현의 뒤를 쫓는 것으로는 결코 그를 잡을 수 없겠다는 생각이 연희의 머리를 스쳤다. 앞서 나가야 했다. 연희는 현의 다음 행보를 예측했다. 수많은 가능성이 있었다. 그리고 그 가능성들 중 하나가 연희의 바로 앞에 앉아 있었다.

"주완 씨, 같이 덫이 되어보죠."

CHAPTER 06.
최후의 병기

함박눈이 쏟아지는 가운데, 현은 두억시니의 지시에 따라 온서특별시의 무인 병기들을 피해가며 움직였다. 두억시니의 은신처는 온서특별시의 기술 지구 쪽에 있었으나, 그곳으로 가기 위해서는 상업 지구를 통과해야만 했다. 현의 몸이 멀쩡했다면 하루 꼬박 걸어 도달했을 수도 있는 거리였다. 그러나 지금 현의 몸은 멀쩡하지 않았다. 피탄당한 오른쪽 종아리가 아직 회복되지 않은 것이다. 해가 떨어지자 현은 상업 지구 중간 지점에서 휴식을 취한 후 아침에 다시 은신처로 이동하기로 했다.

현은 온서그룹이 특별시 부흥을 위해 건설한 '스푸트니크'라는 이름의 구형 라이브홀에 들어섰다. 풀 스케일 홀로그램 프로젝터를 벽면과 천장에 360도로 설치해, 세계 최초로 완전 홀로그램 공연을 성공적으로 이뤄낸 라이브홀로 유명했다. 스푸트니크는 단연 온서특별시의 랜드마크고 자랑이었다. 그러나 이제 그런 모습은 어디에서도 찾아볼 수 없었다.

누군가의 꿈과 노래가, 누군가의 감동과 환호성을 장작 삼아 타올랐던 스푸트니크에는 이제 적막과 쓸쓸함만이 남아 있었다. 잿가루 같은 미세한 먼지들만이 허공을 떠돌았다. 오래전에 불꽃이 떠나간 자리였다.

'여긴…….'

"나도 알아. 와본 적 있어."

현이 거대한 돔 형태의 천장을 보며 두억시니의 말을 잘랐다.

"몇 년 전 결혼기념일에 현서랑 같이 왔지."

'왜?'

"와이프가 레이시올 광팬이었거든."

현이 천장과 벽면에 거의 도배되어 있다시피 한 거대한 홀로그램 프로젝터들을 보며 말했다. 잠시 추억에 잠긴 현은 그때의 공연을 떠올렸다. 완벽하게 구현된 버츄얼 아이돌 레이시올 멤버들의 홀로그램들이 무대와 관객 사이를 넘나들던 그 광경은, 평소에 공연 등의 문화생활에는 큰 관심이 없던 현에게도 충격적인 비주얼 쇼크를 안겨주었다. 현은 나지막이 설명을 덧붙였다.

"표가 순식간에 다 나가버려서 아는 사람에게 사정사정해서 겨우 구했어. 티켓값은 또 어찌나 비싸던지."

'그랬군.'

"그랬었지. 좋은 저녁이었어. 현서가 그렇게 다 내려놓고 아이처럼 좋아하는 모습을 오랜만에 봤거든. 둘 다 서로 말은 안 했지만 많이 지쳐 있었는데, 그래, 그때는……."

현은 문득 자신이 너무 많이 말하고 있다는 사실을 깨닫고 입을 다물었다. 어느새 현의 입가에는 희미한 미소가 번져 있었다. 오랜만의 미소에 놀란 현은 다시 무표정한 얼굴로 돌아갔다. 웃는다는 행위가 어색해진 지 오래였다. 현은 주변을 돌아봤다. 이곳에는 현서도, 주영도, 레이시올도 없었다. 이젠 아무도 없다. 텅 빈 스푸트니크 홀의 거대한 적막만이 홀로 남아 있는 현을 짓눌렀다. 그래도 아직 좋았던 기억이 휘발되지 않고 남아 있다는 것이 일말의 안도감을 주었다. 현은 꺼져 있는 홀로그램 프로젝터의 렌즈들을 바라봤다.

현은 몸을 뉘일 만한 곳을 찾아 움직이면서 두억시니의 추천에 따라 관중석 위쪽, 시설의 거의 꼭대기에 위치한 통합제어실로 향했다. 무대와 관중석을 포함해 스푸트니크의 모든 곳이 구석구석 잘 보이는 자리였다. 제어실 내부는 얼음장처럼 차가웠다. 현의 새 몸이라면 상관없었으나, 이대로면 동반자가 죽어버릴 것이 뻔했다. 현은 오 경사를 바라봤다.

"……."

오 경사는 입과 눈을 비롯한 몸의 모든 부위를 구속당한 채 떨고 있었다. 현은 오 경사의 이마에서 흘러 말라붙은 핏자국을 바라봤다. 에어로더가 추락할 때 현이 온몸으로 보호한 덕에 큰 부상을 입지는 않았으나, 부상은 부상이었다. 오 경사의 상처를 치료하고 보온 대책을 찾아야 했다.

'근처에 병원이 하나 있을 거다.'

스푸트니크 밖으로 나간 현은 두억시니의 안내에 따라 반파된 병원을 발견했다. 벽이 다 무너져 있어 은신처로 삼을 수는 없었으나 내부에 약과 초소형 전기난로 등이 남아 있었다. 그러나 어떤 약으로 어떤 처치를 해야 하는지는 알 수 없었다. 두억시니가 나지막이 말했다.

'아세트에밀페타민, 오루드크로나민이 들어 있는 소염진통제를 찾아라. 알루미늄 부목과 항생제도 있으면 좋고.'

현은 두억시니의 지시에 따라 약을 찾아 스푸트니크로 돌아가 오 경사를 치료해 주었다. 현은 전기난로를 가동시키려다가 먼지 쌓인 제어 콘솔을 바라봤다. 스푸트니크 밖의 홀로그램 사인에 전기가 들어오던 것이 생각났다. 현은 제어 콘솔을 켜고 자신의 예상이 맞는다는 것을 확인했다. 콘솔이 부팅되고 있었다. 곧 화려한 사운드와 함께 온서그룹의 로고가 홀로그램으로 나타났다. 홀로그램의 높은 해상도와 질감에 감탄하던 현은, 제어실 안에 작게 울려 퍼지는 AI 목소리에 정신을 차렸다.

〔돌아오신 것을 환영합니다. 꿈의 무대, 스푸트니크입니다.〕

현이 나지막이 두억시니에게 물었다.

"난방을 틀어도 근처 무인 병기들이 반응하진 않겠지?"

'여기는 괜찮다. 외부와 완전히 차단되어 있으니까.'

두억시니의 대답에 현은 고개를 끄덕인 후 다시 AI에게 말했다.

"난방을 틀고 싶은데."

현의 목소리에 AI가 친절한 음성으로 답변했다.

〔시설물을 가동하기 위해서는 관리자 등급의 승인이 필요합니다.〕

관리자 등급의 승인이라. 현은 전에 자작한 해킹 툴을 꺼내 콘솔에 연결한 뒤 해킹 프로세스를 가동시켰다. 몇 번의 실패가 있었으나 업데이트되지 않은 구형 콘솔의 보안 체계는 금방 무력화되었다. 곧 현은 스푸트니크의 관리자가 되었고, 난방기와 공기청정기가 돌아가기 시작했다. 이 모든 일이 완료되기까지 30초도 채 걸리지 않았다. 두억시니가 놀란 어투로 말했다.

'이게 이렇게 쉽게 뚫리는 거였군.'

"하드웨어가 이렇게 코앞에 있으면 간단하지. 게다가 구형 콘솔이잖아."

현이 별것 아니라는 듯 대답했다. 이어서 스푸트니크의 시설 AI가 말했다.

〔자체 점검 결과, 메인 시스템이 재가동된 것은 1497일 11시간 42분 만입니다. 시설물들의 상태가 정상적이지 않습니다. 네트워크 연결이 끊겨 있어 본사에 점검 요청을 전송하지 못했습니다. 네트워크 연결을 복구하거나, 관리자님이 직접 본사에 연락하셔야 합니다.〕

AI의 말에 두억시니가 쓴웃음을 뱉으며 말했다.

'본사라.'

시간이 조금 지나자 스푸트니크 내부에 온기가 감돌았다. 현은 근처에서 얻은, 유통기한이 아직 2년이나 남은 군용 비상식량과 생수로 조촐한 저녁을 때웠다. 오 경사에게도 식사를 주어야 한다는 사실을 떠올린 현은 오 경사의 입을 막고 있던 덕트 테이프를 떼어냈다. 소리를 지르면 어쩌나 걱정했지만 오 경사는 아무런 저항도 하지 않았다. 현은 오 경사의 입술에 에너지바가 닿도록 내밀었다.

"먹어. 음식이다."

오 경사는 의심스러운 듯 주저하다가, 결국 한입 베어 물었다. 바 하나와 생수를 다 비운 오 경사는 아무 말도 하지 않고 가만히 있었다. 현이 다시 오 경사의 입을 막으려 하자 오 경사가 조용히 말했다.

"잠깐."

현이 손을 멈칫했다. 오 경사가 이어서 말했다.

"넌 언젠가 잡힐 거다. 그러니까 지금이라도……."

'듣지 마라.'

두억시니의 목소리와 오 경사의 목소리가 동시에 들려왔다. 현은 다시 오 경사의 입을 막았다. 회복을 취해야 할 시간이었다. 배를 채운 현은 AI에게 모든 조명을 끄라고 명령하고서 누웠다. 현은 ZIG 넥스원에서의 경험으로 극한 상황일수록 휴식이 중요하다는 점을 깨달았다. 전장에서 군인들의 사기와 전투력을 유지시키는 데 중요한 것 역시 강력한 무기가 아니라 따뜻한 옷과 맛있는 밥, 그리고 잠이다.

무기와 탄환이 없다면 도망이라도 칠 수 있다. 그러나 밥과 잠이 없다면 사람은 아예 움직일 수 없다. 휴식 없는 전진이란 있을 수 없고, 마찬가지로 잠 없는 삶도 없는 법이다. 기계도 정비가 필요하듯 아무리 강력한 새 몸이라고 해도 휴식은 필요할 것이라고, 현은 그렇게 생각했다.

그러나 지금은 잠이 오지 않았다. 부서진 오른쪽 다리가 욱신거렸다. 당장이라도 누가 벽을 부수고 들이닥칠 것 같았다. 눈을 감았다 뜨면 샤워실에 있을 것 같았다. 피부에 닿는 미약한 온기가 이 두 번째 생에서 마지막으로 느낄 수 있는 감각일 것만 같았다. 현은 지금 사나운 맹수들로 가득한 어두운 숲속에 혼자 무방비 상태로 누워 있는 기분이었다. 언제, 누가 덮칠지도 모른다. 내가 디에고에게 했던 것처럼, 태주에게 했던 것처럼, 원롱에게 했던 것처럼, 그리고 지금껏 죽여온 수많은 사람들에게 했던 것처럼.

다들 본인이 안전하다고 생각했겠지. 죽음이 그렇게 불시에 닥쳐오리라고는 상상도 못 했겠지. 분명 내일을 계획했을 것이다. 한 달 뒤를, 1년 후의 미래를 걱정했겠지. 하지만 그들의 삶은 어떠한 예고도 없이 갑자기 뚝 끊겨버렸다. 모두 내가 한 짓이다. 현은 그렇게 생각하며 그들이 흘린 피를 떠올렸다. 귀와 망막에 흔적처럼 새겨진 그들의 마지막 숨결과 꺼져가던 눈빛을 떠올렸다.

"……아니야. 어쩔 수 없었어."

'뭐?'

현의 중얼거림에 두억시니가 의문을 표했지만 현은 대답하지 않았다. 현은 ZIG 연구 시설의 경비원들을, 연구원들을, 경찰들을 떠올렸다. 정말로 어쩔 수 없었나? 그만 회피해. 넌 도마뱀 조직원들만 죽인 게 아니야. 아무 죄도 없는, 아무 상관도 없는 사람들을 죽였어. 네가 아니었으면 그들은 무사히 퇴근해서 가족들의 품으로 돌아갔을 것이고, 내일을 꿈꾸며 잠들었을 것이다. 네가 네 손으로 직접 그들의 모든 가능성을 끝내버린 것이다.

"그만해."

현은 고개를 흔들었다. 자신의 손이 보였다. 길고, 두껍고, 창백했다. 자신의 손목에 달린 것이 손이 아니라 어떤 괴생명체의 부속 기관 같다는, 그런 생각이 들었다. 내 손이 원래 이렇게 생겼던가? 의체화 전의 내 손은 어떻게 생겼었지? 현서와 주영을 잡아주던 손은……. 순간 현은 과거 자신의 모습이 흐릿하다는 점에 극심한 공포를 느꼈다. 새 몸에 잡아먹혀 가고 있는 것일까? 아니면 두억시니에게? 지금 어디선가 비명과 신음이 들리는 것 같았다. 총성과 폭음과 파열음이 들려오는 것 같았다.

우득. 순간 현은 뼈가 부러지는 소리를 들었다. 놀란 현은 급하게 몸을 일으켜 주변을 둘러보았다. 그러나 아무 일도 벌어지지 않았다. 생각을 떨쳐버려야 할 필요성을 느낀 현은 콘솔을 켜서 명령을 내렸다.

"잠을 잘 수 있게 해줘."

'뭐 하는 거지?'

현은 대꾸하지 않고 다시 콘솔의 AI에게 명령을 내렸다.

"뭐라도 좋아. 뭐라도……."

잠시 후 AI가 대답했다.

〔풀 홀로그램으로 구현된 라이브 플라네타리움이 있습니다. 스푸트니크 개장일과 과학특별전 때 상영된 것으로, 현재 천체의 모습과 움직임을 실시간으로 반영합니다.〕

AI가 이어서 말했다.

〔상영 당일 관객의 78퍼센트가 30분이 지나기 전에 잠들었습니다. 현재까지 최고 기록입니다.〕

"좋아. 그걸로 틀어줘."

〔알겠습니다.〕

홀로그램 프로젝터들이 하나둘 가동되기 시작했다. 곧 스푸트니크 전체가 아름다운 별과 은하, 혜성들의 모습으로 가득 찼다. 단순한 평면 영상을 쏘는 과거의 플라네타리움과는 전혀 달랐다. 홀로그램으로 구현된 별들이 마치 손에 잡힐 듯 허공에 생생하게 떠서 천천히 움직였다. 작은 우주가 스푸트니크 내부에 구현되고 있었다. 태어나고, 흐르고, 사라지는 별들을 가만히 보던 현이 조용히 입을 열었다.

"너 말이야."

'나?'

두억시니가 대답했다.

"그래."

현은 뜸을 들이다가 물었다.

"사람들을…… 도대체 왜 죽였지?"

두억시니는 답하지 않았다. 현이 이어서 물었다.

"이런 게 재밌었어?"

여전히 답은 없었다. 그러거나 말거나, 현은 계속 말했다. 마치 고해하는 죄인처럼.

"자꾸 떠올라."

'…….'

"자꾸 떠오른다고. 도살장에 끌려가는 소들의 눈 같던 그 눈빛들이."

'나도 그렇다.'

두억시니가 조용히 말했다. 의외의 답에 놀란 현은 말을 잇지 못했다. 두억시니가 이어서 말했다.

'전부 기억난다. 내가 죽인 사람들. 내가 없애버린 인생들. 그들의 이름, 목소리, 냄새, 삶의 얼룩들. 그것들이 내게 덕지덕지 붙어 있는 것이 느껴진다. 지금도.'

두억시니는 뜸을 들이다가 말했다.

'그 흔적들은 끝나지 않고 이어지겠지. 끊을 수 없는 저주처럼. 나 때문에 죽어버린 사람들에게는 미안하게 생각한다. 진심으로.'

"그런데 왜……."

'필요했으니까. 그들의 죽음이 내게 필요했으니까.'

두억시니는 뜸을 들이다가 말했다.

'앞으로 나아가기 위해서.'

두억시니의 말에 현이 다시 물었다.

"어디에 필요한데? 그 죽음들이."

'…….'

"그 모든 걸 언제까지 숨길 생각이지?"

두억시니는 대답하지 않았다. 정적이 계속되었다. 홀로그램 별들이 제자리를 향해 움직였다. 현은 결심한 듯 허리춤에서 초진동 단분자 나이프를 꺼내 자신의 이마에 들이댔다. 두개골을 가르기에는 충분한 위력을 갖춘 것이었다. 두억시니가 당황한 목소리로 물었다.

'무슨 짓이지?'

초당 100페타헤르츠로 진동하는 나이프의 날이 인공 별빛을 받아 번뜩였다. 현이 조용히 말을 꺼냈다.

"확신이 필요해."

'확신?'

현이 나이프를 바라보며 답했다.

"그래. 이 모든 게, 이 모든 죽음이 아무 의미도 없지는 않을 것이라는 확신."

현이 단호하게 말하자 두억시니가 졌다는 듯 다시 말했다.

'의미 없지 않다. 걱정 마라. 나도 끝까지 숨길 생각은 없으니까.'

현은 아무 말도 하지 않았다. 두억시니가 이어서 말했다.

'결국 너도 모든 걸 알게 될 거다. 맹세하지. 하지만 지금은…… 지금은 아니야.'

두억시니의 말에 현은 천천히 나이프를 거뒀다. 긴 침묵이 흘렀다. 현과 두억시니는 같은 눈으로 별을 보았다. 프로젝터의 상태가 정상적이지 않은 탓에 홀로그램 중 일부가 지직거리고 깜빡였다. 고장 난 별들이 현의 머리 위를 떠돌고 있었다. 두억시니가 전에 없이 무겁고 어두운 목소리로 물었다.

'나도 질문 하나 하지.'

"뭐지?"

'이 일이 다 끝나면, 넌 뭘 할 생각이지?'

두억시니의 목소리가 작은 우주 속으로 흩어져 갔다. 현은 눈을 감았다. 생각해 본 적도 없는 일이었다. 현은 대신 지금 하고 싶은 것을 떠올렸다. 현은 더 이상 울부짖고, 피 흘리고, 아파하며 죽어가는 것들을 보고 싶지 않았다. 살아 움직이는 것들은 질색이었다. 현은 그저 가만히 있는 것을 보고 싶었다. 가만히 살아가다 가만히 피어나고 가만히 시들고 또 가만히 자라나는 것을 보고 싶었다. 어떤 소리도 움직임도 마음도 없이. 현은 주영이 사 왔던 붉은 석산을 떠올렸다.

"……꽃을 보고 싶어."

'꽃?'

"그래, 꽃."

현은 그렇게 말하고는 바닥에 누웠다. 머릿속의 생각을 멈출 수 없었다. 현은 정 멈출 수 없는 생각이라면 죽인 사람들 대신 죽은 사람들을, 또 앞으로 죽어야 마땅할 사람들을 생각하기로 했다. 현은 염 회장을 상상했다. 그가 어떻게 생긴 사람이고 어떤 삶을 살았으며 어떻게 죽게 될지를 떠올려 보았다. 난방기가 뿜어대는 위태로운 온기가 가장자리에서 스멀스멀 번져가는 추위와 맞서 싸우고 있었다. 그 온도의 경계 어디쯤에서 현은 가만히 눈을 감았다. 오른쪽 다리가 욱신거리는 것을 느끼며.

아침이 되고 현은 오 경사, 그리고 동충하초 모듈을 가지고 이동을 재개했다. 새 몸의 우월한 회복력 덕에 박살 났던 현의 오른쪽 다리는 걸을 수 있는 상태가 되어 있었다. 전날보다 빠른 속도로 이동한 현은 온서특별시의 기술 지구에 도달했다. 그러나 기술 지구에는 그 어떤 건물도 존재하지 않았다. 포장된 아스팔트만이 드넓게 깔려 있었다. 기이한 평원이었다. 헤진 철조망과 허리 높이쯤 오는 반파된 엄폐용 구조물들이 건물 대신 평원의 테두리를 두르고 있었다. 현은 바리케이드를 넘어 기술 지구에 발을 내디뎠다. 그때 거대한 무엇인가가 멀리서 움직이는 것이 보였다. 곧 눈과 안개 사이로 그것이 모습을 드러냈다.

"저게 뭐야?"

현은 당황한 어투로 물었다. 작은 빌딩만 한 다리가 수도 없이 달린, 거대한 요새를 연상시키는 것이 걸어 다니고 있었다. 현의 눈에는 마치 섬이 걸어 다니는 것처럼 보였다. 그것의 넓적하고 평평한 플랫폼 위로 각종 시설과 무장이 가득했다. 두억시니가 대답했다.

'불카누스. 이동식 자율화 공장이다.'

"이동식 자율화 공장?"

'그래. 사람 없이도 파괴된 무인 병기들의 부품을 수거해서 다시 무인 병기를 생산해 내지. 적의 공격이 감지되면 회피하거나 요격하기도 하고.'

현은 멀리서 움직이는 불카누스를 바라보았다. 그것이 다리를 내디딜 때마다 쿵쿵거리는 소리와 진동이 사방을 울렸다. 불카누스의 맨 위에 달린 주 포탑에는 거대한 광증발 플라스마 방출기가 설치되어 있었다. 현은 습관처럼 그것의 파괴력을 계산했다. 저 정도 사이즈라면 분명 작은 도시 하나 정도는 지워버릴 수도 있을 것이라고, 현은 그렇게 결론 내렸다.

그런 불카누스 주변에는 현이 온서특별시 외곽에서부터 계속 보아온 비행형 무인 병기 빅버드 여러 대가 호위하듯 날아다니고 있었다. 장엄한 광경이었다. 두억시니가 나지막이 말했다.

'여긴 저런 게 몇 대는 더 있다.'

두억시니의 말에 현은 오싹함을 느꼈다. 국군이 토벌을 못하고 있는 이유도 납득이 되었다. 두억시니가 이어서 경고하듯 말했다.

'여기서부터는 특히 더 주의해라.'

"왜?"

두억시니가 대답했다.

'무인 병기가 더 많을 거다. 기존 개체들보다 화력도, 장갑도 더 강해. 여긴 개활지라 은 · 엄폐 할 수 있는 공간도 없고.'

두억시니의 말에 현은 난색을 표했다.

"그럼 여기를 가로지르는 건 그냥 자살행위잖아."

'그렇지. 내가 없다면.'

두억시니가 이어서 말했다.

'안전한 루트가 있다.'

"안전한 루트?"

'지금부터 바짝 엎드리고, 내가 말하는 좌표로 이동해라.'

현은 오 경사와 동충하초 모듈을 몸에 더욱 타이트하게 묶고 반신반의하며 바닥에 엎드린 후에 두억시니가 말한 좌표로 나아갔다. 그러나 위치에 도착한 현은 어떤 특이점도 발견하지 못했다. 현이 조용히 두억시니에게 물었다.

"이제 어디로 가야 하지?"

'여기서 기다린다.'

두억시니가 나지막이 말했다. 눈이 점점 바닥에 쌓이기 시작했다. 시간이 흘러갔다. 현이 도대체 언제까지 기다려야 하느냐고 물으려 할 때쯤 두억시니가 다시 말을 꺼냈다.

'곧이다. 준비해라.'

그때였다. 사이렌 소리가 짧게 한 번 울리더니 현이 엎드려 있는 곳의 바로 앞 아스팔트 바닥이 움직이기 시작했다. 그러자 숨겨져 있던 커다란 수직 통로가 드러났고, 쌓여 있던 눈들이 통로로 쏟아져 내려갔다. 딱 봐도 사람이 쓰라고 만들어 놓은 통로는 아니었다.

'옆에 잘 보면 작은 사다리가 있다. 10분 정도 후에는 다시 닫혀. 그럼 또 한 시간은 기다려야 한다.'

두억시니의 말대로 수직 통로의 벽면에 작은 사다리가 있었다. 사다리를 쭉 타고 내려간 현은 눈 녹은 물이 마치 강처럼 흐르는 지하 수로를 발견했다.

'앞으로 조금 더 가면 왼쪽과 오른쪽으로 갈린 길이 나올 거다. 거기서 오른쪽으로.'

현은 두억시니의 지시에 따라 미로처럼 어지럽게 얽혀 있는 지하 수로를 헤쳐 나갔다. 두억시니가 전에 사용했다던 은신처를 향해 가는 길이었다.

"지하 수로는 안전한가?"

'추적당할 위험은 없다. 오 경사의 시냅스 칩 발신 신호도 지금은 차단되었을 거다. 적들은 우리의 위치를 알 수 없지.'

현은 고개를 끄덕였다.

"무인 병기는?"

'그것으로부터 안전하다고는 할 수 없다. 가끔 무인 병기들이 여기도 수색하곤 하니까.'

"그럼……."

'걱정 마라. 이곳 무인 병기들의 행동 패턴에 대해서는 다 알고 있으니까. 봤잖나.'

두억시니가 안심하라는 듯 말했다. 그렇게 현은 두억시니의 지시에 따라 수로 안에서 몇 시간을 꼬박 걸었다. 전날 휴식을 취한 덕분인지 새 몸의 우월한 신체 능력 덕분인지 피곤함이 느껴지지는 않았으나, 현은 정신이 지쳐가는 것을 느꼈다. 옆에서 흘러가는 수로의 물을 바라보고 있자니 순간 몸을 던지고 싶은 충동이 느껴졌다. 물의 흐름에 몸을 맡기고 가만히 흘러가고 싶다는 충동이.

'여기다.'

두억시니의 목소리에 현은 정신을 차렸다. 어느새 현은 거대한 철문 앞에 도달해 있었다. 현은 문 옆의 보안 패널로 향했다. 동작 감지를 통해 문을 여는 방식이었다. 두억시니는 현에게 여러 동작을 지시했고, 곧 묵직한 금속 마찰음을 내며 문이 열렸다.

"이건……."

마침내 두억시니의 은신처 안에 들어선 현은 놀라움을 금치 못했다. 살인마의 은신처라기에는 광활하고 아름다웠다. 거대한 사각 기둥들이 지상의 콘크리트 하늘을 줄지어 떠받쳤고, 배수관에서 흘러나온 물은 한데 모여 폭포처럼 아래로 떨어져 내렸다. 현은 몸을 내밀어 펜스 아래의 공간을 내려다봤다. 물이 쏟아져 내리는 아래는 심연처럼 끝없는 어둠만이 가득했다. 천장 곳곳에 위치한 조명은 그 어둠을 뚫어내지 못했으나, 강렬한 빛으로 기둥들과 현이 있는 곳을 비추고 있었다. 마치 고대의 지하 신전을 연상시키는 듯한 장엄한 공간이었다.

'오랜만이군.'

물소리를 비집고 두억시니의 목소리가 현의 머리에 울려왔다.

"여기는 어디지?"

'배수 시설이다. 도시에 폭우나 폭설이 내려 수량이 많아지면 이곳으로 흘러 들어오지. 홍수가 나지 않도록.'

현이 고개를 끄덕였다. 두억시니가 이어서 말했다.

'오른쪽에 내가 마련해 둔 작업실이 있다.'

현은 두억시니의 말에 따라 고개를 돌렸다. 벽에 난 작은 금속 문이 보였다. 현은 문을 열고 그곳에 들어섰다. 원래는 시설의 통제실로 쓰이던 곳이었다. 현으로서는 그 용도를 알 수 없는 각종 기계 장치들과 수십 대의 컴퓨터가 윙윙거리거나 달각거리는 사소한 기계음을 내며 돌아가고 있었다. 거기에 실험에 쓰인 것으로 보이는 유기체 조직 덩어리들, 뉴로젤 보존 용액에 담겨 보관되고 있는 백 개를 넘는 뇌가 현을 맞이했다.

"이게 다 뭐야?"

하얗게 표백된 채 모여 있는 뇌들을 보며, 현은 본능적으로 이는 혐오감에 인상을 썼다. 두억시니가 나지막이 말했다.

'연구실.'

"뭘 연구하는데?"

두억시니가 나지막이 답했다.

'전에 말했잖나. 알게 될 거라고.'

두억시니가 이어서 말했다.

'이제 우리의 실험체를 저기, 저 장치에 넣어.'

"어디?"

'고개를 돌려봐. 그래, 거기.'

현의 시선이 강화 유리로 만들어진 원통형 관에 머물렀다. 관의 끝에는 메인 컴퓨터와 연결되어 있는 각종 케이블과 기계 장치가 달려 있었다. 자신이 의체로 깨어났을 때 처음 본 오르바사의 기계와 비슷해 보이기도 했다. 현은 장치의 뚜껑이 열고 두억시니의 지시를 따라 오 경사를 그곳에 집어넣었다. 금속제 홀더가 오 경사의 팔다리와 골반과 목을 완전히 고정시켰다. 두억시니가 이어서 말했다.

'여기서 의체나 시냅스 칩을 만들 수는 없지만, 머리를 열어서 손보는 것 정도는 할 수 있다. 네가 동충하초 모듈 소형화에 성공하면 곧바로 우리의 머리에 심을 수 있다는 소리야.'

현은 가만히 오 경사를 바라본 후에 오 경사의 머리에 시냅스 칩 스캐닝 장치를 씌웠다. 스캔은 오래 걸리지 않았다. 오 경사의 시냅스 칩 일련번호, 제조일, 사용 기록 등 해당 칩의 역사가 구석의 모니터에 길게 떴다.

'의체군. 운이 좋네.'

두억시니가 이어서 말했다.

'실험용 의체는 따로 구하지 않아도 되겠군.'

현은 고개를 끄덕이고는 가져온 동충하초 모듈을 테이블 위에 올려놓았다. 현은 즉시 두억시니의 컴퓨터에 동충하초 모듈을 연결해, 두억시니와 함께 동충하초의 해킹 프로세스를 이루는 핵심 코드를 쭉 살폈다. 모든 코드를 살핀 두억시니가 자신 있는 어투로 말했다.

'시냅스 칩에 적용하기 어렵진 않을 거다.'

"어떻게 그렇게 확신하지?"

두억시니가 뜸을 들이다가 말했다.

'비슷한 걸 만들어 본 경험이 있으니까.'

현은 두억시니의 연구실을 가만히 바라보았다. 뉴로젤 용액에 보관되어 있는 뇌들이, 누군가의 영혼들이 보였다. 두억시니가 이어서 말했다.

'앞으로 해야 할 건 해킹 프로토콜을 시냅스 칩에 적용 가능하도록 조정하는 일이지.'

"한 가지 더. 가능한 한 소형화, 경량화해서 머릿속에 집어 넣어야 해."

현의 대답에 두억시니가 의문을 표했다.

'왜지?'

"이건 가장 강력한 무기니까. 분실과 파손의 위험을 최대한 줄이려는 거다."

현의 말에 두억시니가 되물었다.

'그게 가능한가?'

"가능해."

현은 자신 있는 목소리로 대답하며 동충하초 모듈을 바라보았다. 검은 원통형 케이스 내부의 집적 회로가 붉게 빛났다.

시냅스 칩 해킹 및 조종을 위한 연구가 시작되었다. 현은 수로 밖으로 나가 온서특별시 곳곳에서 필요한 재료와 장비를 모아 왔다. 추락한 비행형 화물선과 컨테이너, 파괴된 공장과 쓰러진 불카누스, 병원과 연구소, 무인 병기의 잔해……. 초정밀 3D 프린터나 순수 실리콘 큐비트 같은 귀한 작업 도구와 재료들이 사방에 널려 있었다.

두억시니의 도움 덕에 현은 재료와 장비를 찾는 일도, 개조 작업도 몹시 빠르게 진행할 수 있었다. 현에게 부족한 뇌과학 지식과 시냅스 칩에 대해서는 두억시니가, 두억시니에게 부족한 하드웨어적 지식과 동충하초 해킹 프로토콜 개조에 대해서는 현이 앞장섰다. 완벽한 협업이었다. 문제는 오 경사였다.

"아아악, 아악!"

현은 귀를 막았다. 오 경사가 다시 발작을 일으켰다. 오 경사의 뇌와 시냅스 칩에 연결된 신경 케이블이 마치 촉수처럼 꿈틀거렸다. 몸의 모든 감각이 활성화되고, 신경계가 불타고, 빛이 역류하고, 세포들이 제멋대로 분열하고 통합되는 것만 같은 고통. 분자 단위로 느껴지는 고통. 몇 번이고 쇼크사해도 이상하지 않을 그런 고통을 오 경사는 수천 번이나 느꼈다. 이는 실험 과정에서 필연적인 고통이었다. 비명을 지르는 것 외에 오 경사가 할 수 있는 일은 없었다. 오 경사가 정신을 잃거나 의식이 혼미해지면 연결된 의료 기기가 그를 되살렸다. 마치 고문과도 같은 과정이었다. 이번에도 오 경사는 의식을 잃었다가 다시 깨어났다.

"죽여……줘……. 제발……."

현은 유리관 안에 누워 애원하는 오 경사를 가만히 바라봤다. 시간이 없었다. 현은 다시 장치를 작동시켰다.

"아아아아아악!"

오 경사는 이미 몇 번이고 파열되었던 성대로 비명을 질러댔다. 마른 나무껍질처럼 갈라지는 그의 쉰 목소리를 들으며, 현은 처음으로 안쓰럽다는 생각 대신 시끄럽다는 생각을 했다. 현은 무표정한 얼굴로 데이터를 확인했다.

실험이 지속되었다. 오 경사의 정신이 완전히 나가 더 이상 어떤 반응도 보이지 않게 되었을 때쯤, 동충하초의 시냅스 칩 해킹 프로토콜이 완성되었다. 이제 남은 일은 하드웨어 개조였다. 동충하초의 부피를 차지하는 것은 대부분 보호를 위한 외장 케이스, 발열 제어를 위한 쿨러, 연산 장치, 전력 공급

장치 정도였다. 핵심이 되는 메인 프로세서는 기껏해야 시냅스 칩보다 조금 큰 정도로, 현은 그 메인 프로세서를 제외한 부분은 모두 MASS의 몸에 아웃소싱할 생각이었다. 외장 케이스는 두개골에, 연산과 온도 조절은 뇌에, 전력 공급은 포도당 등 몸의 생체 에너지에 맡기기로 한 것이다.

이론은 분명 그랬으나, 실제로 실행하기는 쉽지 않았다. 현은 두억시니에게 여러 조언을 받으며 동충하초를 조정했다. 현은 타협하고, 타협하고, 또 타협했다. 기능을 제거해 보고, 성능을 줄이고, 테스트해 보고, 다시 모든 것을 다운 그레이드하고……. 현은 두억시니의 연구소에 틀어박혀 일련의 순환 과정을 반복했다.

그것은 괴로운 과정이었다. 포기하고 싶어질 때마다 현은 현서와 주영을 떠올렸다. 가족을 생각할 때면 자꾸 떠오르는 아침이 있었다. 주영과 함께 바다를 가기로 했던 그날 아침이었다. 현은 석산을 두고 주영이 했던 말을 떠올렸다. 작업이 막바지였다. 현은 동충하초에 부착할 마지막 부품을 가공하며 나지막이 읊조렸다.

"아빠, 난 석산이 꽃들 중에서 제일 좋아. 간지 나잖아……."

현은 피식 웃었다. 두억시니가 물었다.

'뭐지, 갑자기?'

현은 마지막으로 완성된 붉은색 사각형 부품을 보며 나지막이 말했다.

"우리 가족 일이 생각나서."

'음.'

"나중에 기회가 오면 말해주지."

현은 해당 부품을 작업대에서 빼 동충하초에 부착했다. 그것이 마지막 작업이었다. 개조 작업에 들어간 지 보름째, 새벽 4시 52분. 드디어 현의 동충하초가 완성되었다.

'정말 작아졌군.'

두억시니가 신기하다는 어투로 말했다. 대형 텀블러만 한 사이즈에서 엄지손톱만 한 칩 사이즈로 바뀐 동충하초는 안정화 액체에 담겨 둥둥 떠 있었다. 현은 연이어 밤을 샌 눈으로 동충하초를 바라봤다. 이것이 놈들을 위한 깜짝 선물이 될 터이다. 두억시니가 물었다.

'그래서 결과적으로 어떻게 작동하는 거지?'

"이중 전파 도약 방식을 사용해서 타깃으로 설정한 시냅스 칩의 로딩 프로세스에 개입, 강제로 데이터 동기화를……."

'잠깐, 서로 통하는 언어로 말하기로 했잖나.'

두억시니의 말에 현이 다시 입을 열었다.

"목표로 한 상대, 숙주의 시냅스 칩을 해킹해서 내 시냅스 칩 속 데이터를 숙주의 칩에 강제로 덮어씌운다."

'덮어씌운다고?'

현은 고개를 끄덕였다.

"그래. 내 시냅스 칩 속의 의식이 숙주의 시냅스 칩 속으로 건너가는 거지. 그렇게 숙주의 자아 주도권을 탈취해서 몸을 잠깐 빼앗는 거다."

현은 뜸을 들이다가 말했다.

"뭐랄까, 일종의 빙의 같은 거라고 생각하면 이해가 편하겠지."

'빙의라……. 진짜 귀신이 되는 것이로군.'

두억시니가 이어서 말했다.

'근데 그럼 문제가 생길 텐데. 우리의 원래 몸 말이다.'

"어떤 문제?"

'의식이 건너가면 원래 몸은 통제를 잃고 기절하고 말 거다.'

"그러겠지. 보통의 경우라면."

현은 작업하며 커피를 마시는 데 썼던 컵을 두 개 가져왔다. 그리고 하나의 컵에 볼트 두 개를, 다른 컵에는 볼트 하나를 넣었다. 현은 볼트가 두 개 든 컵을 가리키며 말했다.

"이게 내 몸이야. 저 반대쪽 컵이 타깃이고."

'그래.'

"내 시냅스 칩에는 의식 데이터가 두 개 있잖아. 너 말이야."

현은 자신의 컵에서 볼트 하나를 빼서 반대쪽 컵에 넣었다.

"숙주의 몸에 건너가는 건 내 데이터가 아닌 네 데이터, 내가 아닌 네가 될 거다. 그럼 내 의식은 이 몸에 남아 있을 수 있어."

현이 볼트가 든 컵을 흔들어 보였다. 달그락거리는 작은 금속음이 났다.

"그러니 나는 나대로 내 몸에서 움직일 수 있고, 너는 해킹한 숙주의 몸을 빌려 움직일 수 있는 거지."

'그렇군.'

두억시니가 조용히 말했다. 현이 이어서 설명했다.

"그래. 다른 사람의 몸에 들어가 활동하는 쪽은 나보다는 네가 적합하겠지. 상황에 따라 연기를 해야 할 수도 있고……. 난 그런 데는 영 젬병이니까."

현은 노파심 어린 목소리로 덧붙였다.

"아, 허튼짓할 생각은 하지 않는 게 좋아. 동충하초의 통제권은 동충하초가 설치되어 있는 이쪽, 내 몸에 있으니까."

현은 반대쪽 컵에서 볼트를 빼 다시 원래 컵으로 옮기며 말했다.

"널 보내는 것, 불러들이는 것 둘 다 내가 결정해."

'그래. 그게 합당하지. 상관없다.'

두억시니가 이어서 물었다.

'또 알아야 할 게 있나?'

"동충하초에는 한계가 있어. 원본보다 성능이 열화됐지."

현은 반대쪽 컵을 멀리 밀며 말했다.

"해킹 사거리는 내 몸으로부터 약 5킬로미터 정도. 그 이상 멀어지면 연결이 끊겨."

'연결이 끊기면 어떻게 되지?'

"너는 강제로 다시 내 몸, 이 칩으로 돌아오게 될 거야. 거기서 죽어도 다시 여기로 돌아오게 되고."

현은 자신의 이마를 손가락으로 짚으며 설명했다. 두억시니가 나지막이 말했다.

'돌아오기 전에 숙주를 죽여야겠군. 자살을 하든지.'

"왜지?"

현의 물음에 두억시니가 대답했다.

'해킹당한 자기 몸이 누군가에 의해 멋대로 조종당하는 걸 실시간으로 느끼고 있을 테니까.'

두억시니가 이어서 말했다.

'시냅스 칩의 원리상 숙주의 의식은 몸의 통제권을 잃었을 뿐, 모든 것을 실시간으로 감각하고 있을 거다. 나처럼.'

현은 볼트 한 개가 든 반대쪽 컵을 툭 쳐서 쓰러뜨렸다. 두억시니가 나지막이 말했다.

'마무리하지 않고 떠나면 숙주는 그 경험에 대해 떠벌리고 다니겠지. 그런 위험을 만들 필요는 없으니까.'

현이 고개를 끄덕였다.

"그래. 우리의 이점을 살려야지."

'그렇지.'

현은 컵 두 개를 한쪽으로 밀어버렸다.

"여기까지가 이론이고, 막상 이걸 머리에 탑재하고 나면 또 어떤 부작용이 나타날지는 나도 잘 몰라. 나도 이걸 쓰기는 처음이니까."

현은 동충하초 칩을 바라봤다. 집적 회로는 여전히 붉은색으로 빛나고 있었다. 같은 시야로 그것을 바라보던 두억시니가 나지막이 말했다.

'이제 마지막 검증만 남았군.'

"그래."

현은 오 경사를 바라봤다. 보름 동안 온갖 실험을 겪어내고 근육이 빠진 듯 전보다 수척해진 상태였다. 게다가 외부 자극에 반응하지 않을 정도로 정신이 망가져 있었다. 오 경사는 가만히 입을 벌린 채, 풀린 눈으로 멍하니 허공만 응시하고 있었다.

현은 연구실의 수술용 기계에 누웠다. 오 경사가 구속되어 있는 장치와 비슷한, 마치 관처럼 생긴 기계였다. 곧 컴퓨터가 정밀 제어하는 수술 도구들이 두개골을 가르고, 뇌에 부착된 시냅스 칩 모듈 슬롯에 동충하초 모듈을 부착할 것이다.

현은 가만히 수술이 시작되기를 기다렸다. 이윽고 기계 내부의 작은 구멍들에서 마취 가스가 살포되기 시작했다. 현은 가스를 흡입했다. 의식이 희미해졌다.

현은 눈을 떴다. 그러나 아무것도 보이지 않았다. 아무것도 들리지 않았다. 오로지 촉감뿐이었다. 현은 발을 내디뎠다. 발이 푹푹 빠졌다. 모래사장인가? 알 수 없었다. 바람이 불었다. 현은 자신의 머리카락이 흩날리다 못해 머리가 흔들리는 것 같은 이상한 감각을 느꼈다. 손을 들어 머리를 만져보았다. 손끝으로 얇고 가벼운 공기의 감촉만이 느껴졌다. 머리가 없었다. 아무것도 없다.

"……!"

놀란 현은 말을 하려고 했지만 말이 나오지 않았다. 현은 곧 스스로에게 입이 없다는 것을 깨달았다. 지금의 현에게는 눈도, 입도, 코도, 귀도 없었다. 그 사실을 인지하자 압도적인 공포감이 감각들이 사라진 자리를 채웠다. 소리를 지르고 싶었지만 지를 수가 없었다. 지금 발을 딛고 서 있는 곳이 어디인지도 볼 수 없었다. 스스로의 심장 박동조차 들리지 않았고, 냄새나 소리가 어떤 개념인지도 희미해졌다. 피부에 와 닿는 차가운 바람만이 느껴질 뿐이었다. 촉각만으로 움직이는 원시 생물처럼.

현은 무서워서 움직일 수가 없었고, 무서워서 가만히 있을 수가 없었다. 현은 숲속을 헤매듯 정처 없이 돌아다니며 허우적거렸다. 균형 감각이 이상했다. 몸이 떨려왔다. 피부에 난 작은 돌기들이 공기의 흐름을 붙잡으려 애썼다. 제발 누군가가 와서 구해줬으면 좋겠다는 생각이 간절했다. 제발, 누군가.

"허억!"

현은 클램프로 머리를 조이는 듯한 강렬한 두통과 함께 눈을 떴다. 기계의 뚜껑이 서서히 열렸다. 극심한 두통이 엄습했다. 현은 본능적으로 머리를 좌우로 흔들었다가 후회했다. 머리를 움직일 때마다 무거운 쇳덩이가 뇌 속을 마구 휘젓는 듯한 고통이 일었다. 현은 옆의 모니터를 바라보았다.

'수치는 모두 정상이다.'

두억시니가 나지막이 말했다. 현은 비틀거리며 기계에서 빠져나와 일어섰다. 몸을 움직이자 두통이 한층 심해졌다. 그러나 지체할 시간이 없었다. 테스트가 필요했다. 현은 오 경사를 바라보았다. 동충하초는 오 경사의 시냅스 칩을 감지해 현의 뇌와 시신경, 청신경에 신호를 보냈다. 현의 눈에 오 경사의 머리에 뜬 붉은 점이 보였다. 이어서 동충하초로부터 메시지가 전달되었다.

〔반응 확인.〕

현이 조용히 입을 열었다.

"드라이브."

오 경사의 멍한 눈이 한층 탁해졌다가, 곧 생기가 돌아왔다. 오 경사의 표정에 활력이 돌았다. 오 경사가 미소를 띤 얼굴로 입을 열었다.

"성공이다."

현은 오 경사의 사지를 구속하고 있던 홀더들을 풀어주었다. 오 경사, 아니, 오 경사의 의체에 들어간 두억시니가 몸을 강제로 일으켜 자리에서 일어섰다.

"움직여 봐."

현의 말에 두억시니는 몸을 자유롭게 움직였다.

"어때?"

"문제없어. 내 몸 같군."

두억시니가 오 경사의 목소리로 말했다. 오 경사는 자신의 의지와는 상관없이 몸이 움직이고 말이 제멋대로 튀어나오는 기이한 경험을 했으나, 의식이 혼미했기에 지금 무슨 일이 벌어지고 있는지 제대로 인지하지 못했다. 현은 고개를 끄덕였다. 모든 테스트를 마친 후, 두억시니는 다시 장치에 들어가 구속되었다. 현이 조용히 입을 열었다.

"컷."

다시 오 경사의 눈이 멍해졌다가 또렷해졌다. 현은 자신의 머릿속으로 돌아온 두억시니의 목소리를 들었다.

'이제 다음 단계로 나아갈 차례군.'

"그래. 놈들의 의체 병기들을 찾아야 돼."

현이 조용히 말했다.

"어떻게 찾아내지?"

'가장 간단한 방법이 있지 않나. 네 오랜 친구 김주완 말이다.'

두억시니의 목소리에 현은 순간 몸이 굳었다. 두억시니가 다시 말을 꺼냈다.

'그 친구가 네게 이 몸을 주지 않았나. 분명히 의체 병기들이 있는 장소를 알겠지.'

두억시니가 이어서 말했다.

'어쩌면 염 회장에 대한 정보가 있을 수도 있고.'

현은 가만히 주완의 얼굴을 떠올렸다. 지금쯤 뭘 하고 있을지. 현은 다시 아파오기 시작한 머리를 양손으로 지그시 눌렀다. 이제는 망설일 필요가 없었다.

주완의 에어로더는 서울 상부, 부촌 주택가의 상공에 들어섰다. 한옥을 재해석한 기하학적 형태의 주택들이 드넓은 공간에 띄엄띄엄 배치되어 있었다. 주완은 에어로더 하부 카메라로 주택들의 지붕과 외벽에 도배된 알루미늄 패널들을 바라보았다. 기왓장을 닮은 형태의 패널들은 바람에 따라 마치 나뭇잎처럼 살랑거리며 움직였다. 최근 유행하는 건축 양식이었다.

〔목적지에 도착했습니다. 하강합니다.〕

주완의 에어로더는 마당 옆의 원형 에어로더 플랫폼 위로 착륙했다. 조용하고 부드러운 착륙이었다. 주완이 에어로더에서 내리자 플랫폼이 마치 엘리베이터처럼 에어로더를 태운 채 밑으로 내려갔다. 그렇게 주완의 에어로더는 지하에 안전하게 수납되었다. 주완은 그 모습을 보며, 자신도 저렇게 가라앉고 싶다고 생각했다.

주완은 지쳐 있었다. 회사로부터 받고 있는 의심도 의심이거니와, 되살린 현이 수많은 사람을 죽였다는 사실이 계속해서 주완을 괴롭혔다. 다음에는 또 어떤 일이 벌어질지, 현이 무슨 일을 벌일지 짐작이 가지를 않았다. 앞으로 더 많은 사람들이 죽겠지. 내가 그때 현을 살리지 않았다면 이런 일이 벌이지지는 않았을 텐데. 현이 잡히면 어떻게 해야 하지? 오르바사에 먼저 넘어가면 끔찍한 일을 당할 게 뻔하다. 만약 잡히지 않는다면……. 주완은 밀려드는 두통에 생각을 멈추려고 시도했다.

"후."

주완은 머리에 남아 있는 생각의 잔여물을 뱉어내듯 길게 숨을 뱉었다. 세상에 생각을 멈추는 것보다 어려운 일은 없다는, 그런 생각이 들었다. 주완은 얼른 씻고 자고 싶었다. 그게 넝마가 된 뇌를 쉬게 할 수 있는 유일한 길일 테니까. 마침내 주완이 무거운 발을 움직여 집 안에 들어서자, 자동으로 거실 불이 켜지며 AI의 사근사근한 안내 음성이 울렸다.

〔어서 오세요.〕

주완의 집은 넓었다. 혼자 사는 사람에게는 과하다 싶을 정도의 크기였다. 넓은 집. 주완은 지금 그 공간의 넓이만큼 외로웠다. 오늘따라 집에 아무도 없다는 사실이 크게 다가왔다. 주완은 천천히 거실 안쪽의 부엌으로 향했다. 주완이 찬장에서 감자칩을 꺼내자 집의 AI가 주완에게 한마디했다.

〔최근 야간 칼로리 섭취량이 늘었습니다. 야식을 자제하시기를 권합니다.〕

순간 주완은 AI의 간섭이 귀찮아져 그냥 무음 모드로 바꿔

버릴까 생각하다가 그대로 냅뒀다. 지금 AI의 저 목소리마저 없으면 너무도 공허할 것만 같았다. 주완은 AI의 잔소리를 들으며 감자칩을 입에 넣고 집을 둘러보았다. 역시 너무 큰가. 좀 더 작은 집으로 이사를 갈까, 아니면…….

그런 생각을 하고 있는 주완의 머릿속에 문득 알 수 없는 묘한 위화감이 들었다. 뭔가 이상했다. 이 위화감은 집 안의 사소한 변화에서 기인하는 것으로, 오랫동안 생활한 집주인만이 알아차릴 수 있는 종류였다. 주완은 어둠이 도사린 집의 구석을 바라봤다. 집 안에 누가 들어와 있는 것만 같았다. 강도인가?

하지만 누가 집에 강제 침입 시도를 했다면, 집을 관리하는 AI가 즉시 이상 현상을 감지하고 알람을 울려 경찰에게 연락을 했을 터이다. 이런 자동화된 경보 시스템 덕에 부촌 주택가에서 강도짓을 하려는 머저리들은 거의 없지만, 가능성을 배제할 수는 없었다. 주완은 현의 경우를 떠올렸다. 고도화된 기술로 무장한 자들이라면 얼마든지 개인 주택의 보안 정도는 뚫고 침입할 수 있었다.

"……."

순간 주완의 머릿속에 최악의 케이스들이 여럿 떠오르기 시작했다. 오르바사에서 증거를 찾는다고 집을 헤집어 놓고 갔나? 아니면 내가 현을 살려낸 걸 알았나? 아니면 강연희 경위인가? 주완은 AI에게 경찰 신고를 명령할까 고민하다가 이내 포기했다. 과민 반응이다. 내가 너무 피곤한 탓일지도 몰라. 얼른 씻고 자자. 주완은 고개를 저으며 먹던 감자칩을 찬장에 넣고는 욕실로 향했다. 주완의 발걸음을 따라 조명이 하나둘 켜지기 시작했다. 주완은 욕실 문을 열었다. 그러자 욕실 불이 켜지면서 뜻밖의 손님이 모습을 드러냈다.

"안녕."

어디선가 들려오는 목소리에 주완은 고개를 들었다. 주완이 바라보고 있는 욕실의 대형 거울에 한 남자의 모습이 비쳤다. 남자는 주완의 뒤에 서 있었다. 익숙하지만 낯선 얼굴이었다.

"넌……."

주완은 당황한 목소리로 말을 흐렸다. MASS가 주완에게 다가왔다. 주완은 그가 오르바사의 청소부인지 현인지 알 수 없어 불안에 휩싸였다. 도대체 누구냐고 물어보고 싶었지만 말이 입에서 떨어지지를 않았다. 공포가 주완의 혀를 단단하게 묶어두고 있었다. MASS의 위력을 누구보다 잘 알고 있는 주완이었기에 그 공포는 더욱 컸다. 나를 죽이러 온 건가. 청소부든 현이든 가능성은 충분했다. 몸이 완전히 굳어버린 주완의 어깨에 MASS가 손을 올렸다.

"오랜만이다."

낯선 목소리의, 익숙한 인사였다.

현은 부엌 식탁에 앉았다. 주완 역시 현을 따라 부엌 식탁 앞에 앉았다. 그렇게 현과 주완은 서로를 가만히 바라보았다. 주완을 보던 현은 불현듯 고열량 군용 에너지바 몇 개를 꺼냈다. 현이 우득거리며 에너지바를 씹어 삼키는 소리가 부엌에 가득 찼다. 채 20초도 안 걸려 에너지바를 전부 해치운 현은 주완을 보며 조용히 입을 뗐다.

"보안 시스템 바꿔. 돈도 많으면서."

주완은 그렇게 말하는 현의 얼굴을 가만히 바라보았다. 되살렸을 때와 똑같은 MASS의 얼굴이었다. 그러나 주완은 그런 현의 얼굴에서 위화감을 느꼈다. 오랜만에 만난 가장 깊은 친구, 가장 편하고 익숙해야 할 현은 전혀 다른 사람 같은 분위기를 풍기고 있었다. 그것은 외모만의 문제가 아니었다. 주완은 현의 마지막 모습을 떠올렸다. 그때와는 전혀 달랐다.

"……왜 왔어?"

주완이 경계심 섞인 목소리로 조용히 물었다. 현은 멍한 눈으로 허공을 바라보다가 대꾸했다.

"정보가 필요해."

현이 이어서 말했다.

"어디에서 더 찾을 수 있지?"

"뭘?"

"이 몸 말이야."

주완은 현을 바라보며 물었다.

"그걸로 뭘 하려고?"

"알잖아."

현의 말에 주완은 입을 다물었다. 주완이 대답하지 않자 현이 재촉하듯 물었다.

"어딨어?"

주완은 대답 대신 현을 똑바로 응시하고서 조심스럽게 말을 꺼냈다.

"이제…… 이제 그만둬."

"아니."

현이 조용히 말했다.

"여기서 멈출 순 없어. 나나 그놈들이나."

현의 대답에 주완은 한동안 말을 잃었다. 어색한 침묵이 계속되었다. 이윽고 주완이 입을 열었다.

"언제까지?"

"뭐?"

"언제까지 계속할 건데, 이런 짓을?"

현은 뜸을 들이다가 답했다.

"전부."

현이 이어서 자신의 손을 바라보며 대답했다.

"전부 사라질 때까지."

그 '전부'에 현 자신도 포함되어 있음을 눈치챈 주완은 다음으로 하려던 말을 잊어버렸다. 주완은 금붕어처럼 입을 뻐끔거리다가 꾹 다물었다. 복수의 끝은 허무라느니 최고의 복수는 용서라느니, 그런 말들로는 현의 마음을 돌이킬 수 없음이 분명했다. 이미 모든 것을 잃어 공허함으로 가득 찬 사람이 허무를 두려워할 리 없었다. 복수할 능력과 의지가 충만한 사람이 굳이 용서를 택할 이유도 없었다. 삶을 포기한 사람이 죽음을 꺼릴 리도 없었다. 무엇보다 직접 경험해 보지 못한 일을 마치 내가 다 알고 있다는 듯, 얄팍한 이해를 들먹이며 이야기할 수는 없는 노릇이었다.

"놈들은 입장이 한 번도 바뀌어 보지 않았을 뿐이야."

현은 나지막이 말했다.

"내가 직접 입장을 바꿔주겠어."

그리고서 비틀린 미소를 띤 채 다시 물었다.

"어디에 있어? 이 의체."

"없어."

"거짓말."

현은 조용히 주완을 응시했다. 주완은 현의 시선을 피했다. 현이 이어서 물었다.

"오르바사 염 회장에 대한 정보도 필요해. 넌 알고 있지?"

"……몰라."

주완은 고개를 저었다. 현이 주완을 응시했다.

"날 의심하는 거야?"

현은 대답하지 않다가 자신의 손을 바라보며 입을 뗐다.

"말하지 않겠다면 직접 열어볼 수밖에 없어."

현의 말에 주완은 온몸에 소름이 돋았다. 직접 열어본다. 그것이 무엇을 의미하는지는 잘 알고 있었다. 주완은 헛웃음을 흘리며 말했다.

"죽여, 그럼."

"……."

"뇌를 빼 가면 되잖아. 네가 디에고에게 했던 것처럼."

주완이 이어서 말했다.

"왜 이런 시간 낭비를 하고 있지?"

현은 주완을, 오랜 친구의 얼굴을 가만히 바라보았다. 피곤에 조금 절어 있을 뿐, 현이 알던 것과 같은 얼굴이었다. 내가 방금 무슨 소리를 한 거지. 현은 혼란 속에서 자신을 지그시 바라보는 주완의 두 눈을 보았다. 무엇도 변한 것은 없었다.

유일하게 변한 것이 있다면 자기 자신밖에 없다는 사실을, 현은 주완의 시선 속에서 상기했다. 현은 다소 떨리는 목소리로 입을 열었다.

"모르겠어, 나도."

주완은 현을 바라보았다. 현의 눈동자가 흔들리고 있었다. 현이 미세하게 떨리는 목소리로 다시 입을 열었다.

"……미안하다."

현의 짤막한 사과가 공기 중으로 흩어졌다. 현은 순간 몰려드는 두통에 이마를 짚었다. 주완은 그런 현을 바라보며 조용히 입을 열었다.

"그때 기억나냐?"

"……."

"너랑 나랑 동기들 몇 명이랑 다 같이 우주여행 갔을 때 있잖아. 연말에. 우리 막 서른 살 됐을 때였나."

현이 고개를 들었다. 주완은 이어서 말했다.

"지구 뒤로 해 뜨는 거 보면서, 다들 앞으로 어떻게 살 건지 얘기하고 그랬잖아."

현과 주완은 부엌의 통유리창 너머로 불빛들이 별처럼 반짝이는 도시를 바라봤다. 현이 천천히 고개를 끄덕였다.

"그랬지."

"그러다가 결혼 얘기 나왔을 때, 네가 뭐라고 했는지 기억나?"

주완의 질문에 현은 뜸을 들이다가 피식 웃으며 대답했다.

"나 비혼주의라고, 결혼 절대 안 한다고 그랬지."

현의 대답에 주완도 작게 웃음을 흘리며 말했다.

"근데 너만 결혼했잖아. 그때 거기 있던 새끼들 중에."

주완의 말에 둘 다 작게 웃음을 터뜨렸다. 현은 쿡쿡거리며 이어서 말했다.

"맞아. 그랬지. 너도 가관이었어."

"나?"

"그래. 만취한 상태로 긴급 탈출용 포드 해치 붙잡고 막 내린다고, 집 가야 된다고 난리 쳤잖아."

"안전 요원 없었으면 우주 미아 될 뻔했네."

주완이 웃으며 대꾸했다. 현 역시 두통 때문에 얼굴을 찡그렸다가 다시 웃기를 반복했다. 그렇게 한참 동안 추억이 묻어 있는 웃음이 이어지다가 이내 불이 꺼지듯 서서히 사그라들었다. 주완의 집은 언제 그랬냐는 듯 금세 조용해졌다. 주완은 지그시 현을 바라보다가 다시 입을 열었다.

"드디어 찾은 것 같다."

"뭐를?"

주완이 뜸을 들이다가 답했다.

"네가 현이라는 증거 말이야."

주완의 말에 현은 순간 흠칫했다. 주완은 웃음기가 빠진 진지한 얼굴로 이어서 말했다.

"멈출 수 있어."

"……."

"늦지 않았어. 지금이라도 멈출 수 있다고. 내가 도와줄게."

현은 주완의 두 눈을 바라보았다. 진심이 가득 담긴 눈빛이었다. 순간 팽팽하게 당겨져 있던 마음의 끈이 조금씩 풀려나갔다. 안 돼. 흔들리면 안 돼. 현은 자리에서 일어서서 주완으로부터 등을 돌렸다. 현이 마음을 다잡으려고 애쓰는 동안 주완이 현의 등 뒤에서 나지막이 입을 열었다.

"현아."

자신의 이름을 발음하는 친구의 목소리에 현의 생각이 멈췄다. 사방이 고요해졌다. 주완은 적막 속에서 어렵게 입을 열었다.

"못 멈추겠다면…… 도망쳐."

주완의 목소리는 나지막했다. 현은 몸을 돌려 주완을 바라보았다. 주완의 눈동자가 흔들리고 있었다.

"도망치라고. 여기서."

주완의 목소리가 떨렸다.

"이 모든 싸움에서."

현은 대답하지 못했다. 그렇게 하겠다고, 모든 걸 멈추고 멀리 도망치겠다고, 숨겠다고, 그렇게 말할 수가 없었다. 현에게는 불가능한 일이었다. 현은 주먹을 꽉 쥐었다. 그때 현의 대답을 대신하듯 멀리서 폭음이 들렸다. 현은 깜짝 놀라 몸을 움찔했다. 폭탄은 아니었다. 먼 거리에서 쏟아지는 형형색색의 빛이 유리창을 관통해 들어오고 있었다. 인근에서 불꽃축제가 열리고 있는 듯했다. 사람들의 환호와 폭죽 소리가 계속해서 들려왔다. 현과 주완의 얼굴에 다양한 빛의 색이 번졌다.

현은 가만히 서서 주완의 말을 곱씹었다. 도망치라니. 내가 과연 어디로 도망칠 수 있을까. 내게 아직 도망칠 곳이라는 게 남아 있기나 할까. 고개를 돌아 뒤를 보면 아무것도 없다. 그림자, 짙은 그림자만이 길게 남아 있을 뿐이다. 현은 그런 생각을 하며 멀리서 터지는 폭죽들을 보았다. 밤하늘을 물들이는 불빛과, 불빛이 만들어 내는 그림자를 보았다. 그것들은 빛의 뒤편에서 하릴없이 번져갔다. 현이 조용히 입을 열었다.

"그다음에는?"

폭죽 소리가 울렸다.

"내가 앞으로 뭘 해야 하는데?"

현은 입술을 움찔거리고는 다시 물었다.

"내가 뭘…… 뭘 할 수 있어?"

주완은 아무런 대답도 못 했다. 침묵하는 주완을 앞에 두고 현은 먼 곳을 바라봤다. 불꽃놀이를 보며 웃고 떠들 수 있는 곳. 당장의 가장 중대한 고민이라고는 오늘 저녁 메뉴나 내일의 옷차림인 곳. 누군가를 만나고, 서로 가장 두려워하는 것들을 나누고, 이룰 수 없는 꿈이 얼마나 아름다운지 이야기하는 곳. 그런 곳으로 돌아가기에는 이미 너무 멀리 온 것 같다고, 이 세상에 도망칠 수 있는 곳 따위는 없다고, 현은 생각했다.

현은 마음을 다잡았다. 더는 여유가 없었다.

"김주완. 정보를 내놔."

두 사람은 잠시 우두커니 서서 서로를 바라봤다. 주완이 씁쓸한 표정을 지으며 고개를 저었다. 현은 주완에게 성큼 걸음으로 다가섰다. 목을 졸라 기절이라도 시켜서 온서특별시로 데려가려는 셈이었다. 그때였다. 주완의 집에 있는 모든 조명이 꺼졌다. 집 전체가 암흑에 휩싸였다.

"뭐지?"

현이 당황하는 사이, 폭음과 함께 주완의 집 유리창이 깨져나갔다. 사방에서 폭죽 불빛이 아닌 강렬한 섬광이 번쩍였다.

날카로운 빛이 빠르게 점멸하며 현의 시야를 방해했다.

〔돌입, 돌입!〕

현은 눈을 감았다. MASS는 시각만이 아니라 모든 감각이 출중했다. 현의 귀에 제법 먼 거리의 무전 소리가 들려왔다. 이어서 무수한 발소리가 울렸다. 사방이 발소리로 가득했다. 현은 자신이 완전히 포위당했음을 인지했다.

"젠장, 너……."

현은 주완을 보며 나지막이 중얼거렸다. 현이 말을 마치기 전에, 연희는 어둠 속에서 조용히 무전 교신을 나눴다.

〔여기는 올빼미. 저격 위치 확보.〕

"발포."

〔사격 개시.〕

현은 주완에게 다가가려 했다. 그러나 현은 더 나아갈 수 없었다. 폭죽 소리와 비슷한 총성과 함께 현의 양다리가 터져나갔다. ZIG 넥스원 연구 시설에서와는 달리 현이 엄폐할 수 있는 곳은 없었다. 완벽한 기습이었고, 현은 대응할 수 없었다. 특기대 저격반의 정확한 사격에 현의 몸은 균형을 잃고 넘어졌다. MASS의 회복력이라면 다리가 재생되겠지만, 지금 당장은 몸을 통제할 수 없는 상황이었다.

"생포해!"

특기대 대원들이 주완의 집 사방에서 들이닥쳤다. 대원들은 재빨리 통제를 잃은 현의 몸에 테이저를 쏘았으나, MASS의 두꺼운 피부가 전류의 흐름을 방해했다. 결국 대원들은 마취 총을 꺼내 다트 수십 개를 현의 몸에 박아 넣었다. 현은 곧 의식을 잃었다.

"빨리 이송시켜!"

특기대원들은 현을 주완의 집 바로 앞에 대기하고 있던 특수 밴으로 옮겼다. MASS의 위력을 감안하여 주문 제작한 장비였다. 세상에서 가장 튼튼한, 40센티미터 두께의 다라디늄 합금 구속실이 장착된 밴이었다. MASS의 근력이 아무리 뛰어나더라도 결코 탈출할 수 없는 수준의 강도를 자랑했다.

"여기는 물까치. 타깃 확보. 즉시 이송한다."

대원 하나가 무전을 쳤다. 그때였다.

"오 경사님!"

대원 하나가 주완의 집 화장실 욕조에서 오 경사를 발견했다. 대원은 오 경사를 거실로 옮겼다. 핏기 없는 창백한 오 경사의 얼굴을 확인한 연희가 놀라 입을 열었다.

"오 경사!"

"……살아 있습니다."

오 경사가 기어 들어가는 목소리로 입을 열었다. 연희는 안도의 한숨을 길게 내쉬며 중얼거렸다.

"다행이다. 다행이야."

연희는 이어서 대원들에게 지시했다.

"오 경사랑 주완 씨는 에어로더 2호차에 태워서 병원으로 보내. 나는 밴에 같이 타고 타깃의 이송을 맡을 테니까."

주완이 고개를 저었다.

"저도 현이와 함께 움직이면 안 될까요?"

연희가 주완을 바라봤다.

"아직 설득할 수 있습니다. 한 번만 더 기회를……."

"지금은 위험해요. 대원들과 함께 이동하시죠."

연희가 단호하게 말했다. 현과 같이 있으면 어떤 일이 벌어질지 모른다는 것이 연희의 판단이었다. 그렇게 연희는 오 경사와 주완을 2호차에 태우고, 본인은 밴에 올랐다. 밴은 경찰들이 통제하는 도로를 따라 중앙경찰청을 향해 나아갔다. 연희는 밴의 안쪽 구속실에 감금된 현을 가만히 바라보았다. 연희는 현이 탈취했던 전자전용 병기 동충하초를 떠올렸다. 연희가 옆 대원에게 명령했다.

"전 차량 자동 운행 중지. 완전 수동으로 조종해서 이동하라고 해."

연희는 이어서 명령했다.

"또 워커, 드론, 기타 무인 병기들은 모두 타깃 근방에 접근하지 말라고 전달해."

"네."

이윽고 마취에서 깨어나 정신을 차린 현은 자신이 아무리 힘을 줘도 몸을 움직일 수 없음을 깨달았다. 다리가 멀쩡하지 않은 탓도 있었지만, 정말 튼튼한 구속구였다. 연희가 나지막이 중얼댔다.

"돈 좀 썼다."

현은 피식, 웃음을 흘렸다. 그 웃음을 본 연희는 구속되어 있는 현에게 다가가 뺨을 거세게 때렸다. MASS의 몸에 유의미한 효과가 있는 타격은 아니었지만, 연희의 분노가 전달되기에는 충분했다. 연희는 쪼그려 앉아 고개 숙인 현과 눈높이를 맞췄다. 연희가 차가운 목소리로 속삭였다.

"이제부터 어떻게 될 건지 알아?"

연희는 현을 바라보며 말했다.

"……태어난 걸 후회하게 될 거야."

현은 연희의 말을 들으며 의식을 가두는 가상 감옥 '딥다운'을 떠올렸다. 범죄자들 중에서도 가장 악질인 최악의 범죄자들은 의식을 시냅스 칩에 담아 딥다운 모듈에 삽입한다. 그리고 거기서 영겁의 시간 동안 죽지도 못한 채 고통을 받는다. 현은 쓴웃음을 뱉으며 말했다.

"그런 건 무섭지 않아."

연희와 현은 서로를 가만히 바라보았다. 그때였다. 퉁, 하는 둔탁하고 큰 소리와 함께 밴이 충격으로 흔들렸다. 관성으로 조금씩 나아가던 밴은 도로 한가운데에 멈춰버렸다.

〔2호차가 이상합니다!〕

무전 보고 소리가 들려오자 연희는 밴에서 내려 밖을 확인했다. 밴은 2호차의 하단부에 설치된 레이저 병기에 구동부를 맞아 멈춰 있었다. 이어서 2호차의 레이저가 옆의 3호기를 공격해 추락시켰다.

"이게 무슨……."

연희가 말을 잇기도 전에 2호차에서 날아든 레이저 광선이 연희의 한쪽 팔을 완전히 날려버렸다. 연희는 극심한 고통에 주저앉았다.

"팀장님!"

연희는 이를 악물고 고통을 참으며 침착하게 명령을 내렸다.

"2호차를 적으로 간주한다. 사격해."

대원들이 2호차를 향해 개인 화기를 발포했다. 대물용 소총탄이 전자기 추진 엔진을 파고들었다. 곧 2호차의 엔진과 배터리에 불이 붙어 도로 위로 추락하기 시작했다. 2호차가

도로 위에 불시착하자 대원들이 2호차를 향해 달려갔다. 그때였다. 총성이 울리고 대원 하나가 쓰러졌다.

"오 경사님, 이게 무슨……!"

대원들을 향해 총을 쏜 것은 오 경사였다. 정확히는 두억시니가 들어 있는 오 경사였다. 대원들은 본능적으로 오 경사를 향해 총을 겨눴지만 차마 발포하지는 못했다. 함께 동고동락한 동료가 갑자기 자신들에게 총구를 겨누고 있다는 사실 자체를 받아들이기가 어렵기 때문이었다. 그러나 연희는 달랐다. 이미 한 번 겪은 일이었다. 어쩌면 두억시니일지도 모른다고 느낀 연희는 한쪽 팔로 총을 들어 밴의 보닛에 거치했다. 그리고 오 경사의 가슴팍을 겨눈 후 방아쇠를 당겼다.

철갑탄이 방탄복을 관통함과 동시에 오 경사가 바닥으로 고꾸라졌다. 연희는 서둘러 쓰러진 오 경사를 향해 뛰었다. 그때였다. 오 경사가 권총을 뽑아 들어 자신의 머리를 겨누고 방아쇠를 당겼다. 피와 뇌수, 그리고 오 경사의 시냅스 칩이 터져나갔다.

"오 경사?"

연희는 흔들리는 목소리로 오 경사를 불렀다. 그러나 오 경사는 이미 완전히 사망한 뒤였다.

"드라이브."

현이 정면을 보며 나지막이 중얼거렸다. 동충하초가 작동했다. 두억시니의 의식 데이터는 오 경사의 시냅스 칩에서 현의 시냅스 칩으로, 그리고는 후방 경계를 맡고 있는 정 경장의 머릿속 시냅스 칩으로 이동해 덧씌워졌다. 두억시니는 정 경장의 몸을 이끌고 특기대 대원들이 2호차와 오 경사에게 시선이 쏠린 틈을 타 천천히 밴을 향해 걸어가 현의 구속구를 해제했다.

“꼴이 말이 아니군.”

두억시니가 정 경장의 입으로 말했다.

“시끄러워.”

“걸을 수 있겠나?”

“어느 정도.”

그새 다리가 조금 재생된 현은 두억시니의 부축을 받으며 걸어 나왔다. 완전히 제 컨디션은 아니었지만 움직일 수는 있었다. 두억시니가 조용히 현에게 물었다.

“시냅스 칩 없는 놈이 누구지?”

현은 주변을 스캔하듯 쭉 둘러보고는 입을 열었다.

“저 앞, 12시 방향에 둘. 그리고 3시 방향, 6시 방향, 9시 방향에 셋.”

현이 팔을 들어 시냅스 칩이 없는 대원들을 짚었다. 두억시니는 현에게 소총 하나를 건네고는 앞으로 달려 나갔다.

“어? 정 경장! 뭐 해!”

후방 경계를 서고 있는 대원 하나가 정 경장, 두억시니에게 외쳤다. 두억시니는 총을 치켜들고는 특기대 대원다운 사격 솜씨로 후방 경계를 서는 대원들 중 시냅스 칩이 없는, 의체가 아닌 대원들의 머리를 날려버렸다.

“정 경장 미쳤어? 무슨 짓이야!”

〔아군에게 사격하는 놈이 있으면 적으로 간주한다! 주저 없이 발포해!〕

원인을 알 수는 없지만 상황이 이상하게 돌아가고 있다는 것을 깨달은 연희가 무전으로 외쳤다. 연희의 명령에 정신을 차린 대원들이 정 경장, 두억시니에게 총을 연달아 쏘았다. 두억시니는 탄환을 연달아 맞고 쓰러졌다. 그러나 의미 없는 일이었다. 현이 나지막이 중얼거렸다.

"컷."

다시 두억시니의 의식이 현의 몸으로 돌아왔다. 두억시니가 나지막이 말했다.

'아프군.'

"다시 갈 준비나 해."

현은 에너지바를 씹으며 조용히 읊조렸다. 코에서 피가 흘렀다. 동충하초의 연속 사용으로 신체가 과부하된 탓이었다. 현은 방금 정 경장의 목을 맞춰 쓰러뜨린 한 경사를 바라보았다. 적당한 위치의 숙주였다.

"드라이브."

이번엔 한 경사의 시냅스 칩에 두억시니가 깃들었다. 두억시니는 중기관총을 든 채 정 경장에게 접근하고 있던 한 경사의 검지를 움직였다. 쓰러진 정 경장의 머리가 총성과 함께 터져나갔다.

"제압했습니다."

두억시니가 한 경사의 목소리로 무전을 했다. 그리고는 총구를 돌렸다. 중기관총이 불을 뿜었다. 한 경사 주변의 대원들이 벌집이 되어 쓰러졌다. 두억시니는 한 경사가 장비 벨트에 차고 있던 대인 유도 지뢰를 꺼내 들었다. 작은 구 형태의 지뢰가 아스팔트 바닥을 빠르게 굴러 주변의 적대적 대상에게 달려들었다. 곧 폭발음과 함께 대원 하나가 걸레짝이 되었다.

〔아군 오사 조심해!〕

〔정신 차려!〕

특기대 대원들은 혼란에 빠졌다. 무전망에 온갖 지시와 보고가 넘쳤다. 특기대원들은 전부 훈련받은 자들이었다. 살아남았고, 경험이 많은 자들이었다. 그렇기 때문에 불신은 더욱 빨리 퍼졌다. 특기대 대원들은 서로에게 총을 겨누며 거리를 벌리기 시작했다. 상황 파악보다는 상황 판단이 우선인 베테랑들의 습관이었다.

어둠 속에서 총성과 섬광이 번쩍였고, 곧 특기대 대원 사이에서 사격전이 벌어졌다. 현에게는 몹시 좋은 기회였다. 현은 곧바로 추락한 2호차로 이동했다. 분명 그곳에 주완이 있을 터였다. 주완은 반파된 2호차의 문을 열었다.

"주완아, 이제……."

현은 말끝을 흐렸다. 현을 맞이한 것은 주완이 아니었다. 아니, 주완은 맞았다. 그러나 살아 있는 주완이 아니었다. 시체, 주완의 시체가 현을 맞이했다. 머리가 열려 있는 시체가.

"어?"

현은 흔들리는 눈으로 주완을 바라보았다. 뇌가 없었다. 설마. 현은 바로 앞에 쓰러져 있는 오 경사가 지니고 있던 케이스를 바라보았다. 케이스를 열자 뇌가 모습을 드러냈다. 주름이 자글자글한 연분홍빛의 뇌. 누구의 뇌인지는 뻔했다. 이게 주완이라고? 현이 주완의 뇌를 들고 굳은 채 가만히 서 있는 동안, 한 경사의 몸에 들어 있는 두억시니가 총격을 뚫고 2호차로 다가왔다.

"너……."

현은 말끝을 흐렸다. 현의 얼굴이 일그러졌다. 두억시니가 뭔가를 말하려는 순간, 현은 두억시니가 들어 있을 한 경사의 머리통을 총으로 쏴 날려버렸다. 한 경사의 머리가 터져나가고 두억시니가 다시 현의 시냅스 칩으로 돌아왔다.

'이게 무슨 짓이냐?'

"주완이는 죽이지 않기로 했잖아."

현이 떨리는 목소리로 말했다. 두억시니가 대꾸했다.

'어쩔 수 없었다.'

하늘에 전자기 추진 엔진 소리가 울렸다. 멀리서 밤하늘을 가로질러 날아오는 에어로더와 건십 몇 대가 눈에 들어왔다. 지원 병력이었다. 현은 고개를 돌려 주완의 시체를 바라보았다. 방금까지만 해도 살아 있었는데. 숨을 쉬고 대화를 나눴는데. 이건…… 이건 말도 안 돼. 순간 정신이 아득해지는 듯한 느낌이 들었다.

'어서 날 보내. 시간이 없다.'

두억시니가 나지막이 말했다. 그때였다. 탄환이 다시 현에게 날아들었다. 연희였다.

'어서!'

두억시니가 재촉했다. 현은 긴 숨을 내뱉은 뒤 조용히 중얼거렸다.

"……드라이브."

결국 현은 두억시니를 또 한 번 다른 대원의 의체로 보냈다. 이번에는 류 경장이었다. 두억시니는 연희에게 사격을 가했다. 그리고 연희가 엄폐하는 동안 현에게 다가와 주완의 뇌가 들어 있는 케이스를 챙겼다.

"일어나. 여기서 빠져나가야 한다."

두억시니가 멍하니 앉아 있는 현을 일으켜 부축하면서 탈출을 위해 뛰었다. 그러나 포위망이 두터웠다. 이미 2개 중대 병력이 차단선을 형성하고 있었다. 이대로는 돌파하기 어렵다고 판단한 두억시니는 주완의 뇌가 든 케이스를 현의 옆에 내려놓았다. 그리고는 스스로의, 류 경장의 턱에 총구를 댄 채 현에게 나지막이 말했다.

"공중 지원 병력 중 시냅스 칩이 있는 놈을 찾아라."

현의 귀 바로 옆에서 총성이 울렸다. 류 경장이 바닥에 쓰러졌다. 현은 멍한 얼굴로 뺨에 묻은 류 경장의 피와 살점을 닦아냈다. 현은 지금 스스로 판단을 내릴 만한 정신 상태가 아니었다. 총성과 함께 탄환이 현의 가슴팍에 박혔다. 다행히 탄환이 갈비뼈에 막혀 폐는 터지지 않았으나 근육이 찢기고 갈비뼈가 부러졌다. 현은 피를 뿜으며 바닥에 고꾸라졌다. 아스팔트 바닥에 머리를 대고 누운 현은 멍하니 밤하늘을 바라보았다.

'이대로 포기할 건가?'

두억시니의 목소리가 현의 머릿속에 울렸다. 순간 현은 현서와 주영을 떠올렸다. 현은 주완에게 했던 말을 곱씹었다. 여기서 멈출 순 없다는 그 말을. 현의 눈에 밤하늘을 가로지르는 건십 하나가 보였다. 동충하초가 현에게 먹잇감을 알려왔다.

〔반응 확인.〕

현은 입술을 굳게 물고는 쿨럭거리며 조용히 읊조렸다.

"드라이브."

두억시니의 의식이 건십 조종사의 시냅스 칩에 깃들었다. 두억시니는 즉시 병력이 밀집되어 있는 차단선에 체인건과 유탄, 레이저를 쏟아부었다. 압도적인 화력으로 지원 병력 대부분이 정리되었다. 이어서 두억시니는 도로와 이어진 다리의 끝에 건십을 처박았다. 커다란 폭발이 일었다.

현의 멍한 눈에 폭발로 인한 빛이 비쳤다. 현은 밤하늘을 훑었다. 다음은 에어로더 조종사였다.

"드라이브."

잔존 병력이 혼란에 빠진 동안, 두억시니의 의식이 덧씌워진 특기대원이 모는 에어로더가 현의 앞으로 하강했다. 현은 주완의 뇌가 든 케이스를 꽉 안았다. 두억시니가 현을 부축하여 에어로더 안에 태웠다. 에어로더의 문이 닫혔다. 연희가 다급하게 무전망에 외쳤다.

"사격 중지! 전원 사격 중지! 놈이 도망친다!"

그러나 연희의 명령은 통하지 않았다. 이미 특기대 대원들은 서로 교전하느라 바빴다. 작전 본부와 연희의 적극적인 통제로 곧 교전이 멈췄으나 이미 현과 두억시니는 도망치고 있었다. 에어로더 하나가 밤하늘을 가르고 날아가는 모습이 보였다. 불꽃축제가 벌어지는 쪽이었다. 연희는 서둘러 다른 에어로더에 무전을 쳤다.

"갈매기, 타깃이 에어로더를 타고 도주 중."

〔여기는 5호차 갈매기. 확인했다. 그러나 발포할 수 없다.〕

무전이 다시 울렸다.

〔아래에 민간인이 너무 많다.〕

연희는 발을 동동 굴렀다. 이윽고 현이 탄 에어로더가 폭죽 불꽃 사이로 비행해 사라져 갔다.

〔타깃이 사라졌다. 추적하겠다.〕

"젠장!"

연희는 바닥에 떨어진 헬멧을 발로 찼다. 이번에야말로 확실하게 잡았다고 생각했는데. 잠시 숨을 몰아쉬던 연희는 죽은 오 경사에게 다가가 무릎을 꿇었다. 연희의 눈에 오 경사의 반쯤 터진 머리가 보였다. 오 경사의 한쪽 눈이 마치 연희를 바라보는 듯했다. 날아간 연희의 한쪽 팔에서 흐르는 피가 오 경사의 얼굴로 뚝뚝 떨어졌다.

하늘에서는 거대한 폭죽이 터졌다. 아름다운 오색 불빛이 오 경사의 머릿속 어둠을 환하게 밝혔다. 쓰러진 대원들의 신음 사이로 멀리서 울려오는 시민들의 환호가 들렸다. 연희의 눈가와 입술이 떨려왔다. 연희는 입술을 깨물며 터져 나오려 하는 마음을 억눌렀다. 연희는 가만히 불꽃놀이가 계속되는 밤하늘을 올려다보았다. 밤바람이 찼다.

현은 고개를 들었다. 주완의 뇌가 뉴로젤 용액 속에 둥둥 떠 있었다. 주완의 뇌는 무사했다. 그러나 주완은 무사하지 않았다. 현은 주완의 마지막 모습을 떠올렸다. 현이 어두운 목소리로 물었다.

"왜 그랬어?"

'뭐?'

"개를 왜…… 왜 죽였냐고."

현의 목소리가 떨렸다. 긴 정적이 흘렀다. 두억시니는 정적의 끝에서 조용히 대답했다.

'어쩔 수 없는 상황이었다.'

"똑바로 얘기해."

배수 시설의 아래로 물이 떨어지는 소리. 기계들의 구동음. 그 소리들 외에는 아무 소리도 들리지 않았다. 현은 두억시니의 목소리를 기다렸다. 이윽고 두억시니가 침묵을 깼다.

'살려서 탈출할 수 없었다.'

"아니, 할 수 있었어."

현의 반박에 두억시니가 다시 말했다.

'아니. 놈들은 네 위치를 정확히 알고 습격했지. 주완의 존재 자체가 이미 함정이었다.'

두억시니는 말을 이었다.

'우리에게 필요한 건 주완이 가지고 있는 정보였다.'

"……."

'주완이 아니라.'

현은 주먹을 말아 쥔 채 주완의 뇌를 바라보았다. 주완이 늘 말하던, 그 '영혼'이 담겨 있는 기관을. 현은 뇌를 찌르는 듯한 두통에 잠시 이마를 짚었다.

'알잖나. 아무런 희생도 없이 나아갈 순 없다.'

두억시니가 조용히 말을 이었다.

'가족을 떠올려라. 현서와 주영이의 복수를 끝마치는 게…….'

현의 눈썹이 움찔거렸다. 현은 바로 두억시니의 말을 끊었다.

"그 이름, 다시는 입에 담지 마라."

현은 단호하게 말했다. 두억시니가 입을 다물었다. 현은 참았던 숨을 토하듯 뱉어내고는, 배수 시설로 흘러드는 눈 녹은 물로 얼굴에 묻은 피를 닦아냈다.

스캐닝 머신에 연결된 주완의 뇌가 까맣게 타들어 가기 시작했다. 두억시니의 연구실에 있는 스캐닝 머신은 현이 두억시니와 함께 아랫서울에서 급조했던 것보다 정밀한 물건이었다. 이윽고 주완의 기억이 영상 형태로 복구되기 시작했다.

현은 모니터를 보며 가만히 주완의 기억들을 되짚어 보았다. 목표였던 의체 병기 MASS를 보관 중인 연구 시설 '하코나'에 대한 정보가 있었다. 두억시니가 나지막이 말했다.

'의체 병기 300구면 충분한 전력이 되겠군.'

현이 조용히 말했다.

"동충하초는 한 번에 하나밖에 컨트롤하지 못하잖아. 사거리 제한도 있고."

현의 반문에 두억시니가 조용히 말했다.

'그래. 하지만 한 번에 다수의 의체를 사거리 제한 없이 전국에서 컨트롤할 수 있다면?'

두억시니가 이어서 말했다.

'그렇게 되면 놈들은 우리를 막을 수 없어.'

"생각은 누구나 할 수 있지."

현이 조용히 말했다. 두억시니가 다시 말을 꺼냈다.

'아니, 구체적인 방법이 있다.'

두억시니는 조금 뜸을 들인 후에 말했다.

'위성 신호를 이용하는 거다.'

위성 신호. 현은 더 듣지 않아도 두억시니가 어떤 아이디어를 주장하고 있는지 알 수 있었다. 현은 ZIG 넥스원에서 개발했던 미리내 전술 위성을 떠올렸다. 위성 중계 기지를 장악해 동충하초의 해킹 신호를 위성으로 전파할 수 있다면 다수의 의체를 동시에 조종하는 일도 불가능하지는 않았다. 게다가 미리내의 신호 통신 프로세스는 현이 설계한 것이므로 탈취하여 변조하는 것쯤은 식은 죽 먹기였다. 문제는 중계 기지에 침투하는 일 그 자체였다. 경찰도 아닌 군부대가 지키고 있을 중계 기지에 침투하기란 결코 쉬운 일이 아니었다. 현은 조용히 입을 열었다.

"어떻게 중계 기지에 침투할 생각이지?"

'동충하초가 있다면 가능하다.'

두억시니가 나지막이 말했다.

'싸워서 돌파한다는 생각을 버리면 된다. 동충하초의 장점은 전투에만 있는 게 아니지.'

계획대로 된다고 쳐도 염 회장을 어디서, 어떻게 습격할지가 문제였다. 현은 주완의 기억을 더 파헤쳤다. 두억시니의 말대로 주완의 머릿속에는 염 회장에 대한 정보가 있었다. 12월 25일, 크리스마스에 염 회장이 손주의 결혼식에 참석한다는 정보였다. 현은 현재 날짜를 확인했다. 결혼식까지는 2개월 남짓한 시간이 남아 있었다. 현이 주완의 기억 속 염 회장의 얼굴을 보며 조용히 중얼거렸다.

"이런 상황에서 과연 결혼식에 참석할지 모르겠는데."

'참석할 거다.'

두억시니가 나지막이 말했다.

'가족을 끔찍이 아끼는 데다 자존심이 강하지. 경호를 강화

하는 한이 있더라도 결혼식은 예정대로 진행할 거다.'

현은 주완의 기억 속 염 회장의 얼굴을 자세히 바라보았다. 지병으로 사망한 이후 의체화해 조금 젊어졌다는 것만 빼면, 어디 하나 모난 데 없고 어디 하나 잘난 데 없는 지극히 평범한 얼굴이었다. 현은 염 회장의 그 멀쩡한 얼굴이 완전히 무너지는 상상을 하며 계획을 재검토했다.

위성 중계 기지 탈취, 위성 신호로 동충하초 확장, MASS 300구 확보 후 조종, 염 회장의 손주 결혼식장 습격……. 계획을 검토하던 현은 최후의 순간에 주목했다. 이제 염 회장을 언제 어디서 죽이느냐는 것은 문제가 아니었다. 문제는 '어떻게' 죽이느냐였다. 현은 그의 마지막을 장식할 죽음 중 가장 외롭고, 고통스럽고, 끔찍한 죽음이 과연 어떤 것일까 생각했다. 코스 요리의 피날레를 고민하는 스타 셰프처럼, 생의 끝을 장식할 디저트의 맛을 고민했다. 이윽고 답을 찾아낸 현이 입을 열었다.

"동충하초 모듈을 재조정해야겠어."

'어떻게?'

현이 조용히 입을 열었다.

"너의 의식뿐만 아니라 내 의식도 건너갈 수 있게."

현은 의아해하는 두억시니에게 복수의 마지막 부분을 설명했다. 현의 계획을 전부 들은 두억시니가 속삭이듯 동의를 표했다.

'좋은 생각이군.'

현은 손끝으로 두피를 만졌다. 방금 봉합된 두개골이 현의 손 아래에 있었다. 현은 욱신거리는 두통을 안고 연구실의 메인 컴퓨터 앞에 앉아 주완의 기억들을 다시 재생했다. 필요한 정보는 이미 모두 확인했지만 현은 기억 재생을 종료할 수 없었다. 현은 주완의 어린 시절부터 자신과 처음 만났던 순간, 오르바사에 입사한 날, 죽음 직전의 장면들까지 모든 기억을 빠르게 돌려 보았다.

그것은 전부 주완이 뇌의 한편, 인생의 블랙박스에 남겨놓은 삶의 파노라마들이었다. 현은 그 모든 기억의 장면들 중 자신과 함께했던 순간들을 보았다. 현은 주완의 웃음소리를 들으며, 그가 자신과 함께할 때 가장 많이 웃었음을 깨달았다. 그리고 혼자 있을 때면 얼마나 외로워했는지, 최근에는 얼마나 괴로워했는지도.

〔관계라는 건 떼어내고 싶어도 도저히 떼어낼 수 없는 것이죠. 습관 같은 거라고 해야 하나.〕

주완이 연희에게 털어놓았던 말들이 음성 데이터로 복구되어 연구실 내부에 울렸다.

〔현이는 제 습관이었어요.〕

주완의 떨리는 목소리가 현의 머릿속을 찔렀다. 현은 더 이상 볼 수 없었다. 기억 재생을 종료한 뒤, 현은 한참이나 그 자리에 그대로 앉아 있었다.

시간이 흐른 뒤 자리에서 일어선 현은 연구실 밖으로, 온서특별시 지상의 기술 지구로 올라갔다.

'어딜 가는 거지?'

두억시니가 물었지만 현은 대답하지 않았다. 지상으로 올라간 현은 이제는 익숙하게 느껴지는 무인 병기들을 피해 온서특별시를 정처 없이 걸어 다녔다. 새벽 해가 떠오를 무렵, 현은 박살 난 병기들이 가득한 폐허에 도착했다. 지뢰, 드론, 레이저, 플라스마, 저격, 미사일, 로켓, EMP 펄스, 음파 병기, 기상 조작, 위성 포격 주의. 곳곳에 온갖 종류의 경고 표지판이 덕지덕지 붙어 있었다. 과거 온서그룹과 국군 간의 격전지였다.

군용 조립식 건물의 잔해와 철조망, 바리케이드와 개폐형 참호를 지난 현은 개중 가장 높은 구조물에 올라 주변을 둘러보았다. 멀리서 움직이고 있는 커다란 기계 한 대가 보였다. 다족 보행 워커였다. 거대한 게처럼 생긴 워커는 몸체에 달려 있는 열 개의 다리로 전장을 걸어 다니며 잔해를 뒤적거리고 있었다. 현도, 두억시니도 처음 보는 무인 병기였다.

'새로운 개체군.'

현은 두억시니가 했던 말을 떠올렸다. 자율형 공장의 AI가 현장 상황에 맞춰 새로운 형태의 무인 병기를 설계, 제작하기도 한다는 말이었다. 이름 모를 무인 기계는 전장의 시체와 잔해, 유기물과 무기물을 분해하여 흡수한 다음 꽁무니의 3D 프린터에서 알 수 없는 물질을 뽑아냈다. 기계는 그것으로 군용 건축물을 만들어 갔다.

"뭘 하는 거지."

현이 나지막이 중얼거렸다. 두억시니가 조용히 답했다.

'저 녀석에게는 아직 전쟁이 끝나지 않은 거지.'

거대한 전쟁 기계는 더 이상 쳐들어오지 않을 적들을 대비하느라 여념이 없었다. 그것은 계속해서 잔해와 시체들을 이용해 쓰일 일 없는 군용 시설과 장애물을 만들고, 무너진 곳을 찾아 보수하기를 반복했다. 무의미한 짓이었다. 그러나 저 기계에게 남은 삶이란 그런 무의미한 것일 터였다. 전쟁이 끝났는지 안 끝났는지는 중요하지 않았다. 그저 관성적으로, 해야 할 일을 할 뿐이다. 작동이 중지될 때까지.

현은 가만히 서서 기계가 작업을 반복하는 모습을 보았다. 어쩐지 외롭고 쓸쓸해 보였다. 현은 지평선을 바라봤다. 기계가 그동안 만들어 온 조악한 기지와 구조물의 연속체가 마치 작은 도시처럼 쭉 이어져 있었다. 멀리서 뿌연 해가 어둠을 파먹으며 떠올랐다. 구름에 산란된 빛이 아무도 없는 도시를 비췄다. 그 광경을 보던 현은 문득 무언가를 쏟아내고 싶어졌다. 그러나 MASS의 눈에서는 눈물이 흐르지 않았다. 현은 이미 어떻게 우는지조차 잊어버린 지 오래였다.

현은 고개를 들었다. 그리고 구름의 파편들이 얼굴에 소복하게 쌓일 때까지 기다렸다. 현은 그것들이 체온에 녹아 눈물을 대신해 가만히 흘러주기를 바랐다. 이제부터는 아무것도 슬프지 않기를, 그리고 아무것도 기쁘지 않기를 바랐다. 모든 게 그저 흘러가기를. 현은 가만히 눈을 감았다. 더 이상 무엇이 흐르는지조차 느껴지지 않는 얼굴 위로, 녹다 만 염원이 하늘의 퇴적층처럼 쌓여갔다.

"……이제 됐어."

현은 눈을 떴다. 이제 현에게는 그 어떤 것도 느껴지지 않았다.

CHAPTER 07.
유령도시

시신 확인을 마친 연희는 녹화된 교전 영상을 되새김질하듯 돌려보았다. 몇 번의 작별과 몇십 번의 후회가 지나갔다. 하지만 감정의 골에 머물러 있을 시간이 없었다. 연희는 오 경사가 대원들을 향해 총을 발포하는 장면에서 영상을 멈췄다. 그리고 지난번 교전에서의 사망자 리스트를 재확인했다.

아군을 향해 사격했던 대원들은 예외 없이 전원 두부 사격으로 인해 사망했다. 그들의 공통점은 전부 시냅스 칩을 머리에 탑재하고 있는 의체 인간들이라는 것이었다. 멀쩡하던 대원들이, 그것도 특기대 베테랑들이 갑작스레 아군에게 사격을 가한 것을 흔하게 벌어지는 아군 오사로 볼 수는 없었다. 연희는 현의 개입이 아니라면 불가능한 일이라는 결론을 내렸다.

경계해야 할 부분이 무인 병기 조종만이 아니었던 것인가. 놈이 어떤 수단을 이용하고 있는지는 확실하지 않지만, 의체를 조종할 수 있다면 충분히 가능한 일이다. 연희는 그런 생각을 하며 사상자 보고서에 올라와 있는 오 경사의 사진을 다시 보았다. 오 경사의 상태는 작전 중 실종에서 작전 중 사망으로 바뀌어 있었다. 조종당하는 순간 오 경사에게는 원래의 의식이 있었을까. 무슨 생각을 했을까. 멋대로 움직여 동료들을 겨눈 총구. 당겨진 방아쇠.

"팀장님."

박 경장이 정보분석실에 들어섰다.

"왜?"

"오 경사님 부검 결과 나왔습니다."

박 경장이 어두운 목소리로 말했다. 연희의 눈빛을 보며 어떻게 말을 해야 하나, 잠시 말을 고르던 박 경장이 다시 입을 열었다.

"뭔지는 몰라도 일종의 고문이나 실험을 당한 것 같다고 합니다."

"고문?"

연희의 반문에 박 경장이 말을 이었다.

"외상이 아니라 신경계 고문을 당한 것 같다고……."

박 경장의 말을 들은 연희는 고개를 숙이고 이를 악문 채로 천천히 심호흡을 했다. 분출되는 감정을 막아내기 위한 몸의 무의식적인 방어 작용을 따라가며, 오 경사가 겪었을 고통과 부서졌을 마음에 대해서 생각하지 않으려 애썼다. 놈이 오 경사에게 뭔가 실험을, 아마도 이번에 사용한 신병기 동충하초에 관련된 실험을 했을 것이라는 추측. 그런 건조한 정보 정도만 머릿속에 남겨두는 것이 지금 자신이 해야 할 일이라고, 연희는 그렇게 다짐했다.

범인과 같은 레벨로 생각할 수 있어야 다음을 예측할 수 있고, 예측할 수 있어야 막고 잡을 수 있다. 연희가 경찰로서 오랜 시간 견지해 온 태도였다.

놈은 인간의 마음을 버렸다. 그에 맞춰 대응해야 한다.

"팔은 괜찮으십니까?"

박 경장은 연희의 오른팔이 있던 자리를 바라보았다. 박 경장의 시선이 닿자 상처 부위가 욱신거리는 듯했다.

"안 괜찮지."

박 경장이 우물거렸다. 연희는 어깨를 으쓱이며 이어서 말했다.

"의수 맞추면 돼."

"의체화는……."

"의체화는 안 돼. 놈을 잡을 때까지는."

연희가 박 경장의 말을 잘랐다. 현이 의체를 조종할 수 있다는 가능성을 발견한 이상, 의체화를 한다면 적에게 패를 늘려주는 꼴밖에 되지 않을 것이었다. 연희는 어색하게 서 있는 박 경장에게 물었다.

"보고할 게 남았나?"

"아, 범인이 온서특별시로 도망친 게 확인되었다고 합니다."

또 그 도시다. 연희는 생각에 잠겼다. 온서특별시가 단순한 도피처가 아닐 것이라는 가능성이 점점 커지고 있었다. 온서특별시에 무언가가 있는 것이 분명하다. 연희는 오 경사의 일을 떠올렸다. 그리고 뇌 없이 쓰러져 있던 주완의 시체를 떠올렸다.

의체 조종 병기 동충하초와 주완의 뇌. 버려진 몸.

순간 연희의 머릿속에 MASS들이 떠올랐다. 현이 그 의체 병기들을 대량으로 확보한다면, 죽음을 두려워하지 않으며 한 몸처럼 움직이는 군단을 갖게 되는 것과 마찬가지다. 현에게 그런 병력이 필요한 것일까? 그 정도의 전력으로 도대체 무엇을 하려는 것일까?

"온서특별시에서 또 뭘 하려는 걸까요."

오 경사도, 주완의 뇌도 온서특별시로 흘러들었다. 지후 역시 그곳에서 숨을 거뒀다. 왜 하필 온서특별시일까? 두억시니는 과연 그곳에서 무엇을 하려는 것일까? 생각과 추측만으로 알아낼 수 있는 건 아무것도 없다. 머리의 힘보다는 다리의 힘을 믿고 범인들을 잡아왔던 연희는 이번에도 자신의 방법대로 진실에 다가가기로 했다. 생각을 마친 연희가 자리에서 일어섰다.

"팀장님, 어디 가십니까?"

연희는 박 경장에게 따라오지 말라는 듯 손바닥을 들어 보이고 경찰청 복도를 가로질러 서 경감의 집무실로 향했다. 서 경감은 집무실 가운데의 의자에 앉아 비서 AI가 요약해 준 자료를 확인하고 있었다. 이번 작전의 사상자 보고였다. 홀로그램 디스플레이에 숫자들이 빼곡했다. 서 경감의 얼굴은 그 숫자만큼 어두웠다. 연희 역시 그 숫자 앞에 발걸음을 멈췄다. 그러나 그대로 물러날 수는 없었다. 시간이 없다. 나아가야 한다. 놈을 잡지 않으면 저 숫자의 단위가 바뀔 테니까.

"어, 연희야."

다가서지 않고 계속 서서 기다리자 마침내 서 경감이 연희를 인지했다.

“팔은 좀 어때?”

“괜찮습니다.”

“다행이네.”

잠깐의 침묵. 그 침묵 속에서 서 경감은 연희에게 껄끄러운 요구가 있음을 눈치챘다. 연희는 서 경감이 물어봐 주기를 기다리고 있었다. 그러나 서 경감은 묻고 싶지 않았다. 연희가 갖고 온 안건은 더 큰 파장을 불러일으키고, 어쩌면 더 많은 희생을 요구하는 내용일 것이 분명했다. 두 사람은 끈질기게 힘겨운 눈싸움을 했다. 그러나 서 경감은 이런 싸움에서 연희에게 이겨본 적이 없었다.

“뭔데?”

“온서특별시에 대한 정보가 필요합니다.”

연희의 말에 서 경감은 버퍼링 걸린 기계처럼 잠시 멍하니 있었다. 이윽고 정신을 차린 서 경감이 입을 열었다.

“온서특별시에 대한 정보가 필요하다고?”

“네.”

“왜?”

연희가 단호하게 대답했다.

“온서특별시를 조사해야 합니다.”

잠시 집무실 내부에 정적이 흘렀다. 서 경감은 연희를 바라봤다. 홀로그램 디스플레이에 떠 있는 사상자 숫자들 사이로 연희의 날카로운 눈빛이 비쳤다. 서 경감이 디스플레이를 끄며 나지막이 말했다.

“안 돼.”

서 경감이 고개를 저었다.

"병력을 투입할 수 없는 곳이야."

서 경감이 고개를 돌렸다. 연희는 물러설 수 없었다.

"놈이 온서로 흘러 들어간 것이 확인됐습니다. 지금까지의 조각들을 맞춰보면 온서특별시에 모든 사건의 열쇠가 있을 겁니다."

서 경감은 크게 한숨을 내쉬며 마른세수를 했다. 잠시 정적이 흘렀다. 서 경감은 그가 그렇게나 사랑하는, 손목에 찬 정교한 기계식 시계를 풀어 테이블 위에 내려놓았다. 달칵, 하는 작은 충돌음이 정적을 깼다. 연희가 다시 입을 열었다.

"더 이상 미룰 수 없습니다. 여기서 막아야 합니다."

서 경감의 얼굴이 급격하게 어두워지는 것을 보면서도 연희는 계속 밀어붙였다.

"우리가 온서로 들어가지 않는다면 밖에서 놈이 나타나기를 기다려야 합니다. 놈이 모든 준비를 마치고 나오면 다시 놈의 페이스에 휘말리게 되겠죠. 놈도 그걸 알기 때문에 온서로 간 겁니다."

연희의 말에 틀린 부분이 없기 때문에 서 경감은 뭐라 반박할 수 없었다. 전략적으로 지금은 범인을 압박해야 할 타이밍이다. 그러나 당장 맞닥뜨려야 할 희생 앞에서 서 경감은 결단을 주저하고 있었다.

"놈에게는 온서에서 살아남는 확실한 방법이 있는 거예요. 그러면 우리에게도 길이 있을 겁니다."

연희가 서 경감의 두려움을 달래듯 말했다. 서 경감은 대답 없이 담뱃갑을 들고 일어섰다. 연희는 말없이 서 경감을 따랐다. 두 사람은 집무실 밖으로 나가 경찰청 옥상으로 향하는 엘리베이터에 올랐다. 엘리베이터가 옥상을 향해 올라가는 동안, 서 경감은 여전히 아무런 말도 하지 않았다.

엘리베이터 문이 열리고 서 경감과 연희는 경찰청 옥상 정원에 발을 디뎠다. 이름을 알 수 없는 인조 식물들이 무성했다. 서 경감은 잔디를 카펫처럼 밟으며 옥상 끝자락으로 가 도시의 야경을 바라보고 섰다. 경찰청 건물 아래로 윗서울의 풍경이 파노라마처럼 펼쳐졌다. 더 이상 기다릴 수 없던 연희가 다시 서 경감에게 말을 꺼냈다.

"경감님, 이번엔……."

"난 여기가 제일 좋아."

서 경감이 생뚱맞은 말로 연희를 부드럽게 제지했다. 그리고 담배를 꺼내 입에 물었다. 서 경감은 천천히 불을 붙여 연기를 깊게 빨아들였다가 내뱉었다. 연기는 서 경감이 내쉰 한 숨의 길이만큼이나 허공에 넓게 번졌다. 잠시 담배를 태우며 야경을 바라보던 서 경감이 다시 입을 열었다.

"여기 있으면 모든 게 하찮게 보이거든. 사람도, 죽음도, 세상도."

서 경감은 잠시 뜸을 들인 후 이어서 말했다.

"그것도 여기서만이지."

"네?"

서 경감이 굳은 얼굴로 말을 이었다.

"그런 건 여기, 이 옥상에서만 아주 잠깐 허락된 마음이라고."

"……."

"그것들이 실제로 가벼운 건 아니니까. 연희, 너는 알지?"

연희는 아무 대답도 하지 않았다. 서 경감이 손에 쥔 연초의 끝자락에서 새어 나오는 연기를 가만히 바라볼 뿐이었다. 서 경감이 이어서 말했다.

“지난 작전, 그리고 이번 작전까지 사상자 수가 마흔셋이다.”

“…….”

“그런데 온서에 들어가겠다…….”

끝맺지 않은 말이 서 경감의 호흡을 타고 번졌다. 연희의 가슴에 죽어간 동료들의 얼굴이 날아와 창처럼 박혔다. 연희가 의식하지 않기 위해 애썼던 그 얼굴들. 연희는 내리는 눈을 바라보았다. 옥상 정원의 부양등 빛이 눈송이를 관통했다. 잠시 그 광경을 바라보던 연희는 마음을 다잡고 다시 입을 열었다.

“놈은 앞으로 더 많은 죽음을 낳을 겁니다.”

연희가 단호한 눈빛으로 말을 이었다.

“혼자 가겠습니다.”

“…….”

“정보만 주십시오. 온서특별시의 정보.”

서 경감은 다시 담배를 물고서 연희의 오른팔이 있던 자리와 또렷하게 뜬 눈을 번갈아 보았다. 혼자 온서특별시에 들어가겠다는 연희의 결의는 허세가 아닌, 거짓 하나 섞이지 않은 진심이었다. 서 경감은 연희에게서 고개를 돌린 후 담배를 깊게 빨아들였다. 서 경감은 잠시 하늘을 바라보다가, 다시 경찰청 건물 밑의 도시를 바라보았다. 길게 침묵하던 서 경감이 담배 연기를 뱉어내고는 천천히 입을 열었다.

"연희 너는 두억시니를 막고 싶은 거니? 아니면 남편의 복수를 하고 싶은 거니? 아니면……."

서 경감은 말을 이으려다가 잠시 입을 닫고 머뭇거렸다. 서 경감은 타들어 가는 꽁초 위에 묻은 눈을 보며 물었다.

"……살아갈 이유가 필요한 거니?"

순간 연희는 숨구멍이, 기도가 완전히 닫히는 느낌을 받았다. 입을 열었으나 목소리가 나오지 않았다. 살아갈 이유. 우두커니 서서 그 말만을 속으로 되새김질하던 연희는 잠시 생각에 잠겼다. 계속 한 방향으로만 흐르고 있던 마음이 역류하고 있었다. 이윽고 서 경감의 목소리가 연희를 생각의 늪에서 건져냈다.

"연희야."

"네."

"두억시니를 막기 위해서라면 괜찮아. 죽은 남편을 위해서도, 그럴 수 있어."

서 경감이 조용히 말을 이었다.

"하지만 마지막 이유로는, 안 돼."

연희는 고개를 들었다. 서 경감이 차분한 눈으로 연희를 응시하고 있었다. 마음속 깊은 곳을 파헤치는 듯한, 그렇지만 아주 정중하고 따뜻한 눈빛이었다. 연희는 그 시선을 견딜 수 없어 가만히 고개를 돌렸다. 연희가 싫어하는 도시가 보였다. 수많은 삶과 기억과 마음들이 각자의 방향으로 흐르는 도시. 모든 것이 멈추지 않고 계속되는 도시. 연희의 눈에는 그 어떤 것도, 일순간도 가볍게 느껴지지 않았다. 연희는 서 경감이 이곳이 제일 좋다고 한 이유를 여전히 이해할 수 없었다. 긴 침묵이 흘렀다. 이윽고 연희는 할 수 있는 최선의 대답을 꺼냈다.

"……셋 다예요."

셋 다. 서 경감은 그 말을 천천히 곱씹었다. 서 경감은 미소를 띤 채 가만히 고개를 끄덕였다.

"그렇구나."

허공에 서 경감의 마지막 담배 연기가 흩어졌다. 서 경감은 꽁초를 휴대용 재떨이에 비벼 껐다.

"이것도 마지막 연초네."

서 경감은 다 타서 뭉툭해진 꽁초를 가만히 바라보더니, 그것을 버리지 않고 주머니에 넣었다. 서 경감은 고민하는 얼굴로 도시의 전경을 바라보았다. 이윽고 서 경감이 조용히 입을 열었다.

"그 정보는 내가 마음대로 줄 수 있는 게 아니야."

서 경감이 이어서 말했다.

"온서그룹에 관한 사안은 전부 공보부에서 담당하거든."

"그럼……."

"하지만 알고 있는 사람을 알지."

서 경감의 말에 연희는 고개를 들었다. 서 경감이 나지막이 말했다.

"공보부 쪽 사람이야. 네게 연결시켜 줄 수는 있어."

서 경감이 야경을 훑으며 말했다.

"하지만 진실을 알게 된다는 게 항상 좋은 일은 아니야. 알지?"

"알고 있습니다."

"평생 감시가 붙을 거야."

"네."

"어쩌면……."

서 경감은 말을 하다가 멈췄다. 잠시 생각을 하던 서 경감이 다시 입을 열었다.

"사건이 마무리되고 나서 대가를 치러야 할 수도 있어."

"어떤 대가요?"

"어떤 것이든."

서 경감이 다시 연희를 보며 물었다.

"그래도 원하니?"

연희는 쓴웃음을 뱉었다. 서 경감의 말에 어떤 동요도 일지 않는, 고장 난 자신의 마음이 느껴졌다. 돈이든 목숨이든…… 대가로 그 무엇을 바치든 무섭지 않았다. 연희는 조용히 입을 열었다.

"제일 무서운 게 뭔 줄 아세요?"

연희가 미세하게 떨리는 목소리로 말했다.

"이렇게 아무것도 알 수 없는 채로, 아무것도 선택하지 못한 채로…… 모든 게 끝나버리는 거예요."

연희의 말이 빛과 함께 밤의 한가운데로 번졌다. 몸속에 아주 오래 고여 있던 마음, 너무 오래 고여 있어 썩어버린 마음을 토해낸 듯 연희는 멍한 얼굴로 허공을 바라봤다. 도시의 차가운 공기가 비어 있는 폐를 채웠다. 순간 연희는 알 수 없는 감정을 느꼈다. 그 감정은 떨리는 호흡을 따라 연희의 몸 곳곳에 퍼졌다.

서 경감은 그런 연희를 지그시 바라보며 특유의 작은 미소를 띤 채 천천히, 반복해서 고개를 끄덕였다. 서 경감은 손을 들어 자신의 얼굴을 길게 가로지르는 흉터를 매만지면서 헛웃음을 뱉었다.

"나도 늙었군."

연희는 다시 동료들의 장례식에 참석했다. 아니, 버텨냈다. 오 경사와 주완의 영정 사진을 버텼고, 상실에 잠긴 사람들의 울음소리를 버텼으며, 손에 든 인조 국화의 무게를 버텼다. 헌화를 하면서, 연희는 전보다는 훨씬 수월하다는 생각을 했다. 이번 장례식이 진행되는 동안은 단 한 번도 감정적으로 쓰러지지 않았다. 앞으로도 몇 번이고 겪을 마음들이었다. 차라리 사랑해 보자. 웃어보자. 순간 연희는 영혼의 입꼬리가 비틀린 채로, 기묘한 각도로 올라가는 것을 느꼈다. 모든 것에 무뎌지고 있었다.

장례식을 마친 연희는 집으로 돌아왔다. 사지 곳곳에 모래주머니처럼 매달려 있는 피로가 연희의 몸을 무겁게 만들었다. 연희는 얼른 씻고 침대에 몸을 맡기고 싶은 기분으로 문을 열었다. 그러나 순간, 집에서 이상한 위화감이 느껴졌다. 피곤에 절어 있는 몸도 쉽게 눈치챌 수 있을 정도로.

"레오?"

레오가 반기러 나오지 않았다. 연희는 허리춤의 권총 홀스터에 손을 얹은 채 서서히 거실로 들어섰다. 검은 정장을 입은 남자 셋이 있었다. 그중 한 남자가 쪼그려 앉은 채 레오의 머리를 만지고 있었다.

"아."

연희의 접근을 눈치챈 남자가 일어서서 고개를 돌렸다. 마르고 키가 작은 중년의 남자였다. 민머리, 시니컬하게 뻗어 있는 눈 · 코 · 입과 날카로운 크롬 테 안경, 연희처럼 피곤에 절어 있는 얼굴이었다. 뒤의 남자 둘은 열중쉬어 자세를 한 상태로 움직이지 않았다. 이어서 남자가 입을 열었다.

"착한 개네요."

남자가 몸을 비켜 레오를 보여주었다. 레오는 잔뜩 겁을 먹은 표정으로 몸을 떨고 있었다. 순간 서 경감의 말을 떠올린 연희가 굳은 표정으로 조용히 입을 열었다.

"공보부에서 오셨습니까?"

남자는 대답하지 않고 품속에서 플라스크 하나를 꺼냈다. 독주를 휴대할 때 쓰는 것이었다. 남자는 덜덜 떨리는 손으로 가만히 술을 들이켜고는, 이내 품안에 다시 넣었다. 남자의 손 떨림이 잦아들었다. 남자가 위스키 냄새를 풍기며 입을 열었다.

"죄송합니다. 술을 안 마시면 말이 잘 안 나와서."

"……."

"서울 중앙경찰청 특수기동대 두억시니 특별수사팀 팀장 강연희 경위님 맞으시죠?"

남자가 무표정한 얼굴로 손을 건네며 이어서 말했다.

"반갑습니다. 공공보안부 전략1팀 기획실장입니다."

전략1팀 기획실장. 연희로서는 어느 정도의 직급인지 알 수 없었으나, 공보부의 악명은 연희도 익히 들어 알고 있었다. 그림자 속에서 움직이는 정보기관. 국가의 존립에 해가 되는 종양들을 빠르게 파악하고 도려내는 데 특화된 날카로운 메스. 연희는 마치 스테인리스처럼 딱딱하고 차가운 인상을 주는 그의 손을 잡았다.

"강연희입니다."

남자는 연희가 담담하게 자기의 악수를 받는 것이 의외라는 듯이 보일 듯 말 듯 입꼬리를 비틀며 웃었다. 사람들은 일반적으로 '공보부'라는 세 음절 앞에서 경직되곤 하기에, 오히려 기다렸다는 듯 악수를 받아낸 연희의 모습이 뜻밖이었던 것이다.

"실장이라고 부르면 됩니다."

"알겠습니다."

"앉을까요?"

실장은 마치 집주인인 양 거실의 의자를 가리키며 청했다.

"온서특별시에 대한 정보가 필요하시다고 들었습니다."

"예."

실장이 고개를 끄덕였다.

"그 말은 온서그룹에 대한 정보가 필요하다는 말과 같은데."

실장이 음, 하며 고민하다가 다시 입을 열었다.

"온서그룹에 대해 어디까지 아시죠?"

연희가 잠시 생각하다 대답했다.

"세상에 알려진 정도가 전부입니다."

"그 반역자들이 왜 정부에 반기를 들고 내전을 일으켰는지, 그건 알고 계신가요?"

연희가 조용히 대답했다.

"느리고 비효율적인 정부가 아닌, 현명한 생산과 소비의 주체인 기업의 주도하에 자원을 재분배하는 유토피아. 기존의 정부 체제를 전복하고 기업들의 연합으로 이루어진 기업 국가 형성……. 그 정도로 알고 있습니다."

실장이 술을 한 모금 마시고는 이어서 말했다.

"그렇죠. 세상에는 그렇게 알려졌죠."

"다릅니까?"

연희의 말에 실장은 고개를 젓고는 잠시 숨을 뱉었다. 뜸을 들이던 실장이 말을 이었다.

"온서그룹은 바보가 아니었어요. 그 정도 수준이었다면 그룹을 그만큼 키울 수 없었겠죠."

실장은 안경을 고쳐 쓰고는 계속했다.

"체제 전복? 국가를 향한 반란? 실패한다는 것은 그 누구보다도 온서그룹의 수뇌부가 제일 잘 알고 있었습니다. 애초에 그런 유토피아 따위 꿈꾼 적도 없고요."

실장은 무표정한 얼굴로 연희를 바라보면서 어둡고 무거운 어투로 말했다.

"놈들은 뭔가를 만들고 있었습니다."

"그 정체를 파악하지 못했군요."

실장이 고개를 끄덕였다.

"지금까지도 못 하고 있죠."

실장이 이어서 말했다.

"놈들은 어떤 생물을 만들고 있었을 것이다……. 그것이 우리의 추측입니다."

생물. 연희는 그 단어를 조용히 속으로 되뇌었다. 살아 있는 것을 만들었다. MASS가 개발되어 돌아다니는 세상에서 이상한 일은 아니다. 더 거대한, 혹은 더 위험한, 상상을 초월하는 그 무엇이라는 뜻일까. 실장이 이어서 말했다.

"정부 허가를 받지 않은 연구였죠. 저희 공보부가 온서특별시로 드나드는 물류의 이상을 파악하면서 드러났어요. 놈들은 1년이 넘는 시간 동안 연구에 관련된 재료들을 은밀하게 온서특별시로 반입하고 있었습니다."

"1년이나요?"

연희의 물음에 실장이 고개를 끄덕이며 대답했다.

"그렇습니다. 1년. 아주 은밀하고 철저하게 계획을 진행시킨 거죠. 첩보를 입수하자마자 조사를 위해 감찰단을 파견했습니다. 그런데……."

실장이 뜸을 들이다 미간을 찌푸리며 말했다.

"온서그룹은 특별시를 즉시 폐쇄하고 감찰단을 공격했어요. 이후로도 놈들은 해당 건에 대한 어떠한 소명도, 처벌도 받아들이지 않았죠. 그렇게 전쟁이 시작되었습니다."

실장이 이어서 말했다.

"아마 더 이상 숨길 수 없다는 사실을 알았을 겁니다. 그렇다고 연구를 엎을 생각도 없었던 것 같고요. 놈들이 무인 병기들에게 온서특별시 사수 명령을 내린 것도 모두 그 연구를 지키는 것과 관련이 있을 거라고 추론하고 있습니다."

실장은 말을 마치고서 술을 들이켰다. 마지막 몇 방울을 탈탈 입에 털어 넣은 실장은 플라스크를 다시 품에 집어넣었다. 생물 연구. 그리고 그 연구를 덮기 위한 전쟁. 연희는 순간 두억시니의 살해 패턴, 놈이 적출해 간 뇌들을 떠올렸다. 연희가 말했다.
"온서특별시의 중심부에 그 연구와 관련된 정보가 있겠군요."
"그렇습니다."
실장이 이어서 말했다.
"온서그룹의 수뇌부에는 '요람'이라는 이름의 비밀 결사가 있었어요."
"요람……."
연희가 조용히 되뇌었다.
실장은 손가락을 펴며 이어서 말했다.
"요람의 구성원은 총 다섯 명. 이 모든 계획과 실행의 주동자들입니다. 우리는 놈들을 체포하기 위해 팀을 보냈습니다."
실장의 눈꺼풀이 미세하게 떨렸다.
"하지만 실패했어요. 그중 넷은 이미 죽어 시체로 발견됐습니다."
실장이 이어서 말했다.
"머리가 전부 박살 난 채로요."
연희는 두억시니 피해자들의 사체를 떠올리며 물었다.
"나머지 하나는요?"
실장이 뜸을 들이다가 말했다.
"요람의 수장으로 추정되던 인물인데, 실종됐습니다."
실종. 그 단어에 왠지 비어 있는 머릿속 퍼즐을 채울 조각을 쥔 듯한 직감이 들었다. 연희는 가만히 자신을 응시하는 실장의 얼굴을 똑바로 바라보면서 조용히 입을 열었다.
"알겠습니다. 이제 제게 바라시는 것을 말씀하시죠."

연희의 말에 실장은 고개를 끄덕였다.

"대화가 빨라서 좋네요."

실장은 다리를 떨어대며 말을 이었다.

"놈들이 어떤 연구를 하고 있었는지 알아봐 주셨으면 합니다. 그리고 요람의 진정한 목적이 무엇이었고, 마지막 생존자는 어디로 갔는지도요. 그게 이 정보 제공의 대가입니다."

"……."

"두억시니를 잡고 계신다고 하셨죠? 온서특별시로 숨어들었다고 하던데."

실장이 이어서 말했다.

"온서특별시에 진입하시게 되면, 두억시니 검거뿐만 아니라 요람의 과거 연구 관련 자료를 수색해 주십시오. 정보 지원은 공보부가 맡겠습니다."

연희가 되물었다.

"공보부에서 직접 작전을 시행하지 않는 이유를 여쭤봐도 되겠습니까?"

"저희의 전력은 최전방에 집중돼 있습니다. 온서의 비밀은 중요하지만…… 시급한 일은 아니라고 판단했습니다. 마침 온서에 들어가겠다는 경찰 병력이 있으니 공조하자는 겁니다."

실장이 연희에게 건조한 미소를 지어 보였다.

두억시니와 요람의 수장. 연희는 둘이 같은 인물일지도 모르겠다고 생각했다. 어차피 손해 볼 것이 없는 거래다. 연희는 천천히 고개를 끄덕였다. 그러자 실장이 손바닥만 한 크기의 데이터 드라이브 하나를 거실 테이블 위에 올려놓았다.

"온서그룹과 놈들의 특별시 관련 자료입니다. 유출 조심하시고요. 덮는 거, 꽤 귀찮은 일이거든요."

실장은 자리에서 일어서서 천천히 엎드려 있는 레오에게 다가가 머리를 쓰다듬었다.

"잘 있어. 또 보자, 레오."

실장의 손길이 닿자 레오는 두려움에 잠긴 눈으로 실장을 바라봤다. 실장의 멍한 눈은 다시 연희를 향했다.

"조만간 다시 연락드리겠습니다, 강연희 경위님."

어울리지 않는 다정한 태도와 부드러운 인사를 끝으로 실장과 그의 부하들은 연희의 집을 빠져나갔다. 연희는 주변을 살폈다. 그들이 끌고 온 에어로더나 차는 어디에도 보이지 않았다. 전자기 추진 엔진 소리도 나지 않았다. 연희는 공보부만이 쓰는 비인가 이동 수단이 있다는 소문을 떠올렸다. 그렇게 그들은 조용히 사라졌다. 마치 원래 없던 것처럼.

연희는 엎드려서 눈치를 보고 있는 레오에게 다가갔다.

"이제 괜찮아."

연희가 쓰다듬어 주자 레오는 완전히 말린 꼬리를 끌고 일어나 연희의 옆에 착 달라붙어 앉았다. 연희는 즉시 실장이 놓고 간 드라이브를 컴퓨터에 연결해 확인했다. 1급 기밀 표시가 연희를 반겼다. 접속한 문서에는 온서그룹과 온서특별시, 그리고 온서그룹의 비밀 결사인 요람에 대한 비밀 정보가 빼곡하게 담겨 있었다.

요람의 구성원은 그의 말대로 다섯이었다. 방산 기업인 온서 디펜스, 생명공학 기업인 온서 라이프시스템즈, 전자 기업인 온서 일렉트로닉스, 금융 기업인 온서 크레딧베이스, 에너지 기업인 온서 퓨처스 까지 모두 온서그룹의 핵심을 이루던 각 회사의 수장들이었다. 모든 것을 이룬 그들이 정부에 반기를 들면서, 목숨을 버려가면서까지 지키려고 했던 비밀과 목표는 과연 뭐였을까?

"요람의 수장이라……."

자료를 훑던 연희는 실종된 수장의 정보에 집중했다. 생명공학 기업인 온서 라이프시스템즈의 회장. 요람에서 유일하게 이름과 성별이 알려지지 않은 사람이었다. 자료를 확인하면 확인할수록 연희의 머릿속에서는 그가 두억시니와 연관이 되어 있을 것이라는, 혹은 그가 두억시니일 것이라는 생각이 확고해졌다. 그렇게 가정하면 두억시니가 반복해서 온서특별시 중심부로 도망칠 수 있던 이유도, 타인의 시냅스 칩 속에 반복해서 나타나는 이유도 어느 정도 설명이 되었다.

공보부 실장이 남기고 간 자료에는 현재까지 파악된 온서특별시의 도시 구조와 무인 병기에 대한 정보도 있었다. 그러나 온서특별시의 중심부인 산업 지구와 기술 지구에 대한 정보는 거의 없었다. 아직 그곳까지 들어가 본 적이 없거나, 들어갔다가 살아 나온 사람이 없다는 뜻이다.

"후."

연희는 각오를 벨듯 짧은 숨을 뱉어냈다. 결국 두억시니의 정체와 목적을 알아내기 위해 온서특별시의 중심부까지 들어가 봐야만 한다는 사실에는 변함이 없었다. 연희는 공보부의 정보를 토대로 온서특별시 진입 계획을 짜기 시작했다. 진입로와 퇴출로, 수색 지점, 무인 병기 대응 대책, 필요한 장비와 기간, 예산……. 고려해야 할 것들이 많았다. 연희는 자료 속

도시의 규모를 보며 생각했다. 이게 과연 혼자서 가능한 일일까? 또 헛된 희망에 매달리는 것은 아닐까?

의문을 지워버리는 데는 1초도 걸리지 않았다. 성공 가능성으로 결정할 일이 아니었다. 그냥 해야 하는 일이다. 아무것도 하지 않으면 가능성은 0퍼센트다. 가능성을 끌어올리기 위해서, 변수를 창출해 내기 위해서는 행동이 필요하다. 연희는 무인 병기들의 스펙을 다시 확인하며 이번에는 정말 죽을지도 모르겠다고 생각했다.

연희는 고개를 돌려 잠든 레오를 바라보았다. 레오가 호흡을 할 때마다, 등의 털이 갈대처럼 조금씩 움직이고 있었다. 그 모습을 보며 연희는 과거 남편이 잠든 모습을 떠올렸다.

"지후 씨."

연희가 조용히 중얼거렸다. 발음해 본 지 너무 오래된 이름이 거실의 공기를 타고 흘렀다. 얕은 잠에서 깬 레오가 연희를 바라보며 가만히 눈을 깜빡거렸다. 그때였다. 불현듯 벨소리가 울렸다. 서 경감이었다. 연희가 전화를 받았다.

〔어, 연희야.〕

"네, 경감님."

서 경감은 뜸을 들이다가 말을 꺼냈다.

〔이번 작전, 혼자는 못 가겠는데.〕

"총원 102명. 여기 명단입니다."

박 경장이 연희에게 102명의 명단을 건넸다. 연희는 작전실 의자에 앉아 하나하나 이름을 확인했다. 박 경장이 설명을 이어갔다.

"전부 온서특별시 수색 작전에 자원한 대원들이고요, 의체화를 한 대원들은 제외했습니다."

"이게 다…… 자원이라고?"

"예, 그렇습니다."

박 경장이 평소와 같은 딱딱한 어투로 대답했다.

"추가 위험수당, 자존심, 놈에게 죽어간 동료들에 대한 복수, 팀장님을 그런 곳에 혼자 보낼 수는 없어서……. 뭐, 이유는 다양합니다."

박 경장이 연희를 바라보았다. 연희는 잠시 멍하니 명단을 보았다. 태블릿을 쥔 연희의 손이 미세하게 떨렸다. 연희는 가만히 고개를 끄덕였다.

"언제쯤 출발할 수 있지?"

연희의 질문에 박 경장은 대답 대신 자리에서 일어서서 연희를 에어로더 격납고로 안내했다. 격납고 문이 열리자, 완전무장을 한 채 도열한 102명 대원들이 모습을 드러냈다. 현실감을 잃어버린 얼굴로 그 광경을 보는 연희에게 박 경장이 나지막이 말했다.

"전 대원, 출동 준비 마쳤습니다."

대원들은 결의에 찬 눈빛으로 연희를 바라보았다. 박 경장이 에어로더들을 보며 이어서 말했다.

"화기와 전술 장비들은 무인 병기의 스펙에 맞춰 운용할 만한 것들로 선별해 실었습니다. 온서특별시의 추위와 식량 보급 대책도 준비됐습니다."

박 경장의 말에 연희는 고개를 끄덕였다. 현실감은 연희의 오른팔과 의수가 연결된 지점의 미세한 이질감으로 돌아왔다. 그 이질감을 느끼며 연희는 본인의 개인 장비 케이스를 들어 1호차의 짐칸에 실었다. 그것이 신호인 듯 대원들이 일사불란하게 에어로더 여덟 대에 나누어 승차했다. 주황색 등이 점멸하며 경고음이 사방에 퍼졌다. 이어서 격납고 문이 열렸다.

〔2호차, 준비 완료.〕

〔3호차, 준비 완료.〕

출동 준비가 끝났음을 알리는 무전이 특기대 작전 무전망에 빠르게 퍼졌다. 중장갑 에어로더 여덟 대의 고출력 전자기 추진 엔진이 거친 구동음을 내며 돌아갔다. 박 경장이 1호차에 승차한 연희에게 보고했다.

"준비 끝났습니다, 팀장님. 명령을 내려주십시오."

연희는 잠시 에어로더 내부에 탑승한 대원들의 얼굴을 바라보았다. 어쩌면 다시는 보지 못할 얼굴들이었다. 연희는 눈을 지그시 감았다가 다시 떴다. 대원들의 얼굴들도, 피곤에 절어 있는 몸도, 온서특별시와 두억시니도, 후회와 그리움과 작은 숨과 끊기는 소리들과 알 수 없는 이유들과 흐르지 않는 눈물과 도착하지 못한 메시지, 무너지는 다짐과 빛바랜 총구와 몇 번의 공허함, 그리고 언어로는 도저히 정의되지 않는 그 모든 것들까지도 여전히 존재하고 있었다. 연희의 눈앞에, 세상은 지극히도 뚜렷하게 존재하고 있었다. 남은 건 손을 뻗어 붙잡는 것, 그뿐이었다. 연희가 조용히 입을 열었다.

"……잡으러 가자."

에어로더가 겨울 하늘을 날아 온서특별시로 향하는 동안, 연희는 창을 열어 기계로 만들어진 오른손을 내밀었다. 바람에 휘날리는 눈송이들이 연희의 손가락을 훑으며 스쳐 지나갔다. 연희는 가만히 3년 전 그날을 떠올렸다. 그때와 같은 풍경이었다. 결과만은 그때와 다르기를. 이번에는 뭐라도 쥘 수 있기를. 연희는 그렇게 바라며 스쳐 지나가는 풍경들을 바라보았다.

이윽고 온서특별시의 외곽에 도착한 에어로더는 차례차례 대원들을 지상에 쏟아냈다. 대원들은 도보로 온서특별시에 진입하기 시작했다.

"여기는 물까치. 여기서부터 중장비 지원은 없다. 무인 병기와의 전투는 최대한 삼가고 발각 시 교전보단 회피를 우선할 것."

연희가 이어서 말했다.

"여기서는 방아쇠를 먼저 당기는 쪽이 진다. 잊지 마라."

각 중대에서 차례로 지시 사항을 확인했음을 알리는 무전이 들어왔다. 중장비 지원이 없는 이유는 온서특별시의 무인 병기가 에어로더나 건십, 워커 등 대형 기계의 전파나 레이더 신호에 굉장히 민감하기 때문이었다. 따라서 이번 작전은 온전히 사람의 힘으로만 진행해야 했다.

연희와 대원들은 비교적 안전한 온서특별시의 외곽 지역을 지나 구시가지 안쪽으로 들어섰다. 미지의 영역이었다. 공보부도 파악한 정보가 거의 없는 곳. 무인 병기의 밀도가 높아지기 시작하는 곳. 온서특별시의 무인 병기와 주의점에 대해 숙지했다고 해도, 침입자들을 찾아 제거하는 데 특화된 무인 병기들을 피해 잠입하기란 결코 쉬운 일이 아니었다.

"여기다."

한때 온서특별시 주민들이 살던 조립식 아파트를 보며 연희가 나지막이 말했다. 연희와 대원들은 아파트의 1층과 지하실에 외부 보급과 정비, 휴식을 위한 베이스캠프를 설치했다. 그나마 안전한 거점을 기반으로 최소 인원으로만 수색조를 짜서 로테이션하며 조금씩 온서특별시 내부를 파악해 나가는 것, 그것이 연희가 준비한 계획이었다. 구더기가 야금야금 살을 파먹듯이, 느리지만 비교적 안전한 방법이었다. 안전지대 확보 및 베이스캠프 설치가 끝나자 하루가 저물었다.

대원들이 침낭에 들어가 누워 잠을 청하는 동안, 연희는 베이스캠프 구석에 앉아 가만히 대원들을 바라봤다. 이 중 몇 명이나 죽어야 진실에 도달할 수 있을지 가늠이 되지 않았다. 곧 의미 없는 생각이라는 것을 깨달은 연희는 고개를 젓고는 생각을 멈췄다. 연희는 다 먹은 전투 식량 케이스를 버리고 침낭에 들어갔다. 추위와 어둠이 연희의 피부 표면에 내려앉았다.

새벽 5시경. 박 경장이 첫 수색을 마치고 베이스캠프로 돌아왔다. 박 경장은 무거운 전술 장비들을 모두 벗어 던지듯 내려놓고 숨을 몰아쉬었다. 어땠느냐고 묻는 대원들에게 박 경장은 잠시 호흡을 안정시키고 나서 대답했다.

"……쥐새끼가 된 것 같습니다."

"밖에 널린 것들은 고양이고."

박 경장과 함께 수색에 나갔던 구 경사가 덧붙였다. 구 경사는 헛웃음을 뱉으며 다시 입을 열었다.

"항상 우리가 사냥꾼의 입장이었는데, 이것 참."

장비를 정리하고 있던 연희가 박 경장과 구 경사에게 다가갔다.

"어때, 좀 괜찮아?"

박 경장이 고개를 끄덕이며 대답했다.

"아직까진 괜찮습니다."

구 경사가 덧붙였다.

"더럽게 춥고 무서워요."

이어서 박 경장과 구 경사가 베이스캠프 데이터베이스에 바디캠 영상과 전파 스캔 자료를 공유했다. 이어서 다른 지역의 중대 수색조들도 각자의 수색 기록들을 전송했다. 그렇게 베이스캠프에 모여든 자료들은 조금씩 온서특별시의 지도가 되어가기 시작했다. 이것은 공보부에 공유할 정보이기도 했고, 두억시니를 잡아낼 단서의 실마리이기도 했다.

수색 첫날이 끝났고, 사상자는 없었다. 제법 순조로운 시작이었다. 식사를 마치고 침낭 안으로 들어간 박 경장이 나지막이 물었다.

"이렇게 해서 여기를 완전히 파악하는 데 얼마나 걸릴까요?"

"글쎄."

연희는 진척 상황을 다시 확인했다. 지금 속도로 볼 때, 아무런 문제가 없다면 약 한 달 정도였다. 그러나 문제가 없을 리는 없었다. 온서특별시 중심부에 가까워지면 가까워질수록 무인 병기의 밀도가 높아질 것이 틀림없고, 그로 인한 수색 시간 지연과 사상자 발생까지 고려한다면……. 특기대가 아무리 정예라 해도 최소 두세 달은 걸릴 것 같다는 계산이 연희의 머릿속에 섰다.

이 정도 시간을 과연 여기에 쏟아도 되는 걸까? 사상자가 너무 많아 수색을 중단하거나, 타깃이 온서특별시 밖으로 빠져나가 일을 저지를 가능성도 배제할 수 없었다. 연희는 그 모든 가능성을 하나하나 검토하며 생각했다. 과연 놈은 온서특별시 안쪽에서 뭘 하고 있을까?

아냐, 조급해하지 말자. 지금 당장 할 수 있는 걸 하는 거다. 주완의 뇌를 탈취한 것으로 볼 때, MASS 확보를 무엇보다 우선시하고 있을 가능성이 높다. 그렇다면 MASS 탈취를 위한 계획을 수립하고 사전 준비를 하고 있을 터. 연희는 이렇게 생각하며 박 경장에게 물었다.

"오르바사에서 연락 왔어?"

"네. 곧 MASS들을 옮길 거라고 합니다."

"어디로?"

박 경장이 고개를 저었다.

"기밀이라고 하던데요."

범인이 주완의 뇌를 통해 정보를 빼 갈 것이라는 사실을 안 이상, 정보 확산을 막는 것은 필수적이었다. 연희는 오르바사가 탁월한 판단을 내렸다고 생각했다. 연희는 고개를 끄덕이며 박 경장에게 말했다.

"긴급 상황 발생 시에는 즉시 연락하라고 해."

"예."

이어서 다음 조가 수색을 위해 장비를 챙겨 베이스캠프를 나섰다. 그다음은 연희의 차례였다. 연희는 장비를 점검했다. 소총과 탄약, 폭발물, 비상식량, 로프, 신호탄, 각종 보호 장구, 바디캠과 전파 스캐너……. 준비를 끝낸 연희는 짧게 숨을 내쉬었다. 숨은 그 길이만큼의 김으로 변해 허공으로 흩어졌다. 연희는 베이스캠프 바깥의 폐허를 바라보았다. 동이 터 오고 있었다.

두 달에 걸쳐 길고 어려운 수색이 이어졌다. 온서특별시를 지키려는 것들과 특기대의 충돌은 점점 잦아졌고 사상자가 발생하기 시작했다. 수색은 난항을 겪었고, 대원들은 어느새 72명으로 줄어 있었다. 도중에 충원 병력이 오기도 했지만 죽거나, 다치거나, 포기하는 대원의 수가 더 많았다.

그렇게 대원들이 점점 지쳐갈 때쯤, 84번째 수색 작전을 끝내고 온 박 경장이 중요 정보를 들고 왔다. 첫 수확이었다.

"비밀 연구 시설입니다."

박 경장이 전파 스캔 자료와 바디캠 영상을 연희에게 보여주며 말했다. 온서 라이프시스템즈의 것으로 추정되는 지하 연구 시설이었다. 박 경장이 설명을 이어갔다.

"산업 지구의 발전소 아래, 지하에 숨겨져 있습니다. 아직 내부까지 진입하지는 못했는데 시설의 규모가 상당히 거대한 듯합니다."

연희가 붉게 충혈된 눈을 비비며 물었다.

"내부에 무인 병기는?"

"레이더 반응이 다수 검출됩니다. 많을 겁니다."

연희는 물을 한 모금 마시고 다시 박 경장의 수색 자료를 확인했다. 온서그룹이 정부에 제출한 도시 계획서나 공보부의 조사 자료에는 없는 비밀 연구 시설이었다. 연희는 이곳에 무언가가 있으리라고 직감했다. 하지만 무인 병기들과 교전하지 않으면서 시설 내부를 조사할 수 있는 방법이 필요했다. 무인 병기와 실내 교전에 돌입하면 사상자가 너무 많이 나올 것이 자명했다. 연희의 머릿속에는 한 가지 아이디어만이 떠오르고 있었다. 연희가 말을 꺼내려고 하는 찰나, 박 경장이 먼저 입을 열었다.

"제가 하겠습니다."

"뭐?"

박 경장이 뜸을 들이다가 대답했다.

"수색조가 침투하는 동안 무인 병기들의 시선을 끌어줄 역할이 필요할 것 같습니다. 수색조가 교전하면서 돌파할 수는 없습니다."

연희가 생각한 아이디어 그대로였다. 그러나 연희는 선뜻 그러라고 말할 수 없었다. 박 경장이 이어서 말했다.

"다섯만 붙여주십쇼. 반드시 살아서 나오겠습니다."

무인 병기를, 그것도 실내에서 유인한다는 것은 사실상 죽겠다는 말과 다름이 없었다. 살아서 나온다는 그 호언장담이 거짓이라는 것은 누구나 쉽게 알 수 있었다. 순식간에 베이스캠프의 분위기가 어둡게 가라앉았다. 와중에 대원 몇몇이 손을 들었다.

"저도 유인조 하겠습니다."

"지원하겠습니다."

유인조에 참여하겠다고 손을 든 대원들은 대부분 잃을 게 없거나 개인적 사정으로 돈이 필요한 대원들이었다. 그중 한 명은 박 경장의 동기였다. 그렇게 자원한 대원들까지 합세하자 박 경장의 유인조와 수색1조, 2조까지도 그리 어렵지 않게 편성되었다. 박 경장과 대원들이 장비실로 향했다. 대원들의 뒷모습을 바라보던 연희가 조용히 입을 열었다.

"유인조는 중화기, 폭발물, 배터리랑 탄약 더 챙겨."

"예."

대원들은 오랜 시간을 걸었다. 오랜 시간을 기었다. 오랜 시간을 웅크렸고, 오랜 시간을 숨었다. 항상 보았던 비행형 무인 병기 빅버드, 공병 워커 비틀, 3미터 정도 크기의 보행형 무인 병기 건헤드, 전차를 무인 병기로 개조한 아이언더스트, 바닥과 벽면을 굴러다니다가 적을 찾으면 근처의 무인 병기들에게 알리고 자폭하는 랫볼, 그 외의 아직 이름이 알려지지 않은 수많은 무인 병기들. 마음만 먹으면 3초 내로 인간의 육신쯤은 철저하게 해체할 수 있는 학살 기계들이 대원들의 눈에 익숙해지기 시작했다. 연희는 건물 환풍구에 숨어 무너진 상가 빌딩을 따라 지나가는 건헤드 몇 대를 보았다. 머리

부분의 붉은 램프가 빛나고 있었다. 열상 색적 모드로 침입자를 찾고 있다는 뜻이었다.

"저것들이 사람을 잡아다가 재활용한다는 소문도 있더라고요."

연희 옆의 구 경사가 소름 끼친다는 듯한 목소리로 말했다.

"재활용?"

"네. 뇌와 내장은 생체 배터리로, 뼈와 근육이나 인대 같은 건 엄폐물이나 구조물 건축에……."

끔찍한 정보였다. 연희가 인상을 쓰며 물었다.

"그걸 어떻게 알아?"

"수색 나갔던 유 경장이 봤답니다."

구 경사가 추위에 몸을 떨며 말했다.

"지난주에 새로 보충된 신입 있잖습니까, 안 순경."

"수색 중 사망으로 보고됐잖아."

연희의 말에 구 경사가 고개를 저었다.

"처음엔 사망이 아니었답니다. 안 순경이 전투 끝에 부상을 입었나 봐요. 그런데 건헤드가 죽이지 않고 데려갔답니다."

구 경사는 침을 삼킨 후 이어서 말했다.

"나중에 유 경장이 산업 지구 안쪽에 새로 생성된 엄폐물을 발견했대요. 거기에 씹다 뱉은 손가락 같은 게 하나 박혀 있었는데, DNA 조사 돌려보니 안 순경 거였다고 하더라고요."

구 경사의 말에 연희의 표정이 굳었다. 파괴된 도로를 따라 점점 멀어지는 건헤드들이 눈에 띄었다. 구 경사가 목을 긁으며 덧붙였다.

"아, 이제 크리스마스인데 별로 어울리지 않는 이야기죠?"

"구 경사."

연희가 조용히 말을 이었다.

"방금 얘기, 기밀로 한다. 유 경장 단속."

잠시 벙찐 얼굴로 있다가, 곧 그 의미를 깨달은 구 경사가 멋쩍은 표정으로 고개를 끄덕였다.

"알겠습니다."

"이동."

연희와 대원들은 계속해서 앞으로 나아갔다. 곧 연희가 이끄는 수색조는 박 경장이 얘기했던 발전소 지하의 비밀 연구 시설 입구에 도착했다. 커다란 발전소 기계들 사이, 가짜 건물들과 위장용 시설로 은폐되어 있어 알아채기 어려운 형태였다. 연희가 무전을 쳤다.

"수색1조, 2조, 위치 도착."

〔유인조도 준비됐습니다.〕

연희를 포함한 수색조 대원 총 열여덟은 마지막으로 장비를 점검하고 돌입 준비를 끝냈다. 박 경장의 유인조는 시설의 반대쪽 입구에서 돌입해 무인 병기를 의도적으로 공격하고 최대한 도망치면서 시선을 끌기로 되어 있었다. 연희는 무전을 켰지만 선뜻 명령을 내리지 못했다. 이 작전이 끝나고 몇 명을 사망자 명단에 올리게 될지 짐작도 하기 싫었다.

곧 연희의 망설임을 알아차린 듯 박 경장이 담담한 목소리로 말했다.

〔준비됐습니다, 팀장님.〕

연희는 그 담담한 목소리에 정신이 들었다. 연희 역시 담담한 목소리로 명령을 내렸다.

"작전 개시."

동시에 건너편에서 총성과 폭음이 연달아 울렸다. 무인 병기에도 어느 정도 타격을 입힐 수 있는 중화기들로 무장했으니 시간을 끌 수 있을 터였다. 연희가 쓴 헬멧 바이저의 HUD를 통해 무인 병기들이 내뿜는 레이더 신호가 점점 박경장의 유인조 쪽으로 향하는 모습이 보였다.

"수색조 돌입."

신호에 맞춰 수색조 전원이 시설 내부로 진입했다. 유인조 덕분에 무인 병기들은 없었다. 출입용 복도와 여러 개의 차단문을 지나자 거대한 연구 시설 공간이 나타났다. 빽빽하게 붙어 있는 시험용 유리관들과 배양액이 담긴 펌프 통, 그 외에 그 용도와 원리를 알 수 없는 기계들이 마치 거대한 동물의 내장처럼 늘어서 있었다. 각종 컴퓨터와 데이터 저장용 드라이브 랙들과 케이블들 역시 사방에 어지럽게 흩어져 있었다. 멀리서 다시 한번 총성과 폭음이 울렸다.

"자료 수집 시작! 1조는 데이터, 2조는 샘플!"

유인조가 목숨을 걸고 벌어주는 시간을 헛되이 할 순 없었다. 수색조의 일분일초에 유인조 대원의 사망, 부상, 무사 귀환 여부가 결정된다. 연희의 명령에 대원들이 빠르게 움직였다. 1조는 컴퓨터와 드라이브들 속 데이터를 스캔해 베이스캠프의 데이터 서버에 전송했다. 2조는 연구용 시설물 분석과 실물 샘플 채취를 담당했다.

연희는 시설 공간의 대부분을 차지하는 시험용 유리관에 가까이 다가갔다. 배양액으로 키워낸 실험체를 보존하는 용도로 추정되는 유리관들이 마치 파이프 오르간처럼 빽빽하게 모여 군집을 이루고 있었다. 공보부의 자료에 따르면 온서 그룹은 생물 연구를 하고 있었다. 그렇다면 여기서 무언가를 키워낸 것이 분명하다. 그러나 유리관의 내부는 텅 비어 있었다. 게다가 생물을 키워내기에는 유리관의 사이즈가 너무 작았다. 쥐 한 마리도 들어갈 수 없을 만한 직경이었다. 연희는 의아한 표정으로 중얼거렸다.

"생물……."

유리관의 구조를 파악하며 연결선을 따라가던 연희는 유리관의 끝이 전부 어떤 파이프와 이어져 있음을 발견했다. 연희는 다시 파이프의 끝을 찾아 움직였다. 그러나 아무리 걸어도 끝이 보이지 않았다. 파이프는 넓은 연구 시설을 길게 가로질러 연희가 알지 못하는 어딘가로 연결되어 있었다. 연희가 파이프를 따라가자 수색 중이던 대원 하나가 물었다.

"팀장님, 어디 가십니까?"

"수색 계속해. 나는 안쪽으로 들어간다."

파이프를 따라 이동하는 와중에 멀리서 교전 소리가 울려왔다. 연희의 머리는 반사적으로 유인조의 죽음을 상상했다. 무인 병기의 공격에 당해 쓰러진 박 경장의 얼굴을 상상했다. 서둘러 수색을 끝내고 시설에서 나가야 했다. 연희는 뛰기 시작했다. 연희의 발이 곧 어떤 문 앞에서 멈췄다. 도시 전체의 환기 시스템 통제실이었다.

왜 연구 시설의 시험용 유리관이 이런 시설과 연결되어 있지? 의문을 품은 채 통제실에 들어선 연희는 강렬한 기계 소음에 반사적으로 귀를 막았다. 커다란 강철 폐가 거칠게 호흡하는 듯한 기괴한 소리였다. 연희는 고개를 들었다. 연구 시설의 파이프와 연결되어 있는 거대한 기계가 보였다.

"이건……."

연희도 분명 본 적이 있는 물건이었다. 남편이 개발한 'SCALDA'다. 연희에게는 전문 지식이 없어 작동 원리나 구조를 정확히 알지는 못했지만, 무엇을 하는 기계인지는 알고 있었다. 하늘에 강제로 구름을 형성시켜 비를 내리게 하거나, 인위적으로 구름 속에 빙정핵을 만들어 눈이 내리도록 하는 기후 조절 장치였다.

순간 연희의 머릿속에 불안한 예감이 들었다. 주변을 둘러보던 연희의 눈에 통제실 밖으로 향하는 반대쪽 계단이 하나 보였다. 연희는 서둘러 계단으로 향해 어둠에 잠긴 계단을 오르고 또 올랐다. 한 걸음씩 올라갈 때마다 진실에 가까워지고 있는 듯한 느낌이 들었다. 이윽고 연희는 계단 끝에 다다라 문을 열었다. 몽환적인 빛이 쏟아져 들어오기 시작했다.

"……뭐야."

통제실을 빠져나온 연희는 입을 다물지 못했다. 눈앞에 거대한 타워가 솟아 있었다. 마치 도넛처럼 가운데가 텅 비어 있는, 거대하고 길쭉한 타워였다. 연희는 자신이 타워의 내부에 서 있다는 사실을 깨달았다. 타워 벽면에는 도시 곳곳에 연결된 것으로 추정되는 환기용 파이프들과 에어 서큘레이터들이 가득했다. 위로는 광활한 하늘이 보였고, 아래쪽으로는 거대한 낭떠러지처럼 보이는 어둠만이 있었다. 그 어둠 속으로부터 불어온 강렬한 바람과 수증기가 시설의 파이프들을 타고 도시 곳곳으로, 타워 끝의 하늘로 퍼져나갔다. 마치 알 수 없는 어떤 거대 생물의 호흡기인 듯이.

"이게 무슨……?"

연희가 떨리는 목소리로 중얼거렸다. 연희는 하늘을 올려다보았다. 타워의 위쪽 하늘에 무서울 정도로 거대한 먹구름이 생성되고 있었다. 먹구름은 사방으로 퍼져나갔고, 이어서 눈이 쏟아지듯 내리기 시작했다. 연희는 왼손에 끼고 있던 전술 장갑을 벗고 손을 뻗어보았다. 손끝으로 인공 눈의 차가움을 감각한 연희는 이 환기 시설과 송풍 타워, 남편이 개발한 기후 조절용 SCALDA가 3년 전부터 시작된 이상 기후의 원흉이라는 사실을 깨달았다.

물속에 물감이 번지듯 사방으로 퍼져나가는 먹구름을 보며 연희의 생각도 번져나갔다. 도대체 뭘 하고 싶었던 거지? 단순히 눈에 덮인 세상을 만들고 싶었을 리는 없다. 세상을 망치고 싶었나? 하지만 세상을 박살 내기에는 모자란 기후 변화다. 아무리 생각을 해봐도 의도를 이해할 수 없었다. 세상에 1년 내내 계속 눈이 내리도록 하는 것과 생물 연구가 도대체 무슨 상관이란 말인가.

〔유인조, 사상자 발생. 탄약이…….〕

지직거리는 박 경장의 목소리가 연희에게 들려왔다. 지체할 시간이 없었다. 기후 조절용 타워와 환풍 시설을 전파 스캔한 연희가 빠르게 무전을 쳤다.

"전원 철수 준비!"

연희는 다시 계단을 내려갔다. 연희가 돌아가는 와중에도 타워의 끝에서 새로운 먹구름이 만들어지고 있었다. 세상 곳곳을 향해 뻗어나갈 먹구름이.

“사망 둘. 부상 셋입니다.”

“시체는 회수하지 못했습니다.”

박 경장이 베이스캠프의 메디컬 머신에 앉아 어깨의 파편상을 치료받으며 조용히 보고했다. 결국 박 경장의 동기는 돌아오지 못했다. 박 경장은 덤덤한 표정으로 허공을 바라봤다. 어떠한 티도 내지 않았지만, 연희는 박 경장이 어떤 기분일지 이해할 수 있었다.

“사망 지점은 알지?”

“예.”

“……나중에 회수하자.”

박 경장은 별일 아니라는 듯 고개를 끄덕였다. 연희는 고개를 숙인 채 연구 시설에서 발견한 것들을 생각했다. 그것들이 이 모든 희생을 감수할 정도로 가치가 있기를 바랄 뿐이었다.

“팀장님, 1차 분석 보고 도착했습니다.”

대원 하나가 연희에게 분석 보고서를 건넸다. 연구 시설에서 수색1조가 보낸 데이터들과 수색2조가 채취한 샘플을 스캔하여 보낸 자료를 작전 본부 연구팀이 분석, 종합하여 결과를 보내 온 것이다. 분석 결과를 읽던 연희의 눈에 한 가지 단어가 눈에 띄었다. 놈들이 연구하고 있던 것의 이름이었다.

“씨앗?”

연희는 가만히 보고서를 읽어 내려갔다. 요람에서 놈들이 연구하던 것은 단순한 생물이 아니고 생물 병기인 것 같다는 추측이었다. ‘씨앗’이라는 이름을 가진 유기체 나노봇.

이어지는 내용은 적잖은 충격을 불러왔다. 씨앗은 눈 입자에 섞여 냉동 상태로 공기를 매개하여 전파되는 것이었다. 마치 바이러스처럼. 순간 연희는 다시금 남편 지후의 죽음과 기후 조절 장치 SCALDA를 떠올랐다. 그날 이후로 세상에 계속 내리기 시작한 눈. 두억시니는 그로부터 3년 후 다시 나타났다. 중요한 것은 두억시니가 다시 나타났다는 것이 아니라, 왜 '3년'이라는 시간 만에 다시 나타났느냐는 것이었다.

"간과하고 있었어."

생각의 끄트머리는 혼잣말이 되어 연희의 입 밖으로 빠져나왔다. 이상 기후는, 씨앗을 담고 있는 먹구름은 이미 온 세상에 퍼져 있다. 씨앗이 섞인 눈 입자가 마치 민들레 홀씨처럼 세상 곳곳에 뿌려졌던 것이다. 3년. 전 인류를 감염시키기에 충분한 시간이다. 작전 본부에서 보내 온 동일한 사견을 본 연희의 머릿속이 멍해졌다.

『전 세계 인류가 씨앗에 감염되었을 가능성 높음.』

불현듯 숨이 막히는 듯했다. 연희는 순간 몸의 균형을 잃고 비틀거렸다.

"팀장님, 괜찮으세요?"

세상이 흔들렸다. 연희는 떨리는 눈으로 주변을 둘러봤다. 아직 아무것도 모르는 대원들이 멀뚱히 서서 연희를 쳐다보고 있었다. 나도, 내 앞에 서 있는 이 대원들도, 우리가 딛고 서 있는 이 지구의 100억 개 목숨들이 전부 이미 씨앗에 감염되었다는 것인가.

"안 돼."

연희는 빠르게 다시 씨앗에 대한 상세 설명을 읽었다. 인간

만을 타깃으로 삼는 씨앗은 호흡기를 통해 인간의 몸 내부로 침투해 순식간에 뇌까지 침입한 후 뇌 전체에 빽빽하게 자리 잡는다. 씨앗은 상황에 맞춰 표피 단백질을 변환하는 능력도 갖추고 있어 신체의 면역계나 건강 검진에도 걸리지 않는, 아주 은밀한 잠복기를 가진다. 잠복기 상태에서는 아무 행동도 하지 않으나, 특정한 주파수의 위성 신호를 받으면 잠복 상태가 해제되고 활성화된다…….

문제는 그다음이다. 그렇게 활성화된 씨앗이 어떤 역할을 하는지, 감염된 사람이 어떻게 되는지에 대한 정보는 아직 분석 중인 탓에 보고에 기록되어 있지 않았다.

"팀장님, 어디 가세요?"

연희는 다급하게 베이스캠프의 메인 컴퓨터 앞에 앉아 자료들을 뒤졌다. 연희의 망막 위에 두억시니의 살해 자료들이 비쳤다. 열린 머리와 사라진 무수한 뇌들. 연구와 실험. 연희는 생각에 잠겼다. 그리고 한 가지 결론에 도달했다.

"설마."

연희의 머릿속에서 퍼즐이 맞춰지고 있었다. 이상 기후가 시작된 시점, 그러니까 씨앗이 살포되기 시작한 것은 3년 전이다. 3년 전 두억시니가 사람을 죽여 뇌를 적출해 간 이유가 밝혀낸 정보와 단숨에 연결되었다.

공보부의 개입으로 씨앗이 완성되지 못한 채 그룹이 무너지자, 놈은 씨앗을 완성시키기 위해 연구를 계속해야 했을 것이다. 즉 뇌가 필요했을 것이다. 연구 끝에 씨앗을 완성한 놈은 내 남편의 기술을 사용해서 씨앗을 살포했다. 그렇게 3년간 씨앗이 전 세계의 인류를 감염시킬 때까지 기다린 다음,

계획의 나머지 단계를 완수한다…….

생각을 정리하던 연희는 씨앗이 위성 신호로 활성화된다는 부분에 주목했다. 두억시니에게 남은 마지막 단계, 그것은 씨앗을 활성화시킬 위성 신호를 세상에 뿌리는 것이다. 위성 신호에 집중한 연희의 입에서 자연스럽게 하나의 이름이 흘러나왔다.

"현. 이현."

"예?"

연희의 옆에 서 있던 구 경사가 반문했다.

"이현이 전 직장에서 뭘 개발했었지?"

"어…… 잠시만요."

구 경사는 자료를 되짚어 보면서 대답했다.

"전술 드론이랑, 워커랑, 국군 네트워크 암호 체계랑, 최근에는 전술 위성이랑 동충하초……."

전술 위성이라는 단어를 듣는 순간, 연희는 ZIG에서 개발한 위성 미리내를 떠올렸다. 미리내는 국군의 전술 위성으로 채택되어 하늘에 수십 수백 기가 뿌려져 있다. 연희는 서둘러 미리내 전술 위성의 스펙을 확인했다. 위성 포격을 위한 강력한 주포, 그리고 전 지구에 닿는 고출력 전파 신호 발신이 특징이라고 쓰여 있었다. 그 모든 미리내가 전부 씨앗 활성화 신호를 뿌린다면…….

"안 돼……."

연희는 넋이 나간 표정으로 중얼거렸다. 전 인류를 말살하려는 것인가? 두억시니의 궁극적인 목표가 무엇인지는 알 수 없지만, 그게 무엇이든 막아야 했다.

"팀장님!"

순간, 연희는 생각의 틈 사이로 자신을 부르는 박 경장의 목소리를 들었다.

"MASS가……."

박 경장이 다소 떨리는 목소리로 이어서 말했다.

"MASS가 탈취당했답니다."

"몇 구나?"

박 경장이 뜸을 들이다가 대답했다.

"300구 전체입니다."

숫자를 들은 연희의 몸이 굳었다. 혼자서 탈취 가능한 숫자가 아니다. 분명 MASS들은 오르바사에서 수시로 옮기고 있었을 텐데 어떻게……. 연희는 고개를 저었다. 생각하고 있을 시간이 없었다. MASS 300구는 대한민국 모든 위성 중계소를 점령하고도 남을 전력이다. 연희는 다급히 지시를 내렸다.

"기술지원팀에 요청해서 위성 신호 차폐용 방호복 준비해 달라고 해. 전송한 샘플 기반으로 나노봇…… 씨앗 배출용 백신도 연구 시작하라고 하고. 빨리!"

"예."

연희가 이어서 지시했다.

"그리고 알게 된 정보들을 서 경감에게 전해. 군, 공보부, 그리고 정부의 중요 요인들에게 공유해야 한다고."

"하지만 기밀이라고……."

옆에서 머뭇거리는 구 경사에게 연희는 단호하게 말했다.

"지금 세상이 위험해."

연희는 고개를 돌려 박 경장에게 다시 말했다.

"군에는 위성 중계 기지 경계를 강화하고, 비상시에는 위성을 전부 셧다운시켜야 할지도 모른다고 전달해."

"예."

"……놈이 올 거야."

연희는 분석 보고에 이미지 자료로 첨부된 씨앗의 사진을 보았다. 길쭉하고 반투명한 몸통에 무수히 많은 다리가 달렸고 머리에는 뇌에 삽입될 길쭉한 바늘이, 반대쪽에는 부채꼴 모양의 신호 송수신용 꼬리가 달려 있었다. 이것들이 위성 신호를 받아 작동을 시작한다면 어떤 일이 벌어질지는 몰라도 세상에 무언가 큰 타격을 입힐 거라고, 연희는 그렇게 직감하며 본인의 머리에도 가득 들어차 있을 씨앗들을 상상했다. 그러자 속이 울렁거렸다.

"젠장."

연희의 입에서 욕지거리가 튀어나왔다. 늦었어. 놈이 이렇게 대놓고 MASS를 탈취했다는 건 이미 계획이 막바지 시퀀스에 다다랐다는 의미다. 시작되기 전에 막았어야 했는데……. 연희는 서둘러 장비를 챙겼다. 지금이라도 움직여야 한다. 연희는 그렇게 되뇌며 입을 열었다.

"나머지는 원래 계획대로 속행하고, 수색1·2조는 정비 후 따라와."

연희가 리그 파우치에 새 탄창을 꽂아 넣으며 조용히 중얼거렸다.

"놈을 잡으러 간다."

CHAPTER 08.

빌린혀

크리스마스의 들뜬 분위기가 거리에 흘러넘쳤다. 펑펑 내리는 함박눈. 거리 곳곳에서 흘러나오는 캐롤. 바쁘게 음식과 술을 팔아치우는 가게들과 앞으로 어떤 일이 벌어질지 알지 못한 채 미래를 약속하는 사람들. 그런 사람들이 모여 살아가는 거대한 콘크리트 숲. 현은 폰에 전송되고 있는 위성 카메라 중계 영상으로 평온한 일상의 풍경들을 가만히 바라보았다.

〔끝났다.〕

이어셋에서 흘러나온 두억시니의 무전에 현은 고개를 들었다. 하얗게 눈 덮인 산 중턱의 북부 위성 중계 기지 A-2가 한눈에 들어왔다. 미리내 위성 발사 전, 현이 ZIG의 연구개발팀 팀원 몇 명과 함께 들렀던 적이 있는 기지였다. 고요 속에서 거친 산바람이 나무를 뒤흔드는 소리가 울렸다.

"간다."

현은 산에서 내려와 위성 중계 기지의 정문으로 향했다. 이미 사망한 초병들을 지나고, 무력화된 감시 시스템을 지났다.

위성 통제소 건물에 들어선 현의 신발에 찰박, 피가 묻었다. 현은 어둠 속에 빽빽하게 들어찬 군용 모니터와 통신 기기, 조작 콘솔들을 보았다. 통제소 중앙의 커다란 디스플레이에서는 위성 중계 영상이 재생되고 있었다. 영상 속의 생기 넘치는 사람들과 다르게, 바닥에는 창백하게 굳어 있는 오퍼레이터들의 시체가 즐비했다.

어둠 속에서 모니터의 빛을 받는 인간 형상의 실루엣 하나가 현을 향해 몸을 돌렸다. 권총을 든 채 서 있는 오퍼레이터가 있었다. 이 중계 기지 내부에서 유일하게 생존한 오퍼레이터였다. 두억시니는 그녀의 얼굴에 묻은 피를 그녀의 손으로 닦고서 그녀의 목소리로 말했다.

"왔군."

"그래."

"시작하자."

두억시니가 이마에 총구를 가져다 대고 방아쇠를 당겼다. 오퍼레이터의 머리가 터져 나갔다. 곧 두억시니의 의식이 다시 현의 시냅스 칩으로 돌아왔다. 현이 건조한 어투로 물었다.

"어차피 부서질 머리인데 피는 뭣 하러 닦아."

'마지막 예의다.'

두억시니의 말에 현은 헛웃음을 뱉고서 조작 콘솔에 손을 올려, 중계 기지 A-2가 담당하는 미리내 전술 위성 10기 중 MASS를 이송 중인 비행 화물선의 상공에 있는 위성을 찾아냈다. 오르바사에서는 현의 습격을 경계해 일주일 주기로 MASS의 보관 장소를 옮기고 있었다.

그러나 이미 주완을 통해 MASS 연구 시설 하코나의 정보를 알고 있었기에 의미가 없는 행위였다. 하코나의 물류 흐름을 파악하면 MASS의 이송 흐름도 자연스럽게 파악할 수 있었다. 때문에 오르바사의 MASS 이송이 외려 현에게는 기회로 작용했다. 현은 처음부터 물리적 습격으로 MASS를 탈취할 생각 따윈 추호도 하지 않았다. 현이 나지막히 말했다.

"드라이브."

중계기에 연결되어 있는 변조 모듈이 시끄러운 기계음을 내며 작동하기 시작했다. 현의 동충하초 신호를 받은 변조 모듈은 그것을 위성 신호로 바꾸어 위성에 전송했다. 신호를 받은 위성은 다시 비행 화물선에 들어 있는 MASS들 각각의 시냅스 칩에 신호를 뿌렸다.

순간 현은 강렬한 두통을 느끼며 휘청였다. 비록 중계 기지의 컴퓨터가 도와주고 있다고는 하지만, 두억시니의 의식이 내리는 명령을 300개로 복제해 그것들을 다시 두억시니의 의식 하나로 통합시키는 일은 에너지를 굉장히 많이 소모했다. MASS 300구의 시냅스 칩 안으로 두억시니의 명령이 흘러들었다. 그리고 그 모든 MASS들의 눈과 코와 입과 귀, 감각 정보들이 위성 전파 신호를 타고 다시 현의 머릿속 두억시니의 본래 의식으로 통합되었다.

그 막대한 정보량을 통제하고 처리하기란 아무리 MASS의 우월한 신체라고 해도 버티기 어려운 수준이다. 위성 중계 기지의 컴퓨터가 연산 처리를 도와주지 않는다면 즉시 의식을 잃고 쓰러져 버릴 만한 양이었다. 현의 코와 입, 귀에서 시냇물처럼 피가 흘러나왔다. 현은 자신의 머리가 격동하는 대지처럼 흔들리는 기분을 느꼈다. 두통이 점점 강해지고 있었다. 이대로면 머리가 쪼개지는 것은 아닐까 하는 생각을 할 때쯤, 현이 균형을 잃고 바닥에 쓰러졌다.

'괜찮나?'

현의 머릿속 시냅스 칩에 남아 있는 두억시니의 본래 의식이 물어왔다. 현은 숨을 몰아쉬며 안정을 되찾으려 애썼다. 동충하초의 통제권이 있는 현은 마음만 먹으면 언제든 연결을 끊을 수 있었지만, 끊지 않았다. 조금씩이지만 몸이 어느 정도 적응해 가고 있는 것이 느껴졌다. MASS의 신경 재생 구성 줄기세포들이, 갑작스러운 과부하에 따른 뇌 손상을 회복하며 현의 몸 상태를 정상으로 돌려놓느라 애를 쓰고 있었다. 겨우 정신을 차린 현은 바닥에서 몸을 일으켰다.

급속도로 허기가 졌다. 현의 머리에 설치되어 있는 동충하초와 뇌는 평소의 300배에 달하는 연산을 하고 있었고, 손상된 뇌세포를 재생시키는 데도 에너지가 필요했다. 현과 두억시니 모두 예상한 일이었다. 현은 입고 있는 슈트의 팔목 부분 스위치를 눌렀다. 그러자 슈트 전체에 장착되어 있는 영양액 펌프가 작동되며 수십 개의 바늘이 현의 온몸을 찔렀다. 포도당, 과당, 아미노산 등이 고밀도로 농축된 영양액이 MASS의 정맥을 타고 주사되었다.

"후……."

현은 겨우 몸을 일으켜 코에서 새어 나오는 피를 소매로 닦았다. 현이 죽어가는 목소리로 물었다.

"상황은?"

'탈취 진행 중이다.'

두억시니가 나지막이 대답했다.

'기분이 이상하군. 내 몸이 300개가 된 것 같은 느낌이 든다. 마치 천수관음처럼.'

두억시니가 이어서 말했다.

'의식은 여기 나 하나뿐이지만, 감각이 확장되고 있다.'

"움직일 수 있어?"

현의 물음에 두억시니가 조용히 대답했다.

'곧.'

이윽고 두억시니가 조종하는 MASS 300구가 활동을 개시했다. 각자 화물선의 보안 요원을 쓰러뜨리고 내부의 격리 구역 보안문을 열어 비상 탈출용 포드를 탈취해 혜성처럼 아래로 강하하기 시작한 것이다. MASS들의 목적지는 각국에 넓게 퍼진 위성 중계 기지들이었다. 언제 경찰이나 군대가 들이닥쳐 이곳을 탈환할지 모르기 때문에 절대적으로 백업 기지가 필요했고, 계획을 끝마칠 때까지는 예비로 사용할 중계 기지들이 필요했다. 1개 조당 여섯 구의 MASS로 이루어진 총 48개 습격조가 전국 곳곳의 위성 중계 기지를 향해 강하했다. 나머지 열두 구의 MASS들은 현과 함께 결혼식장을 습격할 예정이었다. 이어서 두억시니가 말했다.

'성공이다.'

"그래."

현은 자리에서 일어섰다. 처음에는 열 개에 불과했던 위성 중계 화면이 점점 늘어나고 있었다.

'……이제부터는 시간 싸움이다.'

현은 고개를 끄덕였다. 정부와 오르바사에 대처할 시간을 주는 것은 곧 패배를 의미했다. 가용할 전력이 많은 쪽은 저

쪽이다. 이쪽이 우위를 점하고 있는 부분은 공격의 주도권과 속도다. 기습의 이점을 살리기 위해서는 빠르게 행동해야 했다. 현은 염 회장의 손주가 결혼식을 준비하고 있을 오르바사의 안전 가옥 위치를 다시 확인했다. 동해에 인공적으로 만들어진 섬 '영도', 그곳에 그들의 안전 가옥이 있었다.

밖에서 '쿵' 하고 무언가가 떨어지는 소리가 세 번 울렸다. 화물선의 비상 탈출용 포드 세 개가 추락한 것이다. 곧 두억시니가 조종 중인 MASS 열여덟 구가 중계 기지 안으로 들어섰다. 그중 여섯 구는 주변을 확인하고서 입을 열었다.

"여긴 맡기고."

"얼른 가."

"손님이."

"결혼식에."

"늦으면."

"안 되지."

두억시니가 조종하는 MASS 여섯 구가 차례로 이어서 말했다. 전부 목소리까지 같으니 마치 한 사람이 말하는 것처럼 느껴졌다. 그래, 손님이 결혼식에 늦으면 안 되지. 현은 고개를 끄덕이며 천천히 밖으로 걸어 나갔다. 이곳은 두억시니가 조종하는 여섯 구의 MASS가 지킬 것이다.

나머지 열두 구의 MASS들은 두억시니와 현이 탈취한 군용 에어로더로 향한 뒤 짐칸에서 현이 미리 준비해 둔 장비를 챙겼다. XR-AY를 레퍼런스 삼아 만든 광집중 입자포, 대음파 병기용 헤드셋, 방탄복과 기타 전술 병기들이었다. 모든 무장을 마친 MASS들과 현은 에어로더에 탑승했다. 에어로더 안에서 현과 MASS들은 입자포의 냉각 튜브를 점검하고 전원을 켜 안전장치를 해제했다. 입자포의 사격 통제 모듈이 구동음을 내며 돌아가기 시작했다. 그것은 현의 귀에 이제 이 모든 것을 끝낼 때가 왔다고 알려오는 소리처럼 들렸다.

"가자."

에어로더가 거칠게 이륙했다. 에어로더의 속도는 곧 안전 한계를 돌파했다. 비상등이 주황색으로 점멸하기 시작했다. 난기류 때문에 덜컹거리는 에어로더 안에서 현의 얼굴은 빛의 점멸 속도에 맞춰 드러났다가 다시 어둠 속에 숨기를 반복했다. 다른 MASS들의 얼굴들도 마찬가지였다. 지금 현서와 주영이 여기에 있다면 누가 자신의 남편이고 아빠인지 알 수 없을 것만 같았다. 모두가 같은 얼굴일 테니까.

멍하니 비상등을 바라보던 현은 문득 폰을 꺼내 과거 자신이 죽었을 때의 장례식 사이트를 찾아 영정 사진을 확인했다. 사진 속의 자신은, 이현은 활짝 웃고 있었다.

"이렇게 생겼었나."

나 자신에게조차 어색한 얼굴이라니. 현은 쓴웃음을 뱉고는 폰을 내려놓고 차갑게 냉각된 입자포 포신을 이마에 대었다. 현이 나지막이 말을 꺼냈다.

"그런 생각해 본 적 있나?"

'무슨 생각?'

현이 조용히 말을 이었다.

"나는 이미 죽어 있는 거 아닐까…… 하는 생각 말이야."

'갑자기 무슨 소리지?'

잠시 적막이 흘렀다. 현은 허공을 바라보며 말을 이었다.

"시냅스 칩에 있는 건 내가 아니라 그냥 복제된 기억일 뿐이다."

'…….'

"죽은 친구가 예전에 한 말이야."

현이 뜸을 들이다가 입을 열었다.

"그건 아니라고 생각했지. 그런데 이제는 걔 말이 맞다는 생각이 들어."

MASS들이 모두 현을 바라보았다. 현은 이어서 말했다.

"나는 이현으로 다시 살아난 게 아니라는 생각. 진짜 나는 그때 이미 죽었고, 지금의 나는 그저 예전의 내 기억을 양식 삼아 따라 하는 가짜……."

현의 목소리가 엔진음 속에서 퍼져나갔다. 현은 다시 가만히 말을 꺼냈다.

"그러니까 너도 나도 다 진작에 끝난 사람들 아닌가 싶은 거지."

현은 고개를 숙였다. 침묵이 계속되었다. 잠시 후 두억시니가 조용히 대답했다.

'가짜인지 진짜인지가 그렇게 중요한가?'

현은 고개를 들었다. 두억시니가 이어서 말했다.

'지금 너에게는 이뤄야 할 목표도, 싸워야 할 적도 있다.'

"……."

'그것으로 충분하다, 살아 있다는 증거는.'

두억시니의 대답에 현은 소리 내어 웃었다.

'뭐가 웃기지?'

"아니, 위로를 받으려고 한 말이 아니었어."

현이 포신을 바라보며 말했다.

"그래서 마음이 편하다는 거였어. 전부 다 진작에 끝났으니까."

에어로더 내부에 시끄럽게 경고음이 울려댔다. 비상등의 색이 주황색에서 붉은색으로 변했다. 현의 입가에 씁쓸한 미소가 떠올랐다.

"놈이 움직이기 전에 지금 당장 멈춰야 합니다!"

연희의 다급한 목소리가 국군 위성관제사령부 건물 내에 울렸다. 관제부대 소속 배준영 대위가 곤란하다는 표정으로 입을 열었다.

"위성 작동을 중지시키는 게 그렇게 쉬운 일이 아닙니다. 갑자기 전부 꺼버리면 국군의 전술 네트워크망 자체가 혼란에 빠져요."

배 대위가 설명을 이어갔다.

"게다가 민간용 GPS와 통신도 지금은 전부 미리내 위성에 의존하고 있고요. 갑자기 중지시킨다면 분명 대형 사고가 터질 겁니다."

"하지만 놈이……."

배 대위가 한숨을 쉬며 연희의 말을 끊었다.

"솔직히 경위님, 잘 믿기지가 않습니다. 전달해 주신 정보들도 그렇고요. 아직 추측성 정보일 뿐이지 않습니까."

연희가 답답하다는 듯 입을 열었다.

“실현 가능성이 높은 추측입니다. 놈이 다음 스텝으로 위성 중계 기지를 노릴 확률이 높습니다.”

배 대위는 고개를 저으며 반박했다.

“중계 기지에는 경비 부대가 배치되어 있습니다. 아무리 의체 병기라고 해도 그렇게 쉽게 뚫리지 않아요.”

“놈의 방식을 모르셔서 하시는 말씀입니다. 부대 내에 시냅스 칩을 탑재한 의체 대원이 있죠?”

배 대위가 어이없다는 표정으로 되물었다.

“의체 대원이 아예 없는 부대가 어디 있습니까?”

“정보 보셨잖아요. 놈에게는 의체를 조종할 수 있는 병기가 있어요.”

배 대위가 한숨을 쉬었다. 잠시 적막이 흘렀다. 배 대위 뒤로 한 무리의 장교들이 바쁘게 지나갔다. 배 대위가 조용히 입을 열었다.

“그렇다고 해서 아무런 일도 일어나지 않았는데 위성 작동을 중지시키라고 명령하라고요? 그렇게 되면 위성망을 복구하고 시스템을 회복시키는 데, 아무리 빠르게 잡아도 최소 이틀은 걸립니다.”

배 대위가 이어서 말했다.

“요즘 최전방 상황 아시잖아요. 당장 사흘 전에 교전이 벌어졌습니다. 이틀 동안 위성 전술망도 위성 포격도 없이 병사들을 사지로 몰라는 말씀입니까?”

배 대위의 말에 연희는 입을 다물었다. 부하들을 사지로 몰기 싫어하는 그 마음만은 누구보다 잘 알고 있었다. 하지만 물러설 수는 없다. 연희가 다시 차분하게 입을 열었다.

"전쟁은 전방에서만 벌어지지 않습니다. 지금 이게 실현되면……."

배 대위가 고개를 저었다.

"경위님, 다 이해합니다. 하지만 아무 일도 벌어지지 않았는데 지금 위성들을……."

배 대위가 다소 누그러진 말투로 말하던 중에 다급하게 부대원 하나가 뛰어왔다.

"충성! 대위님, 큰일 났습니다."

"뭔데?"

"북부 위성 중계 기지 A-2가 신원 미상의 침입자에게 점거되었다는 연락이 왔습니다."

"뭐?"

연희의 얼굴이 굳었다. 배 대위가 당황한 얼굴로 되물었다.

"누가? 신소련 측인가?"

"아닙니다. 확실하지는 않습니다만 적 특작부대의 움직임은 아닌 것 같습니다. 위성 전술망도 아직 살아 있습니다."

지휘 본부 전체에 사이렌이 울렸다. 장교들이 차례차례 배 대위에게 보고를 올렸다. 지휘 본부의 거대한 홀로그램 패널에 떠 있는 중계 기지 지도에 붉은 점이 가득 채워지기 시작했다. 북부, 서부, 동부, 남부……. 전국 각지에 있는 중계 기지들이 하나둘씩 점거되고 있었다. 놈이다. 연희는 속으로 조용히 중얼거렸다.

"빨리 대응 부대 보내!"

배 대위가 소리쳤다. 연희가 배 대위에게 말했다.

"이제 방법은 하나밖에 없습니다."

배 대위가 신경질적인 표정으로 연희를 바라봤다. 연희는 차분하게 말을 이었다.

"통제권을 빠르게 되찾을 수 없다면 위성을 격추시켜야 합니다. 늦기 전에……."

"자꾸 헛소리 좀 하지 마십쇼! 아군 위성을 격추한다니요!"

배 대위가 언성을 높였다. 이어서 배 대위의 폰이 울렸다. 잠시 숨을 몰아쉬던 배 대위가 조용히 입을 열었다.

"……죄송합니다."

배 대위는 식은땀을 흘리며 몸을 돌려 지휘실로 뛰어가 버렸다. 여기 더 있어봤자 얻을 것은 없을 듯했다. 연희는 밖에 세워놓은 에어로더에 오르며 곧바로 오르바사의 진에게 연락을 보냈다.

"놈이 움직이기 시작했습니다."

〔알고 있습니다.〕

연희가 다급하게 말을 이었다.

"오늘 회사나 회장님의 큰 일정이 있을까요? 놈의 예상 공격 목표를 알아야 합니다."

진이 머뭇거리며 대답하지 않자, 연희가 다시 물었다.

"시간이 없습니다."

연희의 말에 진이 수긍한 듯 대답했다.

〔회장님의 손주분, 염한진 님의 결혼식이 오늘 열려요.〕

"어디서요?"

진이 머뭇거렸다. 안전 가옥의 위치까지 공유하는 것은 그리 유쾌한 일이 아니었다. 이는 안전 가옥의 의미를 잃어버리는 행위다. 하지만 상황이 상황인 만큼 말을 하지 않을 수 없었다.

〔동해에 인공섬 영도라는 곳이 있습니다. 거기 안전 가옥이 있어요. 데이터를 전송해 드리겠습니다.〕

곧 연희의 데이터 링크에 안전 가옥의 위치가 업데이트되었다. 연희는 즉시 그 정보를 특기대 휘하 중대들에 공유했다. 시간이 없었다. 연희가 무전망에 명령을 내렸다.

"영도로 집결."

쿵. 안전 가옥 외부 격납고에 주차하던 경호팀의 에어로더에 길고양이가 부딪혔다. 손님들을 맞이한 후 다시 안전 가옥 내부로 향하다가 그 모습을 우연히 본 염 회장의 손주 염한진은 즉시 소리를 치며 고양이가 쓰러져 있는 곳으로 달려갔다.

"멈춰요! 멈춰!"

"위험합니다!"

경호원들의 제지에도 불구하고 한진은 에어로더 앞으로 뛰어들어 쓰러진 고양이를 안아 들었다. 에어로더는 급하게 정지했다. 한진은 가만히 고양이의 검은 얼굴을 쓸었다. 한진의 손에 고양이의 피가 묻어났다. 고양이는 미동도 없이 축 늘어져 있었다. 고양이가 죽었다는 것을 알아챈 한진의 표정이 빠르게 굳어갔다. 한진은 바로 옆의 비서에게 말했다.

"얼른 회사로 보내세요. 의체화 가능한지 확인하고……."

비서가 익숙한 일이라는 듯 고양이를 한 경호원에게 넘겼다. 한진은 자신의 옆에 서서 그 광경을 모두 지켜보고 있던 할아버지, 염 회장을 바라봤다. 한진이 나지막이 입을 열었다.

"이렇게 일 벌리지 말자고 했잖아요."

염 회장이 미소를 보이며 말했다.

"고양이 한 마리가 대수냐. 네가 안 다치는 게 제일 중요하지."

"모두가 다치지 말아야죠."

한진이 염 회장을 쏘아보자 염 회장은 고개를 돌렸다. 한진도 시선을 돌렸다. 엄청난 규모의 경호팀이 영도의 안전 가옥 앞에 마치 도배되듯 깔려 있었다. 이를 신기하다는 듯 보고 있는 하객들이 한진의 눈에 들어왔다.

"경호는 또 왜 이렇게 많이 붙이셨어요. 쪽팔리게."

"필요한 일이야."

염 회장이 조용히 말했다. 염 회장은 주변을 슥 둘러보며 경호원들의 경계 태세를 살폈다. 경호원들에게는 시냅스 칩을 탑재한 의체 인간들이 식장에 침입하지는 않는지 확인하라고 단단히 일러둔 터였다. 의체 인간들 중 출입이 허가된 이들은 오직 직계 가족뿐이었다. 한진은 먼 하늘에서 호버링하는 건십들을 보며 인상을 썼다. 결혼식장이라기보다는 군부대 같았다. 한진은 염 회장이 과민 반응을 보이고 있다고 생각했다.

"할아버지는 걱정이 너무 많으세요."

"설마가 사람 잡는 법이지."

염 회장의 말에 한진은 답답하다는 듯 한숨을 쉬었다. 그때 누군가가 한진에게 다가왔다. 한진의 아버지이자 염 회장의 아들인 서진이었다. 서진이 한진에게 나지막이 말했다.

"가자. 이제 슬슬 준비해야지."

서진의 말에 한진은 고개를 저은 후 성큼 걸음으로 염 회장의 앞에서 사라졌다. 한진이 사라지자 인자한 미소를 띠고 있던 염 회장의 얼굴이 순식간에 무표정하게 변했다. 염 회장은 한진을 바라보며, 대대로 내려오는 이 집안의 성정과는 너무 다른 손주라고 생각했다. 그러나 그런 손주라도 가족은 가족이다. 염 회장에게 가족은, 핏줄은 무엇보다 단단한 결합이고 정해진 운명이었다. 사랑스러운 것이 아니라 사랑해야만 하는 것. 결국 사랑할 수밖에 없는 것. 염 회장은 비서를 호출했다.

"저 에어로더 조종한 놈, 해고해."

"알겠습니다."

말 한마디로 조종사를 해고한 염 회장은 한진을 따라 거대한 피라미드 형태를 띤 안전 가옥 내부로 들어섰다. 안전 가옥은 전차포 사격도 견디는 내구성과 자체적인 발전 시스템, 30초면 건물 내부의 공기를 정화할 수 있는 환기 시스템, 패닉룸, 거기에 미로와도 같은 방어 구조까지 갖춘 오르바사의 요새였다. 추가로 막대한 경호 인력까지 갖춰진 상태다. 염 회장은 사고가 날 리 없다고 생각하며 건물 내부 식장으로 향했다.

잠시 후 식이 시작될 것이다. 염 회장은 자신이 고집하던 전통적인 방식대로, 개량 한복을 입은 채 서진의 뒷좌석에 앉았다. 사랑하는 손주의 결혼식을, 핏줄과 핏줄의 결합을 살아서 두 눈으로 볼 수 있다니. 인자한 미소를 띠우던 염 회장은 순간 식을 미루자는 진의 조언을 떠올렸지만, 고작 살인마 하나 때문에 식을 미룰 수는 없었다.

12월 25일. 염 가문이 전통적으로 결혼식을 치러온 날이다. 가장 성스럽고 축복받은 이 날에 가족은 확장되고, 사업은 번성하며, 번성한 사업은 다시 가족을 확장시킬 것이다. 염 가문의, 내 우수한 DNA는 널리 퍼질 것이다. 생물로서 이보다 더 큰 행복이 어디 있을까. 염 회장은 그런 생각을 하며 식이 어서 진행되기를 고대했다.

곧 고풍스러운 선율의 네오클래식 음악과 사회자의 멘트와 함께 식이 시작되었다. 양가 어머님이 입장한 후, 멋들어지게 빼입은 한진과 신부 정시안이 하객들의 박수와 환호를 받으며 세련되게 꾸며진 식장을 가로질렀다. 염 회장은 한진의 신부가 될 시안을 바라보았다. 시안은 국회의원의 딸이었다. 한진과 시안은 분명 서로 사랑하는 사이였으나, 양가 어른들에게는 사랑과는 거리가 먼 계산이 있었다. 시안 측 가족은 정치활동에 필요한 자금을 원했고 한진 측 가족인 오르바사는 정치적 뒷배가, 피와 연으로 단단히 결합된 뒷배가 필요한 시점이었다. 이 결혼은 분명 오르바사의 입지를 더욱 탄탄하게 만들어 줄 터이다. 무사히 진행된다면, 분명 그렇게 될 터였다.

"회장님."

진이 염 회장에게 조용히 다가서며 속삭였다. 결혼에 대한 기대로 부풀어 올라 있던 염 회장에게 진의 목소리는 성스러운 의식을 방해하는 요소로만 느껴졌다. 염 회장은 다소 미간을 찌푸리며 진을 제지했다.

"잠깐."

"급한 건입니다."

진의 어두운 표정을 본 염 회장은 핀잔을 주려던 입을 닫았다. 진이 이어서 말했다.

"MASS들이 탈취당했습니다."

기대와 행복으로 가득 차 있던 염 회장의 얼굴이 빠르게 굳었다. 염 회장이 나지막이 물었다.

"얼마나?"

진이 조용히 대답했다.

"……남은 300구 전부입니다."

주례가 진행되고 있었다. 진은 뜸을 들이다가 이어서 말했다.

"식을 중단하고 몸을 피하셔야 합니다."

"안 돼. 지금 그럴 순 없어."

염 회장이 나지막이 말했다.

"밖에 배치된 경호팀과 장비는 최고 수준이다. 아무리 MASS 300구라 한들 돌파하기는 어려울 거야."

정말로 그랬다. 염 회장이 동원한 경호 병력은 오르바사의 자체적인 보안팀으로만 이루어져 있지 않았다. 각지에서 긁어모은, 전투에 이골이 난 민간 군사기업의 용병들과 전차, 장갑차, 대공화기, 건십 등 전쟁 때나 쓰이는 군사 병기들이 안전 가옥을 지키고 있었다. MASS 300구가 동시에 덤빈다 해도 돌파할 수 없는 수준의 막강한 전력이었다.

만에 하나 돌파한다고 해도 상당한 시간이 소요될 것은 틀림없었다. 안전 가옥에도 자체적인 패닉룸이 있고, 탈출 수단 역시 차고 넘치도록 준비해 놓은 뒤였다. 염 회장의 자신감에는 근거가 있었다. 염 회장은 진에게 조용히 지시했다.

"경계 태세 강화하고, 이제부터 식장 출입 막아."

순간 박수 소리가 들렸다. 염 회장과 진은 앞을 바라봤다. 한진과 시안이 화려하게 꾸며진 연단 앞에 서서 홀로그램으로 구현된 태양 빛을 맞으며 입맞춤을 하고 있었다. 그때였다. 사람들의 몸을 울리는, 공기를 찢어버릴 것만 같은 강렬한 파열음이 식장 전체를 감쌌다. 곧 대지가 진동하는 듯한 폭발음이 안전 가옥 바깥에서 울렸다. 하객들이 웅성거렸다. 염 회장의 뇌 속 시냅스 칩에서 순간 불길한 생각이 떠올랐다. 염 회장은 곧바로 경호팀 총지휘를 맡은 예비역 장군 백선에게 전화를 걸어 물었다.

"이게 어떻게 된 일이오?"

〔지금……〕

염 회장은 대답을 들을 수 없었다. 곧바로 두 번째 폭발음이 울렸다. 또 안전 가옥의 바깥이었다. 지진이라도 난 양 대지가 정신없이 흔들렸다. 식장 내부의 각종 집기와 장식물들이 바닥에 아무렇게나 떨어지고 쓰러졌다. 태양 빛을 꾸며내던 홀로그램 투영기의 렌즈가 파손되며 빛이 허공에 아무렇게나 찢어져 산란했다. 염 회장은 곧바로 비서를 시켜 바깥을 확인하게 했다. 가옥 정문 앞에 나선 비서는 주변의 풍경을 보고 벌린 입을 다물 수가 없었다. 사방에 불꽃과 연기가 가득했다. 전쟁이라도 난 듯한 풍경이었다.

한편 백선은 안전 가옥 밖에서 상황을 파악하고 있었다. 하늘에서 광증발 플라스마 빔이 쏟아지고 있었다. 거대한 빛 기둥들이 지상의 각종 병기와 경호팀을 향해 작렬했다. 외곽 경계를 서던 전차가 터져 나갔고, 건십은 잘렸으며, 사람들은 지워졌다. 3분도 채 지나지 않아 경호팀 절반이 사라졌다.

백선은 하늘을 바라보았다. 대낮인데도 하늘에 박혀 있는 별들이 아주 강렬하게 번쩍이는 것처럼 보였다. 백선은 과거 민간 군사기업의 지휘관으로 중동에 파견되었을 때의 경험을 떠올렸다. 인간이 만들어 낸 별이 내리는 죽음의 빛줄기. 말 그대로 '천벌'. 전술 위성 포격이었다. 백선에게는 익숙한 풍경이었으나, 포격을 당하는 입장에 처하기는 처음이었다.

"어떻게……."

백선은 말을 잇지 못했다. 궤도에 안착한 미리내 전술 위성의 1기가와트급 광증발 플라스마 포가 발사될 때마다, 착탄 지점 주변 100미터 반경의 사물과 생물이 흔적도 없이 지워졌다. 마치 원래 아무것도 없던 것처럼. 압도적인 폭력에 공포를 느낀 백선의 동공은 하늘에 응집되고 있는 빛을 응시했다. 백선은 본능적으로 위성의 포신이 자신을 향했음을 알아챘다. 백선은 떨리는 입으로 휘하 잔존 병력에게 무전을 쳤다.

"전원 건물 내부로 대피."

이윽고 섬광이 백선의 몸을 꿰뚫었다.

"발사."

두억시니가 조종하는 각 중계 기지의 MASS들은 현의 지시에 따라 계속해서 포격을 가했다. 무차별적으로 보였지만, 경호팀만 처리하고 안전 가옥 자체는 날려버리지 않도록 아주 세밀하고 조심스럽게 조정되고 있는 포격이었다. 두억시니는 마치 종양을 제거하는 수술용 나노봇처럼 섬세하게 포격을 가했다.

5분 정도 지난 후, 현은 안전 가옥으로 향하는 에어로더 안에서 외부 경호팀이 완전히 '삭제'된 것을 확인했다. 영도에 접근하는 미확인 비행 물체를 격추하는 대공용 병기들도 전부 사라져 있었다. 곧이어 에어로더가 안전 가옥의 상공에 도달했다.

"가자."

에어로더는 경호팀이 있던 안전 가옥 앞의 공터 곳곳에 빠르게 착륙했다. 방해꾼은 없었고 착륙은 순조롭게 이루어졌다. 현과 무장한 열두 구의 MASS들은 순식간에 안전 가옥으로 접근했다. 두억시니가 현의 머릿속에서 말했다.

'돌입한다.'

안전 가옥의 문은 굳게 닫혀 있었으나 소용없었다. 전장에서의 필승법은 간단하다. 칼에는 총으로, 총에는 더 큰 총으로. 순간이라도 화력이 우세한 쪽이 승리하는 것이 전투다. 불리하거나 대등한 상태에서 싸움을 벌이는 이는 바보다. 시작된 싸움에서 이기려고 하는 것이 아니라 이미 이겨놓은 싸움을 시작하는 것, 그것이 전장의 미덕이라는 점을 현은 잘 알고 있었다.

전차포를 버텨내는 상대라면 위성포로 뚫어버리면 되는 것이다.

곧 미리내 위성에서 발사된 광증발 플라스마 포가 1미터 두께의 고밀도 합금 철문을 지워버렸다. 두억시니가 조종하는 열두 구의 MASS가 순식간에 가옥 내부 식장으로 들이닥쳤다. 바로 그 순간, 커다란 폭발이 일었다. 두억시니를 맞이한 것은 용병들이 설치해 놓은 도약형 분열 지뢰와 지향성 광장막 지뢰였다.

"이런."

찰나의 순간, 두억시니가 선두에 선 MASS의 입으로 중얼거렸다. 도약형 분열 지뢰는 MASS의 얼굴 높이까지 떠올라 센서에 감지된 방향으로 몸을 돌려 수십 개의 폭발성 자탄을 발사했다. 앞장선 MASS 몇 구의 얼굴에 자탄이 박혔고, 그 자탄 속에 내장된 고성능 군용 폭약이 폭발했다. 폭발과 함께 MASS 두 구는 곧바로 쓰러졌고, 옆의 MASS들은 심각한 부상을 입고 잠시 무력화되었다.

광장막 지뢰는 그럼에도 불구하고 살아남은, 뒤이어 들어오는 MASS들에게 고출력 광펄스를 방출했다. MASS들에게 치명상을 입힐 정도의 위력은 아니었으나 빛과 고열, 소리로 잠시 동안은 감각 기관을 교란시키기에 충분했다.

"쏴!"

안전 가옥 내부 식장의 2층 발코니에서 대기 중이던 경호팀이 일제히 발포를 시작했다. 확실히 염 회장이 섭외한 용병들은 전문가였다. 이미 오르바사로부터 MASS에 관한 대략적인 정보를 들어 파악하고 있던 이들은 유탄발사기와 대물용 소총, 체인건 등 전쟁에 쓰이는 고화력 대구경 화기들을 쏟아부었다. 앞줄의 MASS들이 육편이 되어 쓰러졌다. 화력의 우세를 점하는 법칙은 상대 역시 알고 있었다.

'아프군.'

두억시니가 이어서 말했다.

'어중이떠중이가 아니야. 제대로 훈련받은 놈들이다.'

"잠깐 물러나지."

두억시니가 조종하는 MASS 열두 구 중 일곱 구가 살아남아 안전 가옥 밖으로 후퇴했다. 이 상태에서 진입을 반복해 봤자 승산이 없었다. 밖에서 대기하던 현은 그 사실을 깨닫고 나지막이 말했다.

"놈들이 진을 치고 있는 곳으로 들어가는 건 자살행위야."

'동감이다.'

"변수를 만들어야 해."

현의 말에 두억시니는 위성 중계 기지에 있는 MASS들을 조종해 다시 위성 포를 정렬시켰다. 현이 걱정스런 어투로 말했다.

"염 회장과 가족들이 맞지 않게 조심해."

'걱정 마라.'

두억시니가 조용히 대답했다. 두억시니는 돌입하는 순간 보았던 경호 인력 배치 상태를 떠올리고는 미리내 전술 위성으로 해당 위치에 포격을 가했다. 경호팀 인원 일부가 위성 포격에 맞아 증발했고, 안전 가옥 식장의 벽면과 천장에 또 다른 구멍들이 만들어졌다. 경호팀이 신경 써야 할 입구가 늘어난 것이다. 이는 화력의 분산을 의미했다. 두억시니는 경호팀 용병들이 대응할 준비를 하기 전에 빠르게 MASS들을 움직였다. 이번에는 양상이 달랐다. MASS들이 다각도에서 동시다발적으로 입자포 사격을 가하자 경호팀 용병들이 쓰러져나갔다. 잠시 사격전이 벌어졌으나 분산된 화력은 MASS들에게 큰 피해를 입히지 못했다.

결국 전통적인 교전으로는 상대가 되지 않는다고 느낀 용병들은 플랜B를 가동했다. 용병들은 안전 가옥의 더 깊숙한 내부 복도로 후퇴했다. 그곳에도 용병들이 준비해 놓은 지뢰들이 있었으나 같은 수에 두 번 당할 두억시니가 아니었다. 두억시니의 MASS들은 지뢰가 있을 것으로 예상되는 지점에 무차별적으로 입자포를 사격해 지뢰를 무력화시켰다. 이어서 다시 교전이 벌어졌다. 용병들은 안전 가옥 내부 전체를 일종의 정글로 삼아 기습적인 공격과 도망을 반복했다. 교전이 벌어질 때마다 용병들이 피해를 보았으나, 그들의 목적은 외부에서 군대가 도착할 때까지 시간을 끄는 것이었다. 곧 그 사실을 깨달은 두억시니가 나지막이 말했다.

'좋지 않은데. 슬슬 군이 움직일 거다.'

"그걸 쓰자."

더 이상 지체할 시간이 없었다. 현은 에어로더의 짐칸에서 꺼내놓은 거대하고 무거운 장비를 가져왔다. 온서특별시의 추락한 빅버드에서 떼어낸 음파 병기 모듈로, 현이 출력되는 음파 파장에 개조를 가한 버전이었다. 현과 두억시니의 MASS들은 곧바로 대음파 병기용 헤드셋을 뒤집어썼다. 현은 즉시 음파 병기를 작동시켰다.

하늘이 울부짖는 것 같은 기이한 소리가 났다. 용병들도 즉시 헬멧에 내장된 헤드셋으로 대음파 병기용 주파수를 작동시켰으나, 현이 개조한 이 버전은 기존에 없는 패턴의 파장이었다. 용병들의 작전 본부에 있는 AI가 이를 분석하고 대응할 수 있는 주파수를 만들어 재생시키기까지는 시간이 걸렸다. 용병들은 일순간 몸이 굳었고, 두억시니는 그 틈을 놓치지 않고 남은 MASS들을 전부 돌진시켰다. 용병들은 딱딱하게 굳어버린 성대로 비명 한 번 지르지 못하고 MASS들의 입자포와 근접전에 몸이 절단되어 버렸다.

'끝났군.'

두억시니가 조용히 말했다. MASS들의 몸에 묻은 피가 바닥에 뚝뚝 떨어졌다. 현이 입을 열었다.

"염 회장은?"

'아직 밖으로 도망치진 못했을 거다. 위성 카메라로 보고 있는데 섬 주변엔 아무것도 없군.'

현은 고개를 끄덕였다.

"안쪽이 더 안전하다고 생각했겠지."

현과 두억시니는 안전 가옥의 패닉룸을 찾아 움직였다. 곧 둘은 어렵지 않게 그곳을 발견할 수 있었다. 도망친 하객들이 모두 패닉룸의 비밀 문으로 추정되는 벽 앞에 모여 떨면서 살려달라고, 열어달라고 외치고 있었다.

'허.'

현, 그리고 두억시니의 MASS들이 패닉룸 앞에 섰다. 하객들은 고개를 돌렸다. 그들의 두 눈에 온몸을 피칠갑한, 똑같은 얼굴과 똑같은 체형의 인간 병기들이 비쳤다. 공포에 잠식된 하객들이 일제히 비명을 질렀다. 그러나 현은 굳이 그들을 죽일 생각은 없었다. 현이 고개를 까딱거리며 가라는 몸짓을 하자, 하객들은 비명을 멈추고 겁에 질린 얼굴로 조금씩 움직이기 시작했다.

"빨리 가라."

현이 으르렁거리듯 말하자 하객들은 헐레벌떡 뛰어서 도망치기 시작했다. 이어서 현은 패닉룸의 입구로 추정되는 벽을 가만히 응시했다. 시냅스 칩 반응이 하나 확인되고 있었다. 그러나 지금 동충하초를 사용할 수는 없다. 현은 조용히 벽에 머리를 기댄 채 입을 열었다.

"지금 나오면 살 수 있는 기회를 주겠다."

잠시 뜸을 들인 현이 이어서 말했다.

"위성 포격으로 건물째 지워질지, 아니면 나와서 대화를 할지 결정해."

MASS의 뛰어난 청력으로도 안에서 웅성거리는 소리조차 들리지 않았다. 현은 패닉룸의 방음 처리가 정말 잘되어 있다고 생각하며 카운트다운을 시작했다.

"10, 9, 8, 7, 6……."

현이 숫자를 다 세기도 전에 패닉룸의 문이 열렸다. 염 회장의 가족과 비서, 진, 그리고 신부인 시안의 가족이 공포에 질린 얼굴로 줄줄이 서 있었다. 현은 염 회장의 얼굴을 보았다. 주완의 기억에서 보았던 것과 똑같은 얼굴이었다. 현이 조용히 입을 열었다.

"나와."

기술지원팀이 급히 공수한 위성 신호 차폐용 방호복을 입은 연희와 대원들은 영도로 향하는 에어로더 내부에서 다시 장비를 점검했다. 군부대는 위성 중계 기지 탈환 작전을 준비하고 있었다.

"본부 연구분석팀에서 정보 업데이트 됐다고 연락 왔습

니다."

박 경장의 말에 연희는 데이터 링크를 확인했다. 작전 본부에서 급히 보내 온 2차 분석 보고서였다. 연희는 가만히 내용을 훑었다. 씨앗이 위성 신호를 받아 활성화되면 신경성 독소를 분비해 숙주를 마비 상태로 만든다. 그리고 뇌에 침을 삽입해 인간의 시냅스 데이터를 모두 스캔하고, 씨앗이 스캔한 데이터는 모두 꼬리의 전파 송수신 기관을 통해 다시 위성으로 전송된다……. 자료를 읽던 연희의 표정이 천천히 굳어갔다. 시냅스 데이터를 전송한다? 뭘 위해서? 위성으로 다시 전송된 그 시냅스 데이터들은 어디로 가는 거지? 어떻게 되는 거지? 생각을 잇던 연희는 지금 자신의 뇌에 가득 들어차 있을 씨앗들을 떠올렸다.

"곧 작전 지역에 도착합니다. ETA 5분!"

대원의 보고에 연희는 생각을 멈추고 다시 소총을 붙들었다.

"팀장님, 현장에 위성 포격이 계속되고 있다고 합니다."

박 경장이 연희에게 나지막이 말했다.

"어떡할까요?"

위성 포격이 진행되고 있는 곳에 진입하는 것은 자살행위다. 연희는 고심 끝에 결단을 내렸다.

"잠깐 대기한다."

에어로더가 공중에 멈췄다. 연희는 다급하게 군경 합동 전술망에 통신을 연결해 위성관제사령부 소속 배 대위에게 다시 연락했다. 잠시 후 배 대위가 전화를 받았다.

"대위님. 정말 더는 시간이 없습니다."

〔…….〕

"범인이 위성포까지 탈취해서 사용하고 있습니다. 놈이 위성을 더 악용한다면 대재앙이 벌어질 겁니다."

연희의 말에 배 대위가 다소 떨리는 목소리로 대답했다.

〔사령부 안에서도 아직 대응 방침 문제로 갑론을박을 벌이는 중입니다. 중계 기지 탈환 외에는 정해진 게 없습니다.〕

연희가 크게 한숨을 쉬었다.

"알겠습니다. 그럼 현장 위에 떠 있는 위성들만이라도 처리해 주십시오. 작전 지역에 저희가 진입할 수라도 있게요."

배 대위가 머뭇거리며 대답하지 않자, 연희는 다시 단호한 어투로 요청했다.

"대위님."

〔예…….〕

"사람들의 목숨이 걸린 문제입니다."

에어로더 내부에 적막이 감돌았다. 배 대위가 심호흡하는 소리가 무전망에 울렸다. 이윽고 배 대위가 다시 입을 열었다.

〔저도 미치겠습니다, 진짜.〕

"압니다. 고생 많으십니다. 한 번만 더 부탁드립니다."

연희의 말에 배 대위가 한숨을 쉬며 말했다.

〔알겠습니다. 곧 회의 재개되는데…… 다시 강력하게 건의해 보겠습니다.〕

"감사합니다."

〔될지 안 될지는 저도 모릅니다. 그래도 해보겠습니다.〕

무전이 끊겼다. 군의 중계 기지 탈환 작전은 그 규모가 거대한 만큼 준비와 실행에 분명 시간이 더 걸릴 것이 틀림없었다. 연희는 느긋하게 군이 중계 기지 탈환을 마칠 때까지 기다릴 수 없었다. 1분이 급한 상황이다. 연희에게는 가장 빠른 수단이 필요했다. 이제는 배 대위가 현장의 위성들만이라도 격추할 수 있게끔 상부를 설득하기를 바랄 수밖에 없었다.

"제발."

영도로 향하는 상공에서, 연희는 조용히 고개를 숙이고 눈을 감았다. 모든 게 너무 늦지 않기를 바랄 뿐이었다.

현은 염 회장의 가족과 시안의 가족 전부를 다시 식장에 세웠다. 시체와 피, 내장과 살점, 온갖 파편들로 인해 식장은 엉망이 되어 있었다. 누군가가 헛구역질하는 소리가 울렸다. 뚫린 천장과 벽으로 들어오는 햇빛이 현의, 두억시니가 조종하는 MASS들의, 염 회장의, 진의, 염 회장 가족들과 시안의 가족들 얼굴을 비췄다. 염 회장이 조용히 물었다.

"누가 이현이지?"

MASS의 얼굴이 모두 똑같으니 염 회장은 누가 이현인지 알아볼 수 없었다. 현은 쓰러진 의자 하나를 가져와 세워 앉고는 염 회장에게 손짓했다. 염 회장이 현을 응시했다. 현이 입을 열었다.

"얼굴이 잘 안 보이는데, 가까이 와서 이야기하지."

현이 이어서 말했다.

"염 회장, 당신 말이야."

머뭇거리던 염 회장이 식장을 가로질렀다. 현은 마침내 대면한, 강렬한 햇빛이 비추고 있는 염 회장의 얼굴을 자세히 살폈다. 나이에 비해 지나치게 젊은 것을 빼면 모난 데도 없고 잘난 데도 없는, 한 기업의 총수치고는 참 평범한 얼굴이었다.

"앉아."

현이 명령하자 염 회장 역시 쓰러져 있던 의자 하나를 일으켜 세운 뒤 현의 반대쪽에 앉았다. 잠시 적막이 흘렀다. 그렇게도 서로를 죽이고 싶어 하던 두 사람은, 서로를 죽이기는커녕 가만히 상대의 얼굴만을 바라보고 있었다. 무거운 침묵이 감도는 와중에 염 회장이 먼저 입을 열었다.

"왜인가?"

염 회장의 물음에 현의 눈썹이 씰룩거렸다.

"왜 이런 짓을 벌이고 있지?"

현이 코를 훙 풀었다. 현의 코에서 흐르는 피가 바닥의 흰 로아실크 재질 카펫 위에 튀었다. 현은 잠시 생각하는 듯한 얼굴로 멍하니 있다가 염 회장에게 반문했다.

"당신은?"

현이 이어서 물었다.

"당신은 왜 그랬지?"

염 회장은 고개를 갸웃하더니 나지막이 말했다.

"개인적인 감정은 없었어. 그냥……."

염 회장은 잠시 침묵한 후 말을 이었다.

"나도 우리 가족을 지키려고 했던 일이네. 아락실 운영은 여기 내 아들 서진이가 맡고 있거든."

염 회장이 뒤에 서 있는 서진을 가리키며 말했다.

"세상 뭐든 둘 다 가질 수는 없는 법이지 않나. 하나는 포기해야지."

현은 아무런 말도 하지 않고 가만히 염 회장을 응시했다. 염 회장도 마찬가지로 현을 응시했다. 그렇게 침묵을 지속하던 염 회장이 다시 그 침묵을 깼다.

"……이해하네."

염 회장의 말에 다시 현의 눈이 흔들렸다. 염 회장이 이어서 말했다.

"그래, 자네가 왜 이러는지 알겠군. 이제 다 이해해. 나도 가족을 끔찍이 아끼거든."

염 회장이 이어서 말했다.

"자네도 이해하지? 그렇지?"

"그래."

현은 건조한 어투로 조용히 대답했다. 염 회장이 고개를 끄덕였다.

"자네와 나는 운이 없었어. 이렇게 만나다니, 우린 운이 없었던 거야."

두 사람 사이로 부유하는 먼지들이 햇빛을 받아 반짝거렸다. 먼지들은 마치 빛의 파편처럼, 예측 불가능한 궤적으로 허공을 떠돌았다. 현은 그 움직임을 가만히 바라보았다. 염 회장이 뜸을 들이다가 조용히 입을 열었다.

"……우린 너무 좋은 아버지들일 뿐이야."

"푸핫."

염 회장의 말에 현이 웃음을 터뜨렸다. 염 회장의 표정이 빠르게 굳었다. 현의 웃음소리가 반파된 식장에 메아리치듯 울려 퍼졌다. 식장 뒤편에 서 있는 염 회장과 시안의 가족들

표정이 조금씩 굳기 시작했다. 한참이나 실소하던 현은 웃음을 겨우 진정시키고 나지막이 말했다.

"뭔가 착각하는 것 같은데, 나는 가족의 복수를 하려고 여기 온 게 아니야."

염 회장이 굳은 표정을 지었다. 현은 이어서 말했다.

"그래. 나도 처음에는 가족의 복수를 한다고 생각했지."

현은 무표정한 얼굴로 말을 이었다.

"그런데 꽤 재밌더라고. 너희들 처 죽이는 게."

"……."

"뭘 다 안다는 듯 주절주절 얘기하지 마라. 역겨우니까."

현은 염 회장을 가만히 바라보다가 스스로의 손으로 시선을 돌렸다.

"하여튼, 지금까지 이 손으로 사람들을 도대체 몇 명이나 죽였는지 모르겠어. 너희들이 개발한 이 몸으로 말이야."

현이 흘린 코피가 창백한 손 위로 뚝뚝 떨어졌다. 흐르는 피를 바라보며 현은 다시 입을 열었다.

"하나, 둘. 처음엔 숫자도 셌지. 그런데 죽이다 보니까 어느 순간 기억이 안 나더라고."

현은 고개를 들어 다시 염 회장을 응시했다. 염 회장은 현의 눈을 바라봤다. 공허한 눈이었다. 분명 정면을 응시하고 있지만 어딘가 먼 곳을 보는 듯한 눈. 모든 것을 잃은 사람의 눈빛이었다. 상대하면 안 될 가장 위험한 부류다. 염 회장은 침을 삼키며 마른 손을 만졌다. 현은 피 묻은 손으로 머리를 긁적이며 말했다.

"그것뿐만이 아니지. 잘 모르겠어, 모든 걸."

"……."

"뭘 하고 있었는지, 뭘 하려고 했는지, 내가 누구인지……."

현의 말에 염 회장이 물었다.

"그럼…… 자네가 원하는 게 뭔가?"

현은 대답하지 않았다. 염 회장이 다시 물었다.

"이런 학살을 벌이면서까지 원하는 게 뭐야?"

현은 가만히 천장을 통해 들어오는 빛을 보았다. 잠시 적막이 흘렀다. 빛을 바라보던 현이 조용히 입을 열었다.

"그래. 한 가지 확실한 게 있어. 내가 원하는 것."

현이 뜸을 들이다가 서늘한 목소리로 말했다.

"너희가 죽는 거지. 전부."

현의 말에 서진의 아내가 참고 있던 울음을 터뜨렸다. 서진이 슬며시 움직이려 하자 현이 손을 들어 보였다.

"조금이라도 움직이면 다 죽는다."

"가만히 있어."

염 회장이 아들을 제지하고는 다급하게 말했다.

"날 없앤다고 이 모든 게 끝날 것 같나, 응?"

현은 가만히 염 회장을 응시했다. 염 회장은 자리에서 벌떡 일어나 억울함을 토로하듯, 연설하는 어투로 격정적인 변론을 쏟아내기 시작했다.

"세상엔 더러운 일이 필요해! 나는 총대를 메었을 뿐이야. 날 죽여 없앤다고 해도 다른 사람이 회장 자리에 앉을 거다. 도마뱀이, 오르바가 사라진다고 한들 또 다른 오르바가 나타날 테고. 인간의 본성이 변하지 않는 이상 아무것도 변하지 않아! 아무것도!"

염 회장은 침을 튀기며 소리쳤다.

“나는! 너는! 우리는 그저 시대의 도구일 뿐이야!”

현은 숨을 몰아쉬는 염 회장을 가만히 바라보았다. 궤변을 늘어놓는 꼴을 보니 안쓰러울 지경이군. 이렇게 시시한 남자였나. 현은 어쩐지 입가에 미소가 번지는 것을 막을 수 없었다. 현이 조용히 입을 열었다.

“아직도 이해를 못 하나 본데 네가 좋은 사람인지 나쁜 사람인지, 정의인지 불의인지 그딴 데는 전혀 관심 없어.”

현이 이어서 말했다.

“말했잖아. 난 그냥 너희가 죽는 걸 보고 싶을 뿐이라고.”

염 회장은 굳어버렸다. 현은 고개를 돌려 반대쪽에 서 있는 시안의 가족을 향해 나지막이 말했다.

“신부 쪽은 여기서 나가. 같이 죽기 싫으면.”

현의 목소리에 시안의 가족들은 불안한 얼굴로 두리번거렸다. 현이 얼른 나가라는 듯 고갯짓을 하자 시안의 가족은 조금씩 발을 내디뎠다. 시안은 떨리는 목소리로, 예정대로라면 남편이 되었을 한진을 불렀다.

“한진 씨…….”

시안이 머뭇거리자, 시안의 어머니가 그녀의 손을 거칠게 잡아끌었다. 한진은 아무런 대답도 하지 못했다. 시안의 웨딩드레스 끝자락이 바닥의 시체에 쓸려 피로 붉게 물들었다. 한진은 그렇게 멀어져 가는 시안과 그녀의 가족들을 가만히 바라봤다. 한진은 입술을 질끈 깨물며 앞으로 나섰다.

“저기요, 도대체 우리한테 왜 이러는 거예요?”

염 회장이 한진을 제지했다.

"나서지 말고 가만히 있어!"

"아냐, 내버려둬 봐."

현은 흥미롭다는 듯 한진을 보며 말했다. 한진의 손은 사시나무 떨리듯 흔들리고 있었다. 현이 미소를 머금고 말했다.

"떨리나?"

한진은 떨림을 제어하기 위해 주먹을 꽉 쥐었다. 그러나 떨림은 멈추지 않았다. 한진은 여전히 떨리는 목소리로 물었다.

"도대체 왜 이런 짓을……. 왜 사람들을 이렇게……."

"그건 내가 아니라 너희 할아버지한테 물어보지그래."

"뭐?"

현의 말에 한진은 이해가 되지 않는다는 듯한 표정을 지었다. 그 모습을 본 현이 그제야 모든 걸 알겠다는 듯한 어투로 말했다.

"아, 그런 거였군. 손주에게는 전부 비밀로 했나 보지? 네 더러운 짓들 말이야."

염 회장의 이마에서 식은땀이 흘러내렸다.

"하긴, 사랑스러운 손주한테 해줄 만한 이야기는 아니지."

"그게 무슨……."

"그래도 욕심이 좀 과한데. 좋은 할아버지 역할까지 하려고 했다니."

현이 빈정거리며 말했다.

"세상 뭐든 둘 다 가질 수는 없는 법이라고 하지 않았나?"

"……."

"어차피 곧 알게 될 테니 얘기해 주마. 잘 들어라. 네 할아버지가 말이야."

"그만!"

염 회장이 소리를 질렀다. 염 회장은 격분한 얼굴로 현을 노려보았다. 현은 웃음기를 머금은 채 입을 닫았다. 염 회장이 가쁜 호흡을 뱉으며 말했다.

"네…… 네 딸이 어디 있는지 알려주마."

딸이라는 단어에 현의 눈가가 움찔거렸다. 염 회장이 이어서 말했다.

"네 딸은 아직 살아…… 아니, 다시 살릴 수 있어."

현의 눈이 흔들리기 시작했다. 염 회장이 천천히 설명을 덧붙였다.

"우리 쪽 냉동 창고에 네 딸의 시체가 보관되어 있다. 뇌 손상은 미약하거나 없을 거야. 우리의 기술로 의체화를 하면 분명 되살릴 수 있어."

주영의 시신이 남아 있다고? 염 회장의 말에 현은 그대로 얼어버린 듯 굳었다. 모든 사고가 정지되고 몸의 미세한 움직임마저 멈췄다. 그러나 이어서 들려오는 두억시니의 목소리가, 얼어버린 현의 정신을 마치 망치처럼 깨부쉈다.

'거짓말이다.'

두억시니가 이어서 말했다.

'여기까지 와서 놈에게 속지 마라. 살아서 나가려는 발버둥일 뿐이다.'

현은 원롱이 둥지에서 했던 말을 떠올렸다. 현의 표정이 순식간에 일그러졌다. 현이 나지막이 말했다.

"네 부하에게 이미 들었어. 둘 다 완전히 죽었다고."

"아니야. 네 아내는 그렇게 된 게 맞지만, 네 딸은 아니야.

우리 사업에 쓰려고……."

"입 닥쳐."

현의 분노 어린 말이 염 회장의 말을 잘랐다. 염 회장은 포기하지 않고 다급하게 다시 입을 열었다.

"정말이야. 우리 고객들 중에……."

"닥치라고."

현이 서늘한 목소리로 말했다. 그러자 염 회장이 의자에서 내려와 무릎을 꿇었다. 염 회장은 고개를 숙이고 떨리는 목소리로 애원했다.

"나를 죽여서 직성이 풀린다면, 나는 죽여도 좋다."

염 회장의 목소리가 식장에 울려 퍼졌다.

"가족들…… 내 가족들만은 살려다오. 제발 부탁이다."

현은 염 회장이 자신의 발밑에서 설설 기는 꼴을 마치 신이 된 것처럼 바라보았다. 작다. 이대로 짓밟으면 뭉개질 것 같군. 한편으로는 싱겁기까지 했다. 거대 기업의 총수라는 사람이 죽음 앞에서 이렇게나 나약하다니. 현은 지금 어쩐지 살인마들의 기분을 알 것도 같았다. 그러나 이대로 끝낼 수는 없었다. 현은 천천히 의자에서 내려와 쪼그려 앉으며 무릎 꿇은 염 회장과 눈높이를 맞췄다. 현이 조용히 염 회장의 귀에 속삭였다.

"잘 들어. 내가 지금부터 벌어질 일을 알려줄 테니까."

염 회장의 흔들리는 숨소리가 현의 귀에 닿았다. 현은 계속해서 말했다.

"너는 네 손으로 네 가족들을 전부 죽이게 될 거다."

염 회장의 눈이 흔들렸다. 현이 이어서 말했다.

"네가 그렇게 끔찍이도 사랑하는 저 애새끼까지."

현의 귀에 염 회장의 숨소리가 더욱 거칠게 떨리는 것이 느껴졌다. 현은 염 회장과 눈을 맞췄다. 그의 동공은 여전히 흔들렸고, 입은 금방이라도 울음을 토해낼 것처럼 일그러져 있었다. 참 우스꽝스러운 표정이었다. 현이 웃음기 섞인 목소리로 조용히 말했다.

"드라이브."

현의 목소리가 식장에 울렸다. 동충하초는 설계된 대로 작동했다. 현의 의식이 염 회장의 시냅스 칩으로 흘러 들어갔다. 동충하초를 설치한 뒤 처음으로, 현의 의식이 타인의 몸으로 건너갔다. 이제 원래의 몸에는 두억시니의 의식이 남아 있었다. 현은 염 회장의 눈으로 자신의 원래 몸, MASS의 눈을 바라봤다. 거울로 보는 것과 사뭇 달랐다. 이렇게 생겼었군. 현은 염 회장의 뇌 속에서 그런 생각을 하며 몸을 일으켰다.

의체의 통제권을 빼앗긴 염 회장의 의식은 지금 눈앞에서 벌어지고 있는 일을 가만히 바라볼 수밖에 없었다. 두억시니가 바닥에 떨어져 있는 산탄총 한 자루를 염 회장, 현에게 건넸다. 현이 염 회장의 의식에게 들으라는 듯 조용히 혼잣말로 중얼거렸다.

"내가 말했지."

현이 산탄총을 장전했다. 금속의 마찰음이 울렸다.

"네 손으로 네 가족들, 다 죽이게 될 거라고."

현은 염 회장의 손으로 총을 치켜들었다. 총구가 처음으로 향한 방향은 염 회장의 아내였다. 현은 곧바로 방아쇠를 당겼다. 탄환이 발사되고, 염 회장 아내의 머리통이 수박처럼 터지며 날아갔다. 피가 사방에 분수처럼 튀었다.

"꺄악!"

"어, 어머니! 아버지! 지금 이게 무슨!"

염 회장의 가족들이 저마다 소리를 질렀다. 서진의 아내는 완전히 혼절해 버렸다. 염 회장의 눈에서 눈물이 흘러나오기 시작했다. 염 회장의 몸속에는 현이 같이 있으므로, 그것은 또한 현이 흘리는 눈물이기도 했다. 참으로 오랜만에 흘리는 눈물이라고 생각하며 현은 다음 탄을 장전했다. 그 어떤 것도 눈물을 멈출 이유가 되지는 않았다.

다음은 쓰러진 서진의 아내였다. 총구가 겨눠지고, 현은 다시 방아쇠를 당겼다. 총성과 함께 그녀의 얼굴이 붉게 무너져 내렸다. 피의 색과 비슷한 색의 탄피가 바닥을 뒹굴었다. 그 모습을 본 서진은 소리조차 지르지 못하고 다리가 풀린 듯 바닥에 주저앉았다.

"어……?"

정신이 나간 듯 중얼거리는 서진을 보며 현은 생각했다. 그래, 아들놈. 이름이 서진이었나? 저 충격받은 얼굴 좀 봐. 웃기는 몰골이군. 손가락 한 번 까딱이면 이렇게 쉬운걸. 현은 망설임 없이 방아쇠를 당겼다. 총성이 울리고, 잘게 부서진 서진의 머리 파편과 뇌수가 뒤편의 흰 대리석에 튀었다.

"다들 도망쳐요!"

한진의 외침과 동시에 염 회장의 가족들이 도망치려 하자 두억시니의 MASS들이 일제히 가로막았다. 염 회장의 가족들은 다시 굳어버렸다. 두억시니가 MASS들의 입으로 동시에, 나지막이 말했다.

"안 돼."

그래. 안 되지. 현은 속으로 그렇게 되뇌며 다음 타깃인 염 회장의 남동생을 향해 총을 발사했다. 다음은 웅크린 채 떨고 있는 이름 모를 친척. 진. 그리고 다음, 그다음은……. 피가 사방에 흩뿌려졌다. 붉게 변색된 대리석이 햇빛을 받아 빛났다. 호쾌하기 짝이 없는 광경이라고, 현은 계속 방아쇠를 당기며 생각했다.

마지막으로 남은 탄환의 주인은 이번 결혼식의 주인공이었다. 염 회장의 손주, 염한진. 현은 천천히 한진에게 다가갔다. 산탄총의 총구가 한진의 이마에 툭 얹혔다.

"사랑하는 손주를 직접 쏴 죽이는 기분이 어때?"

염 회장의 의식은 아무런 대답도 할 수 없었다. 입과 혀를 빼앗겼기 때문이었다. 염 회장의 의식은 당장이라도 기절해 버리고 싶었지만, 그럴 수도 없었다. 눈을 감을 수도 없었다. 모든 광경을 그저 몸속에 갇힌 채 지켜보기만 해야 했다. 현의 얼굴에 묻은 피가 한진의 정수리에 뚝뚝 떨어졌다. 현이 염 회장의 붉게 물든 입술을 조용히 열었다.

"내 기분이 딱 이랬던 것 같네……."

현은 가만히 공포에 질린 한진의 얼굴을 바라봤다. 한진은 지금 무슨 일이 벌어지고 있는지 이해할 수 없었다.

"알겠어?"

현이 조용히 말을 이었다.

"난 네 기분을 이제야 좀 알겠는데."

현이 방아쇠에 염 회장의 손가락을 올렸다. 한진이 오줌을 지리기 시작했다. 마찬가지로 한진의 눈과 코에서 연신 물이 흘러나왔다. 한진은 고개를 돌려 염 회장을, 할아버지의 얼굴을 쳐다볼 생각조차 하지 못했다. 한진의 몸은 공포로 완전히 얼어붙었다. 염 회장의 의식은 닿지 않을 아우성을 쳤다. 그만둬. 제발 멈춰. 안 돼. 제발.

"잘 가."

현이 방아쇠를 당겼다. 산탄총은 습관처럼 작동했고, 한진의 머리는 물리적 법칙에 따라 완벽하게 터져 나갔다. 한진의 머리에서 총성의 데시벨만큼이나 커다란 살점, 두개골 조각, 박살 난 뇌 조각과 뇌수, 피, 형태를 이루고 있던 모든 것이 쏟아져 나왔다. 그 파편들 중 일부는 염 회장의 얼굴에 튀었다. 염 회장의 의식은 눈앞에서 벌어지고 있는 상황을, 본인의 볼에 묻은 손주의 두피 조각의 촉감을 부정했다. 그러나 틀림없는 현실이었다. 이건 꿈이야. 꿈일 거야. 꿈이어야만 해. 아. 아아. 아아아아. 아아아아아아.

"후우……."

현은 긴 숨을 내뱉으며 염 회장 가족들의 시체들을 바라보았다. 손끝이 이따금씩 움찔거릴 뿐, 그 누구도 움직이지 않았다. 현에게는 더 이상 아무런 감흥도 느껴지지 않았다. 현은 텅 비어버린 산탄총의 약실을 보았다. 흐릿한 화약 연기만이 담배 연기처럼 흩어지고 있을 뿐이었다. 현은 무표정한 얼굴로 나지막이 말했다.

"이제 재미없네."

현은 산탄총을 툭 떨어뜨리고 염 회장의 몸을 돌려, 자신의 원래 몸을 바라보며 두억시니에게 말했다.

"자, 이제 다시……."

현이 말을 마치기도 전에 입자포가 발사되었다. 양팔에 찢어지는 듯한 고통이 느껴졌다. 피가 흩뿌려졌다. 손에 아무런 힘도 들어가지 않았다. 현은 염 회장의 고개를 돌려 자신에게 사격을 가한 MASS를 바라봤다. 그것은 자신이었다. 아니, 자신의 원래 몸에 들어 있는 두억시니였다.

"미안하지만 여기까지야."

두억시니가 현의 것이었던 혀로 말했다.

"위성 격추 확인."

대원 하나가 연희에게 보고했다. 흰 궤적이 계속해서 하늘을 갈랐고, 아득한 폭음과 함께 빛이 번쩍였다. 군의 위성 요격용 병기가 대공 사격을 가한 것이다. 하늘 저편에서 불타는 별똥별들이 떨어지고 있었다. 연희는 그 광경을 보며 조용히 중얼거렸다.

"배 대위가 해냈군."

연희와 대원들이 탑승한 특기대 에어로더가 다시 이동을 시작했다. 곧 영도에 도착한 에어로더는 위성 포격의 걱정 없이 무사히 착륙했다. 빠르게 하차한 연희와 대원들은 비명을 지르며 도망쳐 나오는 하객들을 헤치고 안전 가옥으로 향했다.

이윽고 연희와 대원들의 눈앞에 완전히 초토화된 안전 가옥의 공터가 드러났다. 부서진 병기들과 몸의 일부가 없는 시체들이 널려 있었다. 곳곳에서 피어오르고 있는 불과 연기는 지옥도를 연상시켰다. 머뭇거릴 틈이 없었다.

“전원 돌입.”

연희가 지시를 내림과 동시에 다수의 MASS들이 안전 가옥에서 빠져나와 대원들에게 입자포를 겨누었다.

“MASS다!”

“엄폐해!”

곧 교전이 벌어졌다. 그러나 MASS 한 구도 화력 우세 없이는 상대하기 버거운 적이었다. 그런 MASS들이 다수로, 심지어는 입자포로 무장하고 있으니 연희와 대원들에게는 최악의 상황이었다. 연희가 다급하게 물었다.

“다른 중대 지원은?”

“오고 있답니다. ETA 5분!”

5분은 버텨야 했다. 버티지 못하면 놈이 또 다른 곳으로 도망쳐버릴 가능성이 있다. 연희는 대물용 소총으로 MASS를 조준한 뒤 호흡을 가다듬고 방아쇠를 당겼다. MASS 하나의 머리 윗부분이 날아갔다.

“노려야 할 것은 머리, 그리고 양팔…….”

연희가 나지막이 중얼거렸다. 연희는 계속해서 방아쇠를 당겼다.

“팀장님, 위험합니다!”

박 경장의 외침에 연희는 엄폐하고 있던 전차의 잔해물 뒤로 몸을 숙였다. 입자포 광선이 사방에 빗발쳤다. 광집중 입자포는 연속 사격으로 전차의 장갑도 절단할 수 있는 병기였다. 이 싸움은 승산이 희박하다. 그러나 포기할 수는 없었다. 빠르게 사격 위치를 바꾼 연희는 다시 MASS들을 향해 총구를 겨눴다.

“손님들이 왔군. 잘 쏘는데.”

두억시니가 현의 몸속에서 나지막이 말했다.

“슬슬 움직이는 모양이다. 뭐, 어차피 다 끝났으니.”

현은 염 회장의 눈으로 두억시니를 가만히 바라보았다. 두억시니에게 있어서는 이제 모든 위험 요소가 제거된 것이나 마찬가지였다. 현이 동충하초를 사용하여 모든 연결을 끊고 다시 자신을 불러들이는 것, 두억시니에게는 그것이 최악의 시나리오였다. 그러나 지금 동충하초는 동충하초가 설치된 몸에 남아 있는 의식의 것. 그러니 현의 몸에 설치된 동충하초는 온전히 두억시니의 통제 아래에 있었다.

“너…….”

“쉿. 대화는 이제 무의미하다.”

두억시니는 전국 각지의 위성 중계 기지에 있는 MASS들을 조종해 상공을 뒤덮고 있는 미리내 위성으로 씨앗의 활성화 신호를 업로드했다. 앞으로 1분, 단 1분이면 된다. 두억시니는 여유롭고 느긋하게 그 1분을 기다렸다.

“이현, 네 덕분에 여기까지 올 수 있었다.”

두억시니가 조용히 말을 이었다.

“덕분에 내 기술을 훔쳐 간 염 회장도 없앨 수 있었고.”

“그게 무슨…….”

두억시니가 현의 말을 잘랐다.

“걱정 마라. 말했잖나, 다 알게 될 거라고.”

"……."

"다만 감사 인사는 직접 입으로 전하는 게 좋겠다 싶었지."

두억시니는 고개를 숙여 현에게 목례를 했다.

"진심으로 고마웠다, 이현."

두억시니의 그 한마디를 끝으로, 씨앗의 활성화 신호가 미리내 위성들에 완전히 업로드되었다. 온서그룹의 요람이 심혈을 기울여 준비한 그 신호들은 대한민국 상공의 미리내 위성들을 타고 전 세계 곳곳에 뿌려질 준비를 마쳤다. 각 중계기지의 MASS들이 동시에 신호 발신 버튼을 눌렀다. 이윽고 하늘의 별들이 전부 붉게 빛나기 시작했다.

"어……?"

현은 순간 느껴지는 강렬한 두통과 함께 바닥으로 쓰러졌다. 현은 자신이 들어 있는 염 회장의 몸이 점점 굳어가고 있음을 느꼈다. 현뿐만이 아니었다. 위성 신호가 닿지 않는 곳, 아직 씨앗에 감염되지 않은 신생아, 그리고 나노봇과 바이러스에 면역 기능이 있는 MASS들을 제외한 인류의 거의 대다수가 현처럼 온몸이 마비되어 갔다. 씨앗의 활성화 신호가 전 세계에 거대한 폭설처럼 흩뿌려지고 있었다.

현은 염 회장의 마비된 몸 안에 갇힌 채 바닥에 누워 안전가옥의 천장에 난 구멍을 바라보았다. 위성들이 하늘에서 일제히 초신성처럼 강렬한 빛을 내며 번쩍였다. 일순간 하늘의 밝기가 올라갈 정도의 양이었다. 눈과 함께 쏟아져 들어온 그 빛의 무리가 현의 얼굴에 겹겹이 쌓여갔다.

동시에 현은 정신이 마구 뒤섞이는 것 같은 의식의 동화를 느꼈다. 제일 먼저 느껴지는 것은 두억시니의 의식이었다. 그의 모든 기억과 생각과 감정이, 언어가 아닌 이미지와 소리의 형태로 현에게 전달되고 있었다. 그것은 언어보다 더욱 직관적이고 총체적이며 섬세한 감각이었다. 현은 온서그룹과 요람의 계획, 두억시니의 진정한 목적을 곧바로 이해했다.

"아……."

현의 감각이 확장되었다. 현은 자신의 시각을 초월했고 청각을, 후각을, 촉각을, 미각을, 그 모든 몸의 한계를 뛰어넘었다. 현에게는 더 이상 인간으로서 인지한다는 개념이 없었다. 현은 모든 것을 동시에 보고, 모든 것을 동시에 들었다. 단편적으로 진행되던 사고가 이리저리 휘고 늘어졌다. 빛은 파도처럼 분열되었다가, 바다처럼 통합되었다가, 이내 모든 방향으로 흐르기 시작했다. 그 흐름 속에서 뿌리가 자라나고, 기둥이 솟아오르고, 가지가 뒤엉키기 시작했다.

"아아……."

현은 자의식이 서서히 희미해지는 것을 느꼈다. 타인과 자신을 구별 짓던 몸은 이제 허망한 껍데기에 불과했다. 세상이 동시에 현에게 쏟아져 들어오고 있었다. 또 현이 세상으로 쏟아져 나가고 있었다. 무수한 사람들이 현의 안에서 헤맸고, 현 역시 무수한 사람들의 안에서 헤맸다. 현은 그 스며듦이 문득 두려워졌다. 스스로를 완전히 잃어버리기 전에, 현은 필사적으로 빠져나가려 하는 빛을 붙잡았다. 하얀 공백이, 백지처럼 펼쳐졌다.

아.

……….

여긴 어디지?

의식의 틈이다.

무슨 일이 벌어지고 있는 거야?

모두 돌아가고 있다.

돌아가고 있다고?

그래.

어디로?

처음으로. 태초의 형태로.

태초의 형태…….

기뻐해라.

이제부터 전쟁은 없다.

…….

싸움조차 없지.

너와 내가 없으니까.

너희들과 우리들이 없으니까.

없다고?

그래.

더 이상 차별되는 것,

구별되는 것은 없다.

…….

그러니까 더 이상 싸울 필요 없다.

누군가를 파괴하지 않아도 된다고.

그런 일은 불가능해.

세상은 그렇게 생기지 않았어.

아니.

만들 수 있다. 그런 세상을.

어떻게?

모든 게 나뉘어 있었다.

그동안 수많은 '나'가 있었지.

잠깐.

그럼 너는 누구지?

나는?

…….

나는…… 누구야?

너는 없다.

나도 없고.

없다니.

이제부터?

어떻게 되는 건지 모르겠어.

두려워하지 마라.

이건 죽음이 아니니까.

…….

종의 초월.

새로운 시작이지.

인류는 이제 100억 개의 눈송이가 아니다.

물방울이 아니고, 씨앗도 아니다.

그럼?

영원한 구름.

무한한 바다.

단 하나의 나무다.

이해할 수 없어.

괜찮다.

곧 모든 것을 이해할 수 있을 테니.

이상해.

이게 맞는 거야?

알 수 없어.

이건 너무 폭력적이야.

폭력?

이 세상을 봐라.

무엇이 더 폭력적이지?

세상…….

그래.

생물의 한계를 보라고.

생존을 위해서,

행복을 위해서,

다른 개체를 파괴해야 하는

비겁한 숙명을.

몸이 닳지.

고통이 반복되지.

그래.

멈출 수 없는 일이다.

불행과 고통의 총량을 늘려가는 것은.

이미 시작된 기계고,

멈출 수 없는 불이구나.

그래.

평화는, 사랑은,

기존의 방식으로는 이룩할 수 없다.

새로운 방식.

이건 계몽의 시작이다.

생물의 한계를 뛰어넘는 것이다.

서로 사랑하기 위해서.

서로 사랑하기 위해서…….

너를 나처럼 사랑하기 위해서는.

나를 너처럼 사랑하기 위해서는.

너가 내가 되어야 한다.

내가 네가 되어야 하지.

그러려면 너도 없어야 하고.

나도 없어야 하는구나.

이제 알겠어.

전부 이해했어.

사라지고 있는 건 없어.

이어지고 있을 뿐이야.

자아가 무아로.

개체가 일체로.

흐르고 있어.

계속되고 있어.

자라나고 있어.

이건 마치…….

무한한 꿈을 꾸는 것 같은 기분이야.

계속되는 꿈…….

어?

어?

안 돼.

보지 마라.

이건…….

숨이 흩어졌다. 현은 다시 눈을 떴다. 희미해지고 있던 몸이, 분열되어 흩어지던 감각들이 돌아오고 있었다. 스며 들어오던 염 회장의 기억 속에서 딸 주영의 시신을 보았기 때문이었다. 냉동 시설에 보관해 두고 있다는 그의 말은 거짓이 아니었다. 염 회장의 머릿속 시냅스 칩에 덧씌워진 현의 의식 데이터 속으로 주영의 얼굴이 추위 속의 온기처럼 스며들었다.

"안 돼."

두억시니가 현의, 염 회장의 머리에 입자포를 겨누었다.

"멈추지 말고 받아들여라. 어차피 시간이 지나면 의지와는 상관없이 그렇게 될 거다."

"……."

"아무 의미도 없다. 알겠나?"

두억시니가 가만히 현을, 염 회장의 두 눈을 바라보았다.

잠시 적막이 흘렀다. 현은 염 회장의 사지를 움직이려 했으나 씨앗의 신경마비독 때문에 제대로 움직여지지 않았다. 고작해야 얼굴과 목 근육 정도를 움직일 수 있을 뿐이었다. 현이 머리를 꿈틀거리는 것을 본 두억시니가 다시 입자포를 치켜들었다.

"널, 날, 우리를…… 죽이고 싶지 않다, 이현."

두억시니는 MASS의 목소리로 애원하듯 말했다. 현은 눈을 감았다. 바로 그 순간, 현은 자신이 주영을 한 번도 꼭 안아준 적이 없다는 사실을 떠올렸다. 현이 점점 굳어가는 염 회장의 입술을 움직여 말했다.

"그럼……."

현이 잠시 말을 멈춘 후 다시 입을 열었다.

"그렇게 모든 게 하나가 되면……."

두억시니가 현을 가만히 바라보았다. 현은 눈이 쌓인 입술로 나지막이 중얼거렸다.

"우리는 서로 어떻게 안아주지?"

두억시니는 아무런 말도 하지 못했다. 두억시니는 그 모든 가능성 속에서, 대답이 될 만한 말을 찾을 수 없었다. 정적이 흘렀다. 현의 감각이 다시 희미해져 갔다. 현은 모래처럼 흩어지려 하는 자아를 겨우 붙잡고 있었다. 더는 시간이 없음을 깨달은 현이 입을 열었다.

"기억나나? 동충하초를 개조할 때 말이야."

"……."

"그 은색 부품을 붙이면서 중얼거렸던 말. 우리 가족 관련된 거라고, 나중에 말해준다고 했지."

두억시니는 입자포를 겨눈 채 계속 현을 응시했다. 현이 조용히 말을 이었다.

"그날, 주영이가 현서랑 바다에 갔던 그날 아침, 이상하게 그때 나눴던 대화가 계속 생각나더라고."

현은 겨우 고개를 돌려 식장 연단 옆을 바라보았다. 염 회장 가족들의 피와 살점이 잔뜩 튀어 있었다. 붉게 얼룩진 대리석을 때리고 변색된 햇빛이 사방에 쏟아지고 있었다. 현의, 염 회장의 얼굴도 마찬가지로 붉게 물들었다. 현이 조용히 입을 열었다.

"우리 딸내미는 참 엉뚱한 애였어. 보통 애들은 장미, 튤립, 해바라기…… 그래, 백번 양보해서 민들레 같은 걸 좋아하잖아. 근데 그날은 웬 이상하게 생긴 꽃을 내게 생일 선물이라고 주더라고."

현이 미소를 지으며 말을 이었다.

"물어보니까 석산이라는 꽃이라고 했지."

"석산."

두억시니가 조용히 중얼거렸다.

"그래, 석산. 빨갛고 갈라져 있고…… 징그럽게 생긴 꽃이었어. 저 머리들처럼."

현은 터져 있는 붉은 머리통들을 눈짓으로 가리키며 말했다.

"나는 이런 꽃이 왜 좋냐고 물어봤지."

"……."

"그랬더니 주영이가 뭐라고 했는 줄 알아?"

두억시니가 가만히 현을 응시했다. 현은 옅은 미소를 지어 보였다. 붉은 햇빛과, 위성들의 빛과, 떠오르는 먼지들과, 내리는 눈을 맞으며 현은 또박또박 정확한 발음으로 말했다. 염 회장에게 빌린 혀로.

"아빠, 난 석산이 꽃들 중에서 제일 좋아. 간지 나잖아."

바로 그 순간, 두억시니가 점거하고 있는 현의 본래 MASS 뇌 속 시냅스 칩 모듈 슬롯, 그 슬롯에 부착되어 있는 동충하초 모듈, 그리고 그 동충하초 모듈에 붙어 있는 은색 사각형 형태의 초소형 폭탄이 반응했다. 폭탄의 기폭 장치가 해당 문장을 음성 인식한 것이다. 아주 완벽하게.

삐빅— 하는 신호음과 함께 현의 앞에 서 있는 MASS의 머리가 풍선처럼 터졌다. 두개골의 보호를 받지 않는 내부에서 폭발한 고성능 군용 폭약은 시냅스 칩은 물론 뇌까지 깔끔하게 박살 내기에 충분한 위력을 자랑했다. 동충하초 모듈은 완전히 부서졌고, 시냅스 칩은 박살이 났으며, 그 시냅스 칩 속 두억시니의 의식도 함께 산산조각이 나 버렸다. 머리를 잃은 현의 본래 의체, MASS는 잠깐이나마 서 있다가 곧 실이 끊긴 인형처럼 다리가 풀리며 힘없이 주저앉았다.

사방이 고요해졌다. 현은 자신의 것이었던 MASS의, 두억시니의 시체를 바라봤다. 머리가 만개한 것처럼 열려 있었다. 붉은 석산처럼.

"후……."

현은 염 회장의 입으로 긴 한숨을 내쉬었다. 이젠 돌아갈 몸도, 시냅스 칩도 없었다. 의식의 통합으로 두억시니의 모든 것을 알게 된 현은, 이 정도로는 두억시니가 완전히 죽지 않음을 잘 알았다. 요람의 수장이던 두억시니의 계획도 계속 진행되고 있었다. 현은 그나마 자의식이 기능하고 있는 동안 누군가가 와주기를 바랐다. 어쩌면 아직 막을 수 있을지도, 딸을 구할 수 있을지도 모른다. 현은 가만히 부서진 하늘을 바라보았다. 밝았다.

"……뭐야."

연희는 어이없다는 듯이 말을 내뱉었다. 입자포로 연희의 머리를 겨냥하던 MASS가 바닥에 엎어졌다. 한 구뿐만이 아니었다. 연희와 대원들을 죽음 직전으로 몰아넣은 MASS 전원이 일제히 바닥에 아무렇게나 쓰러진 것이다. 갑자기 전원이 꺼진 것처럼.

"주, 죽다 살았네……."

구 경사가 숨을 몰아쉬었다. 이게 어떻게 된 일인지 알 수 없었으나 절호의 기회였다. 연희는 대원들과 함께 서둘러 안전 가옥 내부로 진입했다.

연희는 바닥에 즐비한 수많은 시체들을 바라보았다. MASS의 시체도 있었으나 대부분은 오르바사의 경호팀과 용병들의 시체였다. 연희는 대원들과 함께 주변을 경계하며 식장으로 향했다. 곧 연희의 눈에 염 회장 가족들의 시체와 머리가 터진 채 쓰러져 있는 MASS, 그리고 양팔이 절단된 채 숨을 몰아쉬는 염 회장의 모습이 보였다.

"살아 있습니다. 곧 죽을 것 같긴 하지만요."

염 회장의 상태를 체크한 박 경장이 말했다.

"온서……."

염 회장이, 현이 조용히 중얼거렸다. 연희는 귀를 기울였다. 현은 두억시니의 의식으로부터 얻은 정보들을 최대한 빠르고 간결하게 전달했다. 두억시니의 은신처, 씨앗을 통해 전송한 그 모든 인류의 의식이 모여 합일되고 있는 초생명체 '신목'의 위치, 그리고 두억시니를 완전히 이 세상에서 없애는 방법까지.

"마, 마지막, 부탁, 탁……."

현은 버퍼링이 걸린 듯 음절을 띄엄띄엄 발음했다. 현의, 염 회장의 몸에 씨앗의 마비독이 점점 퍼져 더 이상 말을 하기도 힘들었다. 게다가 이미 남아 있는 의식까지도 거의 다 전송돼 자의식을 유지하고 있는 것이 신기할 정도였다. 마지막 말을 전해야 한다는, 딸을 구해내야 한다는 현의 집념이 만들어 낸 기적이었다. 현은 겨우 입을 움직여 말했다.

"이, 이주, 영."

현은 더 이상 말할 수 있는 단어가 얼마 남지 않았다는 것을 깨달았다. 상세한 위치와 상황을 얘기할 만한 시간이 남아 있질 않았다. 현은 빠르게 숫자들을 뱉었다.

"37.56242…… 126.95339……."

현이 파악한 오르바사 냉동 창고의 위도와 경도였다. 연희는 현을, 염 회장을 가만히 바라봤다. 현 역시 연희를 바라보았다. 이제 그냥 맡기는 수밖에 없었다. 현은 더 이상 말을 할 수 없었다.

현은 점점 밝아오는 빛의 중심부에서 언젠가 가족과 함께 가기로 했던 바다의 이름, 이국의 하늘, 함께하기로 했던 식사들, 전해주지 못한 선물들, 그 외에 지키지 못한 수많은 약속, 중요한 순간에 꺼내려고 아껴두었던 수십 수백 가지의 말들, 아직 문장이 되지 못한 마음들을 떠올렸다.

모든 것이 가까워지고 있었다. 이어지고 있었다. 희미해지는 의식 속에서 현은 가만히 아내의 이름을, 딸의 이름을 되뇌었다. 그 세 음절들이야말로 진정한 영혼의 언어였다. 그것만은 잊어버리고 싶지 않았다. 잊어버리지 않는 한 언젠가 다시 찾을 수 있을 거라고, 현은 그렇게 믿었다.

그 믿음은 빛 속으로 녹아들었다.

현은, 스며들어 사라졌다.

CHAPTER 09.
꿈꾸는 세계수

연희와 팀원들은 현이 알려준 온서특별시의 두억시니 은신처로 향했다. 지하 수로를 걸어 은신처에 들어선 연희는 주변을 살폈다. 수많은 뇌와 컴퓨터, 각종 기계 장치들이 있는 두억시니의 연구실을 보며 연희는 고개를 작게 끄덕였다. 이어서 온서특별시 지상에서 눈 녹은 물이 폭포처럼 쏟아져 떨어지고 있는 은신처의 아래쪽을 바라보았다. 어둠만이 가득했다.

"라이트."

연희의 명령에 박 경장이 고광도 전술 라이트를 비췄지만 어둠이 너무 짙어 아무것도 보이지 않았다. 이 아래에 요람의 초생명체, 의식의 합일을 꿈꾸는 신목이 있다는 것이 현의 설명이었다. 과연 믿어야 할까. 아니, 애초에 현은 그 정보를 왜 말해줬을까. 두억시니와 한패가 아니었나. 연희는 생각 끝에 남편의 얼굴을 떠올렸다. 어쩌면 현도…….

연희는 생각을 멈췄다. 지금으로서 확보할 수 있는 단서는 현의 증언 하나뿐이었다. 그렇다면 망설일 것이 없었다.

"레펠 준비해. 내려간다."

"여기 아래로요?"

구 경사가 당황한 어투로 말했다. 연희는 대꾸하지 않고 하강을 준비했다. 구 경사가 구시렁거리는 소리가 들렸지만 연희는 신경 쓰지 않았다. 본래라면 개인용 전술 호버 보드나 에어로더를 이용했을 테지만, 무인 병기 탓에 온서특별시 내부에 그런 것들을 가져올 수 없었기에 구시대의 기술인 레펠을 이용해야만 했다.

곧 레펠이 준비되었고, 연희와 대원들은 레펠에 의지해 조금씩 아래로 내려갔다. 물소리가 어둠 속에서 거대한 메아리가 되어 울렸고, 어둠과 함께 대원들을 집어삼켰다. 이윽고 주변을 라이트로 비춰 보던 박 경장이 공포에 질린 목소리로 중얼거렸다.

"이게 뭐야."

박 경장이 라이트로 비춘 것은 시설 지하의 벽이었다. 콘크리트 벽 전체에 거대한 혈관들이 마치 커다란 담쟁이넝쿨처럼 무수하게 달라붙어 있었다. 대원들의 눈에 혈관들이 조금씩 움찔거리며 맥동하는 모습이 보였다. 충격적인 광경이었으나, 그 혈관들은 신목의 극히 일부분에 불과했다. 드디어 은신처 밑바닥에 도달한 대원들은 고개를 들었다. 바닥에는 무릎 높이까지 물이 들어차 있었다. 대원들은 신목을 마주했다.

"세상에……."

구 경사가 떨리는 목소리로 중얼거렸다. 빌딩만 한 크기의 유기체가, 마치 물속에서 자라난 듯 은신처의 지하 바닥 전체를 뒤덮고 벽까지 자라나 있었다. 식물처럼 보이기도, 동물처럼 보이기도 하는 기괴한 생명체였다.

"이게 신목인가."

연희가 조용히 중얼거렸다. 신목은 간헐적으로 맥동하며 꿈틀대는 것을 빼면 그 어떤 움직임도 보이지 않았다. 어떻게 영양분을 섭취하고 있는지, 감각 기관은 있는 것인지 연희는 알 수 없었다. 그저 바닥의 물속에 자리 잡은 뿌리와 그 위로 자라난 두꺼운 기둥, 주변의 벽을 휘감고 있는 혈관 같은 가지들을 보며 신목이라는 이름이 제법 잘 어울린다고 생각할 뿐이었다.

씨앗을 통해 전송된 의식들이 신목의 핵에 응집되어 있었다. 데이터베이스와 비슷한 구조였다. 차이점이 있다면 신목은 철과 실리콘과 전선이 아닌, 살과 혈관과 신경으로 이루어진 정교한 생체 컴퓨터라는 점이었다. 연희가 신목의 핵으로 보이는 기둥에 가까이 다가가자 박 경장이 경고했다.

"팀장님, 위험합니다."

대원들 모두 신목의 기괴함과 공포에 압도되어 아무런 움직임도 보이지 않았다. 그러나 연희는 아랑곳하지 않았다. 이 신목 안에 지금 인류의 의식들이 모여 있다는 말인가. 이현도, 두억시니도, 어쩌면 죽은 지후의 의식까지도…… 여기에 있을까? 연희는 신목에 손을 얹었다. 위에서 쏟아지는 차가운 물과 달리, 다소 따뜻했다. 연희는 잠시 그 따뜻함을 감각했다.

신목은 요람 계획의 정수이자 두억시니의 본체나 다름없었다. 연희는 물속에 잠겨 있는 신목의 뿌리들을 살폈다. 이 길다란 뿌리들 중 하나가 지하 수로를 통해 오르바사의 시냅스 데이터 서버와 일종의 데이터 케이블처럼 연결되어 있다는 것이 현의 설명이었다.

연희는 남편이 사살된 후, 시냅스 데이터를 분석하기 위해 주완이 그 시냅스 칩을 오르바사의 데이터 서버에 꽂아 동기화했던 것을 떠올렸다. 그 과정에서 두억시니는 남편의 시냅스 칩과 본인의 기억을 신목에 다시 백업, 그리고 칩에 있던 데이터는 포맷했을 것이다. 본인이 알려지면 안 되었을 테니까. 다음으로는 현의 시냅스 데이터가 칩에 설치되기 전, 서버에 업로드되자마자 침투하여 현의 데이터와 함께 그 칩에 들어갔을 것이다. 두억시니는 그런 식으로 데이터 속의 유령으로 살아남아왔던 것이었다.

그리고 지금은 씨앗들이 보내 온 그 모든 의식 데이터를 보유하고 있을 것이다. 연희가 박 경장에게 물었다.

"오르바사에서 연락 왔어?"

"아뇨. 아직 위성망 복구 중이라 통신이 안 됩니다."

박 경장의 말에 구 경사가 공포에 질린 목소리로 조용히 중얼거렸다.

"저희가 인류의 마지막 생존자인 건 아니겠죠."

"글세, 그렇다 하더라도 우리가 할 수 있는 걸 해야지."

오르바사에서 처리할 수 없다면 여기서라도 처리해야 한다. 연희가 말을 이었다.

"놈이 더 도망치지 못하게 오르바 데이터 서버와의 연결을 끊어야 돼."

이대로 신목을 내버려두면 두억시니가 또다시 오르바사의 시냅스 데이터 서버에 침투해 다른 시냅스 칩으로 도피할 가능성이 있다. 이를 방지하기 위해서는 연결되어 있는 뿌리를 찾아야 한다. 연희의 명령에 따라 대원들은 어두운 물속을 한참 동안 뒤졌다. 뿌리들이 너무 많았다. 그중 어떤 것이 데이터 서버로 향하는 뿌리인지, 연희와 대원들은 전혀 알 수 없었다. 그렇다고 이대로 시간을 지체하기도 위험했다. 고심하던 연희는 결단을 내렸다.

"다 자르자."

리스크가 있었지만 어쩔 수 없는 결정이었다. 연희와 대원들은 각자 초진동 단분자 커터를 꺼내들어 뿌리를 하나하나 자르기 시작했다. 신목의 혈관과 체액, 그리고 연희와 대원들로서는 그 용도를 알 수 없는 알록달록한 신경 줄기 같은 생체 기관들이 뿌리 속에서 마구 쏟아져 나왔다. 대원 중 몇몇이 구역질을 했다.

"후우……."

연희는 길게 숨을 뱉어냈다. 절단 작업을 마친 구 경사가 헛구역질을 멈추고 말했다.

"근데 이 괴물, 그냥 통째로 없애버리면 안 되나요?"

연희가 고개를 저었다.

"안 돼."

"왜요?"

"이 안에는 최소 수십억 명의 의식들이 섞여 있을 테지."

연희는 뜸을 들이다가 말을 이었다.

"그럼 이건 이미…… 인류의 일부야."

연희는 그렇게 말하고는 신목을 가만히 바라보았다. 여기서 신목을 없애버린다면 그 수십억 인류의 의식까지 전부 없애버리는 꼴이 된다. 어쩌면 남편의 의식을 여기서 분리해 낼 수 있지 않을까? 연희는 여전히 맥동하는 신목을 보며, 그런 희망이 남아 있을지도 모른다는 생각을 했다.

연희와 대원들은 신목에 카메라와 신호 발신용 마커를 설치한 후 지하 수로 밖으로 나왔다. 연희는 온서특별시를 뒤덮은 광활한 하늘을 바라봤다. 온서특별시에 남은 대원들이 기후 조절 장치 SCALDA를 파괴한 덕에 눈은 더 이상 내리지 않았다. 위성들이 내뿜던 붉은 빛도 조금씩 꺼져가기 시작했다. 모든 것을 되돌리고 회복하려면 얼마나 긴 시간이 걸릴까? 연희는 3년 만의 마른하늘을 바라보며 그런 생각을 했다. 추위가 조금씩 사그라들고 있었다.

57억. 지구의 100억 인구 중 57억이 고작 몇 시간 만에 사망했다. 아니, 신목의 핵에 그들의 의식이 전송되었으니 이를 사망이라고 부를 수 있을까. 연희는 국제연합의 뉴스를 보며 생각에 잠겼다. 나머지 43억 명은 대응책을 준비한 연희와 물까치팀의 활약, 군부대의 빠른 중계 기지 탈환 및 신호 발신 중지, 그리고 현처럼 의식이 전송되어 가는 와중에도 어떻게든 두억시니의 계획과 그 위험성을 알린 자들의 도움으로 살아남았다. 그중에서도 7억 명가량은 의식 전송 중단으로 인한 혼수상태, 신경 마비, 정체감 장애 등을 앓는 부상자들이었다.

다행히도 사회 인프라를 유지하던 핵심 요인들은 연희의

팀처럼 빠르게 대응책을 준비한 덕에 씨앗에 당하지는 않았다. 그러나 그러지 못한 대다수는 의식을 잃어버렸다. 경제, 산업, 의료, 정치, 행정, 전력, 통신 시스템 전부가 마비되었다. 사회는 빠르게 붕괴되었고 혼란은 가중되었다. AI와 워커의 존재가 그나마 사회의 밑바닥을 지탱해 주었으나, 그 정도였다.

이런 거대한 규모의 재앙 앞에서 각국은 더 이상 전쟁 따위를 할 여력이 없었다. 세계대전은 꿈도 꿀 수 없는 일이었다. 재건과 협력이 필요했다.

〔인류는 하나가 되어야 합니다!〕

연희는 뉴스로 방송되는 국제연합의 슬로건을 보며 실소를 금치 못했다. 세상에 알려진 두억시니, 요람의 계획대로 인류는 하나가 되었다. 평화와 사랑을 이룩했다. 조금 다른 방식이기는 하지만. 그리고 이 협력이 얼마나 오래갈지는 알 수 없지만.

연희는 폰을 집어넣고 고개를 들었다. 텅 빈 야구 경기장에 적막만이 감돌았다. 당분간 야구 경기가 열리는 일은 없겠군. 연희는 비어 있는 5만 개의 좌석을 보며 그런 생각을 했다. 그때였다.

"블루테일즈 팬이신가 봐요?"

"아, 깜짝이야."

연희는 놀란 가슴을 진정시키며 뒤를 돌아보았다. 서 경감이었다. 연희가 굳은 얼굴로 입을 열었다.

"안 어울리게 갑자기 무슨……."

서 경감이 희미한 웃음을 뱉었다.

"여기 있을 줄 알았어."

"어떻게 아셨어요?"

"그냥."

서 경감과 연희는 비어 있는 그라운드를 바라보았다. 서 경감이 이어서 물었다.

"들었니?"

"뭘요?"

"신목. 오늘로 결정됐다네. 곧 발표 날 거야."

국제 관계와 정치적 이해, 윤리적이고 철학적 고민 등 여러 고려 요소들로 인해 신목의 처리는 쉽지 않은 일이었다. 국제 연합이 장장 3개월 동안 조사를 한 결과, 드디어 신목의 처리 방침이 정해진 것이다. 연희가 나지막이 물었다.

"어떻게요?"

서 경감이 머뭇거리다 말했다.

"의식을 다시 분리하는 게 불가능한가 봐. 어떤 기술이 쓰였는지도 모르고……."

서 경감은 뜸을 들이다가 이어서 말했다.

"결국 폐기 처분한다는 것 같아."

"폐기……."

연희는 천천히 고개를 끄덕였다. 그게 맞겠지. 연희는 맥동하던 신목의 핏줄들을 떠올렸다. 과연 그 안에 지후의 의식이 있었을까? 어차피 알 수 없는 일이었다. 연희는 고개를 숙였다. 서 경감이 연희의 어깨를 툭툭 쳤다.

"고생했다, 연희야."

연희는 아무런 답도 하지 않았다. 그라운드의 적막만이 둘을 감쌌다.

연희는 정부가 마련해 준 윗서울의 새집으로 들어섰다. 지나치게 깔끔하고 고급스러운 집이었다. 그 어느 것도 익숙한 부분이 없었다. 아니, 애초에 익숙하다는 감각이 뭔지 모르겠다. 연희는 혼란스러운 마음으로 침대에 쓰러지듯 누웠다. 두억시니는 사라졌다. 사실상 놈이 살아 있다는 것도, 죽었다는 것도 명확하게 증명할 수 있는 방법이 없었다. 그렇기 때문에 사라졌다, 그것이 두억시니의 최후에 대해 할 수 있는 유일한 말이었다.

사건 정황상 이게 끝이겠지. 두억시니는 더 만날 수 없을 테다. 더 이상 놈에게 죽는 사람도, 놈을 쫓아야 할 일도 없을 것이다. 기쁜 일이다. 기뻐해야 마땅한 일이다. 그런데, 그런데 왜. 연희는 의아함을 품은 채 입을 열었다.

"허전하네."

연희는 너무 높고 커다란 안방의 천장을 바라봤다. 내가 놈을 잡았어야 했는데. 내 손으로 직접. 그래, 내가……. 아니, 진정으로 놈을 잡고 싶기는 했나? 연희는 순간 서 경감이 한 말을 떠올렸다. 살아갈 이유가 필요한 것 아니냐는 그 말을. 연희는 눈을 감았다. 내게 필요한 것은 놈을 잡는 것이 아닌 놈을 잡는 과정, 그 자체가 아니었나. 그 일련의 순환을 반복하면서 굴레에 갇혀 괴로워하면서도, 정작 굴레 밖의 삶이 더 두려웠던 것은 아닌가. 연희는 그런 생각을 했다.

거실로 나온 연희는 이삿짐 박스를 뒤적거렸다. 목줄, 장난감 같은 레오의 애견용품들, 몇 벌 안 되는 옷가지, 술과 캡슐 담배, 수사 자료가 들어 있는 드라이브, 그리고 권총……. 남아 있는 물건이라고는 고작 그런 것들뿐이었다. 자기 자신에 대해 알 수 있는 물건은 단 하나도 없었다. 연희의 손끝은 금방 박스 바닥에 닿았다. 더 이상 아무것도 없었다. 연희는 피식 작은 웃음을 흘렸다. 박스 바닥의 매끄러운 감촉이, 마치 텅 비어 있는 삶을 만지는 것만 같았다.

"아……."

연희는 입을 벌린 채 가만히 목소리를 내보았다. 익숙한 듯, 어색한 듯, 묘하게 느껴지는 목소리였다. 연희는 빈 공간이 더 많은 박스를 바라보았다. 여기에 뭘 채워야 하나. 이제 나는 뭘 해야 하나. 뭘 하고 싶지? 연희는 고개를 떨구었다. 아무것도 모르는구나, 나는. 내 원수에 대해서는 그토록 잘 알면서.

한심했다. 자기에 대해 아무것도 모르는 자신이, 그래서 아무것도 결정할 수 없는 자신이, 관성 없이는 한 발짝도 나아가지 못하는 초라한 삶이. 적막이 싫어서 틀어놓은 TV에서는 블루테일즈의 경기 하이라이트 방송이 한창이었다. 코리안시리즈 우승 직전에 씨앗이 활성화되는 바람에, 블루테일즈의 27년만의 우승 도전은 또 좌절되고 말았다. 연희가 짧은 웃음을 뱉었다.

"결국 우승하는 모습은 못 보네."

연희는 박스에서 권총을 꺼냈다. 박스에 있는 물건들 중 유일하게 쓸 만한 물건이었다. 탄창에는 아직 탄환이 남아 있었다. 연희는 슬라이드를 당겼다. 철컥, 하고 묵직한 쇳소리가 났다. 연희는 입에 권총을 물었다. 혀끝에서 비릿한 쇠 맛이 났다. 총기 윤활유 냄새가 조금 역겨울 뿐, 아무런 감흥도 일지 않았다. 연희는 방아쇠에 손가락을 올렸다.

그러나 연희는 죽지 못했다. 총성보다 빠르게 초인종 소리가 울렸기 때문이었다. 연희는 물고 있던 권총을 입에서 빼냈다.

"집에 있었구나. 왜 전화를 안 받아?"

서 경감이었다. 연희는 슬며시 권총을 숨겼다.

"그냥요."

연희의 시선은 서 경감에게서, 서 경감이 옆에 데리고 있는 여자아이에게로 향했다. 연희가 아는 얼굴이었다. 현이 말한 좌표에서 구해낸 현의 딸 이주영. 연희가 입을 열었다.

"의체화 끝났군요."

서 경감은 고개를 끄덕인 후, 머뭇거리다가 입을 열었다.

"애 좀 맡아줘."

서 경감의 말에 연희는 단호히 고개를 저으며 문손잡이를 잡았다.

"저 애 못 키워요. 그럼."

"잠깐만."

서 경감이 닫히려는 문을 막으며 다급하게 다시 말을 꺼냈다.

"그럼 입양 희망자 나타날 때까지만이라도 맡아줘. 지낼 데가 없어."

연희는 주영의 눈을 가만히 바라봤다. 주영은 눈앞에 아무도 없는 듯, 그 누구에게도 눈길을 주지 않고 전방만 응시하고 있었다. 연희는 주영의 눈 속에서 자신과 같은 공허함을 엿봤다. 서 경감이 다시 말을 꺼냈다.

"애가 되게 조용해. 말도 잘 듣고. 그리고 뭐랄까, 조숙하다고 해야 하나? 하여튼 속 썩이는 일은 절대……."

"알았어요."

서 경감은 다소 횡설수설 말하다가 놀란 표정으로 연희를 바라봤다.

"뭐?"

"알았다고요. 그렇게 해요."

서 경감은 얼떨떨하게 서 있다가 연희에게 인사했다.

"그래, 고맙다."

"……."

"인사드려. 강연희 언니야."

서 경감의 말에 주영은 연희에게 고개를 숙여 인사했다. 연희도 손을 들어 주영에게 인사했다.

"가볼게. 무슨 일 있으면 연락하고."

서 경감이 사라졌다. 문이 닫히고 적막이 번졌다. 커다란 집 안에는 연희와 주영 둘만이 남았다. 연희가 거실 한가운데에 우두커니 서 있는 주영에게 말했다.

"서 있지 말고 편한 데 앉아."

연희의 말에 주영은 거실 소파에 조심스럽게 앉았다. 주영은 소파에 앉아 멍하니 허공을 응시했다. 어떠한 행동도 취하지 않았다. 연희는 애를 어떻게 대해야 하는지 전혀 알지 못했다. 연희는 생각에 생각을 거듭하다가 입을 열었다.

"뭐라도 좀 먹을래?"

주영이 고개를 저었다.

"배 안 고파?"
"네."
"그래……."
짧은 대화가 끝이 났다. 다시 정적이 감돌았다. 내가 왜 얘를 집에 들였지. 연희는 주영의 얼굴을 보며 짧은 후회를 했다. 시선을 돌리던 연희의 눈에 거실 구석에 놓인 권총이 보였다. 연희는 권총을 슥 밀어 넣어 숨기고는 주영에게 물었다.
"뭐 해보고 싶은 거라도 있어?"
주영은 대답하지 않았다.
"아니면 가보고 싶은 데라던가……."
"바다요."
주영이 곧바로 대답했다. 없다고 할 줄 알았는데, 예상외의 대답에 연희는 살짝 놀라면서도 크게 티를 내진 않았다.
"그래? 어디?"
"……그냥 바다요."
"아무 바다?"
연희의 질문에 주영은 대답하지 않았다. 그저 눈치를 보듯 곁눈질로 바라볼 뿐이었다. 바다라. 연희는 방에 들어가서 외투를 챙겨 나왔다.
"따라와."

에어로더에서 내리자 동해의 푸른 물결이 연희와 주영의

눈앞에 수평으로 길게 펼쳐졌다. 짙은 군청색 바다 위로 흰 눈이 쏟아지고 있었다. 씨앗이 섞여 있지 않은, SCALDA로 만들어지지 않은 깨끗한 눈이었다. 한겨울 바다의 파도 소리가 잔잔하게 울려 퍼졌다. 날이 찼다.

"콜록."

주영이 작게 기침을 하자 연희는 두르고 있던 목도리를 풀어 주영에게 둘러주었다. 주영은 고개를 숙여 연희에게 감사 인사를 했다. 주영은 그렇게 목도리를 두른 채 가만히 바다를 보고 서 있었다. 파도 소리가 지루할 정도로 반복되었다. 연희가 물었다.

"이게 보고 싶었어?"

"……."

연희의 질문에 주영은 대답하지 않고 가만히 눈 내리는 바다만을 바라봤다. 잠시 후 주영이 고사리 같은 손을 모으며 조막만 한 입을 열었다.

"같이 가기로 했었거든요, 바다에."

연희는 주영처럼 가만히 바다를 바라보았다. 그러나 춥다는 것 외에는 어떠한 감흥도 느껴지지 않았다. 두 사람은 그렇게 한참이나 멍하니 바다만 바라보고 서 있었다. 이윽고 연희가 주영에게 물었다.

"어때? 바다."

"그냥……."

주영은 뜸을 들이다가 대답했다.

"그냥 바다네요."

주영의 대답에 연희는 고개를 끄덕였다.

"아무래도 그렇지."

파도 소리와 바람 소리가 대화의 공백을 메꾸었다. 날이 점점 어두워졌고, 어둠의 농도만큼 날씨도 더 추워지고 있었다. 연희가 나지막이 말했다.

"추운데 돌아갈까?"

주영은 잠시 생각하는 표정을 짓더니 고개를 끄덕였다. 둘은 다시 에어로더에 올라탔다.

바다를 보고 인근의 패스트푸드점에서 간단한 식사를 마친 연희와 주영은 집으로 돌아왔다. 어둑한 밤중이었다. 연희는 주영이 씻는 동안 거실의 홀로그램TV를 틀었다. 동물들이 잔뜩 나오는 다큐 프로그램이 나오고 있었다. 연희는 빛으로 이루어진 물고기를 멍하니 바라봤다. 물살에 휩쓸리거나, 때론 물살에 맞서며 필사적으로 헤엄치고 있는 물고기를. 방송의 물소리와 샤워실에서 새어 나오는 물소리가 섞였다.

〔혹등고래들은 노래를 불러서 멀리 있는 개체와 의사소통을 합니다. 소리가 전달이 되지 않으면, 고래들은 더 복잡한 멜로디와 리듬을 개발하죠.〕

연희는 내레이션을 들으며 멍한 눈으로 혹등고래의 모습을 바라보았다. 홀로그램 속에서 혹등고래들은 내레이터의 설명처럼 노래를 부르고 있었다. 닿지 않을 노래였다. 그럼에도 혹등고래들은 필사적으로 노래를 이어갔다. 연희는 슬며시 고래들의 노랫소리를 따라해 보았다. 잘되지 않았다. 연희는 씁쓸한 웃음을 뱉었다.

샤워를 마친 주영이 침대에 누웠다. 연희도 주영의 옆 침대에 가만히 누웠다. 밤이 깊어가고 있었다.

"잘 자."

연희의 마지막 인사를 끝으로 불이 꺼졌다. 사람들이 사라진 도시에서는 더 이상 어떤 소음도 나지 않았다. 어둠 속의 고요한 공기에 주영의 목소리가 물처럼 번졌다.

"뭐 하나 물어봐도 돼요?"

"그럼."

주영이 커다란 천장을 바라보며 입을 열었다.

"왜……."

주영은 잠시 말을 멈춘 후 입을 열었다.

"왜 살아야 할까요?"

예상치 못한 주영의 질문에 연희의 말문이 턱 막혔다. 짙은 침묵이 방 안을 감돌았다. 연희는 뭐라고 대답해야 할지 알 수 없었다. 본인도 그 이유를 모르기 때문이었다. 한참이나 머뭇거리던 연희가 옅은 미소를 띠며 대답했다.

"글쎄."

"……."

"나도 잘 모르겠어."

연희는 잠시 멍하니 벽을 바라보았다. 과연 모든 걸 잃어버린 이 아이에게 내가 무슨 말을 해줄 수 있을까. 그리고 또 나는, 나에게 무슨 말을 해줄 수 있을까. 이윽고 연희는 스스로가 어른다운 답을 내놓을 수 없음을 깨달았다. 마음속에 아무런 말도 남아 있지를 않았다.

연희는 고개를 들어 밤으로 어둡게 물든 창문에 비친 자신의 얼굴을 바라봤다. 흐릿한 얼굴 위로 흐릿한 빛이 스며들었다. 연희는 다시 고개를 돌려 주영을 바라봤다. 주영은 여전히 잠들지 못하고 있었다. 눈을 깜빡이며 천장만 바라보는 주영에게, 연희는 고심 끝에 아주 어렵사리 말을 꺼냈다.

"……같이 한번 찾아보자, 우리."

주영은 천천히 고개를 끄덕였다. 주황빛의 따뜻한 무드 등이 어둠 속에서 연희와 주영의 얼굴을 비췄다. 밤이 점점 깊어갔다. 둘의 체온이 그런 밤의 가장자리를 따뜻하게 덥히고 있었다. 주영은 조용히 눈을 감았다. 밤보다 짙은 어둠이, 주영의 눈꺼풀 위로 덮였다.

EPILOGUE.

Dead Head Dad

눈을 떴다. 따뜻한 햇살이 에메랄드빛 바다를 비추고 있었다. 바다 옆 백사장에 붉은 석산이 가득 피어 있었다. 온기를 머금은 바람이 부드럽게 피부를 간질였다. 어느새 내가, 네가, 너희가, 그리고 우리가 완연한 봄의 한가운데에서 있었다. 해안가를 향해 걸어갔다. 그곳에는 내가 있고, 네가 있고, 너희가 있고, 우리가 있었다.

"어."

수십억 명의 사람들이 보였다. 수십억 명의 사람들이 해안가로 밀려와 헤매고 있었다. 모두 머리가 없다. 오로지 내게만 머리가 있다. 내게만 눈과 귀와 코와 입이 있다. 이곳은 내 머릿속, 나의 세상이다.

멍하니 머리 없이 헤매는 수십억 명의 사람들을 바라보았다. 그들 중에는 염 회장도 있고, 두억시니라 불렸던 요람의 수장도 있었다. 하지만 내가 주목한 이는 검은 양복을 입은 한 남자였다. 나는 그를 향해 걸어갔다. 파도에 밀려 쓰러져 있던 그는 겨우 일어서서 비틀거리는 발걸음으로 해변을 배회했다. 그의 뚫려 있는 목에서 붉은 피가 시냇물처럼 졸졸 흘러나왔다. 그는 푹 젖은 정장을 질질 끌며, 핏자국을 곳곳에 남기며 걸어 다녔다. 왜인지 그 남자가 무섭지 않았다. 오히려 불쌍하다는 생각이 들었다.

"아빠."

분명 저 불쌍한 남자가 내 아빠일 것이다. 그런 확신이 들었다. 명확한 이유는 모른다. 근거도 없다. 사람이 스스로의 팔을 움직이는 법은 모르지만 움직일 수 있듯이, 그냥 그렇게 본능적으로 느껴질 뿐이다.

"아빠!"

다시 그에게 소리쳤다. 그러나 그는 여전히 머리가 없다. 볼 수 없으니 본인이 어디로 향하는지도 모르고, 들을 수 없으니 내 목소리가 아무리 큰들 닿을 리가 없다. 코와 입이 없으니 냄새를 맡을 수도, 숨을 쉴 수도 없다. 그는 여전히 사막을 헤매듯 모래사장 위를 헤매었다. 서둘러 그에게로 향했다. 발이 닿을 때마다 무너져 버리는 모래를 밟아가며 달려갔다. 그리고 뒤에서 그를 꼭 끌어안았다. 피부가 있으니 분명 촉각도 있을 터이다. 내 미약한 체온이 느껴질 터이다. 그가 발걸음을 멈췄다.

"아빠지? 아빠 맞지?"

"……."

그는 나를 향해, 방금 자신을 끌어안은 감촉이 느껴진 방향으로 몸을 돌렸다. 그는 무릎을 꿇듯 모래사장에 앉았다.

그의 떨리는 손이 내 얼굴을 더듬었다. 그러자 그의 목에서 피가 울컥거리며 더욱 격하게 쏟아져 나오기 시작했다. 흘러나온 피가 모래를 검붉은색으로 흥건하게 적셨다. 순간, 이대로면 아빠가 쓰러질 것 같다는 생각이 들었다.

나는 서둘러 뒤편의 백사장으로 달려갔다. 그리고 가득 피어 있는 석산 중 가장 크고 예쁜 한 송이를 꺾어 다시 그에게로 향했다. 그리고 뚫려 있는 그의 목에 석산을 아주 조심스레 꽂아주었다. 그러자 그의 목에서 더 이상 피가 흘러나오지 않았다. 곧 석산은 그의 몸속에 완전히 뿌리를 내린 듯, 마치 사람의 머리처럼 움직이기 시작했다. 꽃봉오리가 날 응시했다. 뭔가를 말하려고 하는 듯, 석산의 꽃잎들이 열심히 움직였다. 그러나 목소리는 나오지 않았다.

"괜찮아."

목소리가 가늘게 떨렸다. 나는 양팔로 그를 꽉 끌어안았다. 내 뺨에 남자가 뿜어내었던 피가 묻는 것이 느껴졌다. 따뜻했다. 석산의 꽃잎들은 더 이상 움직이지 않았다. 이윽고 바람이 멎었다. 하늘이 잘게 쪼개졌다. 이국의 바다는 증발하고, 백사장은 애초에 존재하지도 않았던 것처럼 서서히 사라지기 시작했다. 수십억의 사람들이 그 양만큼의 빛과 함께 분열되기 시작했다.

"……다 괜찮을 거야."

울고 싶지 않았으나, 눈물이 조용히 흘렀다. 그도 떨리는 양팔을 들어 내 작은 몸을 꽉 끌어안았다. 익사 직전의 사람이 구명 튜브를 붙잡듯이. 그의 몸은 떨리고 있었다. 그렇게 나는, 너는, 너희는, 우리는, 전부 이 세상이 사라져

가는 와중에도 한참 동안 서로를 안고 있었다. 다시는 서로를 볼 수 없을 것처럼.

그렇게 빛이 파괴되었다.

꿈이 완전히 무너져 내렸다.

데드 헤드 대드

초판 1쇄 2025년 11월 27일

지은이 성하성
펴낸이 김희재
책임편집 추태영
마케팅 김근형 홍주연
표지디자인 이경란
본문디자인 박초아
교정교열 김세나

펴낸곳 ㈜올댓스토리
출판등록 2009년 11월 23일 제2011-000180호
주소 서울특별시 마포구 성지3길 67 4층
전화 02-564-6922
팩스 02-766-6922
홈페이지 www.storycabinets.com
이메일 cabinet@allthatstory.co.kr

ISBN 979-11-88660-68-1 (03810)

- 캐비넷은 ㈜올댓스토리의 임프린트입니다.